KB052898

✦악녀는 모래시계를✦
되돌린다

I

악녀는 모래시계를 되돌린다 1

1판 1쇄 발행 2018년 1월 30일
1판 11쇄 발행 2022년 1월 5일

지은이 | 산소비
발행인 | 신현호
편집장 | 예숙영
편집 | 이혜영
편집디자인 | 한방울
영업 | 김민원
물류 | 이순우 박찬수

펴낸곳 ㈜디앤씨미디어
출판등록 2002년 5월 1일 제117-90-51792호
주소 서울시 구로구 디지털로 26길 111 JnK디지털타워 503호
대표전화 (02)333-2513 팩스 (02)333-2514
전자우편 dncbooks@dncmedia.co.kr
디앤씨북스 블로그 http://blog.naver.com/dncbooks

ISBN 979-11-6268-018-6 04810
ISBN 979-11-6268-017-9 (SET)

악녀는 모래시계를 되돌린다

I

산소미 장편소설

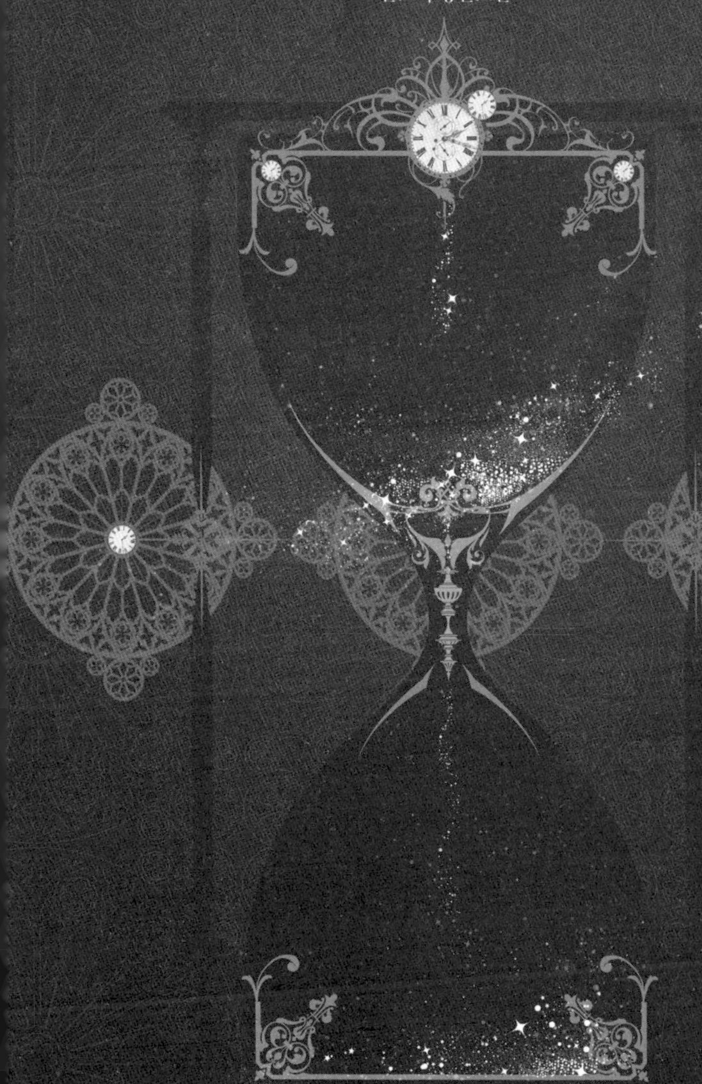

Contents

1. 악녀는 모래시계를 되돌린다

1. 악녀는 모래시계를 되돌린다

“고개를 들게 하라.”

카인의 명령으로 바닥에 널브러져 있던 아리아의 머리채가 잡혔다.

피가 진득하게 들러붙은 머리카락이 우악스러운 손에 의해 허공으로 들렸다. 찬란하게 빛나며 그 아름다움을 뽐냈던 아리아의 금발은, 흙탕물에서 뒹구는 돼지의 빳빳한 털보다 못한 볼품없는 모습으로 전락했다.

“네 죄가 무엇인지는 알겠지.”

“…….”

카인이 그리 물었으나 아리아에겐 대답할 기운조차 남아 있지 않았다.

설령 기운이 남았다고 해도 잘린 혀로 할 수 있는 말은 없었다. 하�고 보드라운, 소금이 잔뜩 뿌려진 혓바닥에는 내지를 수 없는 고통만이 서려 참회의 기회조차 주지 않았다.

아리아가 퉁퉁 붓고 멍이 들어 잘 감기지 않는 눈을 애써 감았다. 한때는 신록이 깃든 것처럼 초롱초롱한 눈망울로 뭇 남성들의 가슴을 울린 눈동자였거늘, 지금은 썩은 생선의 눈과도 같았다.

억울하고 원통했으나, 더는 빠져나갈 구멍이 없다는 것을 아는 아리아가 조용히 사신의 낫을 기다렸다.

"오라버니, 마지막으로 아리아 언니에게 드릴 말이 있어요."

악녀에 의해 수없이 희생당했던 성녀가 가녀린 제 몸을 이끌고 처형대에 올라섰다.

미엘르는 자신에게 도둑 누명을 씌웠던 아리아를 용서했으며, 계단에서 밀친 아리아에게 크게 다치지 않았다며 웃어 보였다. 독약을 먹인 이번에도 괜찮다고 하리라. 응집실에 모인 모두가 그렇게 생각했다. 카인이 고개를 저었다.

"안 돼."

"꼭 해야 하는 말이에요. 제발……."

자신을 음해하고 시해하려 했던 악녀에게 어떻게 저리도 자애로울 수가. 끝내 눈물을 비치는 그녀의 부탁을 거절할 수 있는 사람은 없었다.

결국 가련한 들꽃처럼 어깨를 떠는 미엘르에게 카인의 한숨 섞인 허락이 떨어졌다. 미엘르는 바스라질 것처럼 연약한 몸을 이끌고 아리아에게 다가갔다.

"언니를 위해 그간 참아 왔던 말이에요. 마지막이라고 생각하니…… 꼭 해야 할 것 같아서요……. 어쩌면 이날을 기다리고 있었던 걸지도 모르겠어요."

미엘르가 눈가에 맺힌 투명한 눈물을 손끝으로 닦아 내곤 바닥에 무릎을 꿇었다.

그에 놀란 청중들의 상체가 당장이라도 뛰어들 것처럼 앞으로 쏠렸다. 그러자 괜찮다는 미소로 그들에게 의사를 표한 미엘르가 아리아의 귀에 입술을 가져다 댔다. 악녀의 마지막을 구원할 성스러운 무언가를 전달하듯이.

하지만.

"이 멍청한 년아. 그동안 내 시녀들의 놀음에 빠져 허우적대더니, ……즐거웠니?"

아리아의 눈이 튀어나올 듯 커졌다. 그녀는 잘 돌아가지 않는 뻣뻣한 목을 돌려 자애롭게 미소 짓는 미엘르를 쳐다봤다. 그녀의 미소는 한 떨기 꽃처럼 청순하고 가련했으며 아름다웠다.

방금 전에 도대체 무슨 말을 들었는지 이해가 되지 않는 아리아가 빠르게 눈을 깜빡였다. 혀가 잘려 말할 수 없음에 무슨 소리냐고 되묻지 못하기 때문이었다. 누구에게나 친절하고 다정한 미엘르는 그녀의 표정에서 의사를 읽고 다시금 알기 쉽게 설명해 주었다.

"네게 나쁜 짓을 하라고 그간 이것저것 일러 주었던 시녀들, 모두 내 시녀들이야. 널 나쁜 년으로 만들어 몰아내기 위함이었지. 바로 이 순간처럼 말이야."

"……!"

"마지막이니까 알려 주는 건데, 네가 너의 그 천박한 어미와 함께 나타났을 때부터 죽이고 싶었어. 가능하다면 고통스럽게 말이지. 우리 가문의 수치인 너희 모녀가 꼴도 보기 싫었거든. 감히 주제도 모르고 기어들어 온 벌레들."

후후. 미엘르의 입에서 참지 못한 웃음이 터져 나왔다.

이 순간만을 기다려 온 그녀는 아리아의 눈물을 연주 삼아 이 자리에서 춤이라도 추고 싶다며 맑게 웃었다. 그 누구에게도 보이지 않은 미엘르의 기쁨은 아리아에게 칼날이 되어 그녀의 가슴을 파헤쳤다.

"네 어미처럼 독살을 할까 생각했지만 그만뒀어. 재미없잖아? 그래서 내가 가진 독을 시녀에게 건넸고, 그것을 내 차에 타게 만들었지. 아, 물론 마시지는 않았어."

"아……! 아아……!"

미엘르의 말이 끝나기도 전에 아리아의 몸이 크게 휘청하며 바닥으로 쓰러졌다.

그녀는 남은 힘을 쥐어짜 온몸을 비틀었으나, 그것은 아주 미약한 몸부림에 불과했다. 눈에 선 핏줄이 모두 터져 피눈물이 흘러내렸다. 혀가 잘려 말을 할 수 없게 된 입에서 쉴 새 없이 비명이 터져 나왔다.

할 말을 모두 끝낸 미엘르가 자리에서 일어났다. 그녀는 처형대에서 멀리 떨어진 자신의 자리로 돌아가 다시금 슬픔으로 얼룩진 표정을 만들어 냈다.

"그동안 정말 즐거웠어요……. 이제 아리아 언니가 없다고 생각하니 가슴이 미어질 것 같아요……."

악녀를 용서한 성녀가 성스러운 자신의 손에 얼굴을 묻고 어깨를 떨었다. 하지만 그것은 숨길 수 없을 만큼 기쁨으로 점철된 얼굴을 가리기 위함이었다.

부디 악녀의 죽음으로 성녀가 괴로워하지 않기를.

죄책감을 느끼지 않기를.

이 자리에 모인 모두가 한마음 한뜻으로 미엘르의 안위를 걱정했다.

더는 아리아에게 미련이 남은 사람이 없었기에 카인의 손이 높이 들렸다. 그와 함께 기사의 검도 하늘 높이 들렸다. 날이 잘 벼려져 뼈까지 한 번에 베어 낼 수 있는 검이 빛을 반사시켰다.

그리고 그 빛은 아리아의 눈에 들어 기이한 잔상을 만들어 냈다. 마치 모래시계의 모양 같기도 한 그 빛은, 붉은 피로 물든 그녀의 시야에 오래도록 형체를 남겼다.

아리아는 그것을 마치 동아줄이라도 되는 양손에 쥐려 손을 뻗었지만 뭍에 나온 생선처럼 마지막 힘을 다해 버둥거리는 그녀의 어깨뼈를 기사가 발로 밟아 제압했다.

이윽고 카인의 손이 아래로 떨어졌다. 악녀를 처단할 심판의 알림이었다.

기사의 검 또한 바람을 가르고 아래로 떨어졌다. 그러자 가녀린 소녀의 목과 몸이 순식간에 분리되어 하나의 생명이 허무하게 꺼졌다.

"꺄악!"

누군가의 비명과 함께 떨어진 아리아의 목이 바닥을 굴렀고 그녀의 눈에 남은 모래시계의 잔상 또한 빙그르르 돌았다.

어째서일까. 분명 목이 떨어져 나갔음에도 아리아는 고통도 괴로움도 슬픔도 느낄 수 없었다. 그저 잔상이 수차례 돌며 정방향인지 역방향인지 알 수 없는 모래시계의 모래가 떨어지고 있다는 착각만이 들 뿐이었다.

'다시 돌아가고 싶어. 다시…… 모든 걸 되돌릴 수 있는 예전으로……. 저 모래시계처럼.'

뇌가 죽음을 받아들이기까지 몇 초의 시간 동안 그 모래시계의 움직임만이 세상의 전부였던 아리아의 눈에서 이내 광채가 사라졌다.

* * *

"……니! ……아리아 언니!"

쨍그랑—!

아리아의 손에 들려 있던 컵이 바닥으로 추락하며 수십 개의 파편을 만들어 냈다. 그러자 뒤에서 대기하던 시녀가 황급히 달려와 그 잔해를 깨끗이 치우기 시작했다.

그것을 멍하니 바라보다 정신을 차린 아리아가 자신의 이름이 들려온 곳으로 시선을 던지자, 기다란 대리석 식탁 너머 걱정스러운 얼굴로 울상을 짓는 미엘르가 보였다. 툭 치면 고인 눈물이 또르르 떨어질 것같이 보이는 그녀는 '저때도' 한결같이 우아하고 청초했다.

'……어째서 저렇게 앳된 모습이지!?'

기억하기로 미엘르의 나이는 스물세 살이었다. 그런데 눈앞에 보이는 모습은 고작해야 열 살이 조금 더 되었을 모습이었다. 그녀의 옆에는 미간을 좁힌 채 탐탁지 않은 얼굴로 자신을 노려보는 카인이 있었다. 그 역시 마찬가지로 열예닐곱 살쯤 되어 보이는 앳된 모습이었다.

이해되지 않는 상황에 대처할 방도를 찾지 못한 아리아가 눈을 끔뻑였다. 그러자 자신의 바로 옆자리에서 차가운 목소리가 들려왔다.

"아리아, 괜찮니? 몇 번이나 불렀는데 대답도 않고."

"……어머니?"

음독으로 인해 심장 마비로 죽은 그녀의 어미였다. 장미꽃보다 붉은 입술과 육감적인 몸매로 귀족의 마음을 사로잡은 아름다운 여성이었다. 그녀 역시 아주 젊고 생생한 모습으로 식사 매너를 지키라며 아리아를 타박했다. 아이를 가졌을 때부터 모성애라곤 한 톨도 존재하지 않았던 제 어미.

그제야 아리아는 자신이 식당에 있다는 것을 깨달았다. 그녀의 접시에는 핏기를 머금은 고기가 엉망진창으로 난도질되어 있었고, 샐러드는 내용물이 식탁 위에 흩뿌려진 채 접시가 치워져 있었다.

'열여섯 살 생일에 큰 창피를 당하고 난 이후론 이런 적이 없었는데…….'

아리아는 자신의 손을 내려다보았다. 아주 작고 보드라운 아이의 손이 보였다. 미엘르에게 유리병을 던졌을 때 남은 손등의 상처도 없었다.

그것은 그녀가 처음 미엘르에게 가한 나쁜 행위였는데, 열다섯 살 때에 했던 짓이었다. 당시 물이 가득 찬 유리병은 연약한 소녀가 내던지기에는 버거웠고, 결국 그것의 종착지는 미엘르가 아니라 아리아의 발등이었다.

유리병의 날카로운 조각에 의해 발등과 손등에 상처를 입은 아리아는 저택이 떠나가라 울부짖었다. 이 모든 원흉이 미엘르라고 고하는 자신의, 아니 미엘르의 시녀 덕분에 처음으로 자신에게 상처를 입혔다.

'그녀들이 모두 미엘르의 끄나풀이라는 것도 모르고…….'

매번 그녀를 해할 방도를 알려 주었던 시녀는 마지막에 아리아의 손을 놓았고, 모든 게 이 악녀가 꾸민 짓이라며 과거 아리아의 모든 죄를 낱낱이 고했다. 그렇게 어리석은 매춘부의 딸은 자신을 즐겁게 하는 시녀에게 모든 것을 털어놓은 탓에 결국 비참한 최후를 맞이했다.

'설마…….'

믿을 수 없는 가능성에 눈을 뜬 아리아가 고개를 들어 주변을 둘러보았다. 하나같이 젊고 앳된 얼굴을 한 사람들 속에서 그녀마저 작고 연약한 몸을 하고 있었다.

게다가.

'살아 있어……!'

꿈이나 환각이 아니었다. 그러기엔 놓친 유리컵에 의해 상처를 입은 다리가 따끔거렸다. 손을 내려 다리를 만지자 아주 조금이지만 물기가 만져졌다. 그것을 눈으로 직접 확인하니 선연한 빨강의 피였다. 바닥을 치우던 시녀가 그것을 알아채곤 사색이 된 얼굴로 머리를 조아렸다.

"아리아!?"

그것은 옆에 앉은 어머니의 눈에도 들어간 모양인지, 그녀가 퍽 놀란 얼굴로 숨을 삼켰다. 아리아의 손이 부들부들 떨렸다. 입술은 바싹 말랐고 얼굴에선 핏기가 사라졌다.

자신의 손을 하염없이 내려다보는 아리아를 향해 짜증 섞인 시선이 쏠렸다. 이제 곧 천박한 계집아이가 목청을 높여 비명을 지를 것이리라. 그 누구도 의심치 않은 미래였다. 이미 신뢰를 잃은 아리아에게 동정의 손길은 없었다.

아리아가 가만히 눈을 감았다. 그녀는 자신에게 주어진 여러 가지 선택지 중에 어떤 것을 고를지 잠시 고민하다 이내 결정한 듯 눈꺼풀을 들어 올리고 표정을 가다듬었다.

"제시, 손수건을 줘. 다리에 상처를 입은 것 같으니 치료도 부탁할게. 죄송하지만 식사를 먼저 마쳐야 할 것 같습니다."

모두의 기대를 배반하고 아리아가 비명 대신 택한 것은 침착한 대응이었다. 그녀는 자신의 시녀에게서 손수건을 받아 들어 손을 닦았고, 식사 시간에 소란을 피워 죄송하다는 말과 함께 자리를 떴다. 전혀 예상하지 못한 아리아의 반응에 식탁에 둘러앉은 모든 이들이 할 말을 잃고 얼음처럼 굳었다.

* * *

제시의 부축을 받아 자신의 방으로 돌아와 치료를 받은 아리아는 새삼 자신이 어려졌다는 것을 느낄 수 있었다. 나이를 먹어 갈수록 아리아는 자신의 방을 채운 가구와 장식품들을 모두 고급품으로 바꾸었고, 구입한 보석들도 마치 자랑하듯 이곳저곳에 늘어놓았었다.

하지만 지금 그녀의 방은 고급스럽기는 했으나 큰 사치는 없는, 조금 유치한 10대 초중반의 귀족 여자아이들이 좋아할 법한 귀여운 모습이었다.

아리아는 자신의 다리에 붕대를 감는 제시를 내려다보았다.

제시는 미엘르의 편이긴 했으나 악행을 저지르려던 자신을 미약하게나마 몇 번 말린 적이 있던 시녀였다. 그게 마음에 들지 않아 머리카락과 혀를 자르고 오른손에 화상을 입혀 마구간에서 분변이나 하라며 내쫓았던 기억이 났다. 그렇게 내쳐졌던 제시가 멀쩡한 모습으로 자신의 다리에 붕대를 감고 있었다.

'……제시뿐이었지. 유일하게 내 악행을 막으려 노력했던 시녀는……. 그녀를 내치지 말았어야 했어.'

처음 백작가에 들어왔을 때 백작이 붙여 준 그녀 외의 시녀들은 모두 미엘르와 자신을 비교하며 그녀에게 질투를 심어 주었다.

'아리아 아가씨께서 훨씬 더 잘하실 게 분명해요! 미엘르 아가씨께서 뭔가 나쁜 술수를 쓴 게 분명하다니까요?'

어리석고 멍청한 데다가 출신마저 하찮은 아리아는 그 시녀들을 붙여 준 것이 미엘르라는 사실도 모른 채 질투심을 이기지 못하고 그녀의 꾐에 넘어갔었고, 결국 비참한 죽음을 맞이했다.

하지만 지금은 달랐다. 덫을 덫이라 아는 자는 그 덫에 걸리지 않는다. 오히려 덫을 놓은 상대를 찾아 죗값을 물을 뿐이다.

그리고 그 덫을 놓은 자는 성녀의 가면을 뒤집어쓴 악녀 중의 악녀.

바로 그녀의 의붓여동생인 로스첸트 미엘르였다.

'절대 용서하지 않으리.'

이 몸을 불사르는 한이 있더라도 그 계집애만은 절대 용서하지 않을 것이라 다짐했다.

과거로 돌아온 탓인지 급격하게 피로가 몰려들었다. 당장이라도 누워서 쉬고 싶었다. 잠을 자고 일어나면 이 모든 축복이 사라져 악몽 같은 현실이 기다리고 있을지도 모른다는 생각이 들었지만 몰려오는 피로를 이길 수가 없었다. 만약 이게 마지막 단잠이라면 부디 깨지 않기를. 질투에 미쳐 고독하게 지냈던 자신의 마지막 행복이기를 바랐다.

"제시, 침대에 눕고 싶어."

"예, 아가씨."

제시는 아리아의 환복을 돕고 그녀를 부축해 침대에 눕혔다. 그녀는 방금 전, 식당에서 의연하게 행동했던 것이 무색할 정도로 약해져 있었다. 마치 무언가에 힘을 다 빼앗긴 것처럼.

'……이게 뭐지!?'

제시의 부축으로 이불을 걷고 안으로 들어간 아리아는 발치에 까슬한 감촉을 느끼고는 황급히 자리를 털고 일어났다. 늘 보드라웠던 제 이불이거늘, 어째서 이런 생소한 감촉이 느껴지는지 모르겠다는 표정이었다.

"제시! 어서 내 이불 속을 확인해 봐……!"

혹시 미엘르가 무슨 나쁜 짓이라도 꾸민 것은 아닌지, 놀란 마음에 제시를 시켜 이불을 몽땅 걷어 안을 확인하자 그곳에는 아주 작은 모래알들이 흩뿌려져 있었다. 그리고 침대 밑에 떨어져 있는 유리 파편들. 가장 큰 조각이 가위표 모양을 유지하고 있는 그것은 뜻밖에도 모래시계였다.

이를 확인한 제시가 황급히 머리를 조아리며 죄를 시인했다.

"시, 식사를 드시기 전에 침대 위에 있기에 정리하였는데, 어떻게 깨진 채로 떨어져 있는지 모르겠습니다……! 아가씨, 정말 죄송합니다!"

그녀는 몸을 벌벌 떨며 바닥에 납죽 엎드린 채였다. 곧 자신에게 떨어질 화를 예상이라도 하는지 연신 죄송하다며 죄를 읊는 목소리가 애처롭기 그지없었다.

아리아의 떨리는 눈동자가 잠시 제시에게 향했다가 다시 모래시계로 돌아갔다. 그러고는 미세하게 떨리는 손이 깨진 모래시계를 주워 들었다. 그것은 생전 처음 보는 물건이었지만 아주 익숙하고 두려우면서도 소중한 느낌이 들었다.

어쩌면.

어쩌면 이건 우연이 아닐지도 모른다는 예감이 들었다.

'그래! 이 모든 것은 신의 계시임이 틀림없어. 어리석은 지난날을 참회하고 바보처럼 속아 넘어간 불쌍한 계집을 구원하기 위한 신의 계시!'

그녀를 구렁텅이로 몰아넣었던 악의 손아귀에서 벗어나게 만들기 위해! 그리고 모든 기억을 그대로 간직하게 하여 복수 또한 가능하도록 신께서 도운 것이 틀림없었다.

환희에 찬 아리아가 모래시계의 조각을 손으로 꽉 쥐었다. 그 바람에 작고 여린 그녀의 손바닥에 날카로운 조각들이 무수한 상처를 남겼음에도 그것은 고통이 아니라 두 번째 삶을 살게 된 그녀를 즐겁게 할 희열이었다.

바닥에 뚝뚝 떨어진 선홍의 핏방울이 툭툭 흘러내리며 점차 크게 고였다. 이는 어리석은 지난날에 대한 후회이자 동시에 복수를 염원하는 악녀의 독기였다.

'결단코 용서하지 않으리.'

천천히 손을 편 아리아가 입꼬리를 올려 미소를 지었다.

그 미소는 마치 자애로운 성녀가 지었던 그것과도 아주 비슷해 제시의 떨림마저 멈추게 할 정도였다.

* * *

"아리아가 공부를 열심히 한 모양이구나."

과거로 돌아온 지 며칠이 지나고, 아리아의 맑고 투명한 목소리로 읊는 시가 식당을 가득 메웠다. 그에 따라 로스첸트 백작이 처음으로 아리아를 칭찬했다. 입매를 가리고 부드럽게 웃는 백작 부인이 아리아의 영특함에 거짓을 보탰다.

"없는 살림에도 여러 가지 책을 즐겨 읽더니, 배움의 기회가 많아져 기쁜 모양이에요."

거짓말. 아리아는 시는커녕 열여섯 살이 될 때까지 누군가의 도움 없이는 깨끗하게 식사할 줄도 몰랐다. 백작가에 들어오기 전에는 책 표지 한 번 만져 본 적 없었으며, 이는 백작가에 들어온 후에도 비슷했다. 책보다는 노는 것이 좋았고, 치장하며 사치 부리는 것이 그녀의 낙이었다. 그것밖에 할 줄 아는 게 없었던 탓이기도 했다.

멋모르던 아주 어렸을 때에는 백작이 좋아하는 몇 가지 시를 외워 그의 앞에서 피로한 적이 있었으나, 영광의 주인은 항상 미엘르였다. 더듬거리며 외운 시를 책 읽듯 내뱉는 아리아보다 그 시에 담긴 뜻을 노래처럼 읊는 미엘르가 찬사를 받는 것은 당연했다.

바로 지금처럼.

"로스첸트 백작가에 대대로 내려오는 유명한 시네요. 초대 백작님께서 지으셨고, 제가 네 살 때 처음 배운 시이기도 하고요. 마지막 구절인 '나의 사랑하는 여인'에 답하는 여인의 시는 잘 알려지진 않았지만, 두 시가 하나가 되어 비로소 완성이라고 할 수 있겠지요."

미엘르는 가슴에 오른손을 대고 조용히, 그리고 맑은 목소리로 시를 읊었다. 이를 지켜보는 사람들의 눈에 흐뭇함이 서렸다. 아리아의 어머니인 백작 부인 또한 기특하다는 얼굴로 그녀에게 시선을 주었다. 흥을 돋운 조연의 뒤를 이은 주연의 등장이었다.

"……존경하는 마음을 모두 모아 그대의 미래에 흩뿌리리라……!"

그녀가 시 낭송을 마치자 식당에 박수갈채가 이어졌다. 시기하며 질투하여 이를 갈던 과거와는 다르게 이번에는 아리아도 그 무리에 함께했다. 양 뺨을 붉히며 수줍은 미소를 짓는 미엘르는 오늘의 진정한 주인공임이 틀림없었다.

언제나 그랬듯 아리아의 자리를 빼앗은 다음에 찾은 영광이었다. 천박한 출신의 계집과 대조되는 태초부터 고귀한 자에게 돌아가는 영광.

어쩌면 아리아가 있었기에 더 찬양받을 수 있었는지도 모른다. 멍청한 계집의 하찮은 자랑을 짓밟았기에 가능했던 찬사였을지도 모른다. 때문에 아리아는 그녀가 훔친 영광을 되찾기로 결심했다.

원래부터 그녀의 것이 아니었으므로.

"굉장히 아름다운 시구나, 미엘르. 그런데 그거 아니?"

박수 소리가 잦아들고, 조연인 아리아가 미소와 여유를 잃지 않고 물었다. 갑작스런 물음에 미엘르가 눈을 동그랗게 떴다. 모를 것이 분명했기에 아리아가 친절하게 답했다.

"이 시는 초대 백작님을 암살하려 했던 동생이 만든 답시였다는 사실을 말이야. 그래서 이 시가 유명하지 않다고 해. 초대 백작님께서 묻으로 나오기를 바라지 않으셨거든."

그래서 나도 일부러 외우지 않았어, 덧붙이는 말에 백작이 그러고 보니…… 라며 운을 뗐다.

“불과 몇 대 전까지만 해도 금시였던 사실이 떠오르는군. 가문에 저주를 내린다는 표현이 은유적으로 들어가 있기 때문이었지.”

미엘르의 고운 얼굴이 순식간에 얼음처럼 딱딱하게 굳었다. 금시인 데다가 가문에 저주를 내리는 시를 자랑스레 읊은 탓이다. 처음으로 쟁취한 승리에 아리아는 바닥을 구르며 깔깔 웃고 싶은 것을 애써 참았다.

과거와는 반대의 상황이었다.

뭐라도 하나 인정받고 싶어 가정 교사를 고용해 답시를 배웠다. 그러고는 외국에서 일을 마치고 오랜만에 돌아온 백작과 함께하는 자리에서 눈을 반짝반짝 빛내며 답시를 읊었다. 그러나 바로 이어지는 날카로운 비난에 아리아의 녹안은 순식간에 생기를 잃고 수치로 물들었다.

그것이 백작가에 들어온 지 얼마 되지 않았을 때의 일이었는데, 그때 당시 아리아를 비난했던 사람은 다름 아닌 오빠인 카인이었다.

그는 아리아보다 네 살이나 많은 데다가 아카데미에 다니고 있는 덕에 배움이 제일 빨라 아는 것이 많았고, 그 지식들을 이용해 사사건건 아리아가 뽐내는 모든 것에 딴지를 걸었다.

‘그런 그라면 분명 이 사실을 알고 있었을 터.’

하지만 굳이 제 여동생을 힐난하고 싶지 않았던 모양인지 시종일관 입을 다물고 있었다. 아니, 어쩌면 과거에는 단지 미엘르와 마찬가지로 천박한 출신인 아리아에게 상처를 주고 싶었던 걸지도 모른다.

그 사실을 확인하고자 아리아가 눈동자만 굴려 카인의 얼굴을 확인했다. 그는 입매를 단단히 굳히고 아리아를 쏘아보고 있었다. 미엘르가 창피를 당한 지금 이 상황이 어지간히 마음에 들지 않는 모양이었다.

아리아는 대놓고 미움을 받고 싶은 생각이 없었기에 어색한 웃음을 지으며 미엘르를 두둔하는 척을 했다.

"미엘르는 고작 열세 살인데 답시까지 외우다니 대단하구나."

그렇지만 미엘르가 금시를 제대로 알아보지 않고 외운 것에는 변함이 없었기에 분위기는 누그러지지 않았다. 아주 멍청하게도 말이다.

'제일 낮은 곳에서 나고 자란 천박한 매춘부의 딸도 아는 것을 모른 채 자랑까지 했으니 얼마나 창피할까.'

처음으로 탐탁지 못한 모습을 보인 제 딸에게 헛기침으로 주의를 준 백작이 포크를 들어 식사를 계속하자 권유했다. 새로운 아비에게 아이답게 해맑은 웃음을 지어 보인 아리아가 아직은 엉망진창으로 썰린 고기를 찍어 제 입에 가져갔다.

오늘따라 식사가 아주 만족스러웠다.

* * *

과거로 회귀한 아리아가 가장 먼저 한 일은 가정 교사를 고용하는 것이었다. 그녀는 천한 출신답게 죽기 직전까지 제대로 된 예의범절을 익히지 못했다. 십 년 가까운 세월 동안 보고 들은 것이 있으니 하려고만 하면 우아한 몸짓을 구사할 수 있었음에도 그렇게 하지 않았다.

정확하게는 그리할 필요가 없었다. 잘난 외모 하나로 백작의 마음을 훔친 제 어미를 닮아 외모만큼은 빠지지 않았기에 아리아가 아무리 천방지축으로 굴어도 그녀를 찾는 사람은 수도 없이 많았다. 보고만 있어도 취하게 되는 아름다움은 파티를 즐겁게 하는 필수 요소였기 때문이다. 비록 뒤에서는 천박함이 날이 갈수록 더해진다는 비난을 들었을지언정.

어쨌든, 천박하다 욕한다고 해도 그녀의 외모를 사랑하는 사람들이 수도 없이 많았기에 무언가를 배울 생각을 하지 못했다. 필요성을 느끼지 못했다. 파티에서 창피를 당한 적이 몇 번 있었지만 그때마다 한 무더기의 남성들이 아리아를 두둔했다.

지금 생각하면 하등 도움이 되지 않는 무리였다. 그들의 목적은 어디까지나 아리아를 한번 취하는 것이지 그녀를 사랑하거나 아끼는 것이 아니었다. 불빛에 뛰어드는 나방처럼 그저 그녀의 외모에 사로잡혔을 뿐이었다. 순식간에 불타 사라질 환상을 좇는 것처럼.

그러나 시간이 흐름에 따라 아리아를 따랐던 남성들은 자의 반 타의 반으로 총명하고 우아한 귀족 영애들과 혼약을 맺었고, 아리아의 곁에 남은 사람은 단 한 명도 없었다. 물론, 개중에 그녀를 진정으로 사랑했다 고했던 남자들이 몇 떠오르기는 했다. 과연 진실일지는 알 수 없었지만.

'그래, 그 멍청이들은 기회가 된다면 후에 시험해 보면 알겠지.'

당시에는 자신이 버려졌다는 모든 사실을 인정하지 않고 오로지 외모를 치장하는 데만 열중했었는데, 인생을 다시 시작할 기회를 얻은 지금은 그렇게 해서는 안 된다는 것을 깨달았다.

시들고 지는 외모를 평생의 자산으로 여기는 것만큼 멍청한 짓은 없다.

"처음 뵙겠습니다, 아리아 아가씨. 로렌 자작가의 사라라고 합니다."

열일곱 살쯤 되어 보이는 새로 온 가정 교사가 무릎을 굽히고 치맛자락을 들어 공손하게 인사했다.

곱지만 이렇다 할 특징이 없는 평범한 소녀였다. 내로라하는 실력을 자랑하는 사람들을 모두 거절하고 단 한 번도 누군가를 가르쳐 본 적 없는 그녀를 택한 이유는 단 하나였다.

지금은 보잘것없는 자작가의 외동딸인 그녀는 후에 빈센트 후작의 마음에 들어 후작 부인이 되기 때문이다. 황족의 피를 이은 프레데리크 공작가를 제외한다면 순수한 귀족 출신 중에서는 빈센트 후작이 권력의 정점이라 봐도 무방했다. 사라는 그런 대단한 가문의 안주인이 될 여자였다.

애초부터 권력의 정점에 서 있는 자들과 인연을 맺기는 힘들다. 그렇다면 후에 권력을 차지할 인물과 지금부터 친분을 쌓는 것이 좋지 않을까.

몇몇 인물들을 그 대상에 올린 아리아는 제일 접근하기 쉬운 사라부터 포섭하기로 결정했다. 아직 때가 묻지 않은 순수한 소녀는 곧 피에 물들 제단에 바쳐질 어린양처럼 다루기에 아주 쉬워 보였다.

아리아가 예법을 무시한 채 사라에게 달려가 그녀의 허리를 껴안았다. 갓 평민에서 귀족이 된 아리아가 할 수 있는 최대한의 환영 인사였다. 예상치 못한 갑작스런 상황이었지만 사라는 눈만 동그랗게 뜰 뿐 과장된 놀라움을 표하진 않았다.

아리아가 사라의 허리를 껴안은 채로 고개를 올려 그녀의 눈을 마주했다. 아이답게 방긋 미소 지은 아리아가 만나서 너무 반갑다며 열렬히 환영의 말을 쏟아 냈다. 천진난만한 그 모습에 사라가 따라 웃었다. 아리아가 아직 아이이기 때문에 가능한 일이었다. 그 속은 그렇지 않음에도 불구하고.

이 모습을 지켜보던 백작 부인이 아리아를 떼어 놓으며 사과했다.

"아직 예법을 잘 몰라 그런 것이니 너그러이 이해 바랍니다, 사라 영애."

"괜찮습니다. 괘념치 마십시오."

"아리아를 잘 부탁드리겠습니다."

사라는 아이를 좋아했다. 남자아이가 태어나면 더 이상의 임신을 원치 않는 여타 귀족 여성들과는 다르게 매년 아이를 출산할 정도로 좋아했다.

그녀는 다산이 귀족의 의무이자 책무라고 생각했으며, 낳은 아이들을 모두 사랑으로 키운 것으로도 유명했다. 때문에 눈을 씻고 찾아보아도 예법의 예조차 보이지 않는 아리아에게도 그 어떤 질책도 하지 않고 살가운 얼굴로 대했다.

백작 부인이 나간 뒤, 두 사람은 테이블을 사이에 두고 마주 앉아 앞으로의 수업에 대해 이야기했다.

"가르치게 되어 영광이에요, 아리아 아가씨. 아가씨께서는 무엇을 가장 배우고 싶으신가요?"

사라의 물음에 아리아가 길고 풍성한 속눈썹을 깜빡이며 고개를 갸우뚱거렸다. 잠시 동안 그러더니 무언가가 생각난 듯 제 손가락을 만지작대며 양 볼을 발갛게 물들였다. 복숭아처럼 보드라워 보이는 그 모습에 사라의 양 볼마저 붉게 변모했다.

"걷기, 앉기, 식사 예절…… 모두요! 왜냐하면 저는 제 동생인 미엘르처럼 아주 우아한 사람이 되고 싶거든요."

속은 썩어 문드러져 새카맣게 곪아 있지만 겉으로는 아주 순결하고 우아한 척하는 그런 사람. 악녀를 상대하기 위해선 똑같은 악녀가 되는 수밖에 없다.

'아니, 그 악녀를 뛰어넘는 악녀. 아주 두꺼운 가면으로 제 본색을 숨긴 악녀.'

그것이 아리아가 새로운 삶을 살아가기로 한 방식이었다. 미엘르와 똑같이 행동하여 과거에 자신이 맞이했던 비참한 최후를 겪게 해 주겠다는 다짐이었다.

아리아의 말에 사라는 곧장 그녀의 여동생을 떠올릴 수 있었다. 아직 어린 나이임에도 불구하고 기품과 우아한 몸짓으로 평판이 대단했다.

사업 특성상 외국의 고위 귀족들을 자주 저택으로 초대하는 백작 때문에 그녀는 걸음마를 떼기 시작했을 때부터 귀족 영애의 표본이 되기 위한 교육을 받았다고 했다. 동년배 귀족 영애들에 비해 배움이 빨랐기에 가능한 일이었다. 때문에 사라는 아리아의 마음을 이해할 수 있었다. 바로 지척에 레이디의 표본이 있으니 미엘르처럼 되고 싶은 것이 당연할 것이다.

단순히 외모로만 따진다면 매혹적인 눈매의 아리아가 우위일 것이 분명했으나 귀족들의 사이에선 그렇지 않았다. 이 세계에선 누가 얼마나 똑똑하고 고고한지를 뽐내는가에 따라 평판이 달라졌다.

'열네 살이라고 했던가. 여동생인 미엘르와 같은 머리색과 눈동자색인데 어떻게 저렇게도 다른 분위기를 풍기는 걸까.'

열네 살밖에 되지 않았음에도 은연중에 풍겨 나오는 고혹적인 분위기라든가 색향이 시선을 사로잡았다. 그것은 노력한다 해도 얻을 수 없는 자산이었다. 미엘르와 아리아가 나란히 선다면 사람들의 시선은 아리아에게 향할 것이 분명했다.

아직 어린 나이이니 사교계에 정식으로 데뷔하기 전까지 꾸준히 기품과 교양을 쌓는다면 사교계를 휘어잡을 대단한 인물이 되겠지. 사라는 이 어린 소녀를 가르치게 되어 대단히 영광이라는 생각까지 들었다. 그녀가 자신을 고른 것에 감사함을 느낄 정도로. 아리아와 사라는 비슷한 생각을 했다.

"시간이 조금 걸리겠지만, 최선을 다하겠습니다."

"그렇다면 앞으로 오래오래 볼 수 있겠네요. 너무 기뻐요."

아주 오랫동안 보았으면 좋겠네요, 미래의 후작 부인님.

아리아가 천진난만하게 웃었다. 사라의 미소에서 그녀가 자신에게 후한 평가를 내렸다는 것이 느껴졌다. 나쁘지 않은 시작이었다.

* * *

아리아는 사라의 가르침을 금방 습득했다. 이미 여러 사람들을 통해 수백, 수천 번 보았던 것들이라 배우는 데 어려움이 없었다. 한때는 몰래 미엘르의 몸짓을 흉내 내기도 했었고, 그간 보고 들은 것이 수천 개이니 빨리 습득하지 못하는 것이 더 이상했다.

하지만 그것은 아리아 혼자만 알고 있는 사실일 뿐, 다른 사람들에겐 예법이라고는 눈을 씻고 찾아도 없었던 여자아이가 단시간에 이를 습득한 것으로만 보였다.

한 마리의 나비처럼 우아하게 앉았다 일어나는 아리아에게 사라가 거침없는 박수를 보냈다. 할 수만 있다면 찬사라도 하고 싶은 얼굴이었다.

"이대로만 하신다면 올해 안에 기본적인 예법을 다 깨우치실 것 같네요."

"과찬이세요, 선생님."

아리아는 사라를 선생님이라고 불렀다. 신분이 낮은 데다가 가르친 경험이 부족한 사라에게 그럴 필요까지는 없었지만, 그 속내를 감춘 아리아는 가르침을 받기 때문에 선생님이 마땅하다고 말했다.

붙임성이 좋은 데다가 착하고 성실하기까지 한 아리아는 금세 사라의 마음을 사로잡을 수 있었다. 실제로 딱히 성실하지는 않았지만 알려 준 예법을 다음 수업까지 완벽하게 몸에 익혔기에, 이는 그녀를 성실히 보이게 하는 데 일조했다.

'불쌍한 아리아 아가씨.'

사실 세간에서 아리아에 대한 소문은 그다지 좋지 못했다. 아리아를 만나기 전, 사라 또한 떠도는 소문만을 듣고는 그것이 진실일 거라 가벼이 생각했었다. 지금 와서는 그렇게 생각한 자신이 부끄러울 뿐이었다.

아리아에 대해 떠도는 그 모든 소문들은 그저 어미가 매춘부 출신이라는 이유 하나만으로 아리아를 모르는 자들이 붙인 못된 소문일 뿐이었다. 그녀는 자신부터라도 아리아의 누명을 벗기는 데 도움을 주고 싶다고 생각했다.

비록 다른 귀족 영애들에 비하면 사교성도 부족하고 뭐 하나 눈에 띄는 것이 없지만, 어떻게 해서든지 도와주고 싶었다. 아직 어린 소녀가 겪기에는 너무나도 무섭고 끔찍한 소문이 많았다.

"아가씨, 기본 예법을 다 배우시면 다과회에 참가해 보시는 건 어떨까요?"

"다과회요?"

"예. 다과회는 인맥을 넓혀 줌과 동시에 새로운 것을 배울 수 있는 기회가 되니까요."

"그렇지만 저는 아는 사람이 별로 없는걸요. 어리기도 하고……."

"그건 걱정 마세요. 제 지인들은 모두 아리아 아가씨를 좋아할 거예요. 분명 아가씨께도 도움이 될 거예요."

"선생님……."

말끝을 흐린 아리아가 곧장 사라의 허리를 껴안았다. 아직 키가 작은 탓에 윗배에 얼굴을 묻고 훌쩍거리며 코를 삼키는 소리를 내자 사라가 아리아의 등을 토닥여 주었다. 안타까움 때문이다. 아직 꽃망울을 틔우지도 못한 작은 아이에게 무슨 죄가 있다고.

수업을 시작한 지 오래되지는 않았지만 그간 은연중에 내비쳤던 불안해하는 모습과 스스로를 미엘르와 비교하며 자기 비하하던 모습을 생각하면 이따금 열이 끓어오르기도 했다.

원해서 미천한 출신으로 태어난 것이 아닌데. 그것이 꼬리표처럼 따라붙어 그녀를 괴롭히는 것이 안타까웠다. 이렇게나 착하고 여린 소녀가 느끼기엔 과한 고통이 틀림없었다.

사라는 아리아가 기분 전환할 만한 화제를 꺼냈다.

"요즘 식사 시간은 어떤가요? 알려 준 대로 하고 계신가요?"

"그럼요! 이게 모두 다 사라 선생님 덕분이에요!"

언제 훌쩍였냐는 듯 고개를 치켜든 아리아가 밝은 얼굴로 답했다. 최근 들어 식사 시간이 기다려질 정도라고 대답하는 아리아를 내려다보는 사라의 얼굴에 웃음꽃이 피었다.

바로 어젯밤의 저녁 식사를 떠올리며 아리아가 눈을 곱게 접어 웃었다.

아리아가 제일 싫어하는 음식은 야채류였다. 익히면 느물거려서 식감이 별로였고, 익히지 않더라도 풀 맛이 진해 맛이 없었다. 또한 야채는 서민의 주식이기도 해서 백작가로 들어오기 전에 매일매일 구역질이 나올 정도로 먹어 질리기도 했었다. 그래서 매번 제 앞에 놓인 샐러드를 엎거나 마구 휘저어 먹을 수 없는 상태로 만들었다.

처음에는 하녀들이 새로 내왔었는데, 그때마다 먹기 싫다고 소리를 빽빽 질러 대는 통에 더는 그녀의 식사에 손대지 못했다. 때문에 가족의 화합과 교류를 위해 마련된 저녁 식사 자리에서 아리아는 늘 불청객이었다. 모두가 그녀의 식사 예절을 포기하고 비웃었다. 그녀의 어머니마저도.

그런 아리아가 조용히 샐러드를 먹기 시작했다. 드레싱을 곁들인 샐러드는 어느 정도 먹어 줄 만했다. 맛이 있진 않았지만 굳이 패악을 부릴 필요성을 느끼지 못했다는 말이다.

처음에는 아무도 눈치채지 못했다. 애초에 아리아의 앞에 놓인 음식들은 눈에 담으면 식욕이 뚝 떨어질 만큼 지저분하고 난장판이라 누구도 시선을 주지 않은 탓이다.

그녀의 식사 예절이 달라진 것을 가장 먼저 눈치챈 것은 아리아의 식기를 치우던 하녀들이었고, 그다음엔 백작 부인, 그녀의 어머니였다.

'어쩜, 언제 이런 식사 예절을 배운 거니, 아리아?'

‘사라 선생님이 알려 줬어요.’

‘어머나.’

뒤따른 것은 연민과 미안함이었다. 배우면 이렇게 잘하는 것을, 어찌 제대로 된 선생을 붙여 주지 않고 방치했을까 하는 미안함.

물론 처음 백작가에 들어왔을 때 가정 교사를 붙여 주기는 했지만 제대로 된 예법을 배우지 못했다. 거리에서 뛰어놀던 그녀가 배우기엔 너무나도 힘겹고 지루한 공부였기 때문이다. 지금 생각하면 모두 그 가정 교사가 못난 탓이라며 백작 부부가 혀를 찼다.

그리고 그것은 아리아가 노린 것이기도 했다. 출신이 비루하여 못난 것이 아니라, 제대로 배우면 너희들처럼 할 수 있다는 것을 알려 주기 위함이었다.

‘미엘르가 또래보다 뛰어난 건, 일찍 배웠기 때문이었으니까. 나도 얼마든지 가능하겠지.’

바뀐 아리아의 모습에 백작이 크게 기뻐하며 그녀가 원하는 것을 배울 수 있게 적극적으로 도와줄 것을 선언했다. 아주 다행히도 이를 불만스럽게 여긴 미엘르가 빈정거리기까지 했다.

‘저는 그동안 아리아 언니의 음식만 일부러 지저분하게 만든 줄 알았지 뭐예요.’

‘미엘르…… 설마 그 말뜻은, 누가 내 음식에 장난을 칠 만큼 날 싫어하기라도 한다는 거니? 그동안 내가 오만방자하기는 했지만, ……미움을 받고 있을 줄은 몰랐어.’

제가 생각한 반응과 달리 울상을 지으며 묻는 아리아에게 미엘르가 손을 내저었다. 그렇지 않다고 애써 부정하는 모양새가 무척이나 재밌었다. 속으로는 얼마나 욕을 하고 있을까. 아리아는 애써 터져 나오는 웃음을 꾹 눌러 참고 안타깝다는 얼굴로 말했다.

'그렇다면 정말 다행이야. 그런데 조금만 생각해 보면 알겠지만, 마법사가 아닌 이상 처음에 멀쩡했던 내 음식을 갑자기 지저분하게 만드는 것은 불가능하잖니? 아직 어려서 거기까진 생각이 닿지 않은 모양이야.'

'……자, 장난이었어요, 언니.'

'아, 그렇구나……! 가벼운 장난인지도 모르고 언짢아해서 미안해, 미엘르.'

어색하게 웃는 아리아의 모습은 연민을 불러일으키기에 충분했다. 기분이 상했을 것이 분명한데 사과까지 하는 아리아의 모습은 항상 강철의 심장으로 그녀를 대했던 백작의 마음을 움직이기에도 충분했다.

손에 든 포크를 조용히 식탁에 내려놓은 백작이 그간 제 친딸에게는 보여 준 적 없는 딱딱한 표정을 지었다. 늘 아리아에게만 보여 줬던 얼굴이었다. 과거, 그것은 늘 미엘르라는 대단한 작가의 작품이었으며 관람객은 가여운 아리아 혼자였다.

'미엘르, 말을 할 때에는 한 번 더 생각을 하고 말하거라. 네 언니가 상처받은 것이 보이지 않느냐. 누가 볼까 부끄럽구나.'

'죄송합니다…… 아버지. 그리고, 아리아 언니…….'

확연히 티가 날 정도로 일그러졌던 미엘르의 얼굴을 떠올린 아리아가 키득대며 웃었다.

20년을 넘게 산 아리아가 고작 열세 살의 미엘르를 휘두르는 일 따위 식은 죽 먹기였다. 비슷한 나이일 때는 몰랐는데 지금의 어린 미엘르는 별것 아니었다. 천재라고 생각했었는데, 고작해야 교육을 조금 빨리, 많이 받은 것에 불과했다.

'물론, 앞으로 시간이 지나면 달라지겠지만.'

아직까지는 어리기 때문이지만 나이를 먹은 그녀는 곧 20년을 넘게 산 아리아를 아무렇지 않게 괴롭힐 것이 분명했다. 애초에 누군지도 모를 아버지와 매춘부 어머니 사이에서 태어난 아리아와는 천지의 차이가 있었다. 그러니 지금부터 이를 천천히 대비하지 않으면 망하리라.

그것은 정해진 수순이었고, 아리아마저 의심치 않는 미래였다. 아무리 발악해 봤자 백작의 친딸인 그녀를 이길 순 없을 것이다.

'그렇지만, 내겐 신께서 주신 특별한 힘이 있으니까.'

그것은 바로 미래를 알고 있다는 점이었다. 이후 어떤 소시민이 권력을 꿰차게 될지, 제 아버지의 무역업이 어떻게 될지, 이를 넘어 앞으로 어떤 사업이 흥할지를 모두 아는 아리아를 이길 사람은 없었다.

그러니 대의를 달성하기 위해선 작은 것부터 차근차근 밟아 놓을 필요가 있었다. 아무리 미래를 안다고 해도, 고작해야 신분 상승을 꾀한 매춘부의 딸의 입지가 갑자기 상승할 리 없으니 말이다. 그래서 아리아는 가장 작은 것을 먼저 차지하기로 했다.

예를 들면.

"선생님, 저 선생님께 배우고 싶은 것이 있는데요."

"그게 무엇이지요?"

"자수를 배우고 싶어요."

자수같이 아주 사소한 것들.

사라는 마치 실물을 그대로 옮겨 놓은 것처럼 아름다운 자수를 놓는 것으로 유명했다. 아니, 후에 유명해질 예정이었다. 처음 그녀가 빈센트 후작의 시선을 끌었던 것도 그녀의 아름다운 자수가 놓인 손수건이었을 정도니까.

물론 자신에게는 타고난 아름다움이 있어 자수 따위로 사라처럼 남자의 마음을 얻으려는 것은 아니었다. 얼마 뒤 백작이 돌아오면 선물할 생각이었다. 하찮아 보이는 일이었지만, 아주 깊은 뜻이 숨겨져 있었다. 미엘르가 불같이 화를 내고 눈물을 짜낼 정도로 말이다.

딸이나 부인에게 처음으로 받은 손수건을 항상 품에 지니고 다니면 무병장수한다는 유래를 알 수 없는 미신이 있었다. 백작은 아직 미엘르에게 첫 손수건 선물을 받지 못했으니, 아리아가 선물한다면 그것을 평생 지니고 다녀야 할 것이다. 비록 친딸이 아니더라도 아리아가 딸인 것은 맞았으니까.

기억상 미엘르가 백작에게 자수를 놓은 손수건을 선물한 것은 그녀가 열다섯 살이 되었을 무렵이었다. 의외로 손이 굼떠 배우는 데 한참이 걸렸고, 완벽 주의자였기 때문에 만족할 만한 자수를 놓는 데 시간이 오래 걸렸기 때문이다.

'그러니 지금부터 배워도 한참이 걸리겠지.'

게다가 아리아는 사라라는 든든한 스승이 붙어 있었다. 만약 잘 되지 않는다면 사라에게 부탁해 대신 놓아 달라고 할 셈이었다.

아직 그녀의 자수 솜씨는 세상에 알려지지 않았기에 먼저 내밀어 버리면 그만이다. 그렇게 만든 대단한 손수건을 선물한다면 미엘르는 평생 자신이 수를 놓은 손수건을 선물할 수 없을지도 모른다. 분명 비교가 될 테니까.

자신이 수를 놓은 손수건을 사용할 때마다 겉으로는 우아하게 웃으며 속으로 보이지 않는 분통을 터뜨릴 미엘르를 떠올리자 웃음이 떠나지 않았다. 그것은 아리아가 새로이 만들 미래였다.

* * *

아리아는 사라에게 자수를 배우는 것을 어느 누구에게도 말하지 않았다.

스승인 사라에게도 비밀로 해 달라고 부탁했다. 누군가 알게 된다면 자연스레 미엘르의 귀에도 들어갈 테고, 그렇게 되면 그녀도 자수를 시작할 테니까.

아무리 미엘르의 손이 굼뜨다고 해도 동시에 같이 시작하는 것은 좋지 않았다. 그리고 미엘르가 자수를 배운다는 사실이 알려지면 백작은 아리아의 손수건을 받지 않을 가능성도 있었다. 아무래도 어느 날 갑자기 생긴 딸보다는 친딸의 손수건을 처음으로 받고 싶을 테니까.

다행히도 아리아의 방을 찾는 시녀는 제시가 유일했고, 마땅히 부를 일이 없어 거의 찾지 않아 들킬 위험은 없었다. 미엘르가 자신의 시녀를 붙였던 때는 아리아가 열다섯 살이 되었을 무렵이니 아직 조금의 시간이 남아 있었다.

이후 아리아는 틈틈이 자수 놓는 연습을 했는데, 이것도 회귀와 함께 신께서 주신 능력인지 사라만큼은 아니지만 금세 아름다운 수를 놓을 수 있었다. 고사리 같은 손으로 잘도 이런 수가 놓아진다고 스스로도 감탄할 정도였다.

단 며칠 만에 귀여운 토끼의 수가 놓인 손수건을 완성한 아리아는 그것을 제 스승인 사라에게 선물했다. 손수건을 받아 든 사라는 너무나도 감동하여 눈시울을 붉히기까지 했다.

"이제 가문의 인장을 수놓는 데도 어려움이 없겠어요."

"정말요? 그럼 선생님께서 도와주실 수 있으신가요? 옆에서 보고 따라 놓을게요."

"그럼요. 그럼 수업은 잠시 미루고 자수를 놓을까요?"

아리아는 백작 부인을 통해 받은 고급 실크를 꺼냈다. 다른 사람에게는 모두 비밀로 했지만 자신의 어머니에게는 몰래 언질 해 두었던 덕이다.

열네 살짜리 소녀의 깜찍한 계획에 백작 부인은 까르르 웃으며 눈을 빛냈다. '그럼, 얼마든지 하렴. 아주 좋은 생각이구나.' 하며.

그녀는 현재 자신의 위치를 만족하면서도 아리아가 노력하는 것을 지지해 주었다. 물론 별반 기대는 하지 않고 백작과 미엘르, 카인의 눈치까지 보고 있었기에 적극적인 지지는 아니었지만, 도움이 필요할 땐 도움을 주었다. 그나마 다행인 점이었다.

"굉장히 좋은 실크네요."

"아버지께 만들어 드릴 손수건이니까요."

귀엽기도 해라. 사라는 얼굴을 붉히며 답하는 아리아의 머리를 쓰다듬어 주고 싶다는 충동에 휩싸였다.

허공에서 멈춘 사라의 손을 눈치챈 아리아가 '선생님, 잘했다고 머리 쓰다듬어 주세요.'라고 배시시 웃었고, 그 사랑스러움에 사라가 아리아의 머리를 조심스레 쓰다듬었다.

사라는 엄청난 무례를 저지르고 있다는 얼굴이었으나, 아리아는 그녀가 자신에게 점점 더 호감을 갖고 귀여워해 주는 것이 무척이나 마음에 들었다. 아이가 되어 다행이라고 생각하며 사라의 손에 머리를 비비적거렸다. 부디 오랫동안 그녀가 자신을 아이처럼 여기고 사랑해 주기를 바랐다.

* * *

귀퉁이에 조그맣게 가문의 모양을 새기는 일은 그다지 오랜 시간이 걸리지는 않았다. 좋은 스승이 붙어 있었기 때문이다. 어설픈 부분은 사라가 고쳐 주었다.

가문의 상징인 백합을 은실로 곱게 놓은 검은색 손수건은 시중에 비싸게 팔아도 금세 팔릴 만큼 완성도가 높았다. 아리아는 완성된 손수건을 접어 서랍에 넣은 뒤 수를 하나 더 놓겠다며 사라에게 도움을 요청했다.

"어떤 모양이지요?"

"장미요."

"장미…… 요?"

장미라고 하면 프레데리크 공작가의 인장이었다. 황가의 직계가 세운 가문이라 금색 꽃잎이 그 상징이기도 했다.

아리아가 붉은색 천과 금색 실을 꺼내 들었다. 같은 것을 자신에게도 건네며 환하게 미소 짓는 아리아에게 사라는 조금 걱정하는 얼굴로 까닭을 물었다.

"금색 장미가 무엇을 뜻하는지 아시나요?"

"그럼요. 프레데리크 공작가의 인장이잖아요."

그리고 그곳의 후계자가 미엘르의 짝사랑 상대이기도 했다.

과거에 둘은 이어졌던가. 기억을 되짚었지만 확실한 답은 나오지 않았다. 약혼한 것까지는 기억이 나는데, 결혼했는지는 생각이 나지 않았다. 아리아는 공작가의 후계자에게 미엘르보다 먼저 손수건을 건넬 생각이었다. 그것도 그의 가문의 인장이 놓인 손수건을.

그가 받지 않으면 어쩌느냐는 질문은 필요 없었다. 받지 않는 게 아니라 받지 않으면 안 될 때 건넬 생각이었기 때문이다. 과거, 미엘르가 했던 것처럼 말이다.

손수건 한 장에 갑자기 그가 자신을 좋아하게 될 리가 없다는 것은 잘 알았다. 손수건은 그저 계기일 뿐이었다. 별 볼 일 없는 계기이지만 대화의 물꼬를 트게 될 계기. 그녀에겐 손수건에 놓인 자수보다 더 대단한 능력이 있었기에 그것을 피로할 계기일 뿐이었다.

명랑하고도 가벼운 아리아의 대답에 사라가 대답을 머뭇거렸다. 프레데리크가의 장미라면 그 모양이 아름답고 권위를 존경하는 이들이 많아 자주 쓰이긴 했으나, 미혼의 귀족 영애라면 조금 상황이 달랐다.

하물며 손수건이 아닌가. 더불어 아리아의 여동생인 미엘르가 후계자와 인연을 맺을지도 모르는 상황이었다. 다른 누구보다도 행동거지를 주의해야 하기에 만에 하나, 연심이라면 잘 타일러서 말려야 했다.

물론, 연심이 아니더라도 구설수에 휘말릴 것이 분명했다. 가뜩이나 근거 없는 소문에 고통받는 아이이거늘. 만약 아리아가 손수건에 장미의 수를 놓아 후계자에게 선물한다면 필시 바깥 외출을 못할 정도로 시달릴 것이라 생각했다.

'그러기엔 너무도 어여쁘고 착한 아이인데…….'

사라는 이렇게 밝고 예쁜 아이가 그런 일을 당한다면 마음이 아파 잠을 이루지 못할 거라 생각했다.

처음 만났을 때에는 아리아가 사교계를 휘어잡을 대단한 영애로 성장할 것이라고 생각했는데 지금은 조금 달랐다. 이렇게 순진하고 착한 소녀가 그 무서운 소굴 속에서 살아남을 것이라고 생각할 수 없었다.

사라가 아리아의 손을 잡았다. 그러자 반짝반짝 빛나는 녹안이 그녀를 올려다보았다. 순수함으로 점철된 아리아의 눈동자는 사교계의 더럽고 추악한 진흙탕에 어울리지 않았다. 어떻게 말을 꺼내야 그녀가 상처받지 않을까 고민하고 또 고민한 사라가 조심스럽게 입을 열었다.

"……혹시 공작 저하께 드릴 생각이신가요?"

"아니요."

"그럼…… 오스카 님이신가요?"

아리아는 자신의 손을 맞잡은 사라의 손이 미약하게 떨리고 있음을 느꼈다.

짐작이 갔다. 아마 이렇게 순수하고 착한 척을 하는 자신이 수두룩한 경쟁자들 사이에 끼어서 상처받을 것이 두려운 거겠지.

'그 누구보다 내가 추악하다는 것을 모르고.'

과거에 이용을 당하긴 했지만 자신이 악행을 저질렀던 것은 사실이었다. 진정으로 착한 소녀였다면 누군가 부추긴다 해도 거절하고 그릇된 행동을 하지 않았을 것이다.

게다가 새로운 삶을 살게 된 지금도 어떻게 하면 미엘르에게 처절하게 복수할까만 생각할 뿐, 착하게 살려는 생각 따위 단 한 번도 해 본 적이 없었다.

그랬기 때문에 아리아는 음흉한 제 속내를 숨기고 밝게 웃을 수밖에 없었다. 예전처럼 멍청하게 속을 다 까발리고 덫에 걸리는 일이 없도록.

아리아가 고개를 저었다.

"아니요. 가문의 인장이 너무 예뻐서 꼭 한번 만들어 보고 싶었어요. 저는 사라 선생님께서 말씀하신 분들이 누구신지도 모르는걸요."

거짓말이었다.

실은 너무나도 잘 알고 있었다. 한때는 오스카를 유혹하려 한 적도 있었으니까. 너무도 차갑고 싸늘한 그의 눈빛에 몇 번 시도조차 하지 못하고 두려움에 미련 없이 포기했지만, 어쨌든 자주 만난 것은 사실이었다.

아리아의 대답에 사라가 안심한 듯 표정을 풀었다. 딱딱하게 굳어 있던 미소는 어느새 부드럽고 자애로운 미소로 돌아와 있었다. 프레데리크 공작가의 인장이 아름다운 것은 사실이었으니, 아리아의 말대로 인장이 예뻐서 그런 것이라고 납득한 듯했다.

사라는 더는 아리아의 순수한 마음을 의심하지 않고 프레데리크 공작가의 인장에 대해 설명했다. 그녀 또한 수를 놓아 본 적이 있었던 모양인지 꼼꼼하게 주의할 점을 알려 주었다.

"장미 모양은 꽤 고난도에 속한답니다. 축이 조금만 어그러져도 모양이 뒤틀리거든요. 그러니 중심축을 잘 잡고 주변을 둘러싸듯 꽃잎을 부풀려야 하지요."

사라의 말대로 장미 모양의 수를 놓는 것은 꽤 힘들고 지치는 일이었다. 한 땀이라도 방향이 엇나가면 아주 볼품없어졌기 때문이다. 이미 로스첸트 가문의 인장을 수놓는 데 반나절 이상을 소비했기 때문에 장미 인장은 다음 수업 시간에 계속하기로 했다.

* * *

그날 저녁, 마침 백작이 일정을 앞당겨 저택으로 돌아왔기에 오랜만에 가족이 모두 모여 저녁 식사를 할 수 있었다. 미엘르는 그간 자신이 얼마나 열심히 공부했는지 쉬지도 않고 종달새처럼 지절거렸고, 카인은 방학이 끝나 아카데미 기숙사에 가게 되었다고 말했다.

"벌써 그렇게 되었나."

"주말에 출발할 예정입니다."

그것참 아주 잘된 일이네. 아리아가 미소를 지었지만 아무도 그녀를 신경 쓰지 않았기에 들키지 않았다.

아리아는 아주 조용히 화목한 가족들의 하는 양을 지켜보았다.

그들은 아리아 없이도 하하 호호 웃으며 즐거운 시간을 보냈고, 그곳에는 어설프게나마 그녀의 어머니도 끼어 있었다. 미엘르는 아예 아리아의 존재를 배제시킬 모양인지 그녀가 알지 못하는 화제만 쏙쏙 골라 대화를 주도했다.

'고작 열세 살인 주제에.'

제 아버지의 사업을 어찌 그리도 잘 아는지, 아리아는 고마움에 눈물이 날 지경이었다.

"그래서 아버님께서도 세련된 가죽에 투자하시는 게 어떨까요? 이미 유행에 민감한 귀족 영애들은 드레스에 가죽을 넣고 있답니다. 허리 부근에 코르셋처럼 가죽을 덧대 참신하게 말이에요."

"가죽의 유행은 재작년부터 예견되어 왔었지. 조금 늦은 감이 없지 않아 있지만 네 말대로 지금이라도 양질의 가죽을 확보하는 편이 좋겠구나."

로스첸트 백작이 흐뭇한 얼굴로 미엘르의 말에 맞장구를 쳤다. 작은 아이가 조곤조곤 제 의견을 피력하는 모습이 귀여웠다. 하지만 미엘르와 백작의 예상과는 다르게 가죽은 향후 몇 년간 유행하지 않는다. 아니, 평생.

무겁고 뻣뻣한 가죽은 속에 무언가를 덧대 두껍게 만드는 것이 어렵고, 또한 입은 사람에게 불편함을 주기 때문에 점차 기피하는 옷감이 된다. 게다가 모양과 색감 또한 다양하지 않고, 가죽 특유의 퀴퀴한 냄새가 났기 때문에 유행을 선도하는 귀족 영애들의 취향에 반(反)했다.

잠자코 다정한 부녀의 이야기를 듣던 아리아가 냅킨으로 제 입을 닦고 천천히 입을 열었다. 그녀가 아는 첫 번째 미래를 이야기할 때가 온 것이다.

"아버지, 저도 한 말씀 올려도 될까요?"

"아리아, 네가? 그래, 어떤 말인지 들어 보자."

내내 조용히 있던 아리아가 대화에 참여하자 순식간에 시선이 쏠렸다. 비아냥거리는 시선과 놀라워하는 시선. 그리고 걱정하는 시선 속에서 아리아는 주눅 들지 않고 당당하게 말했다.

"확실히 가죽은 몇몇 귀족 영애들 사이에서 유행하고 있고, 오래전부터 영식들께서 사용해 온 옷감이라 어느 정도 물량이 지속적으로 필요할 거라는 생각은 저도 동의해요. 하지만 정말 그럴까요?"

늘 땍땍거리며 소리만 지를 줄 알던 아리아가 갑자기 점잖게 말을 꺼내자 백작의 눈에 흥미가 어렸다. 아이답지 않은 말투와 확신에 찬 표정. 교육을 받은 지 얼마 되지도 않았는데 벌써 저렇게 논리 정연하게 말을 뱉는 그녀는 모든 이들의 흥미를 끌어내기에 충분했다.

확실히 미엘르의 말대로 몇몇 귀족 영애들 사이에서 가죽이 유행하고는 있지만 그것은 널리 퍼지지 않고 소수에 그쳤다. 백작도 내심 가죽의 단점에 대해 파악하고 있었기에 그간 옷감을 확보하지 않았던 것이고 앞으로도 그럴 생각은 없었다. 그저 자신의 귀여운 딸의 말에 맞장구를 쳐 주었을 뿐이었다. 어리니까 아직 시야가 좁구나, 생각하며.

그런데 아리아는 조금 다른 것 같았다. 그녀는 왠지 모를 자신감에 차 있었다. 백작은 아리아의 나이와 출신을 뒤로하고 순수하게 사업가로서 그녀의 뒷말을 기대했다.

"가죽에는 한계가 있어요. 색을 염색한다 하더라도 쉽게 빠지고 또 물이 잘 들지도 않죠. 그래서 몇 년 동안 지지부진한 상태에 그친 것이구요. 귀족들 사이에서 유행은 쉽게 퍼지고 쉽게 사라지는데도 말이죠."

"흠, 확실히 그렇지."

백작이 제 턱을 매만지며 맞장구쳤다.

"그리고 제가 들은 바로는……."

아리아가 백작에게서 시선을 돌려 미엘르를 응시했다. 그녀는 미엘르에게 아주 해맑은 미소를 지었다. 아리아는 아직 본론을 꺼내지도 않았는데 벌써 제 의견을 부정당한 미엘르가 입술을 깨물었다.

과거 아리아가 직접 겪은 바로는, 이후 가죽이 아닌 다른 것이 유행하고 그것의 유행을 선도하는 사람이 나타난다. 그녀가 착용한 모든 것이 유행이 되는 아주 고귀하고 대단하신 분. 그녀는 자신이 걸친 모든 것들이 유행이 된다는 사실을 알았기에 정식으로 착용하기 전에는 절대로 외부로 유출되지 않게 주의했다.

하지만 미래를 한차례 겪은 아리아는 달랐다. 모든 것을 알고 있었다. 만약 가죽을 걸쳤다면 가죽이 유행했겠지만 그녀가 착용한 것은 다행히도 가죽이 아니었다.

"최근 북쪽 지방에 휴양을 떠나셨던 공주님께서 모피를 대량으로 구입하셨다고 해요."

"……모피라고?"

"네. 모피를 실은 마차가 몇 대나 황궁으로 들어갔다는 소문이 파다해요. 가죽과는 다르게 여러 가지 색감을 뽑아낼 수 있고, 또 보드라운 데다가 세탁 방법에 따라서 냄새도 나지 않죠."

실제론 들지도, 그 누구도 마차를 보지 못해 전혀 소문이 나지 않았지만 사실이었다. 북쪽 지방에서 돌아온 공주는 정말로 모피를 대량으로 구입했고, 파티가 열릴 때마다 매번 다른 모피를 걸치고 등장해 금세 유행을 선도했다.

모피는 구하는 것과 가공이 복잡하고 오래 걸리기에 유행이 찾아왔을 때에 뒤늦게 손을 대면 소용이 없다. 양질의 모피는 한정적인 탓에 선점하는 자가 모든 모피를 독점할 것이 분명했기 때문이다.

공주가 입는다면 분명 그 유행이 제국 전역으로 뻗어 나갈 것이다. 아리아의 말이 진실이라면 당장이라도 고급 모피를 선점해야 했고, 거짓이더라도 확인은 해야 했다.

백작은 그녀의 말이 일리가 있다고 생각한 모양인지 시종을 불러 사실 여부를 확인하라 지시했다. 정말로 공주가 모피를 대량으로 구입했다면 지금 당장 움직여야 한다.

대단한 상인이지 않은가. 고작해야 천박한 출신의 아이가 말하는 것을 믿다니. 아리아가 만족하며 활짝 웃었다.

"그 이야기를 어디서 들었지?"

"음……. 글쎄요? 누구였더라……? 어라? 어디서 들었지? 정말 듣긴 들었는데…… 잘 기억이……."

사라의 이름을 댈까 했지만 그랬다간 백작이 사라에게 직접 물을지도 몰라 그렇게 하지 않았다. 그저 제 나이 또래의 소녀처럼 '잘 기억이 안 나요!'라며 웃음으로 얼버무렸다.

백작은 몇 번이고 소문의 출처를 물었으나 아리아는 그저 언제 그랬냐는 듯 고개를 갸웃거리는 것으로 일관했다.

그가 지금 어떻게 생각하든 상관없었다. 자신의 말을 따라 모피를 구한다면 굉장한 이득을 얻을 것이고, 그러지 않는다면 믿지 않아 손해를 봤다고 땅을 치며 후회를 할 것이다.

그 어느 쪽을 택하든 아리아는 손해를 보지 않고 백작에게서 신뢰를 얻을 수 있었다. 그렇기에 아리아는 백작이 후회하고 다시는 자신을 거스르는 일이 없도록 아주 천진난만한 얼굴로 모르는 척을 했다.

그제야 아리아가 원래 어떤 아이였는지 깨달은 백작이 얼굴을 굳혔다. 얼마 전까지만 해도 제 맘에 들지 않는 것이 있으면 소리를 빽빽 지르고 떼를 쓰던 아이. 자신의 허리까지밖에 오지 않는 어린 아이의 이야기를 진지하게 들었다는 것이 창피하기까지 했다.

그러나 공주에 대한 소문은 혹시 모르니 그대로 알아보도록 내버려 두었다. 오래 걸리지도 않을 테고, 운이 좋게 얻어 걸린다면 소위 말하는 대박이니까.

조금의 침묵을 두고 다시 시작된 대화에서 아리아가 끼어들 틈은 없었다. 아니, 아리아는 끼어들 생각조차 없었지만 그녀의 멍청한 대답을 기꺼워한 미엘르가 어릴 적 추억 이야기를 꺼내는 바람에 백작 부인마저 소외되었다. 깨끗하게 썰린 마지막 고기 조각을 입에 넣은 아리아는 전혀 이 상황을 개의치 않았다.

어차피 마지막에 웃게 될 사람은 바로 자신이니까.

* * *

며칠 수도에 머물다가 떠난다던 백작은 다음 날 점심때 즈음이 되자마자 출장 준비를 했다. 두꺼운 옷을 몇 벌이나 챙기는 것을 본 아리아가 직감했다. 아, 내가 한 말을 믿었구나, 하고.

그녀의 예상대로 백작은 공주가 모피를 구입했다는 정보를 입수했다. '공주님께서 북쪽 지방에서 무엇을 구입하셨습니까?'라는 질문부터 출발했다면 시일이 꽤 걸렸겠지만, '공주님께서 구입하신 모피가 대단히 고급이라면서요?'라고 시작하면 답을 얻는 것은 그리 어렵지 않았다.

점심도 먹지 못하고 급히 출발하여 미안하다며 백작이 부인의 뺨에 키스했다. 그는 차례차례 제 아들과 딸에게 다녀오겠다고 머리를 쓰다듬으며 전한 뒤, 마지막으로 아리아에게 시선을 주었다. 그 시선은 기쁨과 만족감, 그리고 대견함이 뒤섞여 거대한 호의로 자리 잡았다.

아리아는 백작이 제 머리를 쓰다듬기 전에 먼저 그의 손을 잡았다. 백작은 조금 놀란 듯했으나 잘 다녀오시라는 아리아의 밝은 목소리를 듣곤 다정한 미소를 품었다. 아리아는 처음 마주하는, 마치 진짜 아비의 미소와도 같았다.

이어 아리아가 안주머니에 숨겨 두었던 손수건을 꺼냈다. 그것을 백작에게 내밀자 이게 무엇이냐는 질문이 들려왔다.

"손수건이에요. 아직 수를 잘 놓지 못해 엉성하지만 먼 곳에 가실 테니 필요하실 것 같아서요. 몸 건강히, 그리고 조심히 다녀오세요."

그에 맞은편에 서 있던 미엘르의 눈이 더는 커질 수 없을 만큼 커졌다.

설마, 받지 않으시겠지. 그녀의 표정이 그리 말하고 있었다. 하지만 그녀의 바람과는 달리 백작은 흔쾌히 손수건을 받아 들었다. 지금의 백작은 아리아가 천사로 보임이 틀림없었기에.

게다가 아리아가 놓은 수가 대단히 아름다웠기에 기분이 좋은 상태가 아니더라도 받았을 것이다. 고작 열네 살짜리 작은 여자아이가 놓은 수라고는 생각되지 않을 정도였다. 백작은 손수건을 제 부인에게 보여 주었다.

"어쩜, 수를 놓는다고 해서 실크를 구해다 주긴 했는데, 이렇게 아름답게 완성할 줄은 상상조차 하지 못했어요."

꼬리 아홉 개를 감춘 백작 부인은 미엘르와 카인에게도 아리아가 놓은 자수를 보여 주었다. 자신의 딸이라서 하는 빈말이 아닌, 정말로 아름답게 놓인 백합의 자수에 그 누구도 토를 달 수 없었다.

미엘르는 제 손에 놓인 보드라운 손수건을 하염없이 내려다보았다. 당장이라도 향기를 뿜어낼 것 같은 싱그러운 백합이 생생하게 놓아져 있었다. 그녀가 보았던 그 어떤 자수보다 우아하고 아름다웠다. 과연 내가 이 자수보다 대단한 것을 놓을 수 있을까. 눈물이라도 왈칵 쏟아질 것 같은 느낌이었다.

그런 미엘르의 상태를 눈치챈 아리아가 아주 순진하고 해맑은 얼굴로 그녀에게 물었다.

"필요하다면 미엘르 네게도 손수건을 만들어 줄까? 카인 오라버님도 말씀만 하시면……."

"아니, 난 됐다."

카인은 아리아의 말을 다 듣지도 않고 거절의 말을 내뱉었다. 예상했던 반응이라 아리아는 어깨를 으쓱이며 미소를 잃지 않았다.

"그러시군요. 그럼 미엘르의 몫만 만들면 되겠네요."

미엘르는 충격으로 인해 반쯤 정신이 나간 것인지 아무런 대답도 하지 않았다. 제 아비가 먼 곳으로 출장을 가는데도 손 한 번 흔들지 않고 멍하니 쳐다보기만 했다.

멍청했던 과거의 자신처럼 패악을 부릴 거라곤 생각하지 않았지만 그렇다고 저렇게 충격을 받을 줄은 몰랐다.

뭐, 아주 만족스럽지만.

* * *

방으로 돌아온 아리아가 키득키득 웃었다. 미엘르에게는 최고의 자수를 선물할 생각이었다. 자신이 만들어 준다고 하지는 않았으니 사라가 놓은 자수를 말이다. 분명 매일매일 자수를 들여다보며 자괴감에 빠질 것이다. 아직 나이가 어리니 더 그러겠지.

정신을 차리고 나면 어떻게든 아리아를 이겨 보려고 굼뜬 손으로 자수를 배울 테고, 자신이 대단히 자수를 못 놓는다는 것을 깨달게 되면 아주 큰 충격에 빠질 것이 틀림없었다.

'어쩌면 평생 자수를 두지 못할 수도.'

과거의 나처럼.

과거의 아리아는 모든 면에서 미엘르에게 뒤처져 항상 열등감에 시달렸었다. 그녀처럼 우아하지 못함에, 논리적이지 못함에, 사교적이지 못함에, 사랑받지 못함에 자괴감을 느꼈고 시녀의 꾀에 넘어가 악행으로 이를 표출했다.

평생 넘지 못할 벽이라고 생각했다. 그래서 유일하게 그녀를 이길 수 있는 외모를 가꾸는 데 열중했었다. 지금 생각하면 시간은 조금 걸렸겠지만 얼마든지 넘을 수 있는 벽이었음에도 과거에는 깨닫지 못했다. 처음부터 안 된다고 생각했기 때문이다.

'그러니, 이제 반대가 되어도 괜찮겠지.'

미엘르가 무언가를 하려고 하기 전에 선수를 쳐 아무것도 하지 못하게 하는 거다. 그게 반복되다 보면 그녀 역시 과거의 자신처럼 엉망진창이 될 것이 분명했다. 생각만 해도 짜릿한 희열감이 전신을 강타했다.

그리고 그날, 미엘르는 점심도 저녁도 들지 않고 제 방에만 처박혀 있었다. 처음 보는 여성들이 미엘르의 방에 드나들었는데 모두들 곤혹스러운 얼굴로 돌아갔다고 했다. 그녀들은 모두 자수에 일가견이 있는 자들이었지만, 미엘르의 기준에는 미치지 못한 모양이었는지 그녀를 가르치는 일은 없었다.

그리고 그사이 사라가 놓은 자수가 미엘르에게 건네졌다. 금방이라도 나비가 날아들 것처럼 아름다운 백합의 자수에 그녀는 아무런 반응을 표하지 않았다. 그저 그녀를 찾는 방문객이 더욱 늘었을 뿐이었다. 며칠 동안이나 미엘르를 찾는 낯선 손님들을 보며 아리아가 숨죽여 웃었다.

'아무리 노력해도 소용없다는 걸, 너도 느껴 볼 때가 됐지.'

과거에는 모든 것을 미엘르가 먼저 배워 자신보다 우월했을지 모르겠지만, 지금은 달랐다. 신께서 아리아에게 과거의 기억과 새로운 시간을 선물했기 때문에, 아리아가 자신이 겪은 고통을 미엘르에게 선사할 수 있게 되었기 때문에.

* * *

이제 우아하게 걷는 방법까지 제대로 익힌 아리아는 당장 사교계에 나가도 손색이 없을 정도로 귀족 영애다웠다. 나이까지 감안한다면 꽤 호평을 들을 정도였다. 동년배의 여타 영애들에 비한다면 찬사를 받을 만큼 성장했다.

이에 콧대가 높아진 것은 아리아의 어머니인 백작 부인이었다.

그녀는 망나니 같았던 제 어린 딸이 남부끄럽지 않게 돌변한 것에 대해 무척이나 자랑스럽게 생각했다.

왜 돌변했는지 궁금해하지는 않았다. 그런 것까지 신경 쓰기에는 그녀의 위치가 애매하고 불안했기 때문이었다. 그저 조금 더 노력하고 배워서 자신보다 더 좋은 집안에 시집가기를 바랄 뿐이었다. 이를테면 후작 부인이나 공작 부인 정도.

"어떻게 생각하니?"

"빈센트 후작님이시라면 제짝이 있으세요."

바로 제 선생님이죠. 오랜만에 정원에서 점심 식사를 즐긴 모녀는 후식으로 마련된 녹차를 마시며 담소를 나누었다. 백작 부인은 아리아에게 끊임없이 남편감에 대해 물었고, 아리아는 그때마다 그들이 후에 혼인하게 될 여성들을 떠올렸다.

빼앗지 못할 정도는 아니었지만 굳이 빼앗고 싶은 생각이 들지 않았기에 이를 모두 거절하자, 백작 부인이 마음에 들지 않는다는 듯 아리아를 타박했다.

"제짝이라는 게 어디 있겠니? 다 노력하는 사람의 몫이지. 이 엄마를 보렴."

그녀는 노력의 산물이었다. 아무리 아름답다고 한들 본처를 잃고 얼음장같이 차가워진 백작의 마음을 녹이기는 쉽지 않았다. 그녀보다 더한 노력파는 없다고 봐도 무방했다. 아리아가 작게 웃었다.

"저는 아직 어리잖아요. 열네 살밖에 되지 않았는걸요."

"이제 곧 열다섯 살이나 되는 거지. 여자의 젊은 시절은 금방 지나간단다."

백작 부인은 그녀의 나이 고작 서른두 살밖에 되지 않았건만 자신의 젊은 시절을 회상이라도 하는 듯 허공으로 시선을 던졌다.

그녀는 갓난아이일 때 거리에 버려진 탓에 온갖 더러운 일을 하며 자랐다. 초경이 시작되기도 전에 매음굴에 잡혀 갔고, 그곳에서 수도 없이 손님을 받았다.

그 지옥에서 벗어나는 길은 단 한 가지뿐이었다. 바로 돈 많고 권력을 가진 남자를 잡는 것. 그 외에 그녀를 구원할 방법은 없었다. 그것을 깨달은 것이 그녀의 나이 고작 열다섯 살이었을 때였다.

이후 그녀는 수단과 방법을 가리지 않고 권력자들에게 교태를 부렸고, 개중 누군가는 열렬한 사랑을 약속하기도 했으나 단 한 번의 만남 이후 돌아오지 않아 잊은 지 오래였다. 그렇게 열일곱 살이 되었을 때에 그녀를 매음굴에서 빼내 주겠다는 남자를 만났다. 비록 시골이기는 하나 아주 작은 영지를 관리하는 남작이었고, 손에 쥔 것이 아무것도 없었던 그녀에겐 그가 신과도 다름없었다.

그러나 불행히도 남작이 그녀를 빼내 주기 전에 임신 사실이 드러났고, 아비가 누군지 몰랐던 탓에 그녀는 지옥에서 빠져나올 수 없었다. 너만 아니었다면. 절망에 빠진 백작 부인이 아리아에게 입버릇처럼 했던 말이었다.

"지금 생각해 보면 널 가진 게 행운이었을지도 모르겠어."

"……어째서요?"

"시골에 처박힌 남작 부인보다는 대영지와 상단을 가진 백작 부인이 더 낫잖니?"

백작 부인의 얼굴엔 한 줌의 거짓도 없었다. 까딱 시기를 놓쳤었다간 아리아마저 매춘부가 될 수도 있었건만, 그녀는 그런 가능성에 대해선 전혀 생각하지 않는 모양이었다.

아리아가 작게 미소 지었다. 저렇게 천박하게 굴어도 버리지 않고 키워 줬으니 그녀에겐 크게 불만을 갖진 않았다. 자신을 버렸다면, 모르는 척 살았다면 그녀는 곧장 좋은 남자를 만나 진즉에 신분 상승했을지도 몰랐으니 말이다.

하지만 제 어미는 그렇게 하지 않았다. 아리아를 낳아 키웠고, 백작가에도 데려와 주었다. 평생을 불행하게 살아온 그녀로서는 쉽지 않은 일이었을 것이다. 최대한의 모정이었을 것이다. 천방지축으로 놀아나며 어미의 죽음을 막지 못한 자신과는 천지 차이였다.

식은 차를 새것으로 바꿔 오라 지시한 백작 부인이 무언가를 곰곰이 생각하더니 주변을 둘러보았다. 근처에 아무도 없는 것을 확인한 그녀가 아주 은밀하고 조용히 아리아에게 물었다.

"그러고 보니 미엘르가 프레데리크 공작가의 장남에게 관심이 있는 모양이더구나."

"오스카 님을 말씀하시는 거죠?"

"그래. 카인과 동갑이라고 했지. 미엘르가 데리고 오라며 사정하던 것을 봤단다."

그리고 아리아의 열다섯 살 생일이 지난 조금 뒤, 카인은 방학을 맞이하며 오스카와 함께 저택을 방문하게 된다.

그곳에서 긴장한 미엘르는 오스카에게 차를 엎을 것이고, 그는 손수건을 필요로 하게 된다. 마침 품에 가문의 인장이 수놓인 손수건을 지니고 있던 미엘르는 그것을 오스카에게 건넨다. 그녀가 만든 것이 아님에도 그녀가 만들었다 거짓말을 하며.

'그래, 바로 그 장면을 내가 목격하게 될 거고.'

아리아는 백작 부인이 무엇을 말하고 싶어 하는지 쉽게 알아챌 수 있었다. 쓸데없이 미엘르가 관심 있어 하는 사람의 이야기를 할 리가 없으니까.

아직 프레데리크 공작가의 후계자에겐 공식적인 약혼자가 없었다. 권력과 재력의 결합이라는 목표하에 미엘르가 가장 유력하기는 했지만 달리 여색에 관심이 없는 오스카는 미엘르와 자주 만남을 갖지도, 연락을 취하지도 않는 듯 보였다.

조금 더 머리가 큰 뒤 대화를 나누고 만남을 가진다면 달라질지도 모르지만, 어쨌든 지금은 특별한 사이가 아니었다. 그러니 비록 출신은 천박할지라도 같은 로스첸트가의 여식인 아리아에게도 충분히 기회가 있다는 말이었다.

새로운 차를 내온 시녀가 공손히 예를 표하고 조금 떨어진 곳에 대기했다. 백작 부인이 차를 들어 한 모금 입에 담았다.

"이 어미는 네가 행복하기를 바란단다, 아리아."

"걱정 마세요, 어머니."

제가 잘된다는 보장은 해 드릴 수 없지만, 미엘르를 망칠 각오는 충분히 되어 있거든요. 남이 불행해야 상대적으로 제가 행복한 거잖아요.

두 모녀는 포근한 초가을 바람을 맞으며 행복하게 웃었다.

2. 새로운 만남

2. 새로운 만남

백작이 떠나고 며칠 뒤 카인도 아카데미로 돌아갔다.

그는 아리아 모녀 사이에 홀로 남을 미엘르를 무척이나 걱정했지만, 예전과는 다르게 아리아가 얌전해진 덕에 길고 긴 여운을 남기고 마차에 올랐다. 카인 역시 아리아와 새로운 백작 부인에 대한 감정이 그리 좋지는 않았지만, 미엘르처럼 순수한 악의에 차 있진 않았기 때문이다.

더불어 가문의 후계자인 카인은 학업과 동시에 후계자 수업을 병행하고 있었기에 제 누이에게 피해만 끼치지 않는다면 딱히 간섭할 생각은 없어 보였다.

카인이 떠나고 겨우 자수를 지도할 선생을 고용한 미엘르는 온종일 방에 틀어박혀 수를 놓는 데 몰두했다. 다른 수업을 모두 물리고 자수에만 열중하는 모습을 보니 문을 꼭 닫은 방 안이 어떤 상태일지 상상이 되었다.

과거와는 다르게 조용히 지낸 덕에 자신에게 쏠리는 날카로운 시선은 없어졌다. 열등감은 도리어 미엘르가 느끼고 있었다. 이보다 더 좋은 상황이 있을까. 연신 미소를 지우지 않고 차를 마시는 아리아에게 사라가 다정한 얼굴로 물었다.

"무슨 좋은 일이라도 있으신가요?"

"그럼요. 최근 일어나는 모든 일들이 다 좋은 일이지요. 그중에서 사라 선생님을 만나게 된 것이 제일 좋은 일이에요."

덕분에 미엘르의 일그러진 얼굴을 볼 수 있었으니까요. 작은 아이의 행복한 미소는 소녀의 얼굴을 붉히게 만들기 충분했다.

마냥 귀여운 아이였던 아리아는 이제 우아함과 기품을 지닌 소녀가 되었고, 어디에 내놓아도 콧대가 높아질 만큼 품위가 넘쳤다. 불과 몇 달 만의 일이었다.

아리아가 우아하게 차를 마시는 모습을 잠시 응시하던 사라는 지난번에도 한 번 꺼내 보았던 말을 다시 입에 담았다.

"며칠 뒤에 다과회를 계획하고 있어요. 제 지인들만 초대할 아주 작은 다과회이지요."

"그러시군요."

"아버님께서 귀한 차를 선물 받으셨거든요. 그걸 제게 주셨지 뭐예요."

사라가 부드럽게 웃으며 말을 이었다.

"그래서 아리아 아가씨께서도 시간이 괜찮으시다면 참석하시는 게 어떨까요?"

아리아가 놀란 척하며 눈을 동그랗게 떴다.

제가 어떻게 감히 그런 자리에! 앙증맞은 손으로 입매를 가리며 고개를 절레절레 젓자 사라가 이제 충분하다며 작고 가여운 아리아를 설득했다.

"저는 이렇게 사랑스러우신 아리아 아가씨를 제 지인들에게 자랑하고 싶어요."

아리아는 왜 이렇게 사라가 다과회에 나오라고 하는지 알고 있었다. 항간에 퍼진 소문 때문이겠지. 그녀도 익히 그 소문에 대해 알고 있었다. 과거부터 지금까지 지겹도록 들어 온 소문이었으니까.

창녀의 딸이 백작의 딸을 질투해 매일같이 패악을 부리고 있다.

제 어미를 닮아 고약한 성미에서 악취가 난다.

도둑고양이 같은 년이 로스첸트 백작가를 망치려 들고 있다.

때문에 가여운 미엘르가 매일 밤 눈물로 밤을 지새운다고 한다.

그런 소문이었다.

사실 거의 맞는 말에 가까웠다. 회귀를 하기 전까지는 거의 저런 상태였으니까. 미엘르의 부분만 빼면 부정할 수 없는 사실이었다. 누가 시켰다고는 하나 계단에서 밀고 독을 차에 타는 짓은 마녀나 할 짓이었다.

이제는 그런 1차원적인 악행은 저지를 생각이 없었다. 미엘르처럼 겉으로는 고고한 척을 하며 뒤로 한다면 모를까. 아니, 그렇게 할 생각이었다. 그러니 이쯤에서 소문을 잠재울 필요가 있었다. 성녀의 가면을 뒤집어쓴 악녀가 소문을 더 부풀리기 전에.

"그럼…… 부끄럽지만 저도 참가해도 될까요?"

볼을 발갛게 붉힌 아리아의 수줍은 대답에 사라가 반색하며 기뻐했다. 사실 소문을 잠재우기 위해 굳이 사라의 다과회에 참여할 필요는 없었다. 사라의 인맥은 별 볼 일이 없을 테고, 그녀의 지인들도 그다지 영향력이 없는 사람들일 테니까.

그렇지만 후에 후작 부인이 될 사라와는 사이를 더욱더 돈독히 할 필요가 있었기에 그녀와 여러 추억을 만들어 두는 편이 좋았다. 조신한 영애들이 어떻게 노는지 궁금하기도 하고.

"물론이지요. 모두들 어여쁜 아리아 영애를 진심으로 환영할 게 분명해요."

"고마워요, 사라 영애."

사라는 여타 영애들에게 새로운 친구를 예고해야겠다며 한껏 상기된 얼굴을 하곤 돌아갔다.

어쩜 저리도 착하고 순진할까. 믿는 것에도 정도가 있지. 아니 땐 굴뚝에 연기가 날 리 없는데, 소문을 완벽하게 부정하고 자신을 믿고 있지 않은가. 저래서야 훗날 후작 부인의 자리를 지켜 낼 수 있을지 의문이었다.

'물론, 내게는 아주 좋은 먹잇감이지만.'

아리아는 사라의 다과회에 참석하기 위해 새로운 드레스를 구입해야 했다. 지금도 충분히 많은 드레스를 가지고 있었지만, 그것들이 모두 화려하기만 한 유치한 드레스였기 때문이다.

아이답다면 아이답다고 해야 할까. 거대한 리본이 줄줄이 달린 알록달록한 색상의 드레스는 드레스라기보단 흡사 인형 옷 같았다. 과거의 취향에 직면하자 식은땀이 흐를 정도였다.

"……도대체 왜 이런 드레스를 만드는 거야."

만들지 않았다면 사지 않았을 것이 아닌가. 몽땅 불태워 버리고 싶을 정도로 유치찬란한 드레스들이었다.

드레스뿐만 아니라 모든 옷들이 그랬다. 실내복은 장식이 거의 없어 몰랐는데, 기억을 되짚어 보니 아주 이상한 옷들을 제 손으로 골랐던 것이 떠올랐다. 물론, 왜 이렇게 알록달록하고 이상한 것들이 많이 달린 옷을 골랐는지는 지금도 이해는 됐다. 색과 장식이 많을수록 만족감을 느꼈기 때문이다.

평민이었을 때는 돈이 없어 똑같은 옷을 몇 달, 몇 년이나 입어야 했다. 때문에 색이 모두 바래 칙칙했고 무늬는 생각할 수도 없었다. 그러니 저런 눈이 아플 정도로 휘황찬란한 것들을 골랐겠지.

'보기만 해도 머리가 아프니 빨리 눈앞에서 치워 버리고 싶군.'

아리아가 시녀인 제시를 불러 그것들을 모두 버리라고 지시했다. 그녀가 보아도 버릴 만한 드레스였던 모양인지 제시는 군말 않고 드레스 룸에서 모든 옷들을 꺼냈다.

혼자 힘으로 모두 옮기기 어려웠기에 거대한 손수레를 가져와 그곳에 옷을 담았다. 드레스 룸을 깨끗하게 비운 제시는 아리아의 방을 나가기 전, 예전에 그녀가 했던 지시가 완료되었음을 알렸다.

"그래? 그 모래시계를 원래대로 붙였다는 말이지?"

"예, 가서 찾아올까요?"

회귀한 첫날, 침대에서 깨진 채로 발견되었던 그 모래시계.

아리아는 그 모래시계의 조각과 모래를 전부 주워 담아 제시에게 원래대로 고쳐 놓으라고 지시했다. 다행히 산산조각 난 것은 아니었기에 시간은 조금 걸리지만 고칠 수 있다는 답변을 받았고, 드디어 고친 모양이었다.

분명 평범한 모래시계는 아닐 것이다. 어쩌면 아리아의 시간을 돌리는 데 그 힘을 모두 썼을지도 모르겠지만, 어쨌든 그녀의 인생을 다시 시작하게 해 준 소중한 모래시계였다. 그래서 온전한 모습으로 되돌려 보관하고 싶었다.

"아니, 어차피 드레스를 사러 외출해야 하니 내가 찾아올게. 준비해 줘."

게다가 다시 깨지면 어떤 일이 일어날지 모르니 조심히 다뤄야 했다. 그러니 직접 가지러 가는 것이 마음이 편했다. 외출 준비를 서두르라는 아리아의 재촉에 제시가 송구스러운 듯 고개를 조아렸다.

"아가씨. 저, 그런데……."

그런데 지시한 일을 곧장 실행하지 않고 문가에서 뭉그적대는 제시에게 왜 그러냐는 시선을 보냈다. 지금이야 다르지만 불과 얼마 전까지만 하더라도 아리아의 패악에 가장 많이 수모를 당했던 제시였기에 여전히 무언가 말을 꺼내는 데 두려움을 가졌다.

이에 아리아가 두려워 말라는 듯 싱긋 웃으며 무슨 일이냐고 묻자, 그제야 자신이 모시는 아가씨가 최근 변했다는 것을 떠올린 제시가 조심스레 입을 열었다.

"이 의복들을 모두 버리면 외출복이 없으신데요……. 실내에서 입으시는 원피스는 외출용으로는 적합하지 않아서……."

평민에게는 그게 그거고 모두 대단히 귀한 옷이었지만 귀족에게는 달랐다. 실내용과 외출용은 엄연히 가려서 입어야 했고, 혹여나 실수로 실내용 원피스를 입고 외출이라도 하는 날엔 순식간에 소문이 퍼져 파렴치하다는 낙인마저 찍혔다. 정말 귀찮은 세계라며 아리아가 혀를 찼다.

어쩐다. 이제 더는 자신이 가진 드레스들이 아름답지 않다는 걸 깨달은 아리아는 그것들을 입고 시내를 활보할 자신이 없었다.

그녀는 잠시 고민에 빠졌다. 이 드레스들을 입지 않고 창피도 당하지 않을 방법을 말이다. 그러다가 문득 한 가지 방도가 떠올랐다.

'아아, 그렇지!'

방도가 있지 않은가. 새로운 옷을 사지 않아도 외출하기에 적당한 고급스럽고 아름다운 옷이 저택에 잔뜩 있었다. 사이즈 또한 딱 맞을 것이 분명했다.

"그 옷들, 다시 옷장에 넣으렴."

"전부요?"

"그래, 전부."

생고생을 시키는 아리아의 지시에도 제시는 군말 않고 의복을 다시 옷장에 깨끗하게 정돈했다. 아리아의 변덕에 한두 번 이런 일을 당한 게 아니었기에 새삼스럽게 불만을 내뱉을 일도 아니었다.

시간이 오래 걸렸지만 아리아는 별다른 불만 없이 제시가 하는 양을 지켜보았다. 그리고 그녀가 할 일을 마치자마자 곧장 제시에게 잠시 나가 있으라고 일렀다. 오락가락하는 그녀의 명령이 의아했으나, 제시는 시키는 대로 아리아의 방을 나섰다.

'성냥이 이쯤에 있었을 텐데.'

향초를 켜기 위한 성냥이었다. 우아한 귀족 영애의 흉내를 낸다고 구입한 것인데, 달리 사용하지 않아 서랍에 처박아 놓았던 기억이 났다.

십 년도 더 된 탓에 기억이 가물가물했다. 물론 실제로는 겨우 몇 달에 불과했겠지만, 미래를 기억하는 그녀에겐 퍽 오래된 일이었다.

"찾았다!"

성냥은 향초와 함께 서랍 구석에서 나뒹굴고 있었다. 시녀들이 미처 청소하지 못할 정도로 깊숙한 곳이었다.

기억해 낸 자신이 대견하다며 겨우 찾은 성냥에 불을 붙인 아리아가 활활 타오르는 성냥을 옷장에 던졌다. 성냥을 찾는 데 시간이 많이 소요되어 제시가 나가고도 한참이나 지난 뒤였다.

그것을 잠시 지켜보던 아리아가 아주 차분한 얼굴로 소리 높여 몇 번이나 비명을 질렀다. 이에 밖에서 대기 중이던 제시가 비명에 놀라 제일 먼저 아리아의 방에 들어왔고, 아리아가 만들어 낸 처참한 상황을 직면했다.

"아, 아가씨!? 이게 무슨……!"

놀란 제시가 황급히 불을 끄려고 했지만, 가연성이 좋은 옷감에 옮겨 붙은 불씨는 금세 거대해져 손을 쓸 수 없는 상태가 되었다. 당장이라도 옷과 옷장을 넘어 아리아의 방까지 집어삼킬 듯 거대해졌다.

다행히 아리아에 이어 제시의 비명까지 들은 사람들이 불씨가 커져 위험해지기 전에 몰려왔고, 옷을 모두 태우고 옷장 또한 반이나 집어삼킨 불씨가 이내 그 모습을 감췄다.

일단락된 상황에 놀라 눈물짓던 아리아가 바닥에 흩뿌려진 성냥들 사이로 주저앉으며 퍽 가여운 목소리로 입을 열었다.

"향초를 키려다가 그만 실수를 했어……. 성냥을 다루는 게 오랜만이라서……. 어쩌지……?"

그리 말하는 아리아의 얼굴이 참으로 가엾고 안타까워 이를 마주하는 제시의 표정이 웃는 건지 우는 건지 알 수 없는 기괴한 표정으로 변모했다.

당연한 결과였지만 아리아는 그 누구에게도 싫은 소리를 듣지 않았다. 유일하게 그녀를 질책할 수 있는 백작은 머나먼 북쪽 땅으로 떠났고 카인은 아카데미로 돌아갔다. 백작 부인은 그녀를 혼낼 이유가 없었으며, 제 편이 없는 곳에서 미엘르는 그 어떤 말도 할 수 없었다.

"어릴 때야 누구나 그럴 수 있지. 큰 화재로 이어지지 않아서 다행이구나."

"제 의복들이 모두 타 버렸는데 이 일을 어쩌죠? 외출을 하려고 했는데……."

"실내용 의복을 입고 외출을 할 수도 없으니…… 누군가 체형이 비슷한 사람의 옷을 빌려야겠구나."

백작 부인이 귀여운 제 딸의 의도를 단박에 알아채고 명답을 내놓았다.

새 옷을 사고 싶은 것이겠지. 그 많은 것들 중에 하필이면 옷에 불이 붙어 몽땅 타 버렸다. 우연일 리가 없었다.

백작 부인이 말하는 그 누군가가 바로 자신이라는 걸 알아챈 미엘르가 미간을 좁혔다. 감히 주인을 대놓고 쳐다볼 수 없음에 은근한 시선이 그녀에게 쏟아졌다. 의복이 몽땅 불에 탔으니 사야 했고, 사려면 외출을 해야 했고, 그러기 위해선 의복이 필요했다.

미엘르와 마찬가지로 그녀를 따라온 시녀들도 잔뜩 굳은 얼굴로 불편한 심기를 드러냈다. 근래에 얌전하다 싶었는데 또다시 제 주인에게 폐를 끼친 탓이다. 허락 없이 귀족을 직시할 수 없음에 시선이 아래로 향하고는 있었으나, 그 흉흉한 눈빛에 서린 적의만큼은 감출 수 없었다.

'감히.'

이를 눈치챈 아리아가 조용히 이를 갈았다.

과거에도 이런 시선을 받았었나. 미엘르에 대한 질투로 미쳐서 주변을 둘러볼 생각조차 하지 못해 느끼지 못했었다. 주변엔 늘 그녀를 부추기거나 악행을 찬양하는 사람들만 있었으니까.

아무리 미엘르의 전속 시녀라고 해도, 가문에 고용된 이상 아리아의 시녀이기도 했다. 그런데 어떻게 저런 불손한 태도를 보이는 걸까. 당장이라도 그것들의 머리채를 잡아 뜯고 싶은 심정이었지만 그랬다간 자신을 헐뜯는 소문을 하나 늘리는 것밖에 되지 않았기에 과거를 생각하며 마음을 고쳐먹었다. 회귀를 통해 원하는 것을 얻기 위해선 짜증이나 화를 내는 것보다 더 효과적인 방법이 있다는 것을 깨달았기 때문이다.

멍청하게 목을 베인 뒤에야 깨달은 자신보다, 훨씬 이전부터 그 방법을 사용해 온 이가 바로 눈앞에 있었기에.

아리아의 눈가가 발갛게 물들었다. 그와 함께 투명한 눈물방울이 녹안을 채워 빛을 반사했다. 눈썹의 끝은 처연하게 내려갔고, 촉촉한 분홍의 예쁜 입술이 안으로 말려들어 갔다. 제 손을 꼼지락거리며 시선의 갈피를 잡지 못하는 그녀의 모습은 마치 비를 맞아 추위에 바들바들 떠는 아기 고양이와도 같았다.

그 작은 생명체가 곧 바스라질 것 같은 얼굴로 입을 열었다.

"미엘르, 정말 미안해……. 이제 나도 철이 들어 더는 네게 폐를 끼치고 싶진 않았는데 이렇게 되어 버렸네. 당연히 옷을 빌려주는 것이 싫겠지. 네 소중한 것들인걸. ……조금 창피하지만 그냥 실내복으로 외출할게. 빨리 다녀오면 아무도 알아보지 못할 거야. 내 얼굴을 아는 사람은 극히 드물기도 하고."

가엽기도 해라. 아리아의 모습을 훔쳐본 몇몇 사람들의 머릿속에 공통적으로 떠오른 생각이었다. 그간의 행실과 소문을 모두 잊게 만들 정도로 가엾고 처량한 모습이었기 때문이다. 인간은 시각에 의존하는 동물이었기에 작고 어여쁜 아이가 슬퍼하는 모습은 그 어떤 이라도 동정을 일게 만들었다.

하물며 '그' 아리아가 아닌가. 늘 못된 모습만 보다가 이리도 약한 모습을 보이니 마음이 동하지 않을 수가 없었다. 고작해야 작은 아이일 뿐인데 미엘르를 생각하는 배려심이 바다보다 깊었다.

분명 저런 성격이 아니었는데. 아리아는 원하는 것이 있다면 몰래 빼앗아서라도 그것을 손에 쥐는 성격이었다. 저택의 시녀들은 그것을 지난 1년 동안 똑똑히 보았고 그리고 들었다.

예절 선생님을 붙여 줬다고 하더니, 설마 교육을 받아서 변한 것인가. 그것밖에는 생각할 길이 없었다. 출신이 미천하니 학습을 통해 그간의 자신이 얼마나 멍청하고 천박했는지 깨달았을지도 모른다. 그렇게 생각하자 조금 가엽기도 했다. 늘 아리아를 향한 적의로 가득했던 시선이 연민과 동정, 그리고 안타까움으로 변해 있었다.

그 사이에서 백작 부인만이 자신의 딸이 재주를 부리는 것을 흐뭇하게 지켜보았다. 어쩜 저리도 자신을 닮았을까. 멍청하게 떼를 쓰는 것이 소용없다는 것을 깨달은 아리아가 무척이나 기특했다.

"정말 괜찮아, 미엘르. 신경 쓰지 마. 나는 원래 평민 출신이니까……. 사실 실내복이나 외출복은 내게는 별로 대수롭지 않은 일이기도 하고."

아리아가 계속해서 불쌍한 척을 하는 바람에 미엘르는 옷을 빌려 달라는 말을 거절할 수 없게 되었다. 여기서 거절했다간 옷이 몽땅 타 버려 입을 것이 없어진 가여운 아리아를 모른 척한 냉혈한이 되어 버릴 테니까.

미엘르의 길고 풍성한 속눈썹이 파르르 떨렸다. 그게 꼭 갓 날갯짓을 배우는 새의 몸부림같이 보여 유쾌했다. 평생 날갯짓만 하다가 추락하렴. 아리아의 눈에서 또르륵 눈물이 떨어져 내렸다.

이를 본 미엘르는 진심으로 아리아를 없애 버리고 싶다는 듯 미세하게 미간을 찌푸렸다. 활활 불에 타 사라져 버린 그녀의 드레스들처럼.

하지만 그것을 내색하지 않고 부드럽게 웃는 얼굴을 만들어 냈다.

아주 자연스러워 그 누구도 미엘르의 까맣고 지저분한 속내를 알 수 없었다. 속으로 생각하는 것을 겉으로 드러내지 않는 것, 그리고 행동하는 것. 그것이 바로 미엘르의 특기였기 때문이었다.

“무슨 소리예요, 언니. 당연히 빌려드려야죠. 그깟 옷이 무어라고요. 사이즈가 비슷해서 다행이에요.”

“정말 그래도 돼?”

“그럼요. 얼마든지요.”

“고마워! 고마워, 미엘르! 넌 정말 천사야!”

아리아가 미엘르의 손을 잡았다. 환하게 웃는 아리아는 정말로 기뻐 보였다. 설마 손을 잡을 거라곤 생각하지 못한 미엘르가 깜짝 놀라 아리아의 손을 쳐 낼 뻔했으나, 가까스로 지금의 상황을 인지해 아주 어색하게 마주 웃으며 겨우겨우 손을 맞잡았다.

그 모습을 지켜보는 청중들의 마음에 한차례 파동이 일었다. 어여쁜 아이 두 명이 서로를 배려하는 모습이 아름다웠기 때문이다.

미엘르의 몇몇 시녀들 또한 고작해야 아이일 뿐인데, 가르치면 알아듣는 아이인데 출신을 핑계로 너무 미워한 것은 아닌지, 제 주인과도 잘 지내는 것을 보니 더욱이 그래서는 안 된다는 생각이 들었다.

"마음대로 골라 가요, 언니."

그렇게 말할 수밖에 없는 분위기였기에 마음에 드는 옷을 직접 골라 가라는 미엘르의 친절에 따라 아리아는 그녀의 드레스 룸에서 외출복을 하나 골랐다. 제일 앞쪽에 정리된 수많은 옷들을 지나쳐 구석에 놓인 상자를 들었다.

쉽게 찾을 수 없는 곳에 꽁꽁 숨겨 놓은 것치고는 매일매일 닦는 모양인지 방금 준비한 것처럼 먼지 한 톨 없이 아주 깨끗한 상태였다.

상자를 열자 안에 새하얀 원피스가 곱게 접혀 있었다. 무척이나 보드라운 질감의 하얀색 원피스는 별다른 장식 없이 가슴에 장미 모양으로 세공된 붉은색 루비만 달려 있었다.

이는 미엘르가 프레데리크 공작가의 후계자인 오스카에게서 지난 생일에 받은 옷이었다. 곱게 모셔 둔 탓에 단 한 번도 입어 보지 못한 원피스. 정작 입으려고 했을 땐 사이즈가 작아져 입어 보지 못한 원피스. 그럴 바엔 자신이 입는 것이 나았다.

아리아가 안에서 들고 나온 원피스를 보자마자 미엘르의 안색이 순식간에 새파래졌다. 차마 빼앗지도 못하고 허공에서 방황하는 손이 흡사 지휘자의 그것과도 같아 웃음이 났다. 아리아가 아주 순진하게 웃는 얼굴로 그 까닭을 물었다.

"응? 왜?"

"이, 이건 조금……."

보이지 않게 소중히 모셔 둔 원피스인데 어떻게 찾은 건지. 미엘르가 난색을 표하는 바람에 아리아가 황급히 사과하며 과장된 몸짓으로 원피스를 내려놓았다.

"아무리 아무거나 골라 가도 된다고 해도 역시 예쁜 것은 조금 그렇지? 적당한 옷을 골랐어야 했는데……. 무늬가 별로 없어서 고른 건데, 아직 옷을 보는 눈이 부족해서 비싼 원피스를 골랐나 봐. 어쩌지……? 그럼 뭘 골라야 할까……? 내가 눈치가 없어서 미안해, 미엘르."

"아……. 그게……."

미엘르가 쉬이 말을 잇지 못한 채 아랫입술을 깨물었다. 만약 그녀가 조금만 더 나이를 먹었다면 이런 어설픈 수에 넘어가지 않았겠지만, 아직 열세 살밖에 되지 않은 탓에 갈피를 잡지 못했다.

속으로는 아리아를 증오하고 경멸했지만 겉으로는 어디까지나 백작의 자애롭고 다정한 하나뿐인 딸이었다. 아리아는 백작의 친자가 아니고, 출신도 천박한 것이 없는 것과 마찬가지이니 그녀만이 백작의 딸이었다. 미엘르뿐만 아니라 모두가 그렇게 생각했다.

그래서 아리아가 천박한 행동을 취해도 천한 출신이니 그럴 만도 하다고 넘겨 왔지만 미엘르는 달랐다. 그녀는 항상 자애롭고 친절하며 베풀 줄 알아야 했다. 그게 그녀가 쌓아 온 이미지였기 때문에.

'우습게도. 자신이 만든 이미지에 갇혀 벗어날 수 없게 되었구나.'

드레스 룸에 침묵이 내려앉았다. 미엘르가 입을 열지 않는 시간이 길어질수록 사람들의 마음속에 의문이 솟았다. 아무거나 빌려주신다고 해 놓고 왜 허락을 하지 않으시는 걸까.

하얀색의 원피스는 제 모양을 알아볼 수 없게 접혀진 상태라 겉눈질로는 오스카에게 받은 것인지 알아보는 사람이 없었다. 아리아가 일부러 그렇게 놓았기 때문이다.

결국 완곡하게 거절할 줄 모르는 미엘르는 아리아가 원피스를 빌려 가도록 허락할 수밖에 없었다.

"정말 고마워! 깨끗하게 입고 돌려줄게."

"……네."

대답하는 미엘르의 안색이 어두웠다. 당장이라도 시들 것 같은 어린 백합처럼 보였다. 어쩜 저렇게 가문의 인장과 잘 어울릴까. 아리아가 감탄했다.

그녀가 백합이라면 아리아는 기꺼이 독을 뿜는 유도화가 될 생각이었다. 강한 독성으로 소량으로도 목숨을 앗아 갈 수 있는 그런 꽃. 장미처럼 화려하고 아름다우나 자신을 건드는 자를 절대 용서하지 않는 그런 꽃.

가식으로 독기를 숨긴 어여쁜 두 소녀의 사랑스러운 모습은 청중들의 마음을 따뜻하게 만들기 충분했다.

* * *

미엘르에게서 빌린, 심플하지만 대단히 고급스러운 외출복을 걸친 아리아가 호위 기사 둘, 그리고 시녀 제시와 함께 마차를 타고 시내로 외출했다.

귀족 아이가 부모의 동반 없이 외출을 하는 것은 이례적이었으나 아리아는 달랐다. 그녀는 미엘르보다 더 어렸을 때부터 홀로 거리를 돌아다녔고, 백작 부인은 작은 아이가 혼자 행동하는 것에 대해 그다지 위험성을 느끼지 못했다.

빈민가의 여자아이를 납치할 멍청한 납치범은 드물었기 때문이다. 지저분한 몰골의 여자아이는 얼굴을 확인하기 힘들어 매음굴에 파는 것도 여의치 않았다. 노예를 사고파는 일도 거의 없었으니 더더욱 납치할 이유가 없었다.

게다가 신분이 상승한 지금은 시녀에 호위 기사가 둘이나 붙어 있어 더더욱 걱정하지 않았다. 만에 하나 기사가 한 명이 죽어도 나머지 한 명이 아리아를 지킬 수 있을 테니 말이다.

반면에 미엘르는 결코 혼자서 외출하지 않았다. 반드시 백작, 과거에는 제 어머니와 동반했으며 여의치 않을 시엔 외출 자체를 삼갔다. 이따금 카인과 둘이 외출할 때도 있었으나 어디까지나 목적지가 명확했을 때의 일이었다. 예를 들면 다른 귀족의 저택이라든가 소수의 지인들만이 참석하는 자리.

불특정 다수가 방문하는 장소에는 절대 방문하지 않았다. 주변인들의 우려와 걱정도 한몫했다. 그 모습을 떠올린 아리아가 과연 자신과는 다르게 백작가의 소중하고 사랑스러운 아이라며 비웃었다.

피식 새어 나간 바람 소리에 맞은편에서 안절부절못하고 불안에 떨던 제시가 눈을 들었다. 아리아는 이를 보지 못한 척하며 창밖으로 시선을 던졌다.

싱그러운 풀, 나무, 꽃, 분주하게 움직이는 사람들.

마차 창밖으로 빠르게 지나가는 풍경이 예전과 전혀 다르지 않아 조금 짜증이 났다. 자신은 이따금 목이 베이는 꿈에 소리 없는 비명을 지르며 밤잠을 설치곤 하는데 이 세상은 평화롭기 그지없기에.

아리아가 부드럽고 깨끗한 제 목을 쓸었다. 흉터 하나 없이 깨끗하게 쭉 뻗은 가녀린 목에 죽음의 기운이 감도는 것 같은 착각이 일었다. 당장이라도 툭, 바닥으로 떨어져 흙먼지와 함께 구를 것 같은 착각이.

'……괜찮아, 아무런 일도 없었던 거야.'

아리아가 미세하게 떨리는 손이 목덜미를 더듬었다. 수명이 다해 누렇게 익은 이파리가 지상으로 추락하는 것이 눈에 들어왔다. 그게 꼭 관람객들 사이에서 비참하게 구르던 제 목같이 보여 등골이 서늘해졌다.

'절대로 가만두지 않아. 목이 떨어지는 경험을, 그 오누이에게도 겪게 해 주겠어.'

모래시계의 기적은 다신 일어나지 않을 테니, 그들에게는 영원한 죽음이 닥칠 것이다. 아리아는 필사적으로 로스첸트 백작가 오누이의 최후를 상상하며 요동치는 제 몸과 마음을 진정시켰다.

잠시 뒤 마차가 도착한 곳은 평민들도 자주 방문하는 저렴한 옷을 취급하는 부티크였다. 자금의 여유가 있는 평민들은 찾지도 않는 낡고 한적한 곳이었다.

아리아가 목적지를 입 밖으로 꺼냈을 때 마부와 제시는 자신들이 뭘 잘못 들은 건 아닌지 눈만 끔뻑였다. 하지만 그녀가 가고자 한 목적지는 이곳이 틀림없었다. 별 볼 일 없는 옷을 취급하는 이 부티크가 맞았다.

악녀의 이미지를 벗으려면 사치를 부릴 수 없었다. 오히려 당분간 자중하고 검소한 모습을 보여 의아함을 주는 것이 나았다. 옷을 몽땅 태워 먹은 것도 모자라 사치를 하고 다닌다면 소문은 걷잡을 수 없이 커질 것이 분명했다.
목적은 소문의 잠식이었다. 몇 번, 귀족치고는 허름한 옷을 입고 대중들의 앞에 설 필요가 있었다. 아마 그들은 부채로 입을 가리곤 소곤소곤 그녀의 행색을 평가할 것이다.

어머나, 소문과는 다르게 가엾은 미엘르가 아니라 가엾은 아리아였네요. 저 볼품없는 꼴 좀 보세요.
이제야 분수를 깨달은 거겠죠. 아주 잘 어울리네요.
로스첸트 백작님께서도 지치신 거겠죠. 참으로 잘되었어요.

신분 상승을 했음에도 거적때기를 걸치고 다니는 아리아의 모습을 보면 그간 그녀를 헐뜯고 비난했던 이들은 소문이 틀렸다는 것을 깨달을 것이다.
물론, 백작에게 홀대받는다는 소문이 새로이 나올지도 모르겠지만, 악녀라는 이미지를 벗기 위해서는 그것밖에 없었다. 백번 변명하는 것보다 극단적인 모습을 단 한 번 보여 주는 것이 효과적일 게 분명했다. 어차피 당분간만 그렇게 할 생각이니 후에 다시 화려한 의복을 걸치면 되는 일이다.
예를 들면 성인식 파티 따위에서 아주 우아하고 고고하게 등장하는 거다. 그럼 모두 놀라 나자빠지지 않을까? 아주 먼 미래의 희열을 위해선 조금의 인내를 감수해야 했다.
백작에게도 보여 주는 것이 좋겠지. 그녀 덕분에 짭짤한 수익을 올리게 될 백작은 은인의 초라한 행색에 격분할 것이 틀림없었다. 눈물을 뚝뚝 흘리며 아주 위험한 장난을 하여 죄송하다고 참회의 고백을 하면 제 은인의 안타까운 모습에 마주 울어 줄지도 모를 일이었다.

그것이 무척이나 기대되어 입술이 바싹 말랐다. 붉은 혀를 내어 분홍의 입술을 촉촉이 적신 아리아가 조금 허름한 입구를 지나 부티크 안으로 들어갔다.

"어서 오세…… 요."

귀한 손님의 내방에 대충 인사하던 주인이 씹던 빵을 떨어뜨렸다. 하나도 모자라 가신을 셋이나 달고 나타난 작은 소녀는 어딜 어떻게 보아도 귀족임이 틀림없었다.

빵에서 묻어나온 기름기가 선연한 손을 제 옷에 황급히 닦은 주인이 살가운 얼굴로 아리아를 맞이했다. 귀족에게 실수라도 했다간 평생이 괴로울 테니 그녀의 태도는 지극히도 당연했다.

"보, 보잘것없는 물건들이지만, 부디 천천히 둘러보십시오."

"……."

아리아는 주인의 인사를 받는 둥 마는 둥 하며 점내를 둘러보았다. 허름하고 볼품없는 의복부터 시작해서 그나마 봐줄 만한 드레스까지 각양각색의 물건들이 실내를 가득 채우고 있었다.

그중에서 그나마 괜찮은 것들 몇 가지를 고른 아리아가 이것들을 모두 포장해 달라고 요구했다. 백작가에 들어오기 전에는 세 달을 내리 굶어 돈을 모아도 이곳에서 제일 싼 의복조차 살 수 없었거늘.

'매일 지나가며 쇼윈도에 걸려 있는 옷들을 동경했었지.'

그런데 지금은 이 부티크 전체를 산다고 해도 용돈이 남을 것이 분명했다. 아주 먼 과거였지만 실제 나이로 따진다면 불과 1년 전의 일이다. 어머니의 결혼 한 번에 인생이 뒤바뀌었다. 물론, 후에 크나 큰 대가를 치르게 되었지만. 아리아는 왠지 씁쓸한 기분이 들었다.

언제 준비한 것인지 부티크 구석에 놓인 테이블에 김이 모락모락 나는 차와 싸구려 과자가 준비되어 있었다. 주인이 그곳으로 아리아를 안내하며 조심스레 물었다.

“위층에 조금 더 고급스러운 의복이 마련되어 있습니다만, 둘러보시지 않으셔도 괜찮겠습니까?”

“괜찮아. 지금 고른 것만 계산해 줘.”

“예, 예. 곧장 준비하겠습니다. 그럼 다과를 즐기시며 잠시만 기다려 주십시오.”

헐레벌떡 사라지는 주인의 뒷모습을 보며 아리아가 과자 하나를 입에 물었다. 싸구려 버터 맛이 입안을 가득 채웠음에도 싫기보단 그리움이 컸다. 어쩌면 사치를 부리고 하고 싶은 것을 마음껏 하는 지금보다 굶주렸지만 아무것도 몰랐던 예전이 나았을지도 모른다는 생각이 들어서다.

부티크의 주인은 최대한 아리아를 기다리게 하지 않으려 온 힘을 다한 모양인지 얼마 지나지 않아 총 열 개의 의복이 든 포장을 들고 나타났다. 그것을 기사가 받아 들고 제시가 값을 치렀다.

다음 목적지는 모래시계를 맡긴 만물상이었다. 그곳에서 완성된 시계를 회수해 저택으로 돌아가면 하루 일과가 끝이 난다.

‘어쩐지, 조금 아쉽기도.’

돌이켜 보니 과거에는 이렇게 주변을 둘러보며 외출했던 기억이 없었다. 항상 무언가를 살 생각에 정신이 없었던 기억만 있었다. 기사의 도움을 받아 마차에 오르기 전, 아리아가 부티크 앞을 지나는 사람들을 구경했다.

평민들이 자주 오가는 곳에 위치한 탓에 허름하고 볼품없는 몰골로 이리저리 뛰어다니며 소리치는 아이들이 보였다. 가판대에 물건을 잔뜩 실은 상인들은 조금이라도 관심을 끌고자 목이 터져라 고함을 쳤고, 관심을 보인 몇몇 구경꾼들이 상품을 기웃댔다.

예전에는 그녀 역시 이 주변에서 뛰어놀았다. 혼자서 멀리 갈 수 없어 이 근처에서 놀았던 게 다였다. 비록 매춘부인 어미를 욕하는 아이들과 싸웠던 기억이 더 많긴 했지만, 어쨌든 즐겁게 논 기억도 있었다.

그런데 지금은 어떠한가. 물속에서 발버둥 치는 제 꼴사나운 모습을 보이지 않으려 겉으로는 우아한 척하는 사람들과 목숨을 담보로 한 끊임없는 전장의 한복판이었다. 도대체 과거의 자신은 어디서 행복을 느꼈던 것인지 의아할 정도로 끔찍하고 고통만이 전부인 전장이었는데.

아리아가 한참을 마차 앞에서 사람들을 구경하며 움직이지 않자, 그녀를 에스코트하는 기사가 조심스럽게 물었다.

"다른 들르실 곳이라도 있으십니까?"

"아니, 그건 아니지만."

이제 더는 돌아갈 수 없는 아주 오래된 과거를 회상해도 하등 쓸모없는 짓이다. 고개를 돌려 다시 마차에 오르려던 찰나, 아리아의 귓전에 아주 익숙한 목소리가 들렸다.

"신문 대여합니다! 10분에 5실링! 아주 중요한 정보가 실려 있으니 꼭 확인하세요! 단돈 5실링입니다!"

아리아는 마차에 오르던 걸음을 멈춰 소리가 들려온 방향을 살폈다.

그곳에는 한 손에 종이 한 장을 들고 호객 행위를 하는 소년이 보였다. 그는 아리아가 익히 알고 있는 소년으로, 이따금 어울려 놀았던 아이였다.

신문을 대여하는 한스. 단 한 장의 신문으로 가족들을 먹여 살렸던 소년. 그는 매월 첫날 구한 신문 한 장으로 매일 새벽부터 자정에 가까워질 때까지 그것을 대여해 푼돈을 벌었다.

여기저기 정신없이 돌아다니며 바빴던 그는 항상 발이 부르터 물집이 잡혀 있었고, 후에 아픈 와중에도 일을 하다가 결국 마차에 치여 죽었다는 소문을 넌지시 들었다.

'신문이라.'

그러고 보니 정보가 필요하긴 했다. 백작가에도 매일 신문이 배달되긴 했지만 그것은 귀족들을 타깃으로 한 정보지로 서민들이 보는 신문과는 달랐다.

귀족이 보는 신문은 단순 정보의 나열인 것에 비해, 서민이 보는 신문은 온갖 소문과 루머들이 적절하게 포함되어 있었다. 반 이상이 거짓으로 도배된 종이 쪼가리였지만 맞는 것도 가끔 있었기에 봐 두어서 손해는 보지 않을 것이다. 무엇보다 자신은 미래를 확실히 알고 있었기에 루머 따위에 휘둘릴 리 없으니 말이다.

"제시, 신문을 사 와. 한 달 수익을 전부 지불할 테니 팔라고 해. 그리고 신문이 나올 때마다 네가 가서 사 오도록 해."

"예? 아, 예. 아가씨."

쓰레기와도 같은 서민들이 보는 신문을 사겠다는 아리아의 말에 그녀를 따라 나온 가신들의 머릿속에 부정한 생각이 들었다. 저런 자극적이고 더러운 신문을 보겠다니, 출신은 어쩔 수 없구나 하는 생각이었다.

그들이 그렇게 생각하든 말든 아리아는 구입한 신문을 천천히 살폈다. 부티크에서 만물상까지 그리 먼 거리가 아니었기에 자세히 확인할 순 없었지만, 대충 큰 사건이 있다는 것은 확인할 수 있었다.

『사라진 사람들은 모두 어디에?』

큼직한 필기체로 쓰인 제목을 보자마자 단박에 어떤 일인지 알 수 있었다.

이는 노예 제도가 없는 제국에서 사람을 매매한 사건이었다. 화려한 카지노의 깊고 은밀한 공간에서 끔찍한 일들이 일어났던 것이다. 제국에서 노예라니, 참으로 어리석고 멍청한 일이 아닐 수 없었다.

납치되어 카지노 지하 철창에 갇힌 사람들은 마약에 취해 도망칠 수조차 없었는데, 여자들은 신체 기관을 훼손당해 성노예로 팔렸고, 남자들은 외국으로 팔려 죽을 때까지 고된 노동에 시달렸다고 했다.

이토록 생생하게 기억하는 까닭은 다름 아닌 황태자가 밝혀낸 사건이었기에 한참이나 대대적으로 공표하고 시끄럽게 떠들어 댔었기 때문이다.

'황태자가 밝혀낸 사건이라…….'

뭐라도 연결 고리가 있을까 싶어 신문을 훑고 기억을 더듬어 보았지만 딱히 떠오르는 것이 없었다. 애초에 그때 당시는 아직 어려 관심도 없었거니와 사람들이 시끄럽게 떠들 뿐, 그냥 그렇구나 하고 넘긴 사건이었기 때문이다.

지금 또한 그러했다. 아무리 미래를 알고 있다고 해도 황태자와 친분을 쌓는 것은 무리가 있을 것이다. 과거, 매혹적인 미모로 제국의 많은 남성들을 홀렸을 적에도 황태자는 그림자조차 보지 못했다. 애초에 그녀와는 다른 세계에서 사는 사람인 탓에 마주칠 기회가 없었다.

후작 부인이 될 사라를 얻은 것만으로도 충분히 자신을 지킬 수 있는 안전한 미래였다. 더불어 곧 만나게 될 오스카도. 혹 과거와는 다른 행보에 언젠가 기회가 닿을지도 모르겠지만 지금은 아니었다.

이 작고 어린 몸으로는 할 수 있는 것이 별로 없었다. 카지노 근처에서 서성거리기만 해도 치안대에서 사람이 나올지도 모르는 일이었다. 아리아는 카지노 노예 사건을 머릿속에서 지웠다.

"아가씨, 도착했습니다."

그렇게 신문을 보며 과거의 기억을 더듬는 사이, 어느새 마차는 만물상에 도착해 움직임을 멈춘 채였다. 노예 사건 외에는 별로 도움이 되는 정보가 없었기에 대충 신문을 내려놓고 만물상 안으로 들어갔다.

낡고 좁은 실내에는 남자로 보이는 손님 둘과 주인인 노인 한 명이 전부였다. 아리아가 일행들과 안으로 들어서자 공기가 순식간에 답답해졌다. 그나마 움직일 공간이 조금이나마 존재해 미간을 찌푸리는 일은 없었다.

"어서 오십…… 시오."

만물상의 주인은 아리아를 알아본 듯 눈을 휘둥그레 떴다. 그도 그럴 것이 같은 동네에서 지낸 터라 일면식이 있었고, 개중에 신분 상승한 자는 아리아 모녀밖에 없었기 때문이다.

부티크와는 다르게 만물상은 신분 상승하기 이전에도 종종 들러 무언가를 사기도 했다. 그러나 미천한 신분으로 감히 귀족에게 말을 걸 수 없었기에 그는 조용히 완성된 모래시계만을 건넸다.

모래시계를 건네는 손이 덜덜 떨리는 것을 보니 아무래도 아리아의 소문을 들은 것 같았다. 고작해야 열네 살짜리 어린아이인데 신분이 상승했다는 이유 하나만으로 이리도 공포의 대상이 된다는 것이 이상하고 우스웠다.

"사, 살펴보십시오."

노인의 말대로 아리아는 완성된 모래시계를 꼼꼼히 살펴보았다. 금이 간 곳은 없는지, 모래가 곱게 잘 떨어지는지, 틀어지지 않았는지. 모두 확인한 결과 어느 한 군데도 이상 없이 깨끗하게 복원되었다.

"그 산산조각 나 있던 모래시계를 이렇게 깔끔하게 맞추다니, 정말 대단해."

내부를 모래시계 모양으로 조각한 뒤 부드러운 천을 덧대 충격을 흡수할 수 있는 보관함도 마음에 쏙 들었다. 이대로 깊고 은밀한 자신만의 공간에 보관한다면 아무도 손댈 수 없을 것이다.

아리아가 제시에게 언질 해 값을 두 배로 지불했다. 그것이야말로 말보다 더한 칭찬이었기에 노인이 송구스러운 듯 고개를 조아렸다.

"아가씨, 저택으로 돌아가시겠어요?"

"아니, 잠시만 둘러보고."

모처럼의 한가로운 외출인데 이대로 돌아가기 아쉬워 만물상을 한차례 둘러보았다. 조잡한 인형부터 시작해서 용도를 알 수 없는 커다란 물건까지. 각양각색의 이상한 물건들이 즐비했다.

'예전에는 저런 쓸모없는 것들을 동경하곤 했지.'

먼지가 쌓여 색마저 변해 버린 저런 것들을. 손으로 쓸어 보자 엉성한 장식이 떨어질 듯 달랑거렸다. 정말 조잡하구나. 그럼에도 어쩐지 즐거움을 느꼈다.

아리아는 내부를 천천히 살펴보며 걷다가 아까부터 제자리에서 똑같은 물건만 구경하고 있는 남자 둘을 발견했다. 그녀가 만물상에 들어오기도 전부터 있던 남자들이었다.

정신이 팔려 있는 사이 그들의 지척까지 다가가 있었다. 망토를 푹 눌러써 제대로 보이지는 않았지만 키가 훌쩍 큰 것을 보면 남자가 분명했다.

미동 없이 장식장에 시선을 둔 남자들에게선 숨소리조차 들리지 않았다. 덩달아 아리아도 숨을 참았다. 물건들에 시선을 빼앗겨 미처 느끼지 못했는데, 어쩐지 위험한 느낌이 들었다.

"……아가씨, 이만 돌아가시지요."

그것은 그녀의 호위 기사도 마찬가지였는지 기사 중 한 명이 안절부절못하는 얼굴로 남자들과 아리아의 사이를 막아섰다.

기사의 손은 허리춤에 매단 칼자루에 얹어져 있었다. 아리아가 침을 꼴깍 삼키며 고개를 끄덕였다. 어떻게 새로 시작한 삶인데, 자초해서 위험에 빠질 생각은 전혀 없었다. 아리아가 몸을 틀어 출입구 쪽으로 향했다. 그제야 팽팽한 긴장감이 풀어지고 그녀를 따르는 호위 기사들이 안심한 얼굴로 출입문을 열었다.

그렇게 막 문을 나서려는 찰나, 마지막으로 노인에게 시선을 준 아리아가 흠칫 놀라며 발걸음을 멈췄다. 정확히는 노인의 앞에 자리한 계산대에 놓인 작은 종잇조각이었다.

'저건…….'

아리아가 아는 종이였다. 손재주가 좋은 노인에게 불행을 가져다 줄 것이 분명했다.

이에 잠시 고민하던 아리아가 이내 몸을 돌려 노인에게 한 가지 충고를 전했다. 원래라면 상관할 바는 아니었지만 산산조각 난 모래시계를 만족스럽게 고쳐 준 것에 대한 감사의 표시였다.

"그 경매 참가권, 도로 파는 것이 좋을 거야. 쓰지 못할 거거든."

"무, 무슨 말씀이십니까……?"

"……말은 전했어. 선택은 노인의 몫이야."

카지노의 지하에서는 은밀히 사람을 사고팔았지만, 대외적으로는 여러 가지 물건들을 취급하며 경매를 겸했다.

참가권은 평민들이 구입하기에는 버거운 금액이었지만 판매를 시작하기 며칠 전부터 참가권을 구하려는 사람들로 긴 줄이 형성됐다. 진귀한 물건들이 싸게 나온다는 소문 때문이었다. 그와 더불어 그곳에서 산 물건을 밖에서 팔면 한몫 단단히 챙길 수 있다는 소문도 돌았다. 노인도 그 때문에 경매 참가권을 얻은 것이리라.

하지만 조만간 황태자가 이끄는 무리가 들이닥칠 테니 카지노는 문을 닫게 될 것이다. 그러니 고액의 경매 참가권은 한낱 종잇조각이 될 테고 노인은 큰 손해를 입을 게 틀림없었다.

아리아의 말에 노인은 어리둥절한 얼굴이었지만, 어린 아리아의 말에 따라 경매 참가권을 팔 생각은 없어 보였다.

'그의 손재주가 아깝지만 어쩔 수 없지.'

굳이 몇 번이나 충고를 반복할 생각이 없었기에 할 말을 마친 아리아가 만물상을 나가려던 그때였다. 방금 전까지 구석에서 미동도 않던 남자 중 한 명이 그녀의 가녀린 팔을 낚아챘다.

나머지 한 명은 재빨리 검을 꺼내 호위 기사 둘을 막아섰다. 빛처럼 빠른 움직임이었다. 너무도 순식간에 일어난 일인 탓에 아리아의 일행은 손을 쓸 새도 없이 두 남자에게 자유를 빼앗겼다.

털썩. 놀라 바닥에 넘어진 제시가 경악에 찬 채 소리 없는 비명을 질렀다. 조금만 움직였다간 목이 달아날 것이다. 이미 경험한 바 있는 아리아가 눈에 띄게 몸을 바르르 떨었다.

"……왜 그런 말을 했지?"

아리아의 손목을 잡은 남자가 물었다. 망토 사이로 조금 빠져나온 검은색 머리카락과 파란 눈동자. 성인이라고 봐도 무방한 큰 키에 비해 선이 가늘고 얼굴이 조금 앳되었다. 기껏해야 카인과 비슷해 보이는 남자였다.

새파란 눈빛만큼은 흉흉하여 소름이 끼쳤으나, 생각보다 어린 남자의 외형에 바짝 긴장했던 몸에서 조금이나마 힘이 빠졌다. 그러다가 이내 그럴듯하게 잘생긴 데다가 단정한 그의 얼굴을 어디선가 본 것 같은 착각이 들어 아리아가 눈가를 찌푸리자, 잡힌 손목에 힘이 들어갔다.

"왜 주인장에게 그런 말을 했느냐고 물었다."

"무, 무슨 말인지 도통……!"

도대체 무슨 소리인지 알 수 없었다. 눈동자를 이리저리 굴려 주변을 살폈지만 그녀에게 도움을 줄 수 있는 사람은 아무도 없었다.

남자가 재차 물었다.

"왜 그 경매 참가권이 쓸모없어지는지를 물었다."

어째서 일어나지 않은 일을.

그제야 아리아는 남자의 질문을 이해했다. 그게 이렇게 갑작스럽게 물어야 할 일인가. 혹시 경매에 참가하려는 사람인가 싶어 그의 행색을 훑었다. 하지만 대부분 검은색 망토에 가려져 그 속이 보이지 않았고, 미약한 틈새로 보이는 의복마저 검은색인 탓에 아무런 정보도 얻을 수 없었다.

단 한 가지, 고된 노동 때문에 평민들은 가질 수 없는 고운 피부를 가지고 있다는 것만 빼곤.

'……귀족인가.'

별 볼 일 없는 귀족이 틀림없었다. 그간 수많은 파티에 참석해 거의 모든 귀족들의 얼굴을 기억하고 있는 아리아에게 생소한 인물이었기 때문이다. 어디 지방에서 올라온 것이겠지. 경매에 참가하려고.

그렇게 생각하자 퍼즐 조각이 딱딱 들어맞았다. 비싼 경매 참가권을 구입하여 수도까지 올라왔는데, 그것이 무용지물이 된다고 하니 놀랐을 것이다. 이상하게 빠른 움직임과 자신에게 반말을 한 것이 걸렸지만 그 외엔 생각할 수 없었다.

"……잡힌 손목이 아프니 놔."

"대답해."

"손목을 놓으면."

"……."

그가 잡은 손목을 놓지 않고 아리아를 쏘아보았다. 믿을 수 없다는 얼굴이었다. 그제야 아리아가 완벽하게 제 페이스를 찾았다. 겉보기에는 남자가 더 나이가 많을지 모르겠지만 실제로는 아리아 쪽이 위였다.

고작해야 향락을 즐기며 산 인생이었지만 그것도 경험이라고 상황과 남자를 파악하는 것에 어려움이 없었다. 조금이라도 인생을 더 산 사람이라면 그처럼 서툴게 답을 구하지 않을 것이다. 아리아가 자신을 위협하는 남자에게 은근한 웃음을 지으며 작게 속삭였다.

“내 호위 기사들보다 솜씨가 좋아 보이는데, 설마 손목 하나 놓는다고 이렇게 어린 여자아이를 놓칠까 봐 그러는 건 아니겠지? 게다가 너무 아픈데. 내가 손을 못 쓰게 되면 어쩌려고 이래?”

그제야 남자가 잡은 아리아의 가녀린 손목을 내려다보았다. 핏기가 가셔 창백하게 죽은 피부색 위로 푸르스름한 시체색이 자리했다.

그제야 이렇게 과하게 제압할 필요가 없다는 것을 깨달은 그는 자신의 동료에게 몇 번 눈짓하더니 손목을 잡은 손을 천천히 놓아주었다. 그녀의 호위 기사들은 여전히 움직임이 봉해진 상태였고, 아리아 역시 손목은 자유롭게 됐으나 남자에게 가로막혀 그 어디로도 도망칠 수 없었다.

아리아가 찌릿하게 전기가 오르는 손목을 몇 번 털고 주먹을 쥐었다 폈다. 강한 힘에 붙들린 손의 감각이 무뎠다. 무례하기 짝이 없는 자였다.

“이제 대답해.”

남자가 여전히 흉흉한 눈빛을 풀지 않고 물었다. 제대로 대답하지 않으면 가만두지 않겠다는 듯 날카로운 시선이었다.

이에 아리아가 태연하게 대답했다.

“소문을 들었어.”

“무슨 소문이지?”

“카지노가 곧 파산한다는 소문.”

진실을 말한다는 약속을 하지 않았고, 또 진실을 말할 의무가 없었기에 아리아는 아무렇지 않게 거짓말을 했다. 그에 남자의 얼굴이 딱딱하게 굳었다. 아무래도 경매 참가권을 구입한 것이 맞았던 모양이었다. 아리아가 거짓에 거짓을 보탰다.

"루프르 자작이 문어발식 사업으로 큰 적자를 보았다는 소문이 있지. 카지노를 처분해서 작위도 내려놓고 야반도주해야 할 지경이라고."

루프르 자작은 카지노의 주인이었다. 인신매매가 들통나 삼대가 처형당할 운명에 처해진 귀족이었다. 혼자서 해도 모자란 나쁜 짓을 제 자식들에게도 물려주어 가문의 몰락을 초래한 남자이기도 했다.

"대답은 이게 끝이니 이만 돌아가게 비켜 줘."

"……네 대답이 거짓이라면 널 가만두지 않겠다."

남자의 새파란 눈동자가 아리아를 직시했다.

살기로 얼룩진 얼굴이었다. 아리아의 등줄기를 타고 소름이 끼쳤다. 식은땀이 흐르는 것이 느껴졌다. 허세인 것을 알지만 매섭게 위협하는 맹수 앞에서 초연할 순 없었다. 아리아가 떨리는 입매를 주체하지 못하고 어색하게 웃었다.

"……소문의 진위 여부를 어떻게 판단한다는 거지?"

"그것도 그렇군."

대답은 납득이었으나 행동은 그렇지 않았다. 그는 아리아를 눈에 똑똑히 담아 반드시 찾아내고야 말겠다는 것처럼 그녀의 전신을 하나하나 눈에 새겼다.

특히 그의 눈이 오래 머문 곳은 가슴에 위치한 장미 모양의 루비였는데, 그것의 출처가 어디인지 알기라도 하는 듯한 눈빛에 아리아의 얼굴이 사색이 되었다. 태연하게 거짓말을 했던 모습은 온데간데없었다.

'도망쳐야 해……! 피해야 해!'

지금 당장 이곳을 떠나고 싶었다. 저 남자와는 다시는 얽히고 싶지 않았다. 위험을 직감했다. 과거에 만난 적 없는 위협은 칼이 되어 자신의 목을 벨 것이다. 분명 이 만남을 후회하게 될 것이다.

"……내 대답은 이게 끝이니 기사들을 놓아줘."

아리아가 당장이라도 쓰러질 것 같은 얼굴로 말하자 남자가 제 동료에게 손짓했다. 그의 동료는 순순히 그녀의 호위 기사들을 풀어 주었다. 움직임이 자유로워졌음에도 불구하고 기사들은 미동도 하지 않은 채 자신들을 제압했던 남자의 눈치만 보았다.

'어찌 이토록 무능한 것인지!'

아리아는 쓸모없는 자신의 호위 기사들과 제시를 데리고 황급히 만물상을 빠져나왔다.

* * *

"어떻게 할까요?"

아리아의 호위 기사들을 단박에 제압했던 이가 빠르게 사라지는 아리아의 마차를 확인하며 남자에게 물었다.

"……로스첸트가의 마차인가."

"그렇습니다."

"장남이 있다고는 들었는데……. 백작에게 저 정도 나이 대의 여식이 있었나?"

"미엘르라는 이름의 영애가 한 명 있습니다. 재혼하여 들어온 여식이 한 명 더 있다고 들었습니다만, 제대로 된 예법조차 갖추지도 못한 망나니라고 하더군요. 그러니 아마도 미엘르 영애가 아닐까 싶습니다."

"미엘르라……."

꿀이라는 뜻인가. 새초롬한 얼굴의 그녀와는 그다지 어울리는 이름이 아니었다. 돌발 상황에서도 나름 침착함을 유지하며 자신을 가지고 놀지 않았는가. 10대 초반의 소녀라고는 생각할 수 없는 대담함이었다.

남자가 아리아의 손목을 잡았던 제 손을 물끄러미 내려다보았다. 아주 가늘고 연약한 손목이었다. 또래 영애들이 다 그렇겠지만 그녀는 특히 더 그런 것 같았다.

'이 감각은 도대체 뭐지…….'

더불어 그녀의 온기가 남은 손바닥에 기묘한 감정 또한 남았다. 익숙하면서도 익숙하지 않은 감각이었다. 아주 미약하지만 어디선가 느껴 본 감각이기도 했다.

'도대체 어디서……?'

로스첸트 백작가와 인연이 없었기에 이 익숙한 기분을 이해할 수 없었다. 멍하니 제 손을 내려다보는 남자에게 그의 일행이 말을 걸었다.

"어떻게 할까요? 사람을 붙일까요?"

"아니, 어느 가문의 여식인지 파악했으니 됐어. 일단은…… 카지노부터 치겠다. 정말 소문이 퍼졌다면 자작이 도망칠 테니 빨리 진압해야 하니까.”

“하지만…… 아직 정보가 부족하고 계획 또한 완벽하지 않은 상태입니다.”

“완벽하지 않은 계획이 루프르 자작의 야반도주보단 낫겠지.”

국외로 도망쳐 버린다면 꽤 일이 번거로워진다. 차라리 놓치더라도 국내에서 놓치는 편이 나았다.

“멋모르는 영애의 장난일지도 모릅니다.”

“그렇다 할지라도 만에 하나를 생각해야 해.”

설령 소문이 퍼졌다는 소문이 거짓이라서 부족한 정보와 계획을 가지고 카지노를 친다 하더라도 일이 조금 번거로워지는 것 외에 리스크는 없었다.

하지만 만에 하나, 그녀가 한 말이 진실이라서 정보를 구하고 계획을 짜는 동안 자작이 도망쳐 버린다면? 필시 주변국에 도움을 요청해야 한다. 귀찮고 번거로우며 수치스러운 일이기까지 했다. 되도록 국내에서 일을 마치는 편이 여러모로 나았다.

더욱이 카지노가 망할 것이라는 확실한 미래를 아는 소녀였다. 표면적으로는 매일매일 최고의 매출을 갱신하고 있는 카지노가 망할 거라는 걸 안다니. 망하게 만들 자신과 몇몇 부하 이외에는 그 누구도 모르던 사실이었다.

그녀는 루프르 자작의 '소문'을 어디선가 들었다고 했지만, 퍽 자세한 것을 보아 분명 내막을 아는 것이 틀림없었다. 서둘러야 했다.

“그럼 시기는 언제로 잡을까요.”

“오늘.”

"오늘…… 말씀이십니까?"

"그래. 한 시간 내로 인원을 모아 배치해. 바로 쳐들어가지. 언제 도망갈지 모르니까 말이야."

오늘은 조금 곤란한데……. 혼잣말을 하는 그가 남자의 표정을 살피더니 이내 눈빛을 달리하며 고개를 조아렸다.

"……알겠습니다. 바로 준비하겠습니다."

지시를 받은 이가 재빨리 움직여 순식간에 시야에서 사라졌다.

남자가 다시금 제 손에 남은 온기를 확인했다. 이제 거의 사라져 남은 것이라곤 없지만 돌아서는 아리아의 표정만은 생생했다. 털을 바짝 세운 고양이 같은 그 모습이 아주 이상하게도 자신의 기분을 들뜨게 만들었다.

'이럴 때가 아니지.'

하지만 지금은 그런 감상에 젖어 있을 때가 아니었다. 한시라도 빨리 자작을 잡아 제 입지를 다져야 할 때였다. 어느새 아리아의 얼굴과 온기를 지워 버린 남자가 순식간에 어둠 속으로 모습을 감췄다.

* * *

아리아는 귀가하여 백작 부인에게 당장 자신을 호위했던 기사 둘을 해고시켜 달라 부탁하려 했다가 그만두었다. 어쩌면 좋은 기회일지도 모른다고 생각했기 때문이다.

그들은 자신의 주인을 지키지 못했을 뿐만 아니라 지키려 노력조차 하지 않은 기사였다. 목숨을 바쳐 충성을 다하겠다는 기사의 본

분을 저버린 그들은, 자신들의 비열하고 치졸한 행동에 수치심을 느꼈을 것이 분명했다.

알려진다면 다시는 기사라 내세울 수 없음은 물론이고 주인을 버려 둔 채 꽁무니를 뺐다는 수치스러운 꼬리표를 달고 일생을 보내야 할지도 모른다. 그러니 이 일은 분명 그들에게 약점이 될 것이다. 들키고 싶지 않은 치부가 될 테고.

그렇기에 이보다 더 그들을 휘두르기 좋은 기회는 없겠지. 거머리처럼 물고 늘어져 피를 쪽쪽 빨 수 있는 기회. 시커멓게 죽은 가죽만 남을 때까지 피를 빨아내리라 다짐했다.

약점이 잡힌 노예는 목숨을 맹세한 기사보다 천만 배의 가치가 있다. 세상이 무너진 얼굴로 에스코트하는 기사에게 아리아가 미소 지었다. 잔혹한 명왕의 처분만을 기다리고 있던 그는 생각지도 못한 호의적인 미소에 몸을 딱딱하게 굳혔다. 기사의 도움으로 마차에서 내린 아리아가 맑고 차분한 목소리로 입을 열었다.

"오랜만에 바깥 외출해서 그런지 험한 꼴을 당했어. 이래서 평민들은 안 된다니까. 앞뒤 재지도 않고 너무 난폭하잖아."

저택으로 들어서는 아리아의 뒤를 따르며 기사들이 침을 꼴깍 삼켰다. 방금 전에 일어난 불미스러운 일을 입에 담았다는 것은 필시 그에 따른 처벌도 생각했다는 말이었다. 아직 해산 명령이 떨어지지 않았기에 기사들이 초조한 마음으로 자신의 방으로 향하는 그녀를 따랐다.

전망이 제일 좋은 방을 원했던 탓에 아리아의 방은 3층에 위치했다. 계단을 오르는 동안 마주친 시종들이 아리아와 기사들에게 허리 숙여 인사했다.

예전에는 이에 일일이 대응하지 않았던 아리아가 그들의 인사에 살갑게 대꾸하며 목적지로 향하는 시간을 끌었다. 그녀가 걸음을 멈추는 횟수가 늘어날수록 생사의 선고를 기다리는 기사들의 입술이 바싹 마르고 손이 덜덜 떨렸다.

이윽고 아리아의 방에 도착해 마지막으로 안으로 들어선 제시가 방문을 닫자마자 내내 호선을 그리던 아리아의 입술이 느릿하게 열렸다. 찰나에 불과했지만 기사들에게는 억겁의 시간과도 같았다.

“게다가 내 호위들은 나를 지켜 주기는커녕 제 몸 하나 간수하지 못하고.”

아리아가 자신의 부드러운 소파에 앉으며 말했다. 기어코 떨어지고 만 처분에 기사들의 얼굴이 사색이 되었다. 기사의 관리는 백작의 소관이었으나 타당한 이유가 있을 시 대리자가 그 업을 대신한다.

후계자인 카인이 부재 상태인 지금, 대리자는 아리아의 어머니인 백작 부인이었다. 그녀라면 필시 자신들을 내치고도 남을 것이다. 아니, 그 누가 되었다고 하더라도 그들을 가만둘 리 없었다. 그 누가 제 주인을 지키지 않은 기사를 수하에 두겠는가.

두 기사는 앞으로 내려올 처분에 각오를 다짐했다. 오늘의 과오가 만천하에 드러나 일생 자신을 숨기고 살 각오를. 이미 답은 정해져 있었지만 아직 최종 선고가 나지 않았기에 두 기사는 시선을 바닥에 두고 묵묵히 아리아의 다음 말을 기다렸다.

“뭐, 상대가 워낙 실력자라서 어쩔 수 없긴 했지.”

아리아가 제시에게 손짓해 컵에 물을 따르도록 지시했다. 모래시계가 든 상자를 바닥에 내려놓은 제시가 조금 머뭇거리다가 물을 비치된 컵에 따랐다. 그 컵을 손에 든 아리아가 말을 이었다.

"그러니까 이번 한 번만 넘어가 줄까 하는데. 불가항력으로 말이야."

"……!"

"……!"

둘 중 누가 더 빠르다고 할 수 없을 정도로 동시에 기사들의 고개가 들렸다. 그들은 지금 자신들이 들은 것이 환청인 양 눈만 끔뻑였다.

잘못 들은 것이 틀림없다고 생각했다. 설령 자비로운 미엘르라고 하더라도 자신들을 해고할 것이 분명한데, 그 아리아가 자비를 베풀 리 없으니까.

"그런데 말이야."

아리아가 컵을 입에 가져갔다. 컵을 기울이자 컵의 물이 그녀의 목을 타고 넘어갔다. 꿀꺽. 한 모금 삼킨 뒤 테이블 위에 컵을 내려놓은 아리아가 말을 이었다.

"물이 조금 미지근하네. 누군가 시원한 물을 가져다줄 사람 없나?"

"……!"

"……!"

그녀의 말이 끝나기도 전에 두 기사가 황급히 방을 빠져나갔다. 타이밍을 놓친 제시의 손이 허공에서 맴돌았다.

제시가 어쩔 줄 몰라 하며 기사들이 나간 방문과 아리아를 번갈아 쳐다보았다. 이를 지켜본 아리아가 몸을 뒤로 젖혀 등받이에 기댄 채 까르르 웃었다.

"제시, 너도 잠깐 나가 있어 봐."

"예? 아, 네……."

당혹스러움을 감추지 못한 제시가 바닥에 내려놓은 모래시계 상자를 테이블 위로 옮긴 뒤 아리아의 방을 빠져나갔다.

그녀가 나가자마자 아리아는 방 한쪽 구석에 걸린 풍경화를 옆으로 밀고 아무런 무늬도 없는 벽을 한 번 더 손으로 밀었다. 그러자 액자 아래의 단순한 벽이라고 생각했던 공간에서 달칵하는 자물쇠가 풀리는 소리와 함께 쇠로 만들어진 손잡이 하나가 튀어나왔다.

그것을 잡아당기자 사람 한 명이 들어갈 수 있을 정도의 공간이 나타났다. 각 방에 설치된 비밀 공간이었다. 방의 주인만이 아는 은밀한 공간으로, 불상사를 대비해 만든 은신처이기도 했다.

보통은 가문의 비서(秘書)에 표기하여 방의 주인만이 그 비밀을 은밀히 열람하곤 했다. 백작가의 일원으로 내내 인정받지 못했던 아리아는 자신의 방에 이런 공간이 있다는 사실을 죽기 한 달 전에야 알았다.

그것도 아주 우연히 알게 되었다. 좀처럼 풀리지 않는 현실과 승승장구하는 미엘르에 대한 질투로 미쳐 패악을 부리다가 우연히 알게 된 것이었다.

당시 제정신이 아니었던 아리아는 벽에 걸린 액자를 난도질하고 물건을 부쉈다. 수십 개의 물건들이 그녀의 방을 어지럽혔고, 개중 우연히 벽에 설치된 스위치에 맞은 꽃병이 이 비밀 장소를 알려 주었다.

'그래 봤자 정작 중요할 땐 사용하지 못했지만.'

제 죽음을 직감하지 못한 탓에 숨어야 할 상황에서 숨지 못했다. 아리아는 마지막까지 단 한 번도 사용하지 못한 비밀 공간을 삶을 되찾아 준 모래시계를 위해 사용하기로 했다.

똑똑.

그녀가 모래시계를 숨기자마자 굳게 닫힌 방문을 두드리는 거친 소리가 났다. 충실한 개들이 도착한 모양이었다.

기척을 내자마자 황급히 들어온 기사들은 자신들의 손에 들린 물컵을 아리아에게 대령했다. 한쪽 무릎을 꿇고 마치 신에게 제물이라도 바치는 듯한 그 모습에 아리아가 환하게 미소 지으며 그들의 컵을 각각 받아 들었다.

"앞으로도 잘 부탁해."

내 귀여운 강아지들아.

3. 뒤바뀐 미래

3. 뒤바뀐 미래

아리아는 곧장 미엘르의 원피스를 돌려주었다. 세탁도 하지 않은 채였다. 한시라도 빨리 그 원피스를 손에서 떠나보내고 싶었기 때문이었다.

작은 흠 하나 없이 돌아온 원피스를 내려다보는 미엘르의 얼굴이 오묘했다. 아마도 그녀는 아리아가 원피스를 엉망진창으로 만들 것이라 생각했던 모양이었다.

물론 그렇게 할 의사는 충분히 있었지만, 그런 악행을 저질러 봤자 순간의 기분만 조금 나아지고 상황은 악화될 뿐이라는 것을 익히 깨달은 아리아는 그렇게 하지 않았다.

더불어 자신이 의복을 빌려 가는 것을 수많은 사람들이 지켜보았기에 엉망으로 만들 수 없었다. 무엇보다 혹시라도 그 흉흉한 눈빛으로 협박을 했던 남자가 원피스의 주인을 찾아올지도 모르니 원피스는 무사해야 했다. 바로 미엘르의 드레스 룸 안에서.

"이제 의복을 장만했으니 앞으론 네게 빌릴 일 없을 거야."

"더 빌려 가셔도 되는데, 일단은 다행이네요."

아리아의 속셈을 꿈에도 모르는 미엘르가 안도한 얼굴을 했다. 이에 아리아가 그녀의 얼굴을 마주하며 살가운 미소를 띠었다.

과거에 미엘르가 교묘하게 아리아를 괴롭히며 어떤 생각을 했는지 어렴풋이 알 것 같았다. 그것은 생각보다 더 즐겁고 재미있는 일이었다. 그래서 그토록 오랫동안 자신을 괴롭혔나 생각이 될 정도로.

'멍청한 년. 부디 남자가 나를 미엘르로 오해하기를.'

아니, 그럴 것이 틀림없었다. 미엘르는 아리아와 생김새와 말투, 풍기는 분위기 등은 전혀 달랐지만 그 외의 외적인 특징은 같았기 때문이었다.

밝은 금발에 녹안과 희고 투명한 피부. 나이 또래의 평균 키. 마지막으로 로스첸트 백작가의 영애인 것까지. 미엘르와 아리아는 많은 점들이 공통되었다.

아리아의 경우 유년기 시절 제대로 먹고 자라지 못해 미엘르보다 키가 조금 작았는데, 덕분에 한 살 어린 미엘르와 키가 엇비슷했다. 그래서 함께 있는 모습을 멀리서 보았을 땐 누가 누구인지 구분이 가지 않을 정도였다.

물론, 우아하고 기품 있는 미엘르와 품행이 경박한 아리아는 서 있는 자세만 봐도 구별할 수 있었지만, 최근 미엘르에 버금갈 정도로 기품을 몸에 지닌 아리아였기에 그 차이는 점점 줄어들고 있었다.

사람들은 로스첸트 백작가의 아가씨를 오직 미엘르 하나라고만 생각하고 있을 테니, 아마도 외적인 특징과 가문의 이름으로 누군가를 찾는다면 아리아의 이름은 나오지 않을 것이다.

게다가 오스카 영식에게서 받은 원피스가 함정이었다.

그 원피스는 아리아의 것이 아니라 미엘르의 것이니 말이다. 선물을 받은 미엘르는 그것을 자신이 아는 모든 사람들에게 자랑했다. 대놓고 한 것은 아니지만, 그가 선물한 원피스에 장식된 붉은 루비로 세공한 프레데리크 인장이 아름다웠다며 동네방네 소문을 내고 다녔었다.

그러니 그가 누구든지 절대 자신을 찾아낼 수 없을 것이다. 그렇게 생각하자 안심이 되었다. 앞으로 평민들이 주로 모이는 장소에 외출하지 않는다면 위험할 일은 전혀 없겠지만 만에 하나라는 것이 존재했다. 대비해 두는 편이 여러모로 좋았다.

미래를 아는 만큼 예측할 수 없는 미래에 대한 두려움이 보통 사람들에 비해 몇 배나 컸다. 특히나 이미 한 번 죽었던 목숨이었고 이번 생에서는 그러지 않기 위함이었기 때문에 더했다.

과거와는 다른 상황. 그것이 선의라면 모를까 악의라면 반드시 피해야 했다. 미엘르가 모든 위험을 덮어쓰기를 바라며 마지막으로 아리아가 자신을 둘러싼 방벽을 견고하게 쌓았다.

"그 원피스, 만나는 사람들마다 예쁘다고 칭찬을 하더라고. 주인은 내가 아닌데 말이야."

그러니 이제 네가 입고 활보해 줘.

그 원피스가 네 것이라는 걸 자랑해 줘.

아리아가 미안해하자 미엘르가 얼굴을 굳혔다. 아까워서 입지 못했겠지만 그렇다고 남이 입기를 바라지는 않았을 테니까. 표정 관리조차 못하는 것을 보니 단단히 화가 난 모양이었다. 바라던 바였다.

오스카가 선물한 원피스를 입고 몇 번이고 사람들이 무리 진 곳을 활보할 미엘르를 상상하며 아리아가 그녀의 방을 나섰다. 모든 것이 아주 잘 해결되어 콧노래가 저절로 나오는 하루였다.

* * *

불행인지 다행인지, 만물상에서 만났던 남자는 아리아를, 그리고 미엘르도 찾아오지 않았다. 그사이 아리아는 사라의 다과회에 참석하기 전, 참가자가 총 몇 명인지 그녀에게 물었다.

"저와 아리아 영애를 포함해 총 여섯이에요."

이유인즉 참가자들에게 손수 자수를 놓은 손수건을 선물하기 위함이었다. 여성 귀족들의 사이에선 서로에게 자수를 놓은 물건을 선물하는 것이 그들의 유대감을 끈끈하게 만드는 하나의 방법으로 이용되고 있었다.

과거에 남성들에게서 화려한 보석들만을 받아 온 아리아로선 도대체 자수를 놓은 물건이 뭐가 좋다고 주고받는지 이해하기 힘들었지만, 사라가 그렇게 말하니 고개를 끄덕일 수밖에 없었다.

여성들은 그 외에도 손수 그린 그림이라든가 고풍스러운 시, 간단한 수필 따위를 교환하곤 했는데, 타인에게 선물하기 전 어머니나 자매에게 먼저 내용을 보여 주는 것이 일반적이었다.

아리아는 미엘르와 자신이 서로에게 그런 것들을 행한다고 상상하곤 기분이 역해져 튀어나오는 헛구역질을 간신히 참았다. 맹독으로 만든 물감과 잉크를 사용한다면 모를까, 그런 낯간지럽고 토악질이 나는 행위를 미엘르와 할 리가 없지 않은가.

물론, 여타 영애들에게 할 수 있을지도 의문이었다. 애초에 책을 읽어 본 적이 거의 없어 지을 수 없었다.

"……아리아 영애? 안색이……."

"아, 죄송해요……. 기분이 조금……."

설명이 거듭될수록 아리아의 안색이 창백해지는 것을 확인한 사라가 여러 가지 방법 중에 자수를 놓은 손수건을 추천했다. 아리아의 재능을 살리면서 그녀가 거부감을 느끼지 않아도 되기 때문이었다. 실력은 이미 검증된 상태였기에 확인을 할 필요도 없었다.

"가문의 인장을 하나하나 수놓기는 번거로우니, 제국의 인장을 넣으면 될 거예요."

제국의 인장은 튤립이었다. 딱히 어려운 모양은 아니었기에 네 명분의 수를 놓는 데 이틀이면 충분할 것이다.

아리아는 사라가 친히 준비한 튤립 자수를 보고 여섯 개의 손수건을 완성했다. 아리아 자신은 가질 필요가 없으니 다섯 개만 만들어도 되었지만 나머지 하나를 선물할 사람이 따로 있었다. 그것은 바로 미엘르였다.

아리아는 여전히 자수 연습에 몰두한 그녀의 복장을 터뜨리고자 제국의 인장이 수놓인 손수건을 선물했다.

"빨리 네가 만든 손수건도 보고 싶어. 아버지께서도 기다리실 거야. 네가 수를 놓은 손수건을 받으신다면 분명 모두에게 자랑하시겠지."

아리아가 천진난만하게 웃었다.

고운 실로 깔끔하게 놓인 자수가 아름다웠다. 싱그러운 붉은색 튤립이 곧 봉우리를 틔울 것처럼 생생했다. 멀리서 이를 곁눈질하던 시녀가 놀란 얼굴을 감추지 못했고 미엘르가 아랫입술을 깨물었다. 혹시나 했는데 여전히 실력이 늘지 않은 모양이었다.

"혹시 완성한 게 있다면 구경해도 될까?"

"아니요! 없어요, 아직……."

손수건을 꽉 쥐는 미엘르의 손등이 새하얬다.

이 정도 볶아 놨으면 당분간 실의에 빠져 허우적대겠지. 미엘르가 자신감을 되찾고 의연해지기 전에 이렇게 한 번씩 눌러 줄 필요가 있었다. 그렇다고 너무 괴롭히면 과거의 자신처럼 눈이 돌아갈 수 있으니, 적당히 힘을 조절해서.

이대로 죽을 때까지 바보처럼 남는다면 좋겠지만, 미엘르는 곧 철이 들어 현명해질 것이다. 지금은 아직 어리고 그녀에게 적대감을 표하는 사람이 없었기에 대처하지 못할 뿐, 상황을 제대로 파악한다면 곧 날카로운 가시가 송곳처럼 박혀 올 것이다.

그 시기가 머지않았다는 것을 잘 알고 있었다. 과거대로라면 미엘르는 곧 아리아에게 시녀를 붙여 줄 것이고, 멍청한 아리아는 그녀의 꾐에 넘어가 물병을 던질 예정이었기 때문이다. 어린 것이 요망하기도 하지.

'물론, 던진 내가 제일 나쁜 년이지만.'

그날을 떠올리자 등과 손에 땀이 찼다.

어두운 과거의 시작이었다. 그날을 기점으로 아리아의 인생은 차차 썩어 문드러지기 시작했고, 너무도 밝은 미엘르라는 빛이 아리아의 존재를 지워 갔다.

그렇기에 여러모로 기반을 다져야 한다. 단순히 한순간의 괴롭힘으로 끝낼 문제가 아니었다. 미래를 아는 큰 힘이 있다고는 하지만 그 외의 배경 지식과 인맥이 필요했다. 단순히 사라를 잡았다고 만족해선 안 됐다.

아리아는 미엘르에게 날이 포근해 외출하기 좋다는 말을 남기고 방으로 돌아갔다. 빨리 오스카가 선물한 옷을 입고 외출하라는 바람을 담아서.

그러곤 제시의 도움을 받아 다과회 참석 준비를 했다. 지난번에 샀던 옷 중에 제일 소박한 옷을 고르자 제시의 안색이 어두워졌다. 물론 모두 거기서 거기였기에 뭘 골라도 다 똑같았지만, 그래도 이건 아니라는 얼굴이었다.

"제시, 어때?"

"……옷이 조금 간소하시지만 깔끔하고 잘 어울리세요."

제시가 아리아의 옷깃을 고쳐 주며 대답했다.

가슴과 소매, 밑단에 조금 달린 프릴이 전부인 연분홍색 드레스는 머리에 꽂은 꽃 모양의 액세서리와 목에 두른 주름진 리본, 고급스러운 수제 구두가 없었다면 평민으로 보이게 할 만큼 평범했다.

그럼에도 아리아는 지금 자신의 복장이 무척이나 마음에 들었다. 어쩜 이렇게 불쌍해 보일 수가. 누가 봐도 백작가의 여식이라곤 생각할 수 없을 것이다. 아마 마차에서 내리자마자 자신을 향해 연민을 쏟을 것이 틀림없었다.

"간소한 것이 잘 어울린다니…… 태생적인 출신이 미천해 이런 것이 잘 어울린다는 뜻이구나?"

"그, 그럴 리가요! 얼굴이 예쁘셔서 뭘 입으셔도 잘 어울리신다는 뜻입니다……."

장난으로 한 말인데 제시가 손까지 휘저으며 필사적으로 변명했다. 그것이 퍽이나 재밌어 까르르 웃자 제시가 얼굴을 붉혔다. 영문을 모르겠다는 제시의 눈동자가 이리저리 방황했다. 그녀에겐 딱히 악의도 적의도 없고 오히려 과거의 행동이 미안했기에 이쯤에서 놓아주었다.

"농담이야."

"……농담요?"

그 아리아가 농담? 아무리 최근의 아리아가 유순해졌다곤 해도 여전히 이상한 것은 사실이었다. 근래 들어 딱히 패악은 부리지 않지만 어딘가 이상했다. 어디가 이상하냐고 묻는다면 대답할 수 없는 오묘함. 가까이서 지켜본 제시라서 그 누구보다 잘 알 수 있었다.

그렇다고 물을 수도, 대꾸할 수도 없었기에 치명적이고 위험한 농담을 하는 아리아에게 어색한 웃음을 지었다. 그리고 예전보다 훨씬 편하고 숨통이 트이는 건 확실했기 때문에 이상해도 지금이 나았다.

준비를 마친 아리아는 호위 기사 둘을 대동해 사라의 저택으로 향했다. 호위 기사 중 한 명은 그녀의 개가 된 존이라는 사람이었고, 나머지 하나는 초면이었다.

그날 그 사건 이후 아리아를 호위하는 일이 처음인 탓에 존이 뭐 마려운 강아지처럼 시종일관 안절부절못하자 다른 기사가 그를 이상하게 쳐다보았다. 이러다간 없던 오해가 생길 것 같아 쓸데없는 날씨 이야기를 하며 아리아가 분위기를 바꾸려 노력했다.

"최근에 줄곧 날이 좋아 다행이야. 기분도 상쾌하고. 정원에서 하는 다과회니까 비가 오면 섭섭할 뻔했어."

다행히도 어린아이의 재잘거림은 아침을 밝히는 새의 지저귐처럼 청명하고 밝아 이상한 기류는 금세 누그러졌다.

게다가 아직 어리다고는 하나 살살 눈웃음을 치는 그녀에게 사랑스러움을 느끼지 않을 사람은 없었다. 가진 것은 잘난 외모밖에 없었던 과거에 익힌 사교술이었다. 시각을 자극해 호감을 얻는 방법은 나이와 성별을 가리지 않고 모두에게 통했다.

그리고 그것은 정숙하고 고고한 미엘르가 절대로 따라 할 수 없는 아리아의 무기이기도 했다. 혹자는 아리아의 무기를 매춘부인 제 어미에게서 물려받은 것이냐고 비아냥거리기도 했다.

그럴 때마다 아리아는 물론이라며 긍정했다. 어미로부터 아름다운 외모와 시선을 사로잡는 웃음을 물려받은 것은 축복이라 대답했다. 이용할 수 있는 수단은 많으면 많을수록 좋으니까.

그리고 과거로 회귀한 지금도 그것을 이용할 생각은 변함없었다. 성년이 한참이나 지나서까지 목숨을 부지할 수 있었던 것은 그녀의 외모를 사랑한 사람들이 적게나마 있었기 때문이었기에.

수도의 귀족들 저택은 모두 황궁에서 가까운 금싸라기 땅에 위치했기에 사라의 저택까지는 오래 걸리지 않았다. 사라에게서 전해 들은 바가 있는 모양인지, 아리아를 맞이하는 집사와 시종들의 얼굴에 호의가 서렸다.

집사는 아리아를 정중히 맞은 뒤, 이미 다른 영애들이 정원에 모두 모여 있다고 알려 주었다. 일부러 늦게 출발한 탓이다.

원래 주인공은 제일 마지막에 도착하는 법. 모두의 주목을 받기엔 지각이 필수였다. 그렇다고 지각을 한 주제에 유유자적 걸어 들어갈 순 없으니 조금 속도를 내는 것이 좋겠지. 아리아가 한 걸음 떨어진 곳에서 안내를 하는 집사에게 정원의 위치를 물었다.

"복도를 따라 조금만 가시면 됩니…… 아, 아리아 아가씨?"

아리아는 정원의 위치를 파악하자마자 뛰는 것 같은 빠른 걸음으로 향했다. 갑자기 속도를 올린 아리아를 쫓는 기사들과 시종들의 걸음도 빨라졌다. 저택의 크기가 작은 편이라 정원에는 금세 도착할 수 있었다.

가쁜 숨을 쌕쌕이며 도착한 정원에는 이미 다섯 명의 영애들이 모여 있었다. 그녀들은 저마다 숨을 몰아쉬는 아리아를 놀라고 당혹스러운 표정으로 쳐다보았다.

황급히 흐트러진 머리와 옷매무새를 만진 아리아가 치맛자락을 들고 무릎을 굽혀 예의를 차렸다.

"늦어서 죄송합니다. 로스첸트 백작가의 아리아입니다. 어떤 옷을 입어야 할지 몰라서……."

제 옷을 보세요. 이 조잡하기 그지없는 제 옷을요.

일부러 늦게 도착해 주목을 받을 만한 상황을 만든 덕에 영애들의 시선이 아리아의 의복으로 향했다. 평민들이 입는 것과 다름이 없는 초라한 드레스에 모두가 경악을 금치 못했다.

센스가 없는 것은 아니었다. 오히려 초라한 드레스임에도 여러 가지 장식을 착용해 시선을 분산시켰다. 그 장식마저도 고급이라고 하긴 어려웠지만.

소문과는 너무도 다른 모습에 정원에 모인 영애들이 모두 말을 잃었다. 개중에서 그나마 정신을 차린 사라가 아리아에게 마주 인사하며 다른 영애들에게 예의를 차릴 것을 종용했다. 그제야 자신들이 얼마나 무례했는지를 깨달은 영애들이 서둘러 아리아에게 인사했다.

아리아는 그녀들에게 볼을 붉힌 수줍은 미소로 마주 인사했다.

그 모습이 로스첸트 백작가의 인장이기도 한 어린 백합처럼 보여 모두의 마음에 사랑스러움을 남겼다.

"이제 모두 모였으니 시작할까요?"

늦었으나 아리아까지 도착하여 본격적인 다과회가 시작되었다. 머나먼 이국땅이 산지(産地)인 장미 차가 준비되었고, 달콤한 쿠키와 케이크가 테이블 위를 가득 채웠다.

철이 들었을 때부터 알코올이 없는 모임에는 참여한 적이 없었던 아리아는 이를 흥미롭게 관찰했다. 그 모습이 여타 영애들에겐 조금 다른 의미로 해석되었다. 간소한 그녀의 옷차림도 한몫했다.

어째서 저렇게 소박하고 평민 같을까. 설마 쿠키와 케이크를 처음 보나? 그럴 리가 없겠지만 아리아의 복장이나 태도가 그렇게 생각하게 만들었다.

결국 궁금증을 참지 못한 한 영애가 아리아에게 물었다.

"로스첸트 영애, 혹시 다과회는 처음이신가요?"

"네, 처음이에요. 쿠키와 케이크가 정말 예쁘네요."

어머나. 누군가의 입에서 탄식이 터져 나왔다. 그것은 놀라움과 안타까움이었다. 백작가에 들어간 지 1년이나 되었거늘, 어떻게 다과회에 한 번 참석하지 않았을까.

귀족 가문의 어린 소녀들은 자신의 저택에서 다과회를 즐기곤 했다. 사교계 진출을 대비하기 위함이기도 했다. 자매가 있는 가문에선 그들끼리 작게 열기도 하고, 없는 가문에선 친분이 있는 사람을 초대해 열었다.

사라 또한 자매가 없었기에 친분이 있는 사람을 초대해 종종 다과회를 열었고, 오늘 열린 다과회가 그러했다. 조곤조곤 대화를 나누어야 할 다과회에 침묵이 흘렀다.

이쯤 되자 영애들의 머릿속에 한 가지 공통된 의문이 떠올랐다.

세간을 들끓게 만들었던 그 소문이 거짓이 아닌가 하는 작은 의문이. 아리아의 행색이, 태도가, 말투가, 그리고 해맑은 웃음이 그렇게 만들었다.

사라의 언질 역시 마찬가지였다. 아리아가 도착하기 전, 소문과는 전혀 다르니 살갑게 대해 달라는 그녀의 당부가 있었다. 천성이 착하고 다정한 사라였기에 모두들 믿지 않았지만, 실제로 보니 사라의 말이 맞는 것도 같았다.

'원래 사람이란 보이는 것을 믿는 법이니까.'

딱딱하게 굳은 얼굴로 연신 서로의 눈치만 보는 영애들을 보며 아리아가 화사하게 웃었다.

다과회는, 이제 시작일 뿐이다.

* * *

다과회가 무르익고, 영애들은 아리아에게 지대한 관심을 보이며 평소 궁금했던 것들을 물었다. 예를 들면 평소 백작가에서 어떻게 생활하는지, 평민이었을 때는 어떤 기분이었는지, 또 오늘 입은 의복에 대해서.

사생활에 대해 묻는 것은 아주 실례되는 행동이었지만, 그 어떤 질문에도 난색을 표하지 않으며 가능한 범위 안에서 모두 대답하는 아리아의 부드러운 태도 덕분에 큰 문제는 없었다.

"어머나, 모든 의복들이 불타서 오늘 입고 오신 드레스는 최근에 구입하신 거라고요?"

"네……. 비싼 걸 사기에는 너무 죄송스러워서, 그래도 제가 평민이었을 때 동경했던 부티크에서 구입했어요. 거기밖에 아는 곳이 없기도 했고……. 그치만 들어가 본 건 처음이라 너무 감동적이었어요."

영애들은 드레스를 무려 열 벌이나 샀다는 자랑을 흐뭇하게 들어주었다. 평민들의 부티크이니 열 벌을 모두 합쳐도 그녀들의 간단한 머리 장식 하나의 값도 나오지 않겠지만, 양 볼을 발갛게 붉히며 행복한 표정으로 이것저것 늘어놓는 것을 보니 괜히 마음이 따뜻해졌다.

"누군가 다른 부티크를 소개시켜 주지 않았나요? 예를 들면…… 미엘르 영애라든가요."

머리를 곱게 빗어 한쪽으로 길게 늘어뜨린 영애가 물었다. 그녀는 미엘르의 이름을 말하기 전 이리저리 눈치를 보며 아주 조심스럽게 입을 열었다.

드디어 미엘르에 대해 언급할 수 있다는 사실에 환희에 찬 아리아가 아주 슬픈 표정을 지었다. 그게 꼭 둥지에서 떨어진 상처 입은 새같이 보여 질문한 영애가 실수했다는 느낌에 손으로 입을 가렸다.

아주 작은 불씨를 피우자. 티가 나지 않는 아주 작은 불씨.

모래알처럼 작은 불씨라 하더라도 금세 크기를 불려 거대한 산을 삼키리라.

"미엘르를 귀찮게 할 순 없으니까요. 아무래도 그…… 미엘르는 저와는 조금 다르고……."

고개를 조금 숙인 아리아가 말을 잠시 멈추고 장미 차를 한 모금 마셨다. 미간을 조금 좁힌 그녀의 표정은 무척이나 쓸쓸해 보였다.

"제가 지금은 백작가에 들어와 있다곤 하지만…… 출신이 다르잖아요. 미엘르는 똑똑하고 예쁜 데다가 사랑스럽기까지 한데, 저와 어울리면 분명 폐가 될 거예요. 미엘르의 발목을 잡을 것 같아서 조심스러워요."

아리아가 쿠키를 만지작거리며 말을 마쳤다. 그녀가 미엘르의 발목을 잡을 것이라는 것은 모두가 한 번쯤 생각했던 탓에 그 누구도 입을 열 수 없었다.

소문은 이미 그렇게 나 있었고, 이 자리에 있는 영애들 또한 아리아를 보기 전까지는 믿어 의심치 않았다. 게다가 몇 번 아리아를 마주친 적이 있는 사람들마다 그녀의 평가를 박하게 주었기에 소문은 기정사실이 되었다. 다시 만난다고 해도 변한 아리아를 받아들이기보다는 의심부터 할 것이 분명했다.

'그러니까, 너희들이 힘 좀 써 줘야지.'

다과회가 끝난 뒤에 헐레벌떡 각자의 저택으로 돌아가 오늘 본 말도 안 되는 사실을 떠벌려 줘야 했다. 단순히 그녀가 착하다는 사실만으론 부족했다. 한 가지 의문을 덧붙여야 했다.

왜 그 자애롭고 성스러운 미엘르가 불쌍한 아리아에게 먼저 손을 내밀지 않는 걸까. 아리아는 세간에 떠도는 소문과는 다르게 이토록 사랑스럽고 착한 데다가 순진하거늘.

아직 어린 나이였지만 또래 아이들답지 않게 침착하고 다정한 성격의 그녀라면 새로 온 자신의 자매를 그냥 두었다는 것은 이상했다. 물론, 그녀들의 가족들은 쉽게 믿지 않을 테니 조그마한 현물이 필요했다.

"이런 이야기는 그만해요. 저는 이렇게 나이대가 비슷한 분들을 만나 즐거운 시간을 갖는 게 처음이라 행복한 이야기만 하고 싶어요."

분위기를 바꾸자며 애써 웃는 표정을 지어 보인 아리아가 뒤에서 대기 중이던 제시에게 손수건을 나눠 주라 일렀다.

제시는 그녀가 수를 놓은 손수건이 든 케이스를 각 영애들에게 한 장씩 나누어 주었다. 아리아의 드레스만큼 소박한 케이스를 열자 아름다운 튤립이 수놓인 손수건이 나왔다.

"사라 선생님께 배워 만들어 보았어요. 마음에 드실지 모르겠네요."

선생님이라는 말에 사라가 얼굴을 붉혔다. 붉고 싱싱한 튤립이 수놓인 손수건은 칙칙해진 정원의 분위기를 순식간에 화기애애하게 만들기 충분했다. 아직 어린 데다가 백작가에 들어온 지도 1년밖에 되지 않았는데, 이렇게 고난도의 수를 놓았다는 것이 믿기지 않는 모양이었다.

저마다 감탄사를 내뱉으며 튤립 자수를 이리저리 살펴보는 영애들의 얼굴에 튤립만큼 싱그러운 웃음꽃이 피었다. 이제 오늘 할 일은 모두 끝이 난 것 같아 아리아의 마음도 가벼워졌다.

사실 이런 작은 노력들은 취향에 맞지 않고, 시간이 오래 걸리는 데다 지루해서 그다지 하고 싶지는 않았지만, 분명 미엘르는 이 귀찮은 과정을 모두 거쳤으리라 생각하면 조금이나마 의욕이 생겼다.

미엘르는 적극적으로 여성들의 사교 모임에 참석하였는데, 이후 대단한 뒷배를 얻어 사교계에서 이름을 떨친다.

'그게 누구였더라.'

가질 수 있다면 자신이 먼저 차지하는 편이 좋았다. 그래야 미엘르가 기어오르지 못하도록 철저하게 막을 수 있으니까. 그 뒷배가 누구였는지 기억을 더듬던 아리아가 자신을 부르는 소리에 퍼뜩 정신을 차렸다.

"……예?"

"무슨 생각에 그리 잠겨 있으세요. 자수를 배운 지 얼마나 되었냐고 물었어요."

"아아, 아직 한 달 정도요."

"어머, 그럼 이 작품을 고작 한 달밖에 배우지 않았는데 완성하신 거라고요?"

"제가 정정하죠. 겨우 2주일 정도 됐을 뿐이랍니다."

손수건을 다시 케이스에 넣어 제 시녀에게 맡긴 사라가 끼어들었다. 그녀는 무척이나 뿌듯해하는 얼굴이었는데, 자신이 애정 하는 아리아가 칭찬을 받았기 때문이다. 모두에게 오해를 받던 착하고 귀여운 아이가 이제야 제대로 된 평가를 받는 듯해 가슴이 먹먹해졌다.

"마음에 드신다면 다음엔 다른 자수를 놓아 올게요."

"귀찮지 않으시겠어요?"

"아니요! 전혀요. 제 유일한 취미인걸요."

오히려 기뻐요. 덧붙이는 사랑스러운 말에 영애들의 마음에 뜨거운 불씨를 지폈다. 아리아의 작고 어린 외형 때문에 생겨난 보호본능과, 여타 영애들도 나이가 그리 많지 않다는 것이 한몫했다.

10대 중반의 소녀들은 이런저런 말과 소문에 휩쓸리기 쉬움과 동시에 한 번 확신을 가진 것은 고집을 부리며 바꾸지 않았다. 그것이 이번에는 아리아를 향한 믿음이 될 것이다.

"그럼 다음에 또 부탁드려도 될까요?"

"물론이죠."

"아, 그리고 앞으로 드레스를 살 일이 있으시다면 저와 함께 가요. 제가 아주 우아한 드레스를 만드는 디자이너를 잘 알거든요. 아리아 영애에게 잘 어울릴 드레스가 많을 거예요."

"저도 함께 갈까요? 저도 잘 아는 부티크가 있거든요."

로스첸트 영애라는 호칭은 어느새 아리아 영애가 되어 있었고, 참석한 영애들은 모두 가여운 아리아를 위해 무언가 해 주고 싶어 했다. 아주 어리석게도.

"다음 모임은 밖에서 하는 것도 나쁘지 않겠어요. 제가 자주 가는 디저트 숍이 있는데, 입안에서 살살 녹는 달콤한 마카롱이 유명하죠."

"저도 알 것 같아요, 선물 받은 적이 있어 먹어 봤는데 정말 맛있더라고요."

같은 나이 대의 소녀들이 좋아하는 디저트 이야기로 정원에 까르르 웃음꽃이 피었다. 그녀들은 빨리 다음 모임의 날짜를 잡자고 서로의 일정을 물었고, 아리아도 즐거운 듯 참가했다.

대충 다음 일정이 잡혔을 즈음, 내내 가만히 이야기를 듣던 어떤 영애가 조심스럽게 대화에 끼어들었다.

"밖에서 만나는 건 조금 위험하지 않을까요? 요즘 안 좋은 사건도 있었고요."

"안 좋은 사건이라니요?"

"듣지 못하셨나요? 루프르 자작 사건요."

모두가 알지 못하는 화제의 등장에 이야기를 꺼낸 영애에게 시선이 쏠렸다. 루프르 자작이라면 카지노를 경영해 막대한 수익을 올리고 있는 거물이었다.

"며칠 전에 카지노 지하에서 인신매매하다가 들통났대요. 무려 황태자 전하께서 직접 알아내신 일이었죠."

"어머나! 그런데 왜 그 사실을 몰랐을까요?"

"그래서요? 어떻게 되었죠?"

아리아도 귀를 쫑긋 세웠다. 과거에선 황태자가 루프르 자작을 잡아들인 뒤, 곧장 그의 업적이 만천하에 알려졌었다. 그런데 며칠이나 지난 지금까지 세간이 조용한 건 조금 이상했다.

이야기를 꺼낸 영애가 주변을 둘러보더니 입에 손을 가져다 대며 아주 은밀하게 소식을 전했다.

"어떻게 된 일인지, 황태자 전하께서 루프르 자작을 놓치셨대요! 매사에 꼼꼼하고 진중한 성격이신 전하답지 않게 이상하게 서두르는 모습이었다고 하더라고요."

"그래서 아직도 잡지 못한 건가요?"

"그렇다나 봐요."

"세상에, 그럼 그 인신매매범이 세상에 나와 있다는 소리잖아요!"

끔찍한 범죄자가 자유라는 말에 모두가 경악했다. 그리고 그중에서 아리아가 제일 경악에 찼다. 왜 쓸데없는 과거가 바뀐 거지? 왜? 어째서 루프르 자작이 잡히지 않은 거야?

과거에서 그는 분명 현장에서 체포되어 삼대가 벌을 받았다. 혹시 몰라 미리 도망칠 계획을 꾀했다고는 하는데, 치밀하고 은밀한 황태자의 계획에 속수무책으로 당했다고 들었다. 고귀하신 황태자 전하께서 백성들을 구하셨다고 입이 닳도록 떠들어 댔었다.

도대체 무슨 일이 있었기에 황태자의 계획이 틀어진 것일까. 과거가 바뀌었다는 공포에 사색이 되어 손을 떠는 아리아를 발견한 사라가 괜찮을 거라며 그녀를 안아 주었다. 입술은 어느새 새파랗게 질려 있었다.

괜찮지 않을 것이다. 비록 자신과 관련이 없을지라도 과거의 큰 사건이 변했다면 앞으로 그녀가 아는 모든 것들이 틀어질 것이다. 예상할 수 없는 과거의 등장에 아리아의 머릿속이 끈이 풀린 실타래처럼 마구 엉켰다.

괜찮아, 괜찮을 거야. 황태자의 사소한 사건 하나가 복수에 영향을 주지 않을 거라고 필사적으로 되뇌었다.

으스스한 화제의 등장으로 다과회는 끝을 맞이했다. 루프르 자작이 잡힐 때까지 당분간 모임을 자제하자는 당부와 함께 아리아도 백작가로 돌아갔다.

저택에 도착한 아리아는 자신들의 위치로 돌아가는 기사들 중 존을 불러 황태자의 사건에 대해 자세히 알아 오라 시켰다.

까닭을 알아야 이 불안감이 사라질 것 같았기에.

* * *

존은 루프르 자작 사건에 대해 알아보려 자신의 예전 동료를 찾았다. 제국에서는 반드시 황실에 소속된 기사단을 거쳐야 비로소 기사 자격을 얻을 수 있었기에 대부분의 기사들은 모두 안면을 트고 있었다. 황태자가 연루된 사건이라면 제국 기사단에서 일하는 동료를 찾는 것이 제일 빨랐다.

그는 자신이 근무했던 제5기사단에서 그나마 친분이 있었던 로웰을 찾았다. 그는 성 주변의 치안을 담당하던 제5기사단에서 황족 및

황실 전체를 담당하는 제1기사단까지 소속을 올려 출세한 자였다.

실력도 실력이거니와 든든한 뒷배가 없다면 불가능한 출세였다. 고작 10년 만에 일어난 일이었기 때문이다.

숫자가 높아질수록 중요도와 난이도가 낮은 업무가 배치된다. 급여 또한 귀족의 밑에서 일하는 것보다 현저히 낮았다. 높은 곳은 귀족 출신의 기사들이 대부분이었기에 존과 같은 평민 출신의 기사들은 대부분 별 볼 일 없는 업무를 맡았다.

승급하는 것은 하늘의 별 따기와 같았다. 때문에 이를 견디지 못한 기사들이 대부분 황성을 떠나 귀족가에 취직했고, 존 역시 마찬가지였다.

"존? 이게 어쩐 일이야! 로스첸트 백작가로 내려갔다 하지 않았나?"

"널 보러 왔지, 내 친구여."

"하하! 싱겁기는."

오랜만에 만난 옛 친우를 대하는 서슴없는 로웰의 태도엔 출세한 자 특유의 오만함이나 방자함은 없었다. 그 사실을 다행이라 생각한 존이 가슴을 쓸어내렸다.

로웰은 예전부터 그래 왔다. 털털하고 서글서글한 성격 덕분에 윗선의 마음에 들어 고속 승진한 것이겠지.

황궁을 나와 근처 주점에 자리를 잡은 두 사람이 고됐던 옛 이야기를 나누며 회포를 풀었다. 연무장에서 해가 뜰 때까지 검을 휘둘렀던 기억이나, 황궁 근처에서 애완동물을 잃어버린 어떤 멍청한 귀족에 대한 이야기가 주된 화젯거리였다.

"마구간에서 공주님의 말과 함께 뒹구는 것을 발견하고 기함을 토했었지!"

"자칫 공주님의 말을 잘못 건드렸다간 목이 날아갔을 테니까!"

"그래도 어쩌겠나. 우리는 기사가 아닌가! 맡은 바 임무를 충실히 다해 포복하여 그 요망한 고양이를 구출했지 않나!"

이야기가 무르익음에 따라 날도 함께 저물어 갔다.

손에 든 맥주잔을 가볍게 비운 존이 타이밍을 쟀다. 기사로서의 명예와 긍지를 중요시 여기는 그가 이번 사건에 대해 입을 털지 의문이었지만, 술에 취해 어눌한 발음으로 이해하기 힘든 말을 주절대는 그를 보니 어쩐지 말해 줄 것 같기도 했다.

"그래서, 그자는 어떻게 되었다고 했지? 우리 아가씨께서 영 무서우신지 밤에 잠을 이루지 못하시더라고."

"그자라니?"

"아 왜, 최근에 도망친 그 인신매매범 있지 않은가."

로웰이 고개를 갸웃거리며 눈동자를 굴렸다. 알코올로 마비된 머리로는 금세 떠올리기 힘든 모양이었다. 그는 한참이나 말없이 이리저리 눈동자를 굴리다가 이내 떠올랐다는 듯 책상을 쾅 내리치며 대답했다.

"루프르 자작 말하는 건가?"

"그래! 바로 그자일세!"

"글쎄. 나도 그 작전엔 투입되지 않아서 잘 모르겠네만, 뭐 금방 잡히지 않겠나? 아무렴 황태자 전하께서 찾고 계신데!"

"역시 그렇지?"

존이 손에 쥔 맥주잔을 만지작거리며 어색하게 웃었다. 작전에 투입되지 않았다면 자세한 경위는 모를 것이다. 그렇다고 이대로 돌아갈 순 없었다. 작은 정보라도 하나 가져가지 않으면 아리아가 자신의 죄목을 낱낱이 공개할지도 모르니까. 그 출신이 미천한 작은 계집은 언제든지 그럴 일을 할 것처럼 보였다.

"근데 도대체 황태자 전하께서 왜 루프르 자작을 놓친 건가? 나로서는 도저히 믿기지가 않는군."

"그거야 모르지."

"전하께선 꽤 계획적이시고 치밀한 분이 아니신가. 아직 나이가 어리심에도 불구하고 말이야."

"……글쎄, 그렇긴 하지."

"별로 어려운 임무가 아님에도 자작을 놓쳤다는 건, 그만한 이유가 있다는 것 아니겠나?"

"……흐음, 그렇지?"

존의 질문이 많아질수록 로웰의 대답이 간결하고 애매모호해졌다. 방금 전까지 동공이 풀렸던 눈동자에는 생기가 돌아왔고, 비뚤어진 자세도 어느새 나아져 있었다. 미약하게 붉어진 뺨만이 그가 마신 술의 양을 짐작게 했다.

무언가 하나라도 정보를 얻어 가고자 하는 마음 때문에 존은 이를 눈치채지 못했고, 그의 질문이 한계의 다다랐을 무렵 로웰이 모임의 파투를 알렸다.

"곧 교대 시간이 가깝거든. 미안하네, 다음에 또 만나지."

"아쉽군. 오랜만에 만났는데."

"나도 그래. 오랜만인데 이런 식으로 끝나서 유감이야."

자리를 털고 일어난 두 사람은 황궁의 정문 앞에서 작별 인사를 했다. 어깨를 축 늘어뜨린 존이 막 등을 돌려 자리를 떠나려는데, 로웰이 그의 어깨를 잡으며 아주 작은 목소리로 충고했다.

“이 이상 전하의 뒤를 캐지 않는 걸 추천하네.”

“……알겠네.”

자신을 위해 주는 그의 충고는 고마운 일이었지만 그럴 순 없었다. 본 적 없는 황태자보다는 지척에서 자신을 위협하는 아리아가 더 공포스러웠기 때문이다.

이대로 돌아갈 수 없었던 존은 혹시나 하는 마음에 카지노가 있는 곳으로 향했다. 그곳 사람들이라면 무언가 봤을지도 모르기 때문이다. 카지노는 황궁에서 조금 떨어진 서민가 근처에 위치했다. 애초에 서민들의 푼돈이 주된 수입원으로 만들어진 탓이었다.

작은 도박장으로 시작했던 건물은 점차 돈이 몰려들어 크기를 키웠고, 지금은 아주 멀리서도 그 불빛이 확연하게 보일 정도로 대단히 큰 규모로 성장했다.

물론 그것은 루프르 자작의 사건이 일어나기 전의 일이었고, 지금은 시커멓게 죽은 거대한 건물만이 그 자리를 대신하고 있었다.

날이 점점 어두워져 등불 없이는 앞을 확인할 수 없을 정도였다. 존은 품 안에서 휴대용 등불을 꺼내 불을 붙였다.

뭐 작은 정보 하나라도 있을까 하여 이곳저곳 빠짐없이 살피며 천천히 걸음을 옮겼다. 드문드문 깨진 유리 조각이나 박살이 난 상자 따위는 보였지만 황태자에 관한 흔적은 찾을 수가 없었다.

허리를 굽히고 이리저리 흔적을 찾아다닌 지 한참이 지나고, 뻐근해진 몸을 일으켜 주변을 둘러보자 어쩐지 눈에 익은 상점이 보였다.

‘만물상이군.’

모래시계를 찾으러 갔던 만물상이었다. 불이 꺼져 있는 것을 보니 영업은 하지 않는 듯했다. 존은 지난번에 아리아가 했던 말을 떠올렸다.

'경매 참가권을 사용할 수 없다는 말이었지. 아리아 아가씨는 어떻게 그 사실을 알았을까.'

루프르 자작에 대한 소문이 돌았다고 했는데, 세간에 그런 소문은 돌지 않았다. 혹시나 해서 찾아본 결과였다. 아무도 모르는 그 소문을 도대체 어디서 들은 것인지 의문이었다.

존은 혹시나 하는 마음에 만물상으로 발길을 옮겼다. 늦은 시간이라 영업은 하지 않겠지만 노인은 있을지도 모른다. 몇몇 서민들은 가게 뒤편에 자그마한 방을 만들어 그곳에서 숙식을 해결하곤 했으니까. 존은 그것에 기대를 걸었다. 안면이 있으니 뭐라도 아는 사실을 말해 줄지 몰랐다. 카지노에서 가까우니 뭐라도 봤을 터였다.

"누구 없소?"

굳게 닫힌 만물상의 문을 수차례 두드렸지만 들리는 기척은 없었다. 허탕인가. 그래도 아쉬움이 남아 몇 번 더 문을 두드리자 안쪽에서 삐거덕하는 소리와 함께 사람의 발소리가 들렸다.

"영업 안 합니다."

"물어볼 말이 있어서 왔소. 대답해 준다면 50실링을 주지."

덜커덩. 그 말에 문의 잠금장치가 풀리고 열린 문틈으로 안색이 어두운 노인의 얼굴이 보였다. 그는 딱 얼굴의 반이 보일 만큼만 문을 열고 그 사이로 손을 내밀었다. 존이 품 안에서 50실링을 꺼내 그의 손에 쥐여 주었다. 금액이 맞는지 확인한 노인이 궁금한 것이 무엇이냐 물었다.

"너무 경계하지 말게. 지난번엔 손님으로 찾아왔었으니 말이야."

"지난번에 찾아오셨다고요?"

노인이 존을 머리끝부터 발끝까지 훑었다. 그러나 기억에 없는 모양인지 고개를 갸우뚱거렸다. 하는 수 없이 지난번에 모래시계를 찾으러 왔었다고 전하자 그제야 기억이 난 듯 노인의 눈이 크게 떠졌다.

"경매 참가권!"

"기억이 났나? 그때 아가씨와 동행했던 기사다."

"아아, 그러시군요. 안쪽으로 드십시오."

노인은 흔쾌히 문을 열어 존을 안으로 들여보내 주었다. 그는 없는 자리를 만들어 존에게 차를 내줬고, 존은 그의 호의를 받아들였다.

"아가씨의 말을 듣고 경매 참가권을 팔았습니다. 그래서 다행히도 가게를 구할 수 있었죠. 빌린 돈이라 갚아야 했거든요."

"그것참 다행이군."

"아가씨께서는 함께 오시지 않으셨습니까?"

"아아, 개인적인 볼일이라서."

존이 하품을 하며 대답했다. 오전부터 오후에 걸쳐서 아리아를 호위하느라 진을 뺐고, 그 후에는 로웰을 만나 술을 마신 후, 다시 황태자의 흔적을 찾아다녔다.

고된 하루였던 탓인지 자꾸 졸음이 쏟아졌다. 벌컥벌컥 차를 들이켜 몰려오는 수마를 쫓아내려 했지만 어쩐지 점점 더 눈이 감겼다. 앞에서 주절주절 무슨 말을 늘어놓는 노인에게 차가운 물을 부탁하려 했지만, 곧 존은 그 작은 행동조차 할 수 없었다.

"주무십니까? 주무시는 것 맞지요?"

"……."

노인은 존의 뺨을 몇 차례 두드려 그가 정말로 잠이 들었는지 확인하곤 만물상의 꺼진 등불을 환하게 밝혔다. 조금의 시간이 흐른 뒤, 끼익 소리와 함께 만물상의 문이 열리고 몇 명의 남자들이 안으로 들어왔다.

"수상한 사람이 나타나면 알려 달라고 하셔서 불을 밝혔습니다만……. 당분간 깨어나지 못할 겁니다."

노인이 손가락을 매만지며 말했다. 그에 흑발의 남자가 고개를 끄덕였다. 루프르 자작이 사라진 곳이 이 근처였기에 주변 상인들을 포섭해 수상한 사람이 나타날 시 즉시 알려 달라고 지시를 해 놓은 참이었다.

이야기를 들어 보니 존은 루프르 자작과는 관계가 없었지만, 그 누가 되었든 보고를 한 자에겐 포상금을 내린다는 언질이 있었다. 사실 노인은 아리아의 말을 듣지 않아 경매 참가권을 팔지 않았고, 자신이 본 손해를 메우려 존을 잠재우고 고발한 것이다.

"얼굴을 확인해라."

남자의 지시에 무리 중 누군가가 잠든 존의 얼굴을 확인했다. 확인한 이가 고개를 저어 루프르가 아님을 밝혔다. 그 대신 그의 입에서 다른 이름이 튀어나왔다.

"존입니다. 한때 기사단에서 함께 근무했던 자입니다. 몇 년간 근무하다가 로스첸트 백작가로 내려간 것으로 압니다."

"로스첸트 백작가라……."

흑발 남자의 머릿속에 한 가지 떠오르는 인물이 있었다.

금발의 녹안을 한 작은 소녀였다. 그날, 만물상에서 나가 가문의 인장이 새겨진 마차를 타고 떠난 기억이 났다.

'루프르 자작이 잡히지 않아 잊고 있었군. 미엘르라고 했던가.'

그녀는 노인에게 루프르 자작에게 어떤 일이 일어날지 아는 듯한 충고를 했었다. 이미 소문이 퍼졌다는 그녀의 말에 조급해진 그가 서둘러 카지노를 쳤고, 불행히도 완벽하지 않은 계획에 의해 루프르 자작을 놓치고 말았다.

뜻밖의 실패에 그 소녀를 찾아낼 생각을 하지 못하고 있었는데, 이렇게 다시 로스첸트의 기사를 마주치니 그녀를 찾아야 한다는 생각이 들었다.

"로스첸트 백작을 조사해. 루프르 자작과 무슨 관계였는지도."

그 어린 소녀가 단독으로 정보를 알기란 어려운 일일 테니, 로스첸트 백작이 이 일에 관련되었을지도 모른다.

"이자는 어떻게 할까요?"

"일단 내버려 둬. 흔적을 흘리고 다닐수록 꼬리를 잡기 쉬울 테니까."

남자는 존의 얼굴을 똑똑히 새기려 아주 오랫동안 그의 얼굴을 응시했다. 그러곤 멀리서 들려오는 누군가를 찾았다는 외침에 몸을 돌려 자작의 행방을 쫓으러 사라졌다. 일을 그르치게 만든 원인이 무언인지 파악해야 했다.

* * *

"어어? 내가 언제 잠이 들었지……?"

"아이고, 갑자기 주무셔서 깜짝 놀랐습니다."

존이 반쯤 감긴 눈을 비비며 일어났다. 시간을 확인하자 벌써 새

벽녘이 가까워져 있었다. 보고도 하지 않고 저택을 비우다니. 재빨리 자리를 털고 일어난 존이 만물상을 나서기 전 노인에게 한 가지를 물었다.

"아, 혹시 카지노 현장을 급습한 것을 보았나?"

"제가 그런 걸 어떻게 보겠습니까. 늦은 밤에 일어난 일이었는걸요."

"역시 그런가……. 알겠네."

아쉬움이 남았지만 더는 알아낼 길이 없었기에 존은 만물상을 빠져나와 저택으로 향했다.

마차를 부르기 힘든 시간대라 해가 뜰 때 즈음이 되어서야 백작가에 도착했고, 잠깐 눈을 붙인 뒤 아침이 되자마자 단장에게 호되게 혼이 났다. 고작 반나절뿐인 조사였지만 아무런 수확도 얻지 못해 뭉그적대다가 정오 즈음이 되어서야 그 사실을 아리아에게 보고했다.

벼락처럼 떨어질 징벌을 기다리는데, 그녀는 이렇다 할 벌을 내리지 않았다. 오히려 이제 그만 알아보라며 쉴 것을 종용했다.

"내가 찾을 때까지 나타나지 않아도 돼. 당부한 것은 잊지 않았겠지?"

"예, 예! 물론입니다."

아리아는 존에게 절대로 자신의 이름을 발설하지 말 것을 당부했다. 꼭 누군가의 이름을 대야 할 상황이 온다면 로스첸트가의 아가씨라고만 언급하라고 지시했다.

"그런데, 정말 간밤에 아무런 소식도 듣지 못했다고?"

"예……. 만물상에서 밤새 소식을 기다렸지만 아무것도……."

"……뭐 좋아. 그리고 앞으론 내 앞에 나타나지 말고 될 수 있는 한 미엘르의 옆에 붙어 있도록 해."

"미엘르 아가씨 말씀이십니까?"

"그래, 미엘르."

"……알겠습니다."

아리아는 수고했다는 말과 함께 금화 몇 개를 그에게 건넸다. 존이 깡통처럼 텅텅 빈 머리를 몇 번이나 조아렸다.

그가 방을 비우자 아리아가 꽃병에 장식된 싱그러운 꽃을 뭉개며 인상을 썼다. 간밤에 루프르 자작이 카지노 주변의 허름한 여관에서 잡혔다는데 저자는 어떻게 모를 수가 있을까. 한심하기 그지없었다.

세간에 공표된 사실은 아니었지만 날이 저물었음에도 존이 하도 돌아오지 않아 또 다른 기사인 폴을 보내 알아낸 정보였다. 자정이 넘었을 즈음, 여관 벽장에 숨어 있던 루프르 자작을 체포하여 일부러 요란하게 끌고 갔다고 한다.

덜떨어진다고는 생각했지만 이 정도로 멍청하니 의심을 할 수밖에 없었다. 설마 자신에게 거짓말한 것은 아닌지. 어쩌면 정말 눈과 귀가 멀어서 모르는 걸 수도 있고.

어쨌든 아무리 약점을 잡은 개라고 하더라도 가까이 두는 것은 좋지 않았다. 멍청한 개는 미엘르의 주변에서 그 재능을 펼치는 편이 좋았다. 그러다 얻어걸리면 그보다 좋은 일이 있을까.

'여차하면 버릴 용도로 사용하면 되니까.'

중간에 이유를 알 수 없는 변화가 있었지만 그래도 루프르 자작이 잡혔으니 과거는 원래대로 돌아왔고 일이 꼬이지 않았다.

미엘르는 여전히 자수에 시달리고 있으며 자신은 자유로웠다. 궤도가 정상에 올랐으니 다시 입지를 다지고 살길을 찾아야 했다.

아리아는 오랜만에 자신의 어머니를 찾았다. 온몸에 반짝반짝 빛나는 장신구를 두른 그녀의 모습은 흡사 하나의 보석같이 보였다. 언제 제 목숨이 달아날지도 모르는데 겉만 치장하는 도자기 인형.

물론, 이는 미래를 모르는 그녀로서는 당연한 일일 것이다. 그 아름다운 외모 덕분에 이토록 대단한 신분 상승을 이루지 않았는가.

백작가에 데려와 목숨을 부지시켜 준 데 만족한 것인지 그녀는 거의 아리아를 찾지 않았다. 정말 할 일이 없어 무료하거나 한가할 때에 같이 차를 마시는 것을 빼곤 외출을 해 드레스나 보석 따위를 사들이는 것에 열정적으로 시간을 쏟았다.

그렇다고 그런 그녀가 싫다거나 우습다는 것은 아니다. 자신의 최대 장점을 살려 신분 상승함과 동시에 그녀만의 행복을 찾았으니까.

게다가 업적을 이뤘음에도 끊임없이 그 무기를 갈고닦을 줄 아는 장인이었다. 보통 사람들이 목표를 이루면 지쳐서 나가떨어지는 것과는 달랐다.

그녀는 장인이었다. 자신의 최대 장점인 외모를 아낌없이 갈고닦는 장인.

'게다가 그 덕을 내가 톡톡히 보고 있으니 아무렴 칭송해야 마땅하지.'

미숙한 행보는 딸인 자신이 제대로 하면 그만이었다. 번 돈은 모두 치장으로 낭비해 지옥 같았던 빈민촌에서 벗어나게 해 준 어머니를 위한 작은 선물로.

거울을 보며 귀걸이를 번갈아 확인하던 백작 부인이 돌아보지도 않은 채로 아리아에게 물었다.

“무슨 일이니? 조금 이따가 외출할 예정이라 시간이 별로 없다만.”
“별일은 아니에요. 가정 교사 몇 명을 제게도 붙여 주셨으면 해요.”
“가정 교사? 싫다고 할 때는 언제고. 하긴, 요즘 네가 달라지긴 했지.”

처음 백작가에 들어왔을 때, 가정 교사를 붙여 준다는 것을 악을 써서 거절했다. 공부는 싫다며 바닥에서 굴렀던 기억이 났다.

그래도 교양은 필수라며 몇몇 가정 교사가 아리아를 가르치긴 했지만, 배운 것을 자랑할 때마다 번번이 미엘르에게 선수를 빼앗겨 창피만 당했다. 교양보다 수치를 빨리 깨닫게 된 그녀가 계속 배움에 증진할 리가 없었다.

하지만 지금은 달랐다. 배워야 대화가 통하니 인맥을 쌓아야 그 악녀의 독주를 막을 수 있을 것이다. 아직 어린 지금은 고작 수를 놓은 것만으로도 칭찬을 받고 무리에 끼워 주었지만 이제부터는 다를 것이라는 걸 잘 알았다.

왜냐하면 과거의 아리아는 그녀의 외모를 찬양하는 무리 이외에게는 철저히 무시를 받았었기 때문이다. 얼굴만 예쁜 여자라면 매음굴에 널리고 널렸다. 천사라 통하는 미엘르의 발목을 잡는 매춘부의 딸 따위, 귀족들 사이에서 수치 이외의 무엇도 아니었다.

파티에 초대한다 한들 그저 장식품처럼 얼굴을 힐끗거리기 위한 용도일 뿐, 대화를 나누거나 친분을 쌓기 위함은 아니었다. 그리고 사람들이 모이면 늘 그렇듯 자신들보다 못난 자에게 창피를 주기 위한 용도였다.

혈통이라도 순수했다면 모를까, 갑자기 신분 상승한 멍청한 계집아이는 귀족들에게 있어서 평민들보다 못한 취급을 받았다. 아주 적게나마 쌓은 지금의 인맥도 멍청한 채로 머물러 있다간 사라질 것이 틀림없었다.

'일단은 교양과 역사, 그리고 문학 정도가 좋겠지. 정말 배우고 싶은 건 따로 있지만 지금은 불가능하니……. 뭐, 천천히 배워도 되는 것들이니 인맥을 쌓는 것을 우선으로 둬야겠어.'

예전에는 몰랐지만 지금 생각해 보면 미엘르는 아주 어릴 때부터 자신의 뒷배가 되어 줄 사람들을 주변에 포섭해 놓았었다. 주로 그녀의 가정 교사들로 고용하여 친분을 쌓았다. 사제 관계란 나름 평생 가는 대단한 인연이었으니까.

물론 그것은 그녀 자신의 힘이 아니라 백작의 입김이 컸겠지만, 어쨌든 그것들이 대단히 도움이 된 것은 사실이니 방치된 아리아는 스스로 자신의 뒷배를 준비해야 했다.

처음에는 미엘르의 가정 교사를 그대로 이어받을까 생각했지만, 그것은 아주 어리석은 생각이었다.

미엘르의 가정 교사들은 하나같이 고귀한 신분에 다방면에서 유명세를 떨친 자들이었다. 그녀처럼 태생을 축복받은 그들은 더러운 악녀에게서 먼지 한 톨이라도 묻을까 아리아와는 눈도 마주치지 않았다. 대부분 백작가의 부인들이나 자제들로 이루어진 그 집단은 아리아를 먼지만큼도 취급하지 않았다.

때문에 인사 하나 제대로 할 줄 몰랐던 아리아는 그들에게 말 한 번 제대로 건넬 수 없었다. 미천한 신분의 아리아를 제대로 대할 사람은 없었다. 게다가 아무리 미래를 알고 있다고 해도 이미 기득권을 잡은 그들에게 내어 줄 정보는 소수에 그쳤다.

'어쩌면 그들에게서 정보를 빼내는 것이라고 볼 수도 있으니 전

혀 접근할 방도가 없겠지. 비웃음을 당하는 것도 싫고.'

그럴 바엔 운이 없어 뒤로 밀릴 자들을 포섭하는 것이 나았다. 권력욕과 야망은 있지만 뜻대로 되지 않아 뒷방으로 밀린 자들의 여왕이 되는 것이다. 어느 정도 궤도에 올려놓으면 알아서 살아남을 만한 사람들 위주로. 바로 사라처럼.

'물론, 사라는 제 힘으로 후작 부인이 되겠지만. 어쨌든 그녀와 비슷한 사람들이 필요해.'

그리고 아리아는 그런 자들을 익히 알고 있었다. 대체로 돈은 있으나 연줄이 없는 자들이 그러했다. 후에 파티에서 만난 사람들 중에서도 그런 자들이 꽤 많았다. 그러니 얼굴밖에 없는 자신에게 들어붙은 것일 테다.

개중에서도 아리아는 거의 끝까지 자신을 사랑했던 몇 남성을 떠올릴 수 있었다. 자신의 반반한 얼굴에 넘어와 제 모든 것을 바쳤던 이들을.

비록 집안의 후계자들인 탓에 고상한 귀족 여식들과의 결혼을 피할 수 없어 최후엔 떠나갔지만, 그들의 아쉬움과 안타까움이 서린 표정이 아직도 생생했다.

지금 당장은 별 볼 일 없지만 가진 몇몇 땅과 시기 좋게 투자한 사업이 부를 가져다준다. 미엘르가 가진 패에 비하면 볼품없기 그지없지만, 지금 당장 아리아가 손을 뻗을 수 있는 이들은 그들 정도였다.

일단 그들부터 시험해 볼까. 운이 좋다면 그들을 통해 다른 이들까지 손에 넣을 수 있을지도 모른다. 미엘르를 해치울 수 있게 도와줄 더 대단한 이들을 말이다.

아리아는 떠오른 그 세 사람의 이름을 적은 메모를 자신의 어미에게 건넸다. 그녀는 쪽지 안의 이름들과 아리아의 얼굴을 번갈아 쳐다보았다. 정말로 이들을 가정 교사로 쓰겠느냐는 얼굴이었다.

"로렌 자작가의 사라 영애도 그렇지만, 참 보는 눈이 없구나. 어쩜 이렇게 하나같이 도움이 되지 않을 사람들일까."

"그렇다고 미엘르와 가정 교사를 공유할 순 없잖아요?"

"이 세 사람은 가정 교사를 할 만큼 박식하지 않은 걸로 아는데."

그녀의 말대로 세 사람은 그다지 박식하다고 볼 순 없었다. 평범한 귀족에 불과했다. 그저 자작가의 부인 두 명과 남작가의 부인 한 명일 뿐이었으니까.

하지만 아리아도 큰 지식을 바라며 그녀들을 선택한 것은 아니었다. 그들을 시험하기 위해 선택했을 뿐이었다. 아리아의 여상한 태도에 백작 부인이 어깨를 으쓱였다.

"네가 좋다니 어쩔 수 없지."

사실은 알아보는 것이 귀찮아서 그런 거겠죠.

백작 부인은 아리아의 메모를 자신의 시녀에게 넘겼다. 집사에게 넘겨 가문의 인장이 찍힌 편지를 대신 적어 보내라는 뜻이었다.

그녀는 항상 백작 부인의 일을 그렇게 처리했다. 별로 어려운 일도 아니건만 그녀가 나서서 하는 일은 의복이나 장신구를 구입하는 일에 국한되었다. 새삼스럽지도 않은 일인 탓에 시녀가 곧장 그 의미를 알아듣곤 방을 나섰다.

성실하고 똑똑한 집사 덕분에 아리아는 곧 세 부인들을 만날 수 있었다. 그녀가 제일 먼저 만나게 된 것은 화이트 자작 부인이었다.

"처음 뵙겠습니다. 화이트 자작가의 셀린입니다."

이렇다 할 특징이 없는 평범한 외모의 그녀는 앞으로 아리아의 교양 지식을 담당할 선생이었다.

허울뿐인 남작가의 외동딸이었던 그녀는 결혼을 하기 전까진 평민들과 다를 바 없는 삶을 살았다고 했다. 후에 작지만 영지를 관리하는 자작가로 시집가 신분 상승의 맛을 보았다. 아리아의 어머니인 백작 부인과 조금 다르면서도 비슷했다.

'이 엄마는 네가 좋은 집안의 영애와 혼인하기를 바란단다.'

그녀가 입버릇처럼 말한다며 그녀의 아들인 아폰이 술에 취해 꼬인 발음으로 늘 아리아의 귀에 속삭였던 말이었다. 그러니 자신과 결혼하는 것이 어떻겠냐고.

어머니도 내심 바라신다면서 매춘부의 딸에게 구애했었다. 마치 얼마 전의 자신의 어머니 같아 코웃음이 터졌다.

신분은 상승할 수 없겠지만, 배후에 백작가를 업은 부인을 바랐던 모양이었다. 물론, 그 백작가는 아리아를 버렸기에 그 사실을 깨달은 화이트 자작 부인은 결국 제 아들을 조신한 자작가의 영애와 혼인을 시켰다. 그러니 백작가에 들어온 지 얼마 되지 않아 아직 자신이 어떤 위치인지 모르는 지금은 호의를 표할 것이 틀림없었다.

소문이 어떻든 그녀는 백작가의 영애이며 어미가 실세로 군림하고 있다. 제 아들의 좋은 혼처만 눈이 빠져라 찾고 있는 그녀에겐 아주 좋은 먹잇감이 된다는 말이었다.

아리아가 치맛자락을 잡아 무릎을 굽혔다. 우아하게 인사하는 태도에선 소문의 흔적은 찾을 수 없었다. 신분이 높음에도 불구하고 자작 부인이 찾는 조신한 신붓감. 바로 그 정석을 보이며 응대하자 그녀가 딱딱한 얼굴을 펴고 부드러운 미소를 지었다.

“잘 부탁드립니다, 화이트 자작 부인.”

앞으로 제 손에서 놀아날 준비는 되셨나요?

화이트 자작 부인을 향해 해맑게 웃는 아리아의 얼굴엔 그늘 한 점 비치지 않았다.

＊ ＊ ＊

화이트 자작 부인이 가르칠 교양 과목은 더하기와 빼기, 곱셈을 비롯한 간단한 산수 과목과 기초적인 문법이나 화술 등이었다. 귀족 영애로서 우아하게 살아가는 데 필요한 모든 것들이 포함되었다. 아무리 귀족이라 하더라도 여성들의 배움 자체가 깊은 편이 아니었기에 누가 가르쳐도 그만인 기초적인 학문이었다.

물론 몇몇 고귀한 신분의 여성들은 깊고 넓은 학문을 배우기도 했지만, 대부분의 귀족 여성들은 어디 가서 창피를 당하지 않을 만큼의 기본적인 배움에 그쳤다.

때문에 교육은 대체로 차와 디저트를 겸하는 간단한 다과회에 가까웠다. 예법과는 달리 빨리 배워 무언가를 이룩할 필요가 없었기 때문에 사교계에 데뷔할 그날까지 아주 느긋하고 천천히 하나씩 익히는 것이 보통이었다.

테이블 위에 따뜻한 차와 달콤한 쿠키, 과일 등이 놓였고, 화이트 자작 부인은 사람 좋은 얼굴로 그동안 얼마나 배움에 증진했는지를 물었다.

"전에 배우셨던 부분을 알려 주신다면 참고하겠습니다."

"전혀요."

찻잔에 설탕 한 조각을 넣으며 대답하는 아리아의 얼굴이 의연했다. 화이트 자작 부인은 그녀의 대답에 잠시 동안 말을 잃고 생각에 빠졌다.

어째서 아직까지 교육을 받지 못한 것일까. 비록 여성 귀족들은 몸가짐을 조심해야 했기 때문에 남자들같이 아카데미나 여타 학문기관에서 공부하진 않지만 그래도 가문을 지키고 남편의 일을 돕기 위해 기본적인 교육은 필수였다.

그 기본적인 교육은 대략 8세 전후에서 시작된다. 진도는 늦지만 어른 여성과 함께 대화를 나누며 천천히 기품을 쌓는다.

명망 높은 가문의 경우는 말문이 트였을 때부터 시작했다. 때문에 미엘르는 제대로 뛰기도 전부터 교육을 받아 왔다. 그런데 왜 열다섯 살이 가까워 오는 아리아는 배우지 않은 것일까.

화이트 자작 부인이 궁금해하는 눈치였지만 아리아는 굳이 말해주지 않았다. 그렇다고 사라 때처럼 마냥 불쌍하게 보여서는 안 되었기에 조금의 거짓을 보탰다.

"아시다시피 갑자기 백작가에 오게 되어 적응이 필요했어요. 식기류를 다루는 것부터 시작해서 걷는 방법, 앉는 방법 등등 배울 것이 많았죠. 최근에 겨우 사람다워졌어요."

화이트 자작 부인은 그제야 아리아의 행동거지가 어디 하나 흠잡을 곳 없이 우아하고 자연스럽다는 것을 깨달았다.

아주 작은 몸임에도 불구하고 잔잔한 물처럼 부드럽게 움직이는 모습이 흡사 요정같이 보였다. 아리아는 나이 또래 귀족 여자아이들보다 훨씬 기품 있고 우아했다. 특히 찻잔을 들어 입에 가져다 대는 그 몸짓은 한 마리의 나비 같기도 했다.

비로소 왜 교육이 늦어졌는지 납득한 화이트 자작 부인은 이내 굳은 얼굴을 치우고 다시 부드러운 미소를 지었다.

평민으로 살아왔음에도 어린 나이에, 그것도 불과 1년 만에 저토록 우아함을 지닐 수 있다는 것은 꽤 열과 성을 들여 교육을 시켰음이 틀림없을 것이라고 생각했다. 남들 보기에 흠이 잡히지 않을 만큼 예절 교육을 시킨 뒤에 다른 공부를 시키려 한 것 같다며 아리아의 속셈에 놀아나 멋대로 납득했다.

"그러시군요."

"배우는 동안 꽤 말썽을 많이 피워서 그런지 소문이 대단하더라고요. 부인께서도 자주 들으셨죠?"

"후후, 소문이란 모름지기 금세 사라지기 마련이지요. 괘념치 마세요."

화이트 자작 부인 역시 아리아에 대해 수많은 오해를 품었지만 첫 만남과 동시에 그런 악질적인 소문들이 모두 가짜라는 것을 알 수 있었다. 분명 다른 사람들도 그럴 것이라 생각했다.

그녀에겐 아주 좋은 기회였다. 이 작고 어린 아이와 친분을 쌓아 제 아들과 만나게 할 기회. 평민 출신이라 배운 것이 없어 멍청할 테니 분명 다루기도 쉬울 것이다.

아리아의 바람대로 그녀의 손바닥 위에서 놀아나는 화이트 자작 부인을 보며 아리아가 눈을 접어 웃어 보였다.

"그러기 위해선 선생님께서 많이 도와주셔야 할 거예요."

"선생님이라니요. 가당치도 않습니다. 셀린이라고 불러 주세요."

"아뇨, 배우는 입장이니 저는 학생이고 부인께선 선생님이시죠."

사라 때처럼 불쌍한 척하며 연민을 얻을 필요는 없다. 그냥 조금 착한 척하는 것만으로도 충분했다.

아무것도 모르는 척 얼굴에는 미소를 띠며 선생님이라 치켜세우면 고삐 풀린 망아지처럼 알아서 춤을 출 것이다. 그래야 이 권력에 빌붙고자 미끼를 물고 이리저리 휘둘려 줄 테지. 끝내 호칭이 선생님으로 마무리되자, 화이트 자작 부인은 기쁜 내색을 감추지 못했다.

첫날 수업은 아주 간단한 셈을 배웠다. 이미 알고 있는 것들이었지만 그리 설명했다간 그녀와의 만남이 짧아질 테니 처음 듣는 척 고개를 끄덕였다.

"3과 1을 더하면 4가 된답니다. 보세요, 쿠키가 세 개, 그리고 쿠키가 하나. 합치면 네 개죠?"

한 자리 수의 숫자를 더하고 빼는 것은 굳이 선생을 통해 배우지 않아도 알 수 있었으나, 화이트 자작 부인은 아리아에게 그것을 알려 주려 무척이나 애를 썼다. 이를 보는 아리아가 애써 나오는 코웃음을 숨기며 부러 눈을 빛내며 맞장구를 쳤다.

얼마나 멍청하게 보았으면 걸음마를 갓 뗀 유아에게나 알려 줄 기초를 알려 주는 것일까. 그간 사람을 가르쳐 본 적이 없었던 화이트 자작 부인은 약 두 시간의 수업 후 만족한 듯 돌아갔다.

아마 돌아가서 백작가와 안면을 트게 되었다고 자랑을 하겠지. 멍청한 계집아이가 가지고 놀기 쉬워 보인다며 제 아들과의 만남을 계획할지도 모른다.

'부디 빨리 그렇게 해 주기를.'

그 뒤로 만난 블락 자작 부인, 시르비 남작 부인도 화이트 자작 부인과 크게 다르지 않았다. 백작가와 연을 맺게 된 기쁨과 평민 출신의 멍청한 계집아이에 대한 호기심, 그리고 어떻게든 구슬려 제 아들들과 이어 보겠다는 야망. 로스첸트 백작의 친딸이 아니니 그 정도야 수월할지도 모르겠다는 오산.

특히 귀족이라고 볼 수도 없이 낮은 신분에 속하는 시르비 남작 부인은 어떻게든 아리아에게 잘 보이려고 손바닥을 비벼 댔다. 만면에 띠운 미소가 부담스러울 만큼 어색했기에 덩달아 아리아도 진땀을 뺐다.

'정작 내가 노리는 것은 오스카임에도 불구하고.'

그와 약혼을 하거나 혼인할 생각은 아니었다. 그저 미엘르를 방해하는 이물질로서 최선을 다하겠다는 의미였다. 그것이 바로 악녀의 본분이 아니겠는가. 미엘르처럼 어설픈 악녀가 아닌 진짜 악녀로서의 본분.

아주 바람직한 태도와 반응에 아리아는 시종일관 웃음을 감추지 못했다. 그 바람에 수를 잘못 놓아 모양이 비뚤어지자, 무슨 좋은 일이 있느냐며 사라가 물었다.

"새로운 선생님들이 오셨거든요. 무언가를 배운다는 게 이렇게 재밌는 건지 몰랐어요."

"그것참 즐겁겠네요. 어떤 분들인가요?"

"아주 솔직하고 웃음이 많은 분들이세요."

"그게 다 아리아 영애가 총명하고 다정해서 그런 것이겠지요."

변함없이 100점 만점에 120점을 내리는 사라의 미소에 팽팽하게 날이 섰던 마음이 조금 편안해졌다.

이게 바로 그녀의 매력이겠지. 그러니 그 무뚝뚝한 후작을 사로잡았을 것이다. 손수건에 놓인 수는 그저 계기일 뿐일 것이다.

"그래도 사라 선생님이 제일 좋아요."

"어머나, 아가씨도 참. 저도 아가씨가 좋답니다."

대뜸 사라의 허리를 끌어안고 얼굴을 비비자 그녀가 어쩔 수 없다는 듯 아리아의 머리카락을 쓰다듬었다. 예법을 배우는 입장이라고는 해도 총애하는 소녀의 애교는 당해 낼 수가 없는 깜찍함이었다.

사교계의 데뷔가 코앞으로 다가온 그녀는 곧 후작을 만나게 될 터다. 나이 차이는 조금 나지만 그녀 또한 귀족이니 신분이 높은 남자에게 끌리는 것이 당연했다. 그 과정에서 고민할 사라에게 조금의 용기와 바람을 불어넣어 주는 것으로도 충분히 관계를 굳힐 수 있을 것이다.

"사라 선생님이 좋은 사람을 만나 행복해졌으면 좋겠어요."

그것은 사라가 꿈꾸는 미래이기도 했다.

아리아의 머리카락을 쓸어 넘기던 사라가 그녀의 음흉한 말에 다정함을 느꼈다. 네가 잘되면 너를 이용해 먹겠다는 선언이었지만, 불쌍한 어린양은 그 뜻을 알 리가 없었다.

4. 프레데리크 오스카

4. 프레데리크 오스카

자신의 미래를 지켜 줄 총 네 명의 사람들과 순조로운 시작을 하게 돼 마음이 가벼웠다. 더불어 미엘르는 여전히 얌전했다. 아리아의 방에 처음 보는 사람들이 드나드는 것이 신경 쓰인 모양인지 최근 저녁 식사 시간에는 깨작대며 음식을 제대로 먹지 못했다.

좀처럼 늘지 않는 수에 조금 야윈 것 같기도 했다. 당한 것에 비하면 새 발의 피 수준도 되지 않았지만 면전에서 점점 약해져 가는 그녀를 보니 그것참…….

아주 우습고 재밌어서 까르르 웃음이 나왔다.

'그래, 그렇게 평생 내 눈치만 보고 살렴. 네 꾀에 빠져 일생을 그래 왔던 나처럼 말이야.'

고민을 털어놓을 곳이 없었던 모양인지 미엘르는 제 오라비인 카인에게 편지를 보내는 횟수가 늘어났고, 그에 따라 아리아의 웃음도 많아졌다. 기숙사에 처박혀 글로밖에 위로할 수 없는 제 오라비에게 의존하다니. 멍청하고 어리석기까지 했다.

미엘르가 제 오라비에게 징징대는 동안 아리아는 천천히 세 부인들과 친분을 이으며 지식을 쌓았다. 여전히 산수에서 진도를 빼지 못하고 있는 교양은 별로 도움이 되지 않았지만, 역사나 문학은 지식이 전무했기에 나름 도움이 되었다. 이렇게 쭉 계획대로 진행됐으면 하는 바람뿐이었다.

지식을 쌓고 미엘르를 누르며 자신의 세력을 구축하는 것. 조금씩 정보를 흘려 그 누구도 자신에게서 벗어날 수 없게 만드는 것.

그리고 그녀가 사모해 마지않았던 오스카와의 약혼을 없던 것으로 만들어 철저하게 고립되게 만드는 것. 마지막엔 제 찻잔에 스스로 독극물을 탔던 그녀의 음흉한 악행을 모방해 죽여 버리는 엔딩이었다.

열등감에 사로잡혀 제 언니를 죽이려 들다니. 이토록 완벽한 시나리오가 또 있을까. 상상만 해도 전신에 짜릿함이 달려 침대 위에 몸을 묻은 아리아가 베개를 끌어안고 키득키득 웃었다.

보드라운 이불에 얼굴을 문지르며 잠시 동안의 행복을 즐기는데, 그러고 보니 평소와는 다르게 저택이 소란스러웠다. 무슨 일인가 싶어 제시를 불러 까닭을 물었다.

"저도 잘 모르겠습니다. 그저 저택을 평소보다 깨끗이 하라며 지시하는 시녀장님만 보았지요."

"그래? 설마 아버님께서 돌아오시기라도 하는 건가."

"돌아오실 때에 연락을 넣으신 적은 없으시니 아닐 거라 생각합니다."

"네 말이 맞아, 제시."

항상 촉박한 일정으로 움직이는 백작은 언제 저택으로 돌아올지 몰랐기에 그를 맞이하는 준비는 아닐 것이다. 늘 그래 왔듯 저택은 깨끗하고 화려했기에 굳이 소란을 피우며 정리할 필요가 없었다.

"그럼, 도대체 누가 오기에 저리도 시끄럽게 구는 걸까."

창밖을 내다보자 이미 깔끔하게 정돈된 정원에서 땀을 흘리며 가지치기를 하는 정원사가 눈에 들어왔다. 무엇이 그리도 바쁜지 기십에 가까운 정원사들이 서로 짝을 이뤄 정원의 모양을 내고 곧장 그것을 치우고 있었다.

창틀에 기대 그 모습을 잠시 동안 구경하던 아리아는 다시금 제시를 밑으로 내려 보냈다. 청소하는 시녀들 틈에 끼어서라도 누가 오는지 알아 오라는 지시를 덧붙였다.

주말이라 가정 교사가 찾아오지도 않고, 수를 놓는 것은 지겨워 침대 위에서 선잠을 자며 소식을 기다렸다. 그렇게 약간의 시간이 흐른 뒤 문득 느껴지는 허기에 눈이 떠졌다.

시간을 확인하니 점심시간이 조금 지나 있었다. 백작가에서 규칙적인 식생활을 하다 보니 때가 되면 시계보다 몸이 더 정확하게 필요한 것을 알려 주었다.

한껏 기지개를 펴며 자리에서 일어난 아리아가 몇 번 제시를 부르다가 그녀에게 지시한 사항이 있었다는 것을 깨닫고 방 밖으로 나섰다.

'아무래도 잔심부름 용도의 시녀가 하나 더 필요하겠어.'

어느덧 조용해진 저택에는 아리아의 조용한 발소리만이 전부였다.

벌써 손님이라도 온 건가. 제시는 도대체 뭘 하기에 아직도 보고가 없을까. 1층 홀을 목전에 두고 마지막 층계를 향해 발을 뻗는데 밑에서 황급히 올라온 제시와 딱 마주쳤다.

"제시?"

"아가씨!"

그녀는 어지간히 급했던 모양인지 거친 숨을 헐떡이고 있었는데, 그게 꼭 좋지 않은 소식인 것 같아 아리아의 심장이 요동쳤다. 도대체 누가 왔기에.

그것의 답은 제시에게 물을 필요도 없었다. 아리아가 대답을 재촉하기도 전, 저택 현관문을 열고 두 인영이 모습을 드러냈기 때문이다.

"카, 카인 님께서……! 프레데리크 공자님과 함께 저택에……!"

오스카 프레데리크.

바로 그가 시린 가을바람과 함께 모습을 드러냈다. 열여섯 살인 탓에 아직 조금 앳되지만 밤하늘을 흩뿌린 듯 새카만 어둠을 두른 머리카락과 금색 눈동자가 훗날 그가 얼마나 여러 여성들의 마음을 울릴지 여실히 보여 주었다. 그가 자신을 맞이하는 수줍은 소녀에게 그 찬란한 눈동자를 옮겼다.

"어서 오세요, 오스카 님. 먼 길 오시느라 힘드셨죠?"

"아뇨, 괜찮습니다."

가슴에 장미 모양의 붉은 루비가 달린 하얀색 원피스는 오늘을 위해 기다렸던 것처럼 미엘르를 한껏 뽐내 주었다. 꿀이라는 의미를 가진 그녀의 이름처럼 달콤하고 부드러운 미소가 오스카에게 향했다.

그를 처음 만나게 되는 것은 더 훗날이 되었어야 했는데, 미엘르의 슬픔 가득한 편지가 그 시기를 줄인 듯했다. 하나뿐인 사랑스러운 여동생의 고뇌 어린 필체에 밤이슬을 맞으며 말을 재촉해 저택에 돌아왔을 것이다.

학기 중엔 절대 저택으로 돌아오지 않았던 카인이건만, 제 친우인 오스카마저 동행하여 저택으로 돌아온 것을 보면 어지간히 제 여동생이 걱정되었던 모양이다.

겨우 쉴 수 있는 주말 이틀 중 하루는 거대한 마차를 끄는 말들을 혹사시켜 이동하는 데 보낼 것이고, 나머지 하루는 어여쁜 제 여동생을 위로하는 데 보낼 것이 틀림없었다.

미엘르는 평소와는 달리 생기가 너울거려 반짝이는 눈으로 그를 맞이했다. 외투를 벗어 시종에게 건네는 오스카를 향해 간드러지는 웃음소리를 내는 그녀가 어쩜 저리도 추악해 보이는지, 난간을 잡은 손에 힘이 들어갔다.

미리 준비한 것인지 그가 시종에게서 건네받은 하얀 백합 다발을 미엘르에게 건넸다.

"어머나. 이렇게 아름답고 싱그러운 꽃은 처음 봐요."

"감사합니다."

허례인 것이 분명할 텐데 미엘르가 말도 안 되는 과장을 하며 뽀얀 뺨을 붉혔다.

그래, 그렇게 하자. 최후의 순간이 온다면 저 생기 넘치는 뺨을 진흙탕에 문질러 주는 거다. 작은 모래알들에 쓸려 피투성이 된 모습도 볼만하겠지.

"어서 이 꽃을 방에 장식해 줘."

"예, 아가씨."

미엘르가 선물 받은 꽃을 아주 조심히 다루라며 몇 번이나 당부했다. 일단 방으로 돌아가야 했다. 머리끝부터 발끝까지 한 치의 어긋남 없이 곱게 차려입은 미엘르와 다르게 아리아는 아주 간소한 실내복과 조금 흐트러진 머리카락이었다.

일부러 아무도 언질해 주지 않은 것이 분명했다. 연락을 받았으니 저택과 정원을 손질했을 텐데 아리아는 아무것도 모르고 있었다. 그리 생각하니 화가 머리끝까지 치달았다.

아랫입술을 씹은 채 정답게 인사를 나누는 그들을 지켜보며 초조함을 이기지 못한 아리아가 몸을 돌리려던 순간이었다. 갑자기 시선을 돌린 오스카와 눈이 제대로 마주치고 말았다.

"……!"

이렇게 볼품없는 모습으로 그와 마주하고 싶지 않았다. 미엘르를 지옥으로 몰아넣을 가장 최고의 수단인 그에겐 항상 아름답고 우아한 모습만 보여야 했다.

놀라 눈의 깜빡임도 잊은 아리아가 천천히 뒷걸음질을 쳤다. 오스카 역시 생각지 못한 인물과 시선이 마주친 탓에 미간을 좁힌 채 눈을 가늘게 떴다.

심장이 쿵쿵 요동쳤다. 과거엔 그녀를 본 척도 하지 않았던 인물이 올곧은 시선을 보내왔다. 이번엔 반드시 그 옆자리를 차지하리.

아리아는 손에 차는 땀을 차마 닦지도 못하고 그의 시선을 받았다. 심장마저 멎어 버릴 것 같은 긴장을 깨뜨린 것은 오스카를 따라 시선을 돌린 미엘르였다.

그녀의 놀란 눈을 마주하자 얼어붙은 심장이 순식간에 용암으로 변모했다. 온몸에 뜨거운 피가 빠짐없이 공급되어 현실을 자각시켜 주었다.

그래. 시기만 조금 빨라졌을 뿐 해야 할 일은 명확했다.

그제야 본연의 모습을 찾은 아리아가 제 치맛자락을 잡아 아주 공손하게 인사했다. 거리는 떨어져 있지만 한 마리 나비 같은 우아한 몸짓이 여과 없이 모두에게 보였다.

오스카 역시 자신의 무례함을 깨달은 것인지 마주 인사했다. 처음 보는 낯선 인물에 대한 경계, 그리고 호기심. 어쩌면 아리아의 소문을 알고 있을지도 모르는 그가 여러 가지 감정이 담긴 진득한 시선으로 다시금 아리아를 훑었다.

"오신다는 연락을 받고 식욕을 돋울 만한 음식을 준비했답니다. 오라버니께서 좋아하시는 채소류도 풍부하니 기대하셔도 좋을 거예요."

오스카와 아리아가 서로 인사를 나누는 것을 힐끗대던 미엘르가 제 오라비인 카인의 팔짱을 끼고 어서 식사를 하자며 화제를 돌렸다. 카인도 오스카가 아리아에게 관심을 주는 것이 못마땅했던 모양인지 그의 어깨를 몇 번 두드려 이동할 것을 종용했다.

"미엘르, 너무하잖아. 내가 언제 채소를 좋아했다는 거야? 그러고 보니 점심시간이 한참이나 지났군."

그제야 오스카와 아리아의 시선이 떨어졌다. 그녀를 없는 사람 취급을 하며 자리를 옮기는 모습에 아리아가 코웃음을 쳤다. 저렇게 해 봤자 손해를 보는 것은 미엘르였다.

이럴 때일수록 그 특유의 성녀 짓을 하며 언니를 챙기지는 못할망정, 새끼줄처럼 꼬인 제 심성을 만연히 드러내고 있었다. 아주 고맙게도.

"제시, 옷을 준비하고 머리 좀 손봐 줘."

아리아는 곧장 제 방에 올라가 머리를 단정히 하고 옷을 갈아입었다. 반짝반짝 빛을 내는 미엘르에 비하면 크게 꾸민 티는 나지 않겠지만 깔끔하고 정숙함을 강조했다.

대놓고 화려하게 꾸민 것보다 단정하게 차려입는 것이 그의 취향이었다. 확실히 들은 것은 아니기에 정확하진 않았지만 아리아가 파악한 것에 의하면 그러했다. 그래서 미엘르도 그를 만날 때는 특별한 장식이 없는 수수한 옷차림을 했고, 보석도 최대한 자제했다.

산뜻한 비누 향이 나는 향수를 머리카락에 한 번 뿌리고 제시에게 몇 가지 당부를 한 아리아가 곧장 식당으로 향했다. 이미 식사는 한참이나 진행되어 식탁에 둘러앉은 그들은 메인 요리를 음미하고 있었다.

백작 부인도 부재중인데 설마 아리아가 식당으로 내려올 거라곤 생각하지 못했던 모양인지 잘게 조각낸 고기를 입에 넣던 미엘르가 포크를 입에 문 채 굳은 얼굴로 아리아를 쳐다보았다. 그것은 카인도 마찬가지였는지, 얼굴을 찌푸리며 대놓고 불편하다는 기색을 내비쳤다.

"……제가 방해한 건가요? 점심시간이 한참이나 지났는데 아무도 부르지 않아서 내려왔는데……."

아리아가 눈썹 끝을 쭉 내린 채 제 손을 만지작대며 물었다. 백작가의 영애임에도 아무도 점심을 챙기지 않았다는 말에 식당에 침묵이 내려앉았다. 그도 그럴 것이 모두 사실이었기 때문이다. 그럼에도 무척이나 미안해하는 아리아의 모습에 미엘르가 저도 모르게 포크를 바닥으로 떨어뜨렸다.

쨍그랑—! 넓은 식당에 울리는 날카로운 쇳소리에 아리아가 몸을 한차례 떨었다. 의도적인 것은 아니고 진심으로 놀라서 그런 것이었는데, 이 모습이 퍽이나 가엽게 비친 모양인지 굳어 있는 두 오누이를 대신해 오스카가 대답했다.

"이런, 갑자기 제가 방문한 탓에 모두들 영애를 잊었던 모양입니다. 대신 사과드리겠습니다. 어서 식사를 준비하지 않고 뭐 하지?"

그는 멀뚱멀뚱 이 상황을 지켜보는 시녀를 차가운 얼굴로 질책했다. 지목을 당한 시녀는 황급히 아리아의 식탁을 준비했고, 오스카에게 한차례 감사의 인사를 전한 아리아가 미엘르의 옆에 만들어진 자리에 앉았다. 맞은편에는 오스카와 카인이 나란히 앉아 있었는데, 갑자기 끼어든 불청객을 향한 시선이 너무나도 상반되어 웃음이 났다.

새콤한 드레싱이 뿌려진 샐러드가 식탁에 놓이고, 그녀가 포크를 들기 전에 오스카가 먼저 자신의 소개를 시작했다.

"처음 뵙겠습니다. 프레데리크 공작가의 오스카입니다."

군더더기 없이 깔끔한 인사와 말투에 심장이 두근거렸다.

과거 첫 만남과는 전혀 다른 전개였다. 미엘르가 만든 것이 아님에도 거짓으로 손수건을 건네는 그녀에게 질투와 악의로 가득 찬 비난의 말을 했던 것이 첫 만남이었던 과거와는 전혀 달랐다.

'아아, 진정으로 나는 새로운 기회를 얻었구나.'

환희에 찬 아리아의 표정은 깊고 어두운 늪과도 같아 제 몸이 빠져 허우적대는지도 모른 채 시선을 빼앗기기 충분했다.

아리아는 자신을 마주하는 오스카에게 그간 갈고닦은 지식과 기술을 총동원해 가장 아름다운 미소를 지었다. 겉으로는 천박하다고 욕하면서도 흘깃대는 눈을 멈출 수 없게 만들었던 그 미소.

"오스카 님, 뵙게 되어서 영광입니다. 아리아라고 합니다."

그 고혹적인 미소와는 상반되는 앳된 얼굴이 묘한 분위기를 만들어 냈다. 어린아이가 지어서는 안 되는 표정을 짓고 있는데, 그게 잘못되었다는 생각이 들지만 아무런 대꾸도 할 수 없는 분위기였다.

인간의 연륜과 경험은 아직 성년이 되지 않은 아이에게 이리도 독이 된다. 덩달아 시선을 빼앗긴 카인에게 야릇한 미소를 흘린 아리아가 포크를 들어 식사를 시작했다. 정적이 내려앉은 식당에서 움직이는 것은 그녀가 유일했다.

'이렇게도 쉽고 우스운 자들에게 왜 그리도 고통을 받았던가. 내가 멍청했던 탓? 무지했던 탓? 그도 아니면 어리석었던 탓?'

그래, 그 모두가 해당됐다. 이렇게 알기 쉬운 사람들의 의중도 파악하지 못한 과거는 죽음을 맞이하기 충분했다.

하지만 이제 아니었다. 그 멍청한 악녀의 모습이 환영처럼 흩뿌려져 미엘르의 그림자에 자연스레 녹아들었다. 이제야 제 주인을 만난 듯 본성을 내비치는 미엘르에게 아리아가 걱정을 건넸다.

"어디 아프기라도 한 거니? 안색이 좋지 않구나, 미엘르."

"……아니요. 괜찮아요."

아리아는 당장이라도 체할 것 같은 얼굴로 꾸역꾸역 고기를 삼키는 미엘르가 가여워 침음을 흘렸다. 시뻘건 피를 뚝뚝 흘리는 고기의 단면이 꼭 그녀의 독기처럼 보여 사랑스러움을 주체할 수 없었다.

'안타깝게도……. 미엘르. 네 오라비까지 가져갈 생각은 없었는데, 불이 불인지도 모르고 뛰어드는 꼴을 보니 네 편은 하나도 남아나지 않을 것 같구나.'

언제 그랬냐는 듯 다시 딱딱하게 굳은 얼굴로 식사를 재개한 카인의 뺨이 미미하게 붉었다. 무엇이 중요한지도 모르고 매춘부에게 마음을 빼앗긴 제 아비같이 색을 밝히는 그의 모습이 아주 자연스러워 흠잡을 곳이 없었다.

'너희 집안은 원래부터 이렇게 더럽고 추악했으니까.'

악녀를 처단한 악녀는 성녀가 아니라 단순한 승리자일 뿐이었다. 자신의 악행을 펼칠 수 있는 기회를 부여받은 승리자. 같은 오물끼리 누가 더 성스러운 척하는 것은 옳지 않았다.

그러니 그 가면은 벗겨야 마땅했다. 그래야 정정당당하게 한 번씩 추악한 모습을 드러내게 되는 것이 아닌가.

과거에는 아리아가, 지금은 미엘르가.

사이좋게 번갈아 제 본모습을 드러내는 것이다.

짧은 시간이었지만 아리아에게 눈길을 줬다는 것이 수치스러운 모양인지 고기를 자르는 카인의 손길이 거칠었다. 앞으로 그렇게 될 일이 많을 텐데 벌써부터 힘을 빼는 그가 안쓰러울 지경이었다.

침묵이 내려앉은 식당에서 민트 이파리를 얹은 녹차 아이스크림까지 깔끔하게 비운 뒤, 식사 자리가 파하기 직전 아리아는 아주 궁금하다는 듯 오스카에게 물었다.

"학기 중이시라 바쁘실 텐데 어떻게 이렇게 먼 걸음을 하셨나요?"

그들만의 시간이 시작되는 것을 막기 위함이었다.

질문에 대답을 하려면 식사가 끝나 텅 빈 식탁 위에서 주절주절 이야기를 풀어놔야 했고, 자리를 옮길 예정이었다면 아리아도 동행해야 했다. 그 어느 쪽이 되었든 아리아에겐 미엘르의 일그러진 얼굴을 볼 좋은 찬스였다. 그리고 그녀의 표독스러운 얼굴은 오스카에게 부정적인 영향을 끼칠 것이다.

오스카는 자리를 옮길 생각이 없는 모양인지 손을 들어 시녀에게 따듯한 차를 내오라 지시하곤 아리아의 질문에 대답했다.

"마침 기숙사에만 틀어박혀 있어 답답하던 참이었는데, 카인이 외출할 생각이 없냐고 물어 흔쾌히 승낙했습니다."

"꽤 먼 외출이 되었네요."

"그렇군요. 이렇게까지 먼 외출이 될 줄은 몰랐습니다."

은연중에 자신을 이리도 먼 곳으로 데려온 카인을 타박하는 듯한 말투였다. 옆에 앉은 카인이 어깨를 으쓱였다.

대화에 참여하지 않을 것이라고 생각했는데 자신을 언급하는 오스카의 말에 가만히 있을 수 없었던 모양이다. 그는 그나마 연신 딱딱한 표정을 고수하며 제 여동생의 눈치를 보았다.

"목적지도 모르고 동행하신 건가요?"

"그렇다고 볼 수 있습니다."

"그러시군요. 묻지도 않고 동행하셨다니, 오라버니와 정말 친하신 모양이에요."

아아, 그렇구나. 굳이 너를 만나러 온 것이 아니라는데?

아리아가 미엘르를 향해 화사한 웃음을 지었다. 미엘르 역시 보드라운 미소를 지었으나, 차마 얼굴 외에는 자제할 수 없었던 모양인지 부들부들 떨리는 손을 식탁 밑으로 숨기는 모습이 퍽 애처로웠다.

하지만 옆자리에 앉은 탓에 부들부들 떨리는 미엘르의 손이 고스란히 아리아에게 내보였다. 어디로도 숨길 수 없음에 미엘르가 두 눈을 꼭 감고 입술을 깨물었다. 이 이상 괴롭혔다간 엇나가겠지. 적당히 아픈 곳을 찔러 불안하게 만드는 정도로 끝내야 했다.

"부디 편히 쉬다 가시기를 바라요. 제가 도울 수 있는 일이 있다면 뭐든 말씀만 하세요."

고혹적인 미소를 지운 아리아가 어느새 제 나이 또래 아이들이 지을 법한 해맑은 얼굴을 만들어 냈다. 그동안 아리아의 묘한 분위기에 홀려 조금 정신을 빼놓던 오스카가 그제야 제정신을 차리고 고개를 끄덕였다.

네 사람 분의 차가 준비되고, 미엘르가 학수고대할 아리아와 오스카의 이별의 시간은 조금 멀어졌다. 따뜻한 녹차를 한 모금 마신 그녀는 남은 시간이 얼마 없지만 오스카에게 잘 보여야 한다고 생각한 모양인지 달콤한 얼굴을 잊지 않으며 그에게 감사의 말을 전했다.

"보내 주신 옷, 정말 감사해요. 너무 예뻐서 아끼다가 오늘 처음 입었어요."

"잘 어울리십니다."

"답례로 의복을 한 벌 선물하고 싶은데, 어떤 걸 좋아하실지 모르겠어요."

미엘르가 수줍은 듯 얼굴을 붉혔다. 그녀는 '저와 같이……. 아니에요.'라며 하고 싶은 말을 끝까지 꺼내지 못했다. 의도를 파악하지 못한 오스카가 고개를 갸웃거렸다. 이를 눈치챈 카인이 제 여동생을 위해 한마디 거들었다.

"같이 쇼핑이라도 가는 게 어때? 시간은 충분하니 말이야. 나도 슬슬 의복을 장만할 때가 왔거든."

사실 의복이 제일 필요한 사람은 아리아였다. 화려하고 고급스러운 옷을 입은 그들 속에서 유일하게 저렴한 원단으로 만든 간소한 디자인의 옷을 입고 있었기 때문이다.

귀족 영애라고 보기엔 어려움이 있는, 좋게 봐줘야 먹고살 만한 평민 집안 여식 같은 복장이 눈에 들어오지도 않는지 카인이 연신 새로운 의복을 장만하러 가자며 오스카를 재촉했다. 그가 자신의 멀쩡한 의복을 내려다보더니 고개를 저었다.

"아니, 내 옷은 따로 전담하는 사람이 있으니 됐어. 아카데미에선 딱히 사복을 필요로 하지도 않고 말이야. 정 필요하다면 오누이가 사이좋게 다녀오는 것이 좋겠군."

설마 거절당할 줄 몰랐던 모양인지 미엘르가 눈을 빠르게 깜빡이며 찻잔을 입에 가져다 댔다. 떨리는 입매를 감추기 위함일 것이다. 판을 깔지도 않았는데 저절로 망해 가는 모습을 보며 아리아가 즐거운 웃음을 지었다.

"……아니에요, 그럼 그만둬야겠어요. 손님을 혼자 내버려 두고 외출할 순 없죠."

"혼자는 아니죠. 아리아 영애가 계시지 않습니까."

달그락. 미엘르가 쥔 찻잔이 시끄러운 소리를 내며 받침 위에 내려졌다. 어째서 아리아를 언급하느냐는 그 경악에 찬 눈동자가 오스카를 향했다. 흡사 원망과도 같았다. 하필이면!

불행인지 다행인지 그는 미엘르가 아닌 아리아에게 시선을 주고 있어 그녀의 추악한 얼굴을 보지 못했고, 덕분에 제 여동생의 마귀 같은 모습을 처음 마주하게 된 카인이 놀란 얼굴을 감추지 못했다.

"손님을 즐겁게 해 드리는 재주는 없지만, 불편함이 없도록 최선을 다하겠습니다."

"걱정하지 마십시오. 밤새 마차를 타고 오느라 피곤하니 낮잠을 자면 됩니다."

미엘르가 외출하지 않겠다는 말을 할 타이밍이었다. 오스카의 의복을 사러 외출하자고 제안한 것이니, 그가 가지 않겠다면 그녀도 나갈 이유가 없었다.

그리고 그녀의 오라비인 카인도 생각해 보니 괜찮은 의복이 많았다며 그녀를 거들어야 했다. 그렇게 하지 않으면 아리아와 오스카, 단둘이서 저택에 남겨질 테니까.

수많은 시녀, 시종들이 저택을 지키고 있었지만 그들의 눈과 귀는 보지 못하고 듣지 못하는 허상에 불과했다. 물론, 모시는 주인에 따라 그 허용치가 달랐지만 사람의 것이 되어 함부로 입을 벙끗하는 순간, 최악의 경우 목숨이 달아날 것이다.

"그럼 어서 쉬시는 게 좋겠어요. 내일 또 돌아가시려면 고될 테니까요."

"감사합니다, 영애."

오누이가 저택에 남겠다는 말을 꺼내기도 전에 아리아가 선수를 쳤다. 이를 승낙한 오스카가 먼저 실례하겠다며 몸을 일으켰고, 아리아 역시 그가 없는 오누이 사이에 끼어 있고 싶지 않았기에 자리에서 일어났다.

거절할 타이밍을 놓친 미엘르와 카인이 뒤늦게 자리에서 일어났다. 할 일을 모두 마친 아리아가 다시 나비처럼 우아하게 마지막 인사를 뽐내며 미련 없이 자신의 방으로 돌아갔다.

탁. 문이 닫히는 소리가 나자마자 치맛자락을 손끝으로 잡고 빙그르르 돈 아리아가 오늘의 기쁨을 가볍게 춤으로 표현했다.

'어찌 이리도 기쁜 날에 춤을 추지 않을 수가.'

콧노래를 흥얼대며 나비처럼 움직이던 아리아가 이내 제 침대 위로 풀썩 쓰러졌고, 문 앞에서 어색하게 대기하던 제시가 조심스레 입을 열었다.

"아가씨, 말씀하셨던 손수건은 어떻게 할까요……?"

"이리 줘."

혹시나 하는 마음에 챙겨 간 손수건이었다. 금색 장미가 아름답게 수놓인 손수건. 과거처럼 멍청한 미엘르가 술수를 부려 남이 수를 놓은 손수건을 오스카에게 건넸던 그때를 대비해서.

때문에 그녀처럼 아리아도 손수건을 품에 넣어 만약을 대비하기로 했다. 중요한 순간마다 제시가 따라다닐 일은 없을 테니 품에 지니고 있는 것이 마음이 편했다.

이걸로 미래가 어떻게 바뀔지 기대가 되었다. 미엘르가 모처럼 잘 보일 기회는 물 건너갔고, 속아서 백작가에 오게 되었다는 말까지 들었다. 아마 그가 건넨 백합 다발도 카인이 준비한 것이겠지.

그녀가 오롯이 독점하고 싶어 했던 시선은 모두 아리아가 가져갔다. 그녀의 오라비의 시선마저도. 사랑스러운 친여동생보다는 매혹적인 의붓여동생이 취향이었던 걸까. 역겨움이 목 끝까지 차올라 신물이 났다.

"제시, 물 좀 줘. 아주 차갑게."

"예, 아가씨."

제시가 준비한 얼음 띄운 찬물을 머금으며 아리아가 행복한 생각에 빠졌다. 지금쯤 얼마나 속을 끓이고 있을까. 외출 준비를 하며 베개라도 던지고 있을지 모른다. 과거에 아리아가 자주 했던 행동이었다.

오누이가 나간 사이에 오스카가 자신의 저택으로 돌아갈 채비를 마친다면 그것보다 더 재미있는 일은 없을 것이다. 지척에 프레데리크가의 저택이 있는데 굳이 로스첸트 저택에서 머물 필요가 없으니까.

혹여나 창피를 감수하고서라도 외출을 그만둘 가능성도 있었다. 어떻게 얻은 기회인데 천박한 악녀와 단둘이 저택에 내버려 두고 외출을 할까. 제시에게 빈 컵을 건넨 아리아가 미엘르의 행적을 알아 오라 지시했다.

"외출을 하는지 안 하는지만 알아 오면 돼."

어렵지 않은 지시에 제시가 냉큼 방을 빠져나갔다.

하지만 그 대답은 그녀에게 들을 필요도 없었다. 창밖으로 말의 울음소리가 시끄럽게 울려 퍼졌기 때문이다. 외출용 마차에 매인 말들의 울음소리였다. 본격적으로 달리기 전에 몸을 푸는 모양인지 또각또각 시끄럽게 발을 구르는 소리도 들렸다.

잠시 뒤, 가쁜 숨을 몰아쉬며 미엘르가 외출한다는 소식을 전하는 제시 덕분에 아리아의 입꼬리가 요염하게 올라갔다.

'역시. 너는 그래서 안 돼, 미엘르. 그깟 출신이 뭐라고 조금의 창피도 감수하려 들지 않으니까 말이야. 번복하는 것쯤이야 아주 쉬운 일인데.'

목적을 이루기 위해선 수단과 방법을 가리지 않음과 동시에 조잡한 자존심마저 내던져야 하거늘. 그것은 이미 목적을 이룬 백작 부인의 가르침이었으며 삶을 되돌아온 아리아의 결심이기도 했다.

"그만 나가 봐. 난 쉬어야겠어. 너도 적당히 쉬든가 해."

부인들과 함께 공부하는 책을 정독하고 미엘르가 돌아오기만을 기다리면 오늘 하루는 최고의 기분으로 끝낼 수 있을 것이다.

제시가 조용히 문을 닫고 나간 뒤, 아리아는 한동안 독서 삼매경에 빠졌다. 진도가 무척이나 느려 복습할 필요는 없었기에 미리 배울 부분들을 눈에 담아 예습을 했다.

화이트 자작 부인이 가르치는 교양은 너무나도 간단하고 쉬운 부분이라 금세 한 권을 다 끝냈고, 조금 머리를 써서 외울 필요가 있는 역사책을 손에 쥐었다.

아리아는 연회장에서 마주친 자들의 역사가 빼곡하게 적힌 두꺼운 책을 넘기며 입술을 이죽였다. 고작해야 남을 조롱하고 헐뜯는 것밖에 할 줄 모르는 이들의 선조가 책 속에 적혀 있는 것처럼 제대로 된 자들일 리가 없었기 때문이다.

그럼에도 그들은 마치 신화 속에 나오는 신들처럼 대단하고 위대하게 그려져 있었다. 누군가를 죽이고 약탈해 그 부를 축적했음이 분명한 자들임에도 그것은 어리석고 아둔한 백성들을 현명하게 다스리기 위한 작은 방편에 불과했다며 칭송했다.

'그 뒤에 수많은 백성들이 굶주림과 추위에 싸워 왔던 것도 모르고.'

비쩍 곯아 하루하루를 삶과 죽음의 기로를 넘나들던 그들을 본체만체하며 자신들의 배를 불리기 바빴을 것이다.

돌이켜 보니 과거의 아리아 역시 마찬가지였다. 갑자기 신분 상승을 한 탓에 썩어 넘치는 돈을 주체하지 못하며 물처럼 썼다.

'나도 다를 바 없나.'

썩은 내가 진동하는 과거의 일면을 마주하게 되자 기분이 급격하게 나빠졌다. 아무래도 찝찝해서 기분 전환이라도 해야 할 것 같았다.

그녀는 백작 부인이 고상한 취미를 길러 보겠다며 손수 만든 실내 정원을 떠올렸다. 일주일 정도 돌보다가 방치하여 이제는 시녀들이 알아서 꾸미고 가꾸는 곳이었다.

고가의 귀한 꽃들만 가져다 심어 놓아 저택의 모두가 골머리를 썩었던 기억이 났다. 정원에서 티 파티를 열겠다며 호들갑을 떨었던 그녀는 이제 그곳의 존재조차 모를 것이다.

아리아는 2층 홀 바로 옆에 있는 실내 정원으로 발걸음을 옮겼다. 손님방 근처에 만들어 아름다운 정원을 뽐낼 요령으로 1층이 아닌 2층에 만들어졌다.

정원에 들어가자마자 습하고 더운 기운이 몰려와 기분이 더욱 나빠졌다. 기분 전환을 하러 온 것인데 도리어 찝찝함만 늘었다.

'어디 물뿌리개가 있을 텐데.'

그래서 조금이라도 더운 기운을 없애 보고자 근처를 두리번거려 물뿌리개를 찾았다. 꽃에 물이라도 주면 온도가 내려가겠지 하는 생각이었다.

수시로 물을 공급하는 모양인지 다행히 물뿌리개는 입구 가까운 곳에 있었고, 아리아는 그것을 손쉽게 찾을 수 있었다.

아리아는 당장 물뿌리개를 들어 각양각색의 화려한 꽃들 위에 물을 뿌렸다. 차갑지는 않지만 그럭저럭 낮은 온도의 물방울들이 흩어져 높았던 기온을 조금 낮춰 주었다.

물뿌리개 한 통을 모두 사용하고 조금이라도 더 온도를 낮출 수 있을까 싶어 다른 물뿌리개를 집어 들었다. 바닥에 있는 꽃들에는 한차례 다 물을 준 터라 벽을 타고 올라간 식물들이나 천창에서부터 늘어뜨린 화초밖에 없어 아직 작은 아리아가 물을 주기에는 어려움이 있었다.

그럼에도 그녀는 물을 주겠다는 욕심을 버리지 않았다. 이미 물뿌리개까지 손에 들었는데 고작해야 조금 높이 있다는 이유로 다시 내려놓기엔 아주 어중간하고 찝찝한 기분이 들어서다.

'키가 작은 시종이라도 있는 모양이네.'

주변을 둘러보자 입구 근처에 무릎 높이까지 오는 의자가 보였다. 마침 입구를 둘러싼 이파리들이 눈에 들어와 아리아는 그것을 밟고 올라가 물을 뿌리기 시작했다.

이파리에 뿌려 봤자 별 도움이 되지 않는다는 것을 알지만, 물뿌리개의 물을 다 쏟아붓지 않으면 마치 양말을 한쪽만 신고 한쪽은 신지 않은 것처럼 짝이 맞지 않는 느낌이라 애써 자신을 합리화시켰다.

'괜히 쓸데없는 생각에 빠져서…….'

그저 지금 주어진 것을 만끽하며 이용하면 끝날 문제를 괜한 것을 떠올려 다 망쳐 버렸다. 빨리 남은 물을 다 비우고 방으로 돌아가자 생각한 아리아가 물뿌리개를 거꾸로 뒤집던 그때였다.

끼이익.

"……!"

아무도 찾지 않는 정원이라고 생각했는데, 하필이면 타이밍을 맞추어 누군가 문을 열고 들어왔다. 그 바람에 물뿌리개에서 쏟아진 물이 정원으로 들어선 누군가를 흠뻑 적셨고, 아리아가 황급히 의자에서 내려왔다.

"기척이라도 내지 그랬……."

시종이라면 응당 그리해야 하거늘. 문이라도 두드렸다면 멈출 수 있었을 것이다. 막무가내로 열고 들어온 사람의 잘못이라며 몰아붙이려던 아리아는 물벼락을 맞은 이가 예사 인물이 아니라는 것을 확인하고 소스라치게 놀랐다.

"……오스카 님!?"

새카만 머리카락에서 뚝뚝 떨어지는 물방울을 털어 내는 그는 미엘르가 사모하는 프레데리크 오스카였다.

어째서 이 정원에! 그것도 하필이면 물을 뿌리던 시점에!

실수를 해도 너무 큰 실수를 했다며 아리아가 말까지 더듬으며 황급히 사과했다.

"괘, 괜찮으신가요? 누가 오는지 모르고……. 죄, 죄송해요!"

너무나도 당황하여 제 옷이 젖는지도 모르고 아리아가 오스카의 머리와 옷을 적신 물기를 닦아 내려 애를 썼다. 이미 질펀하게 젖어 버려 제 옷소매를 꾹꾹 눌러 보았자 닦을 수 없음에도 어떻게든 해야 된다는 생각 때문이었다.

그 모습을 잠시 내려다보던 오스카가 한 걸음 물러서며 아리아에게서 떨어졌다. 갑작스레 앞을 지지하던 벽이 사라져 아리아가 몸을 휘청거리자 그가 팔목을 잡아 넘어지지 않게 도와주었다.

"괜찮습니다. 옷을 갈아입으면 됩니다. 이러다가 영애께서도 다 젖겠습니다."

"저는 괜찮아요!"

"그리고 이렇게 닦는다 한들 소용이 없지 않겠습니까."

그제야 제 꼴이 얼마나 엉망인지, 그리고 그의 꼴도 엉망이라는 걸 알아챈 아리아가 사색이 되었다.

어쩌지! 어쩌지! 어쩌지! 오늘 하루 일진이 좋다고 생각했는데, 고작 정원에 물을 주는 것 하나로 모두 망쳐 버렸다. 그냥 방으로 돌아가 버렸으면 그만이었을 것을. 괜히 더위를 식히겠다고 하여 모든 것이 엉망이 되었다.

"저, 정말 죄송해요……."

설마 이 작은 실수 하나로 그가 화를 내며 과거처럼 자신을 배척하지는 않을까. 그래서 미엘르를 구원하지 않을까. 한차례 목이 나뒹구는 끔찍한 경험을 한 것이 모두 무용지물이 되어 버리지는 않을까.

다시 진흙탕에 구르게 되는 것은, 나 자신이 아닐까.

다른 건 다 실패해도 오스카, 그만 손에 넣는다면 미엘르가 처절하게 절망하는 모습을 볼 수 있을 거라 생각했는데, 어떻게 이렇게 어처구니없고 어리석은 실수를……! 생각지도 못한 사고에 머리가 마비되고 심장이 터질 것 같았다. 바들바들 떨리는 손을 감추지도 못하고 그저 사죄의 말만 늘어놓았다.

'왜 하필이면 지금 들어와서…….'

괜히 억울함에 눈가에 열이 몰렸다. 아무도 찾지 않는 정원에, 그것도 왜 하필 물을 뿌리고 있을 때 들어온 것인지.

물론 손님들도 자유롭게 드나들 수 있도록 만들어진 정원이긴 했지만, 기본적으로 남의 저택에서 움직일 땐 시종을 동행하는 것이 예의였다.

"괜찮습니다. 함부로 돌아다닌 제 잘못이죠."

오스카도 자신의 잘못을 깨달은 것인지 흔쾌히 아리아의 사과를 받아 주었다. 그제야 안도한 아리아가 가슴에 뭉쳐 있던 답답한 숨을 토해 냈다. 긴장으로 한 번도 깜빡이지 못해 뻑뻑하게 시린 눈가를 매만지며 안도하자 그가 놀란 목소리로 물었다.

"설마 우시는 겁니까?"

"……네?"

울어? 내가?

그간 울어 본 적이 있었나.

아니, 없었다. 어미가 죽었을 때도 홀로 세상에 남겨진 것을 원망했고, 혀가 잘리고 목이 베이기 직전까지도 피를 짜내었지 눈물을 흘리지 않았다. 오히려 악에 받쳐 세상을 미워하고 저주했다.

반문하며 손을 내린 아리아의 눈가가 붉었다. 열이 오른 눈가를 괜히 매만진 탓이었다. 물벼락을 맞아 머리카락을 타고 물이 뚝뚝 흐르는데도 동그랗게 뜬 눈으로 그녀에게 시선을 주는 오스카가 퍽이나 걱정스러운 얼굴이었다.

'아아, 오스카가 이런 성격이었구나.'

항상 굳은 얼굴만을 고수했던 그가 걱정하는 듯한 표정을 짓다니. 그동안 제대로 말 한번 해 보지 못해 몰랐었다.

그러고 보니 아리아가 미엘르에게 뾰족하게 굴 때마다 날카로운 시선이 아리아에게 박혔었다. 달리 그녀에게 호감이 있는 것 같진 않았는데 유독 자신에게 박했었다. 오늘만 해도…….

'그래서 점심 식사 시간에 늦게 나타났을 때도 손수 나서서 자리를 권했던 거였어.'

어쩐지 그의 약점을 잡은 것 같은 느낌에 아리아의 심장이 흥분을 감추지 못하고 빠르게 뛰었다. 애써 올라가는 입꼬리를 내려 파들파들 떨리는 입매를 연출한 아리아가 부정하며 고개를 저었다.

"아니에요, 아니에요! 제가 뭘 잘했다고……. 일단 제 손수건이라도 받으세요."

이렇게 운이 좋을 수가! 마침 손수건을 갖고 있었기에 그것을 오스카에게 건넸다. 일단 그가 이 손수건을 가져간다면 다시 돌려줄 수 없을 것이다. 과거 미엘르가 했던 얄팍한 속임수에 당했던 것처럼!

오스카는 아리아가 내민 손수건을 당혹스러운 얼굴로 쳐다보았다. 하필이면 손수건이었다. 하지만 머뭇거리면서도 다른 방도가 없어 아리아의 손수건을 받았고, 흠뻑 젖은 제 머리카락과 상의를 닦았다.

그가 질퍽하게 젖은 손수건을 몇 번 꾹 짜 물기를 짜내곤 손수건을 펼쳤다. 귀퉁이에 아주 작게 놓아진 수였지만 딱히 다른 무늬가 없는 탓에 금빛 장미가 그의 눈에 들어가지 않을 리 없었다.

"이건……."

프레데리크가의 인장.

보통 장미와는 다른 확연한 공작가의 인장이었다. 이것이 어떻게 아리아의 수중에 있던 것일까. 무언의 질문에 아리아가 얼굴을 붉히며 우물쭈물 망설이다가 대답했다.

"그…… 인장이 예뻐서 만들어 보았어요. 저택에서 처음 뵙는 손님이시기도 해서 혼자 간직할 요량으로 방금 전에 수를 놓은 건데……. 혹시 기분이 언짢으신가요?"

"그렇지는 않습니다만……."

가문의 인장이 수놓인 손수건을 여인에게서 받는다는 것은 굉장히 뜻과 의미가 깊었다. 작게는 연회장에서의 에스코트 상대에게, 크게는 연인이나 남편에게 보내는 선물을 의미했다.

게다가 모든 귀족 가문들의 인장이 꽃으로 되어 있었기에 남성들은 상대방 여성 가문의 인장을 의미하는 꽃을 건네고, 여성에게서 가문의 인장이 수놓인 손수건을 받는 것으로 교제를 시작하기도 했다.

아무런 무늬가 없는 손수건을 건네는 행위 또한 상대방에게 관심을 표하는 것으로, 보통의 귀족 여성이라면 신중에 신중을 가하여 쉽게 하지 않는 행동이었다.

과연 어떻게 반응할까. 깊은 뜻과 의미가 있다고 해도 한 번 받은 손수건을 다시 건네는 것만큼 상대방을 수치스럽게 하는 짓도 없었다. 차라리 서랍 깊숙이 처박아 놓는 한이 있더라도 받은 손수건은 돌려주지 않는 것이 예의이자 상식이었다.

'게다가 손수건에 대한 답례도 해야 하고 말이야.'

그것을 미엘르가 보게 된다면 어떻게 반응할까!

심장이 빠르게 요동쳤다. 쿵쾅대는 소리와 떨림이 전신을 지배하며 오스카의 선택을 기다렸다.

그는 한참이나 아리아의 수를 내려다보았다. 가문의 인장이 수놓인 손수건, 처음 보는 영애가 준 손수건, 그리고 그 영애는 바로 눈앞에 있었다.

아리아는 그를 좋아한다거나 관심을 표한다거나 하는 어리석은 표정은 짓지 않았다. 그저 수를 놓은 손수건을 가문의 당사자가 보게 되었다는 것에 대한 부끄러움만 슬쩍 내비쳤다. 그래야 그의 부담이 덜할 테니까.

그는 상식과 예의에서 벗어나고 싶지 않은 인물이었던지 군말 없이 젖은 손수건을 손에 꽉 쥐었다.

"제가 가져가도 되겠습니까."

점점 미엘르의 과거가 자신의 것이 되었고, 자신의 과거가 미엘르의 것이 되어 가고 있었다.

아리아가 환하게 웃었다.

“물론이죠.”

* * *

오스카가 젖은 손수건을 챙겨 바로 실내 정원을 빠져나갔다. 대충이나마 물기를 닦긴 했지만 제대로 목욕하고 옷을 갈아입을 필요가 있었기 때문이다. 아리아가 동행하여 중간에 마주친 시종에게 그를 도울 것을 지시했다.

“공작저로 돌아가시는 편이 낫지 않을까요?”

그래 줬으면 좋겠는데. 불행히도 오스카는 그럴 마음이 없었다.

“아닙니다. 아버님께서 제가 수도에 온 것을 모르시니 저택으로 돌아갔다간 혼만 납니다.”

속세와는 떨어진 머나먼 곳에서 학문에 몰두하는 것. 그것이 아카데미의 이념인 탓에 특별한 일이 없는 이상 대부분의 학생들은 중요한 일이 아니라면 학기 중에 귀가하지 않는 것이 보통이었다.

이따금 향수병에 걸려 몰래 돌아오는 학생들도 있었지만, 대부분 호되게 혼나고는 다시 아카데미로 돌아갔다고 한다. 그 정도도 견디지 못해 어떻게 가문을 잇겠냐는 다그침이었다.

혼이 날 거라는 말에 아리아가 솜털처럼 부드럽게 웃자, 오스카도 입가에 미소를 띠웠다.

“옷이 불편하실까 봐 걱정돼요.”

개인 시종 한 명 없이 빈손으로 저택에 온 그였다. 입고 온 옷은 젖어 버렸으니 저택에 준비된 손님용 의복을 착용해야 했다. 같이 쇼핑을 가자던 미엘르를 매몰차게 거절했던 그라면 불편할 것이 틀림없었다.

"그렇지 않아도 여분의 옷을 가져오지 않아 아까 시종을 보낸 참입니다."

"아, 그래서 정원에 혼자 오셨군요."

어쩐지 한 명쯤은 따라붙었을 저택의 시종이 아무도 없다는 것은 이상했다.

오스카는 그의 의복을 전담하고 있는 디자이너에게 옷을 가져오라며 시종을 보냈고, 지금 입은 제복으로 편히 쉴 수가 없어 그사이 무료함이라도 덜어 볼까 저택을 구경하던 중이었다고 했다.

그는 여러 가지 오해들로 아리아를 대하는 태도가 퍽 부드러워진 상태였다. 이대로 시종이 준비를 마칠 때까지 조금 더 대화를 나눌 수 있는 분위기였지만 이쯤에서 발을 빼야 했다. 쓸데없는 잡담을 하며 시간을 보내는 것보단 조금의 아쉬움을 남기는 편이 좋았다.

"그럼 편히 쉬세요."

"예, 영애께서도."

3층으로 향하는 아리아의 뒷모습에 오스카의 시선이 꽂혔다. 여러모로 상상, 소문과는 달랐던 그녀에게 관심이 가는 것은 당연했다. 그것이 비단 이성으로서의 관심이 아니더라도 사람으로서 충분히 흥미를 끌기에 충분했다.

오스카는 식당에서 보았던 아리아의 고혹적인 미소를 떠올렸다. 분명 그녀의 나이 또래에서 지을 수 있는 표정이 아니었다. 순식간에 시선을 사로잡는 흡사 유혹과도 같은 얼굴에 홀려 잠시 말을 잃었던 것 같기도 했다.

한편으론 점심시간이 훌쩍 지났음에도 누구도 부르지 않는다든가 정원에 손수 물을 주고 있다든가, 고작해야 작은 실수를 한 것임에도 눈시울을 붉힌다든가 하는 점이 그를 혼란케 했다.

'도대체 그녀의 진짜 모습은 무엇일까. 아니, 둘 다 진짜인가.'

계단에 다다른 그녀가 몸을 트는 것이 보였다. 우연인지는 모르겠지만 어쩐지 눈을 흘긴 아리아와 눈이 마주친 것 같았다. 방금 전까지 연약하게만 보였던 모습은 온데간데없이 식당에서 보았던 그 묘한 눈빛이었다.

오스카가 고개를 저었다.

그런 생각을 해서 무엇을 하겠는가. 전혀 도움이 되지 않는 쓸데없는 생각이었다. 후에 손수건의 답례를 보내면 끝날 아무것도 아닌 관계였다.

그렇게 생각했다.

* * *

미엘르와 카인은 외출을 한 지 얼마 되지 않아 다시 저택으로 돌아왔다. 애초에 오스카와 함께 외출을 하고 싶었던 것이 목적이었던 탓에 그가 없는 외출은 내용물이 사라진 선물 상자와도 같았다. 아무짝에도 쓸모가 없는.

그 짧은 시간에도 그녀는 몇 가지 물건들을 구입해 왔는데, 그 안에는 오스카에게 선물할 물건도 포함되어 있었다.

혹여나 오스카가 그녀의 선물을 거절할까 봐 전달은 카인이 대신했다. 막 목욕을 끝내 약간 젖은 머리카락을 한 그를 본 카인이 고개를 갸웃거렸다.

"찝찝해서."

"찝찝하다는 이유로 지금 이 시간에 씻었다고?"

밝은 햇살이 들어오는 창밖으로 카인의 시선이 향했다. 겨우 오후 세 시밖에 되지 않았는데 무엇이 그리 찝찝해서 씻었다는 건지 이해할 수가 없는 모양이었다.

"새 옷을 가져오기도 했고."

"아, 그러고 보니 옷이 바뀌었네."

그가 평소에 즐겨 입던 디자인의 의복이었다. 백작가에서 준비한 손님용 의복 중에 저런 디자인은 없으니 시종을 시켜 새로 가져오기라도 했나 보다 생각하며 카인이 어깨를 으쓱였다.

"이거나 받아."

"이게 뭐지?"

"너, 펜촉 잃어버렸다고 하지 않았어? 생각나서 사 왔어."

카인이 건넨 화려한 상자를 열자, 한눈에 보아도 최고급품이 분명한 펜촉이 들어 있었다. 오스카가 잃어버린 펜촉보다 배의 가격은 나갈 것처럼 섬세하게 벼려진 펜촉이었다.

"……이걸 네가 샀다고?"

평소 펜촉이나 잉크는 소모품이라 아무거나 쓰면 된다던 카인이었다. 중요한 서류에 서명을 하는 것도 아니고 학생이 사용하는 물건이라 더욱이 그러했다.

오스카의 되물음에 담긴 뜻을 파악한 것인지 카인이 괜히 헛기침을 했다. 그가 제일 필요할 만한 물건이라고 생각해 미엘르에게 일러 준 것인데 막상 전해 주고 나니 이상했다.

"생일 선물 대신이라고 생각해."

"지난 지 얼마 안 됐는데."

오스카의 생일은 불과 세 달 전이었다. 카인이 군소리가 많다고 화를 내며 그의 방을 황급히 나섰다. 뭐가 어찌 되었든 이미 받아 버린 펜촉이었다. 여분이 있어 당장의 불편함은 없었으나 하나만으로는 불안했다.

그는 모처럼 사 온 것이니 받아 두어서 나쁘지 않겠다고 생각했다. 평소에도 이것저것 선물을 챙겨 주었던 카인이었으니, 조금 아리송하기는 해도 그리 이상한 것은 아니었다.

개중에는 그의 여동생인 미엘르가 보낸 선물이 대다수였지만, 이미 받은 뒤에 그 사실을 털어놓는 경우가 많아 돌려주지 못해 그대로 사용했다. 영애에게서 받은 물건을 다시 돌려주는 것은 모욕이자 수치였다.

'이번에도 어쩌면…….'

미엘르가 준 것일 수도 있다. 부담스럽다고 돌려주기에는 별 볼 일 없는 선물인 데다가 그녀에게 상처를 줄 수 있다. 그녀가 자신에게 내비치는 호의는 그 어떤 바보라도 알 수 있을 것이다.

오스카가 잠시 동안 고민에 빠졌다. 그러나 언제나 그래 왔듯 그녀의 선물일 것이 분명한 그것을 돌려주지 않고 테이블 위에 올려놓았다.

어차피 혼담이 오가는 사이였다. 새삼 거절하는 것은 바람직하지 않았다. 그는 공작가의 후계자답게 가문에 이득이 되는 것을 최우선으로 생각했고 명예를 실추시키지 않는 행동을 택했다. 이번에도 마찬가지였다.

미엘르는 공작가에서도 환영하는 우아하고 기품 있는 여성이었다. 동행하여 외출까지 하며 애써 친근하게 굴 필요는 없었지만, 굳이 선물한 것을 다시 돌려주며 괜한 트러블을 만들 필요는 없었다.

그렇게 생각하며 오스카는 테이블 위에 놓인 만년필을 바라봤다.

* * *

그날 저녁. 아니나 다를까 식사를 하는 자리에서 미엘르가 만년필에 대해 물었다. 오스카도 짐작을 하고 있었기에 아무렇지 않게 대답했다.

"마침 잃어버려 곤란하던 참이었습니다."

"아카데미에서 학문을 배우시니 꼭 필요하실 거라 생각했는데, 정말 다행이에요."

"생각해 주셔서 감사합니다."

아리아가 그 훈훈한 꼴을 관찰하며 샐러드를 입에 넣었다.

미엘르의 일방적인 선물 공세라고 생각했는데 그가 어느 정도 받아 주었던 모양이다. 하긴, 그러니 답례까지 했겠지.

분명 정원에서 같이 이야기를 나누었을 때까지만 해도 끼어들 틈이 아주 많아 보였는데 지금은 그렇지가 않았다. 서로 막역한 사이로 보이진 않았지만 어색함 없이 안정감이 느껴졌다.

'신뢰인가.'

그렇게밖에 볼 수 없었다. 아마 서로의 집안에 대한 신뢰, 그리고 고귀한 출신과 인물이라는 점에 대한 신뢰, 마지막으로 서로가 서로에게 폐를 끼치지 않을 정당한 지위와 성품을 가진 점에 대한 신뢰.

그것은 모두 아리아가 가질 수 없는 것들이었다.

미엘르와 같은 로스첸트의 성을 얻었지만 원래 그녀의 것이 아니었고 출신은 천박한 데다가 소문이 나빴다. 마치 태초부터 미천한 자는 끼어들 틈이 없다는 듯 화목하게 대화를 나누는 그들이 거슬렸다.

'여기서 손수건 이야기를 꺼낸다면…….'

그렇다면 어떻게 반응할까.

미엘르가 그 예쁜 얼굴을 유지할 수 있을까? 아니면 마귀 같은 얼굴을 할까? 미엘르의 모습에 오스카는 당황하겠지.

카인도 마찬가지일 것이다. 훈훈한 분위기는 온데간데없이 식사 자리는 파투가 날 것이다. 그럼 꽤 볼만하겠지.

포크를 쥔 아리아의 손에 힘이 들어갔다. 손등과 손가락이 새하얘졌다. 하지만 그런 단순한 한순간의 기분 전환을 위한 어리석은 행동은 과거의 아리아로 족했다. 괜히 손수건에 대해 떠벌렸다간 흑심이 있어 그것을 건넸다는 것을 오스카가 알게 될지도 모르고. 어차피 얼마 지나지 않아 답례가 올 것이다. 미엘르의 무너진 얼굴은 그때 보면 된다.

아리아는 차례가 돌아오지 않는 대화를 기대하지 않고 식사에 전념했다. 시선을 끌었던 어제와는 달랐다. 오누이 사이에서 어떤 대화가 오갔는지 모르겠지만, 그들은 완벽하게 아리아를 배척하고 있었다.

아리아는 중간 중간 그들의 대화에 특이점이 없는지 확인하며 고기를 썰었다. 불행히도 별다른 정보를 얻을 순 없었다. 그저 변함없이 미엘르와 오스카가 그리 친하진 않다는 것 정도만 파악했을 뿐이었다. 미엘르의 일방적인 물음에 카인이 오스카를 재촉하면 그가 짧게 대답했다.

'저 둘 사이를 어떻게 깨뜨려야 할까.'

하지만 도리어 그것이 문제였다. 특별히 친해 보이지도 않는데 그들의 관계는 지속되어 왔고 또 지속될 것이다. 마치 공기처럼 당연하다는 듯 받아들이는 이 관계의 끝은 약혼, 그리고 결혼.

차라리 친분이 있어 금이 가게 만들면 사이를 깨뜨릴 수 있을지도 모르겠지만, 애초부터 아무것도 없는 사이를 깨뜨리는 데 무엇이 필요할지 감이 잡히지 않았다. 오스카가 아리아에게 관심이 생기고 또 좋아하게 된다고 하더라도 약혼과 결혼은 미엘르와 할 것 같은 느낌이었다.

'미인계가 통하는 상대일까. 아니면 역시 불쌍한 척?'

둘 다 먹혔던 것 같아 아리송했다.

역시 둘 다 해 보는 수밖에 없겠지. 일단은 그가 답례를 보내야 했다. 그래야 시작을 할 수 있을 것이다. 그러니 지금은 그들의 하는 양에 괜한 딴지를 걸지 않고 가만히 있어야 했다. 시간이 필요했다.

생각에 빠져 식사를 하는 속도가 느려지자 그것이 신경 쓰인 것인지 오스카가 괜찮으냐며 자신에게 말을 걸어왔다. 걱정스러운 얼굴이었다.

"어디 아프시기라도 하신 겁니까?"

"아니요, 괜찮습니다."

아아, 역시. 불쌍한 쪽이었나 보다.

애써 어색한 미소를 지으며 다시 고기를 입에 넣자 그의 걱정이 한층 더해졌다. 옆에 앉은 미엘르가 경박스럽게 포크를 떨어뜨리지 않았다면 물이라도 떠다 줄 것같이 안쓰러움이 가득했다.

아리아는 환한 미소를 속으로 삼켰다.

* * *

오스카와 카인은 다음 날 아침 일찍 아카데미로 돌아갔다.

최근 무언가에 빠진 모양인지 며칠 동안 저택에 돌아오지 않았던 백작 부인이 그 사실을 알고 작게 침음했다.

그녀는 아리아를 은밀히 불러 오스카가 저택에서 어떻게 지냈느냐고 물었다.

"글쎄요. 특별히 눈에 띄는 건 없었네요."

"모처럼의 기회인데, 안타깝구나."

누구의 기회였을까. 비교적 그를 자주 만나는 미엘르? 아니면 그를 처음 만난 나? 백작 부인의 짙은 빨간색 입술이 안타까움을 담은 호선을 그렸다.

그러나 그녀의 입매는 곧 생기를 되찾았다. 그들이 돌아가고 얼마 뒤, 저택으로 답례가 도착했기 때문이다.

프레데리크 공작가의 이름으로 두 개의 선물 상자가 배달되었다. 공작가에서 온 심부름꾼을 확인한 집사가 미엘르에게 이 사실을 알렸다.

영애들과의 모임이 있어 막 외출을 준비하던 아리아는 우연치 않게도 저택 현관에서 선물 상자들을 손바닥으로 쓸며 기뻐하는 미엘르를 발견할 수 있었다. 그녀의 주변에는 집사와 몇몇 시녀들이 함께였는데, 모두들 그녀가 오스카에게서 받은 선물에 축복을 쏟아 냈다.

"지난번에 선물한 펜촉의 답례인가 보네."

"오스카 님께서 아가씨를 생각하시는 마음이 바다보다 깊으신 것 같아요."

공작가의 심부름꾼이 종이를 꺼내 펼쳐 들었다. 상자 속에 담긴 내용물에 대한 설명인 듯싶었다.

조금 떨어진 곳에서 아리아가 어떤 물건이 자신의 것이 될지 두근대는 마음으로 지켜보았다.

"프레데리크 오스카 님께서 보내신 선물들입니다. 총 두 개의 선물 중 빨간 리본이 달린 상자를 미엘르 아가씨께, 파란 리본이 달린 상자를 아리아……. 아리아 아가씨께 흠흠, 전해 달라고 하셨습니다."

선물을 가져온 이가 아리아의 이름을 언급하다가 말을 더듬었다. 그는 로스첸트가에 선물을 가져가라는 지시만 받아 그것의 주인이 누구인지 몰랐다.

생각지도 못한 아리아의 이름에 그가 모노클을 한 번 고쳐 쓰곤 눈을 깜빡였다. 적잖이 당황한 눈치였다. 청중들 역시 마찬가지였다. 아리아의 이름이 언급됨과 동시에 그들의 얼굴에 의문과 경악이 떠올랐다.

어째서? 미엘르가 오스카에게 부단히 호감을 표하고 선물을 보내는 것은 모두 잘 알고 있었다. 한 번이긴 하지만 보답을 받기도 했다. 그래서 이번에도 그런 것이라고 생각했다.

게다가 후에 혼인을 하게 될지도 모르는 두 사람이었다. 집안에서도 환영하는 분위기고, 미엘르는 호감이 극에 달했으며 오스카 역시 거부하지 않았다.

하지만 이번에 도착한 보답의 대상에 어째서인지 아리아가 포함되어 있었다. 오스카와는 전혀 접점이 없는 그녀인데 어째서 미엘르와 같은 개수의 선물을 받은 것일까.

경악과 의문의 뒤에는 크나큰 호기심이 자리 잡았다. 그가 이유 없이 보냈을 리는 없으니 분명 무언가 있을 것이다.

“왜들 그렇게 모여 있어?”

외출을 하려던 모양인지 한껏 꾸민 모습의 백작 부인이 시종과 기사 몇을 대동하고 나타났다. 홀에 모인 사람들이 모두 고개를 조아려 그녀에게 예를 표했다. 공작가의 심부름꾼 역시 마찬가지였다.

“어머, 이건 공작가의 인장 아니야?”

선물 상자 윗부분에 찍힌 장미 모양이 그것의 발송지를 의미했다. 큼직한 상자에 찍힌 인장은 그 안의 내용물이 예사의 것이 아니라는 것을 알렸다.

백작 부인의 물음에 아리아가 대답했다.

“오스카 님께서 보내신 선물인데, 어떻게 된 일인지 저와 미엘르에게 하나씩 보내셨더라고요.”

“아리아, 네게?”

그녀가 놀란 듯 눈을 동그랗게 떴다. 아리아도 그녀의 표정을 따라 깜찍하게도 아무것도 모른다는 얼굴로 말을 이었다.

“네……. 설마 얼마 전에 제 손수건을 받아 가셔서 그러신 건 아니겠죠?”

“손수건을 받아 갔다고?”

백작 부인의 되물음을 끝으로 홀에 정적에 휩싸였다.

지금 뭐라고? 아리아의 손수건을 오스카가 가져갔다고? 만인의 시선이 미엘르에게 꽂혔다. 직접적으로 쳐다보진 않았지만 힐끗대며 그녀의 행동을 주시했다. 어째서 미엘르가 아닌 아리아의 손수건을 가져갔냐는 무언의 물음이었다.

이 사실을 꿈에도 몰랐던 미엘르는 아무런 대답도 할 수 없었다.

그저 제 손이 새하얗게 물들 때까지 주먹을 꽉 쥘 뿐이었다.

"편지를 주겠어?"

백작 부인이 공작가의 심부름꾼에게 손을 내밀었다.

선물에는 편지가 따라붙는다. 어떤 목적인지, 이유인지. 그리고 누가 보낸 것인지 확실하게 알아야 했으니 선물에는 편지를 동봉하는 것이 예의였다.

그제야 심부름꾼이 품에 넣어 두었던 편지를 꺼냈다. 왜 공작가에서 두 개나 주나 했더니, 두 사람에게 줘야 했기 때문이었다.

모두 미엘르의 앞으로 보내진 것이라고 생각했는데 자세히 보니 봉투 겉면에 적인 이름이 달랐다. 백작 부인은 봉투에 적인 이름을 확인하곤 아리아와 미엘르에게 각각 나누어 주었다.

장미 모양의 밀랍이 굳건하게 지키는 편지의 내용물을 모두가 궁금해했다. 다른 사람들과 굳이 공유할 필요가 없었지만, 백작 부인은 자신의 호기심과 궁금증을 위해 편지를 읽어 보는 것이 어떻겠냐며 부드럽게 제안했다.

"제 편지는 별 볼 일 없을 것 같으니 미엘르의 편지를 읽어 보는 게 어떨까요?"

미엘르의 편지 내용을 궁금해하는 사람은 아무도 없었다.

모두가 알고 싶어 하는 것은 아리아의 편지였다. 지난번 만남에서 특별히 관계를 돈독히 한 것처럼 보이지 않았는데, 어느 틈에 손수건이 오가고 선물이 올 정도의 관계가 되었는지 궁금할 뿐이었다.

하지만 그 누구도 그 본심을 입 밖으로 꺼낼 수 없었다. 제 주인의 사생활을 궁금해한다는 것 자체로도 큰 불경이었으니까. 그저 서로가 서로의 눈치만 볼 뿐이었다.

단 한 사람, 미엘르만 제외하고.

그녀는 아리아의 편지 내용이 궁금해서 미칠 지경이었다. 어떻게 해서든 그 내용을 알아내고 싶었다. 설령 자신의 편지 내용을 공개하는 한이 있더라도.

"그럼 제가 먼저 읽을 테니, 아리아 언니께서 그 뒤를 이으면 되겠네요."

아아, 불쌍한 오스카. 자신의 편지가 만천하에 공개된다는 사실을 그는 알까? 아름다운 시 한 구절이라도 적혀 있어야 면이 설 텐데.

아리아의 눈이 동그랗게 커졌다. 지금 그 무례한 행동을 자신에게 권하는 것이냐며 대답을 망설이자 미엘르의 마음이 조급해졌다.

"……아무래도 오스카 님께 실례가 될 테니 안 되겠어. 게다가 외출도 해야 하고. 상자를 열어 봐도 될까?"

시간을 확인한 아리아가 조급하게 묻자 심부름꾼이 고개를 조아렸다. 지난번 모임에 늦은 것은 소박한 복장을 어필하기 위함이었고 더는 늦을 생각이 없었다.

아리아가 몇몇 시녀들을 지목해 자신의 상자를 개봉할 것을 명했다.

개중에는 항상 미엘르의 옆에서 기분 나쁜 눈빛을 보냈던 시녀가 포함되었다. 창백한 안색과 느릿느릿한 손을 보아하니 어지간히도 제 주인이 걱정되는 모양이었다.

"어머나, 예쁘기도 해라."

상자 안에는 드레스 한 벌과 구두, 머리 장식이 들어 있었다.

백작 부인이 연분홍색 드레스를 펼쳐 들며 감탄을 금치 못했다. 수수한 듯 보이지만 재질이 최고급이었고, 넥 라인을 따라 작은 별 같은 다이아가 촘촘히 박혀 있었다. 장미 모양의 허리 장식이 조금 밋밋해 보이는 디자인을 화사하게 만들어 주었다.

"모처럼의 외출인데, 갈아입는 것이 좋지 않겠니?"

앙증맞은 분홍색 구두와 머리 장식까지. 오늘 모임에서 그녀를 돋보이게 해 줄 물건들이 틀림없었다.

하지만 아리아는 아직 모임에 한껏 꾸미고 나갈 생각이 없었기 때문에 시간을 확인하며 고개를 저었다.

"머리 장식 하나만 달고 가야겠어요. 빨리 가지 않으면 모임에 늦을 것 같아서요. 먼저 가 볼게요, 어머니. 그리고 미엘르."

금색의 장미 모양 머리핀을 챙긴 아리아가 선물들을 모두 방에 가져다 놓을 것을 지시하곤 저택을 빠져나갔다.

저택을 나서기 전 마지막으로 곁눈질해 확인한 미엘르는 생기를 모두 빼앗겨 제 시녀에게 거의 기대다시피 하고 있었다. 그녀를 내려다보던 시녀의 안색 또한 별반 다르지 않았다.

마차에 오른 아리아가 오스카가 보낸 편지를 확인했다.

별로 대단한 내용은 없었다. 정원에서 손수건을 빌려주어 대단히 감사했고, 그 보답이니 부디 받아 주기를 바란다는 간결한 내용이었다.

'읽지 않기를 잘했네.'

읽었다간 괜한 오해가 생기지 않을 뻔했다.

이로써 쓸데없는 오해가 생겼겠지. 물론, 사고가 있어 손수건을 건넨 것치고는 과한 선물이었다.

손수건을 받아 갔기 때문인가. 다음 만남 때 입어 줬으면 하는 바람에 의복과 장신구들을 보내는 남성들이 많다고는 들었다. 물론, 과거의 아리아는 그 어떤 물건을 선물하지 않아도 충분한 선물을 받았었지만. 하지만 그렇다고 해도 과했다.

'역시 내 옷차림이 초라했던 모양이야.'

그렇지 않고서야 드레스를 보낼 리가 없었다. 딱히 거기까지 노리진 않았는데 생각 외로 큰 반응을 보냈다. 아주 고맙게도.

보답은 어떤 것으로 할까? 그가 보답을 바라지는 않겠지만 관계를 이어 나가기 위해선 무언가 보내야 했다. 그가 부담스러워하며 다시 자신에게 연락을 취할 보답을.

예를 들면 아주 비싸고 귀한 것. 소박한 옷차림을 한 영애가 고급스러운 선물을 보낸다면 아주 부담스럽겠지.

"반지? 아니면 목걸이? 그도 아니면…… 브로치 정도려나. 어떻게 생각해?"

대뜸 질문을 하는 아리아에게 호위로 따라나선 기사 둘이 어리둥절한 표정을 지었다.

대답을 바라고 물은 것은 아니었다. 반지는 연인 사이에 교환하는 것이니 불가능하고, 목걸이 또한 그러했다. 학생 신분에 어울리는 것이 브로치가 최대였으니 이미 답은 브로치로 결정 나 있었다.

아카데미 제복이 검은색이었다는 것을 떠올린 아리아가 입꼬리를 올려 비밀스러운 미소를 지었다.

그 어떤 색깔의 화려한 브로치라도 잘 어울릴 것이다. 선물할 브로치를 달아 준다면 더할 나위 없겠고. 설령 그가 부담스럽다며 되돌려 주어도 만날 구실이 생긴다. 최대한 비싸고 화려하고 고급스러운 브로치를 선물하자.

"제시, 수중에 돈이 얼마나 있지? 조금 비싼 물건을 사야 할 것 같은데."

"오늘은 별로 챙겨 오지 못했습니다만, 신분증이 있으셔서 괜찮으실 거예요."

백작가의 이름으로 달아 둘 수 있다는 말이었다.

로스첸트 백작이 이런저런 사업을 크게 벌여 놓은 덕에 신용이 두터운 백작가의 사람들은 황궁을 통째로 사는 것만 아니라면 그 어떤 물건이라도 살 수 있었다.

"돌아올 때 보석상에 들르도록 전해 줘. 수도에서 가장 크고 가장 비싼 보석들을 취급하는 곳으로."

"예, 아가씨."

마차 안에 침묵이 내려앉았다. 그저 조용한 것과는 달랐다. 이제야 본색을 드러냈구나 싶은 분위기였다.

꽤 오랜 시간 여러 사람을 만나며 피부로 그들의 감정을 파악해 온 아리아가 느끼기엔 그러했다. 게다가 아직 악녀의 이미지를 벗지 못했다.

"이리도 예쁜 선물을 보내 주셨는데, 오스카 님에게 보답을 해야 하지 않겠어?"

"아……. 예, 아가씨. 마부에게 수도에서 가장 좋은 곳으로 가라고 일러두겠습니다."

그래서 아리아가 괜한 변명을 덧붙였다. 그제야 딱딱하게 굳어 있던 분위기가 조금 누그러졌다. 그들도 홀에서 아리아가 대단한 선물을 받은 것을 보았기 때문이다.

새삼 아리아는 미엘르에게 동정이 일었다. 속은 썩어 문드러져 시궁창 냄새가 펄펄 풍기는데 그것을 감추려 부단히 노력했을 것이 아닌가. 모르긴 몰라도 속내를 들키지 않으려 지금의 자신처럼 갖가지 쓸데없는 변명을 계속해 왔을 것이 분명했다.

'가여운 인생.'

그러니 끝을 내 줘야 하지 않을까?

가여운 인생을 더 살아서 무엇하겠는가. 목이 떨어져서 데굴데굴 구른다면 더는 새카만 속내를 감추려 불필요한 변명을 하지 않아도 될 것이다.

'거짓뿐인 그녀의 삶에서 나는 구원자가 아닐까.'

그리 생각한 아리아가 스쳐 지나는 창밖으로 시선을 돌리며 입꼬리를 살짝 올렸다.

5. 복수(Ⅰ)

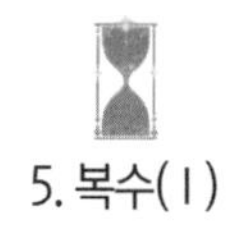

5. 복수(1)

모임에서 제일 큰 화제는 단연 아리아의 새로운 머리 장식이었다.

오스카가 선물한 머리 장식은 그녀들의 입방아에 오르기 충분할 정도로 고급스럽고 아름다웠다.

금색의 장미라는 점에 의문을 표한 이들이 몇 있었지만 굳이 그것을 지적하지는 않았다. 위대한 가문의 인장은 여러 가지 장식으로 사용되는 경우가 많았기 때문이다. 특히 프레데리크 공작가의 장미 모양은 아주 널리, 그리고 흔하게 쓰이는 장식이었다.

아리아는 그녀들의 칭찬에 쑥스러운 듯 얼굴을 붉히다가 준비해온 수놓은 손수건을 한 사람 한 사람에게 선물했다. 지난번과 달리 각 영애들의 가문의 인장이 수놓인 손수건은 그녀의 위상을 높이기에 충분했다.

과거 모임에서 유달리 아리아에게 지대한 관심을 보였던 한 영애는 가족들에게 저번 모임에 대해 이야기했더니 무척이나 놀라 했다며 꼭 한 번 아리아를 저택으로 초대하고 싶다고 말했다.

'뭐라고 설명을 했기에.'

요란하게 입방정을 떠는 것을 보니 좋은 의미인 듯싶었다. 아주 고맙게도 하나둘씩 아리아의 가면에 휘둘려 생각을 달리하는 것이 보였다.

아리아가 화사하게 웃으며 생각했다.

'정말 얻을 것이 없는 모임이야.'

사라 외엔 별 볼 일 없는 평범한 사람들의 모임이라서 그런지 큰 파급력은 없었다. 과거에도 현재에도 미래에도 어중간한, 그리고 앞으로도 어중간할 귀족들의 모임. 얻을 것 하나 없는 시간이 아깝기만 했다.

내치기엔 사라가 걸렸고, 계속 나오기엔 짜증이 났다. 미엘르의 인간관계를 되짚어 보아도 이런 쓸모없는 인맥은 없었던 것 같았다. 그녀는 항상 거물들만 상대했으니까.

'어쩔까. 사라는 수업에서 만나도 되니 그냥 빠질까.'

하지만 이미 나오기 시작한 모임인데 갑자기 그만두는 것도 이상했다. 중간에서 사라가 불편해할 것이 분명했다. 그렇기에 애써 속으로 짜증을 삼켰다. 찌푸린 얼굴을 보일 순 없었다.

중간에 호숫가에서 작은 배를 탄 탓에 모임은 무려 다섯 시간이나 소요되었다. 그럼에도 불구하고 내내 부드러운 표정을 열과 성을 다해 유지한 아리아가 겨우 끝이 난 모임에 호위 기사의 에스코트를 받으며 마차에 오르다 문득 이상함을 느꼈다.

"……누구야?"

"예?"

"아까 그 마부가 아니잖아. 어째서 마부가 바뀐 거지?"

저택을 나왔을 때 동행했던 마부가 아니었다. 낮에 어렴풋이 보았던 그 얼굴이 아니었다. 그 사실을 몰랐던 것인지 제시가 눈을 휘둥그레 떴다.

아리아가 마차 계단에 걸친 다리를 내려 마부석으로 향했다. 그녀는 말 옆에서 허리를 숙인 채 얼굴을 들지 못하는 마부를 아무런 말 없이 뚫어져라 응시했다.

그는 미세하게 몸을 떨고 있었다. 호위 기사들 역시 눈치채지 못한 모양이었는지 당혹스럽다는 얼굴을 했다.

세 사람의 시선이 쏠리자 마부가 한차례 몸을 움찔거리다가 당장이라도 쓰러질 것처럼 휘청대며 대답했다.

"가, 갑자기 배, 배가 아프다고 하여 제, 제가 대신해서 왔습니다……."

"배가 아프다고? 갑자기?"

"예, 예……."

"배가 아픈 이가 저택까지 돌아가 너와 교대를 했다고?"

날카로운 말투로 지적을 하자 그가 손사래를 치며 극구 부인했다.

"아, 아닙니다! 아가씨를 모셔다 드리고 점심을 먹으러 잠시 귀가했다가 그렇게 된 것으로 들었습니다……!"

"……그래, 내 허락도 받지 않고 마음대로 귀가까지 했다는 말이구나. 저택에서 받아 온 점심이 있을 텐데 말이야."

"그, 그건……. 저도 잘 모르겠습니다. 그저 마부의 부인이 황급히 저택에 알렸기에 대신하여 아가씨를 모시러 왔을 뿐입니다……."

마부의 등이 축축하게 젖어 들어 의복의 색이 짙어졌다. 돌아간 마부가 아픈 것이 아니라 그가 아픈 건 아닌지 싶을 정도로 과하게 식은땀을 흘리고 있었다.

이상했다. 상황도 이상했고 변명도 이상했다. 의심하지 않을 수 없었다. 아리아가 호위 기사 둘과 제시에게 마부의 얼굴을 확인하라고 지시했다.

"저택의 마부가 맞는지 확인해."

"맞습니다. 일렉트라는 자입니다. 저택에서 일한 지 30년이 넘어갑니다. 이제 곧 정년을 맞을 정도로 오래 일했습니다."

"그래?"

제시의 말을 듣고 다시 한번 천천히 기억을 되살려 보니, 어렴풋이 직접 마주한 적은 없었지만 마구간을 지나며 한두 번 본 기억이 나는 것 같았다. 방금은 사람이 바뀌었다는 것에 이상함을 느껴 채 떠올리지 못한 듯했다.

이로써 신분은 보장되었다. 그러니 수상한 자는 아니겠지만…….

"어째서 먼저 보고를 하지 않은 거지?"

그런데, 어째서 보고를 하지 않은 것인가.

아무리 급하고 중요한 일이라도 지금 그들을 통솔하고 책임질 주인은 아리아였다. 그녀에게 양해를 구했어야 했다. 게다가 설령 피치 못할 사정으로 담당을 바꾸었다고 하더라도 아리아가 묻기 전에 보고를 했어야 했다.

만약 그녀의 눈썰미가 좋지 못했다면 마부가 바뀐지도 모르고 그냥 넘어갔을 것이다. 만약 그것이 저택에서 30년이나 일한 일렉트가 아니라 암살자였다면. 상상하기도 싫은 가정에 아리아가 고개를 미약하게 저었다.

도대체 이자의 목적과 의도는 무엇일까. 단순히 제 주인을 속일 요령이었던 것인가. 어디를 어떻게 생각해도 이해할 수 없는 행동이었다.

생각에 빠진 아리아의 표정이 점점 더 싸늘해지자, 마부의 목소리 역시 덜덜 떨리기 시작했다.

"워, 워낙에 급한 일이라……."

"아, 그래? 그럼 급한 일이 생기면 제 주인도 내팽개치고 달아날 수 있다는 말이겠네."

너희들도 그러니? 아리아가 기사들과 제시에게 묻자, 그들이 결코 그렇지 않을 거라며 필사적으로 부인했다.

아리아의 입매가 비틀렸다.

"그렇게 하지 않겠다고 하는데? 마부들은 참 특이한 모양이구나?"

두 마부가 어쩜 그렇게 똑같이 행동하는지.

땀으로 젖다 못해 비를 맞은 것처럼 뚝뚝 땀방울을 쏟아 내는 마부에게 아리아가 가지고 있던 손수건을 한 장 건넸다. 아주 달콤한 웃음을 지으며 건네 오는 탓에 마부는 저도 모르게 홀린 듯 아리아에게 시선을 빼앗겼다.

"돌아가면 백작 부인께 네 죄를 똑똑히 고하도록 해. 너희들도 마찬가지야."

아리아가 호위 기사들에게 돌아서며 말했다. 말투나 표정 모두가 부드러워 그들은 자신들이 질책받고 있다는 사실을 뒤늦게 깨달았다.

멀찍이서 그녀의 일행을 지켜보는 사람들이 내용은 알 수 없지만 도란도란 이야기를 나누는 그들을 훈훈하게 지켜보았다.

"어째서 마부가 바뀌는 것도 모를 수가 있지? 도대체 누구를 호위하는 거야? 소풍이라도 나왔다고 생각하는 건 아니겠지?"

항시 주변을 경계하며 아리아를 위험에 처하지 않게 도와야 할 그들이 마부가 바뀐 것도 모르고 있었다. 입이 열 개라도 할 말이 없는 기사들이 시선을 땅에 둔 채 아무런 대답도 하지 못했다.

도대체가 왜 붙는 기사들마다 쓸모가 없는 것인지. 성격대로 화를 내고 싶었지만 그럴 수 없기에 아리아가 짜증을 억누르며 마차에 올랐다.

멍청한 기사를 노예로 만드는 것은 두 사람으로 충분했다. 뒤를 이어 기사들과 제시가 마차에 올랐다.

"……아가씨, 보석상으로 모실까요?"

험악해진 분위기에 제시가 조심스레 그녀에게 물었다.

아리아는 창밖에 시선을 둔 채 말없이 고개만 끄덕였다. 제시의 전달이 끝나고 마차가 천천히 움직이기 시작했다.

어쩐지 평소와는 다르게 움직임이 거칠었다. 삐걱거리는 것 같기도 했다. 마차를 제대로 몰 줄도 모르는 얼뜨기를 보내다니! 가슴에 뭉친 답답함을 토로한 한숨이 조용한 마차 안에서 울렸다.

백작이 돌아오면 당장 기사들부터 갈아 치우라고 해야 할 판이었다. 왜 자신에게 붙는 호위들마다 이리도 무능력할까. 위험이 닥치면 발을 빼고 주변의 변화조차 감지하지 못한다. 사설 호위라도 데려 놓는 편이 안전하다고 생각될 정도였다.

'누군가 고의로 이 사람을 보낸 것도 아닐 텐데 말이야.'

그런 생각이 문득 든 순간, 아리아의 눈이 조금 크게 뜨였다.

'……설마, 고의로 그런 것은 아니겠지.'

왜, 그 생각을 못했지?

지금까지 미엘르의 속을 들쑤신 일만 해도 한 손을 넘어가는데 그녀의 성격상 가만히 있는 것이 더 이상했다.

비록 방법은 조금 다르지만 바로 몇 달 뒤에 일어날 일을 조금 앞당긴다 하더라도 전혀 이상하지 않았다.

단순히 저택의 청소나 관리를 담당하는 하인들이 아닌 미엘르의 직속 시종들이라면 아리아가 아무리 변한 모습을 보인다고 하더라도 좋은 감정을 갖고 있을 리가 없었다. 자신들의 주인을 한숨짓게 만든 원인이 누구인지 똑똑히 알 테니까. 설령 모른다고 하더라도 그녀의 눈물 한 방울에 없던 이유까지 만들어 낼 것이 틀림없었다.

미엘르를 보필하는 그녀들은 저택에서 가장 능력과 영향력이 있는 인물들로, 마음만 먹는다면 집사를 포섭해 멍청한 호위들만 골라 붙여 주는 것 또한 어렵지 않은 일이리라.

아리아가 맞은편에 앉은 호위들을 훑었다. 등을 쭉 편 올곧은 자세와 단단한 입매. 총기가 서린 눈이 그들이 용맹스런 기사임을 증명했다.

그러나 이따금 눈동자가 이리저리 흔들리는 모양새를 보니 정서적으로 불안정한 것은 아닌지 의문이 들었다.

'진정 나도 모르는 사이에 놀아나고 있었나.'

그것도 과거의 작은 괴롭힘과는 다른 위험한 방식으로.

기사라고 모두가 실력이 있고 총명하지는 않을 것이다. 개중에는 실력은 뛰어날지 몰라도 정서적으로 불안정한 이도 있을 테고 주위가 산만한 자도 있을 것이다. 어쩌면 실력조차 변변치 않은 자들도 있을 것이다.

'만약 그런 자들이 내 호위를 맡는다면?'

별다른 위험과 마주하지 않는다면 모르고 넘어갈 수 있겠지만 혹시 모를 위험이 닥친다면 목숨을 빼앗길 수도 있다. 얼마 전, 위협당하는 자신을 내팽개친 두 기사들처럼.

생각이 거기까지 치닫자 전신에 소름이 끼쳤다.

'……미엘르, 너 정말 나쁜 년이구나?'

이 예상이 맞는다면 정말 나쁜 년 중에 나쁜 년이었다. 조용히 당하고 있는 줄만 알았는데 그녀는 조금씩 자신의 생명을 위협하고 있었다.

그래, 그럴 리가. 날 죽음으로 몰아넣었던 네가 그리 호락호락하게 당하고 있을 리가 없겠지. 내가 너무 널 과소평가했구나.

'분명, 처음 봤을 때부터 죽이고 싶다고 했었지.'

아무리 아리아가 개과천선한 척하더라도 태생부터 그들에게 주인으로 각인된 미엘르와는 천지의 차이가 있었다. 백작가의 시종들을 쥐락펴락하는 것쯤, 식은 죽 먹기일 것이다.

어쩌면 그녀의 장기인 천사의 눈물을 비치며 은연중에 시녀들에게 복수해 줄 것을 종용했을지도 모른다. 그런데 자신은 그런 줄도 모르고 기회라며 멍청한 기사 둘을 노예로 삼았다.

어떻게 이런 일이.

"아가씨, 도착했습니다."

결론에 다다라 충격을 금치 못하는 사이, 보석상에 도착했다며 마차가 멈춰 섰다.

아리아는 주위가 산만한 기사의 도움을 받아 마차에서 내렸다. 마차 앞에 내려 대기 중인 멍청한 마부의 바지 주머니 위로 땀으로 진득하게 젖은 아리아의 손수건이 삐죽 튀어나와 있었다.

이런 자들을 데리고 다니면서 그간 아무런 생각도 하지 못했다니. 미천한 출신은 속일 수 없다며 아리아가 자조적인 웃음을 띠었다.

"너는 일단 돌아가. 귀가는 알아서 할 테니."

그에 마부가 눈을 동그랗게 떴다. 턱이 파르르 떨리는 것이 갑작스런 축객령에 적잖이 당황한 듯싶었다.

신분이 보장되었다고는 하나 갑작스럽게 중간에 바뀐 마부는 신뢰할 수 없었다. 갑자기 배가 아프다는 것도 이상했고, 보고하지 않은 것도 이상했다.

그리고 가장 이상한 건 돌아가라는 말에 크게 동요하고 있는 마부의 모습이었다. 잘못을 질책했을 때보다 돌아가라는 말에 더욱 당혹스러워하는 건 이상하지 않은가?

뭔가 있는 것이 분명했다. 삐걱거리는 마차가 이를 뒷받침했다.

설마……. 차라리 마차를 빌려 돌아가는 편이 나았다.

"마차를 한 대 준비해 주겠어?"

아리아가 호위 기사에게 지시했다. 마차를 준비하는 것은 기사가 아니라 시종이 할 일이었지만, 주인이 시키는데 거부할 수 없었다.

게다가 마부가 바뀐 것을 알아채지 못한 불찰도 있었다. 아리아는 기사에게 새로운, 그리고 안전한 마차를 알아 올 것을 지시할 자격이 충분했다.

마부는 변명이라도 하려는 듯 입술을 달싹이다가 이내 허리를 숙여 마지막 인사를 했다. 그것을 아리아가 다정한 웃음으로 화답하곤 그를 지나쳐 보석상으로 사라졌다.

* * *

귀족들이 애용하는 보석상이라서 그런지 내부는 화려했고 쉽게 볼 수 없는 크기와 광택의 보석들이 즐비했다.

장식장의 유리는 먼지 한 톨 묻어 있지 않아 자세히 보지 않으면 흡사 아무것도 없는 것처럼 투명했다. 그 너머로 각양각색의 보석들이 제 값어치를 뽐냈다.

"어서 오십시오."

깔끔한 정장을 차려입은 두 직원이 아리아가 문을 열고 들어서자마자 공손히 인사했다. 한 치의 흐트러짐도 없이 절도 있는 인사였다.

그들은 아리아의 지시가 떨어질 때까지 고개를 들지 않았다. 고위 귀족들을 주로 상대하는 이들이라 그런지 품행이 흠잡을 곳 없이 완벽했다.

"브로치를 찾는데."

"예, 알겠습니다."

2층에 마련된 개인 룸으로 아리아를 안내한 직원이 곧장 따뜻한 차와 함께 쿠키와 초콜릿 같은 소소한 간식거리를 내왔다.

그는 소파에 앉아 차를 음미하는 아리아의 한 걸음 떨어진 곳에서 허리를 굽혀 그녀의 요구 사항을 정리했다.

"10대 후반의 남자가 착용할 브로치야. 화려한 디자인부터 단정한 디자인까지 모두 보여 줘."

아리아가 아직 어린 데다가 차림이 소소한데도 불구하고 직원은 공손함을 잃지 않았다.

손님에게 무조건 깍듯이 대해서 그런 것은 아니었다. 그녀가 아무리 꾸미지 않아도 그녀의 시종을 보면 어느 정도의 레벨인지 알 수 있었기 때문이다.

물론 가문의 인장을 형상화한 장식 따위로도 알 수 있었지만, 지금의 아리아를 비롯한 시종들에게선 가문의 인장을 찾아볼 수 없었다. 머리에 금색 장미 핀이 눈에 띄었지만 프레데리크가에 10대 초반의 소녀는 없었다. 단순히 모양이 아름다워 착용한 것이리라.

귀족은 원래 허세를 전신에 두른 자들이라서 자신들이 감당할 수 없는 비싼 보석을 내밀어도 웬만해선 티를 내지 않는다. 하지만 시종들은 달랐다. 제 주인이 감당할 수 없다고 판단되면 미약하게나마 티가 났다.

시종과 동행하는 대부분의 귀족들은 품에 돈을 지니고 다니지 않았고 시종들이 그 일을 대신했다. 때문에 그들은 제 주인이 얼마만큼의 재력을 지녔는지 훤히 파악하고 있었다.

금액을 지정하지 않고 모두 보여 달라는 아리아의 말에 그녀의 시녀인 제시가 미동도 하지 않았다. 아주 당연하다는 듯 아리아의 뒤에서 고개를 조아릴 뿐이었다.

얼굴은 알지 못하지만 예사 귀족은 아니었다. 가장 비싼 브로치를 가져다준다고 해도 마음에만 든다면 구입할 것이다.

장식장에서 아주 귀하고 비싼 것들만 꺼내 실크가 깔린 트레이 위에 그것들을 나란히 올린 직원이 서두르지 않으며 아리아의 룸으로 돌아갔다.

"점내에서 가장 비싸고 귀한 것들만 추려 왔습니다."

아리아가 코앞에 내밀어진 브로치들을 훑었다. 과연 직원의 말대로 예사 물건들이 아닌 귀한 것들이 줄지어 있었다.

그간 사교계에서 온갖 화려한 보석들과 장신구들을 눈에 익힌 덕분에 그것들의 값어치를 파악하는 데 어려움이 없었다.

마침 직원의 정장이 검은색이었기에 브로치를 하나하나 들어 그의 옷에 대 보았다. 어느 브로치도 다 잘 어울렸으나 여러 가지 물건들을 비교해 본 후, 블루 다이아몬드가 정 가운데 큼직하게 박힌 것으로 골랐다. 깊고 짙은 푸른색이 어쩐지 마음을 끌었다.

디자인이 화려하지는 않았지만 크기나 광택이 예사롭지 않은 것이 한눈에 보아도 고급임을 여실히 알 수 있었다. 과연 그는 이 브로치를 마음에 들어 할까. 부담스러워했으면 좋겠는데.

블루 다이아몬드는 무척이나 희귀했기에 그가 보낸 드레스와 장신구를 모두 합친 것과 맞먹을 정도로 값이 나갔다. 아무래도 이 보석이 좋을 것 같았다.

"포장해 줘. 아, 그리고 작은 브로치도 몇 개 부탁하고 싶은데."

"크기는 얼마쯤으로 생각하십니까?"

"흐음……. 엄지손톱 크기 정도?"

마침 테이블 위에 필기구가 있었기에 아리아는 그녀가 생각한 브로치를 그림으로 설명했다. 엄지손톱 크기의 황금 브로치 위로 로스첸트가의 인장을 새긴 뒤, 꽃잎에 작은 루비로 포인트를 준 브로치 그림이었다.

그에 그제야 그녀가 로스첸트가의 사람이라는 것을 깨달은 직원이 마른침을 삼켰다. 미엘르의 얼굴은 익히 알고 있으니 그녀는 아닐 테고, 소문의 그 매춘부의 딸일 것이다.

악귀 같다고만 들었지 자세한 외향은 몰랐는데 실제로 보니 악귀

는커녕 시선을 잡아끄는 매력이 있는 소녀였다.

게다가 소문과는 다르게 패악을 떨지 않았고 여느 귀족 영애들과 비교해도 손색이 없을 만큼 기품이 있고 우아했다.

이런저런 트집을 잡거나 아는 체를 하는 여타 귀족들과 다르게 보는 눈도 있었다. 직원이 더욱이 공손한 태도를 고수하며 아리아를 대했다.

"몇 개나 주문하시겠습니까?"

"일단 다섯 개부터 시작할까."

"하루 정도 시간이 소요됩니다."

"빠르네. 그럼 오늘 산 것들과 함께 내일 가져다줘."

"알겠습니다."

보석상은 섬세한 솜씨를 지닌 장인들과 긴밀한 관계를 유지하고 있었기에 고객들이 주문하는 것에 바로바로 대응할 수 있었다.

주문과 지불이 끝나고 잠시 뒤 제시의 손에 막대한 금액이 적힌 주문서가 들렸다.

"편지지도 동봉하겠습니다."

"부탁하려던 참이었는데, 고마워."

"주문하신 물건들은 모두 내일 오전 중에 저택으로 가져다드리겠습니다. 그리고 이건 로스첸트 아리아 아가씨께 드리는 작은 선물입니다."

직원이 품에서 케이스를 꺼냈다. 그것을 열자 사파이어로 만든 목걸이가 들어 있었다. 크기를 보아하니 값이 꽤 나갈 것 같았다. 아리아가 곧장 그의 의중을 눈치챘다.

그녀는 그의 음험한 속내를 받아들였다.

"제시, 목에 걸어 주겠어?"

"예, 아가씨."

아직 어린 나이의 그녀에겐 어울리지 않는 목걸이일 텐데, 신기하게도 착용하자 비로소 제 주인을 만난 양 아리아의 미모에 자연스럽게 녹아들었다.

그것을 선물한 직원의 눈이 빛났다. 저 소녀라면 훗날 사교계에 데뷔하여 유행을 선도할 것이 틀림없었다. 그녀에게 잘 보여서 나쁠 것이 없었다.

"나쁘지 않네. 고마워."

아리아가 달콤하게 웃었다. 그렇지 않아도 화려한 내부인데 아리아의 미소로 아름다운 꽃을 더한 것처럼 화사하게 변했다.

직원이 붉어진 귀를 감추지도 못하고 고개를 조아렸다.

"앞으로도 잘 부탁드립니다."

다시금 케이스에 넣어진 목걸이가 제시의 손을 거쳐 직원에게 돌아갔다. 내일 모두 같이 보내 달라는 뜻이었다.

아직 사치를 부리고 다닐 순 없다. 어차피 저자도 아리아가 목걸이를 착용하기를 바라서 선물한 것이 아니었다. 앞으로 돈독한 관계를 쌓고자 선물한 것일 뿐.

"혹, 그대가 여기 주인인가?"

"그렇습니다."

"종종 들르도록 하지."

"감사합니다."

직원인 줄 알았던 그는 보석상의 주인이었다. 손수 고객 응대까지 하는 것을 보니 꽤 애정을 갖고 운영하는 모양이었다. 그도 그럴 것이 수도에서 가장 크고 고급스러운 보석상이라 고위 귀족들이 드나드는 곳이니 철저하게 관리할 필요가 있었다.

뜻밖의 수확이었다. 부티크나 보석상과 친하게 지내 나쁠 건 없었다. 귀한 물건이 들어오면 제일 먼저 연락이 올 테고 은근슬쩍 유행하는 디자인을 알려 줄지도 모른다.

모든 기억을 다 세세히 기억하고 있는 것은 아니었기에 약간의 조력이 필요했다. 물론 이미 사교계에서 이름을 떨치고, 미래를 살아 본 자신에게 큰 도움이 되진 않겠지만.

멍청한 기사가 마차를 빌려 오는 것을 기다리며 잠시 티타임을 가졌다. 그러나 멍청한 기사는 그 수식어에 걸맞게 한참이나 돌아오지 않았다.

벌써 식은 차를 두 번이나 바꾼 아리아가 참다못해 다른 기사에게 그의 행방을 알아 오라 지시했다. 별다른 내색은 하지 않았지만 경험상 아리아의 기분이 좋지 못하다는 것을 깨달은 제시가 새로운 다과를 가져오라 하겠다며 황급히 룸을 나섰다.

그 어느 때보다 민첩한 그녀의 뒷모습을 향해 아리아가 '준비가 다 될 때까지 돌아오지 않아도 된다.'고 덧붙였다.

'그나마 눈치는 있네.'

패악을 부릴 생각은 없었지만 안절부절못하며 눈앞에서 알짱대는 꼴은 별로 보고 싶지 않았다. 게다가 여러 가지 일이 겹쳐 기분이 좋지 못한 상태라 거슬려 한마디 할지도 몰랐다.

제시를 기다리는 동안 마땅히 할 일이 없어져 룸 정중앙에 위치한 커튼을 걷고 창문을 열었다.

아리아의 가슴 부근에서 시작해 높은 천장까지 쭉 뻗은 유리창은

까딱 잘못했다간 몸이 통째로 넘어갈 만큼 거대했다.

아리아는 창가에 놓인 1인용 소파에 앉아 제 가녀린 몸이 떨어지지 않게 주의하며 창밖의 경치를 구경했다.

창밖에는 눈이 아플 정도로 화려한 보석상 내부와는 다르게 소소하고, 초라한 몰골의 사람들이 바삐 걸음을 옮기고 있었다. 귀족들은 걷지 않았기에 이따금 지나가는 화려한 마차들을 제외하곤 거리를 오가는 사람들은 대부분 평민이었다.

따가운 땡볕에 새카맣게 그을린 피부와 낡은 옷차림. 구멍이 난 곳을 기워 입는 것은 평범한 축에 속했으며, 그마저도 여의치 못해 그대로 방치한 이들도 있었다.

보석상의 반대편에 위치한 세관을 양옆에 둔 그들은 마치 화려한 보석에 묻은 먼지 같기도 했다.

'예전에는 나도 저런 옷들을 입었지.'

늘 제 몸뚱이만 치장하기 바쁜 어미를 둔 탓에 사이즈도 맞지 않는 낡은 옷을 줄기차게 입어야 했었다.

그녀가 조금만 관심을 주었다면 그 정도로 비참한 삶을 살진 않았을 테지만 그런 꿈과도 같은 일은 없었다. 그녀 또한 하루하루를 살아가기 막막했을 테니까.

아리아는 멍하니 창밖으로 지나가는 과거의 조각들을 마주했다.

그러곤 그 시궁창 같았던 인생을 벗어나게 해 준 제 어미에 대한 감사와 다시 과거로 돌아가지 않기 위한, 그리고 그녀 자신을 낭떠러지로 밀어 넣을 미엘르에 대한 마음가짐을 덧씌웠다.

그녀가 가진 모든 것들을 빼앗고 처참하게 끝을 내 주겠다고.

'할 수만 있다면 반역죄로 몰아 그 예쁜 얼굴을 성벽에 걸어 주는

것도 나쁘지 않겠지.'

물론, 가문의 누군가가 반역을 계획했다면 가문 전체가 몰살당할 테니 그럴 일은 없겠지만 상상만 해도 기분이 좋아졌다. 로스첸트 백작가의 모두가 깡그리 죽어 성벽에 걸린 상상 말이다.

서늘한 가을바람을 만끽하며 어떤 식으로 미엘르를 처리할까 가만히 생각하는데, 문득 시야에 평범하지 않은 이질적인 무언가가 들어왔다.

'……검은색 일색의 장신의 남자!'

만물상에서 만났던 그가 틀림없었다. 후드를 써 얼굴이 조금밖에 드러나진 않았지만 그 조금 드러난 얼굴에서 본 수려한 얼굴선이라든지, 얼핏 부드러워 보이는 머리칼 등이 그가 평범하지 않은 외모임을 짐작하게 했다.

그래도 귀족이라고 얼굴 하나는 반반하지 않은가.

아직 어른이라고 보기엔 조금 부족한 얼굴의 그는 아리아의 자유를 빼앗고 대답을 재촉했었다.

막 세관 문을 열고 나온 그가 아리아의 시선을 알아챈 모양인지 고개를 들어 그녀를 마주했다.

과거, 이때에 조우한 적 없는 새파란 눈동자를 마주하고 순식간에 과거의 두려움에 휩싸인 아리아가 놀라 자리를 박차고 일어나려는데, 남자가 지은 뜻밖의 표정이 그녀의 발목을 잡았다.

'웃어……?'

그가 언제 아리아를 겁박했냐는 듯 얼굴을 가린 후드 사이로 입꼬리를 올려 매력적으로 웃고 있었다.

이에 질겁한 아리아가 뒤로 몇 걸음 물러서자 아무런 해를 끼치지 않겠다는 듯 손을 가슴 근처에 얹고 정중히 인사하는 모습이 소름 끼쳤다.

'……도대체 무슨 꿍꿍이지?'

의중을 알 수 없는 남자였다.

그가 문 앞에 서서 나가지 않자, 남자의 뒤를 따라 세관을 나오던 이가 밖으로 나가지 못하고 곤란한 표정을 지었다. 그럼에도 남자는 아리아를 향한 채 꼼짝도 하지 않았다.

이에 놀란 아리아가 황급히 창문을 닫고 커튼을 쳐 시야를 차단하고는 재빨리 룸 정중앙에 위치한 소파로 돌아갔다. 더 이상 보이지 않게 되었음에도 여전히 그 뜻 모를 미소와 눈빛이 떠올라 괜히 불안했다. 약간 식은 차로 목을 축여 마음을 진정시켰다.

더는 만나지 않을 거라 생각했는데 어떻게 이런 우연이 있을 수가. 가을바람에 흐느끼는 말라비틀어진 낙엽들처럼 바르르 떨리는 몸을 한차례 제 양팔로 껴안은 아리아가 이내 생각을 달리했다.

'신경 쓰지 말자. 세관에 직접 드나드는 것을 보면 대단한 자는 아니야.'

보통 귀족들은 그런 잡무들을 하인들에게 시키기 마련이었다. 그러니 귀족이 직접 관공서를 드나들 필요가 없었다. 필요하다면 편지나 하인을 통해 직접 윗선에 이야기를 전해 놓으면 되는 일이니까.

그러니 이제 마음 쓸 일 없었다. 무시하면 된다. 예전처럼 쉽게 접근할 수 없을 테고, 지척에서 만날 일도 없을 것이다.

과거에도 지금도 미래에도 그와 자신의 거리는 이렇게 서로의 얼굴을 겨우 확인할 수 있을 정도로 멀었을 것이 틀림없었다. 멍청한 기사가 마차를 새로 구해 오면 그것을 타고 저택으로 돌아가면 된다. 그사이에 제시가 새로운 다과를 가져올 테니 달콤한 쿠키라도 음미하며 기분 전환을 하면 될 것이다.

아리아는 침착하게 현실을 파악하며 앞으로 일어날 여러 가지 생각들을 떠올리며 불안함을 떨쳤다.

그러자 곧 마음이 한결 편안해져 혀에 감도는 차가 달았다. 소파 등받이에 몸을 뉘어 편안한 자세로 이를 즐기자 곧 제시가 보석상의 시종과 함께 룸으로 들어왔다.

"늦어서 죄송합니다."

그녀는 곧장 허리를 깊숙이 숙여 아리아에게 죄를 시인했다. 동행한 시종 역시 그것에 동참했다.

아리아는 아주 너그러운 미소를 지으며 그들의 죄를 사했다. 기분이 풀어졌을 때 즈음에 맞춰서 들어온 것이 얼마나 깜찍한지, 눈치에 이어 운도 붙었구나 생각했다.

"재스민 차와 타르트를 준비했습니다."

제시와 시종이 황급히 테이블을 정리하고 다과를 세팅했다.

아리아는 시린 가을바람과의 뜻밖의 조우에 서늘해진 몸을 새로운 차로 데웠다. 딸기와 블루베리가 올라간 새콤달콤한 타르트가 입에서 살살 녹았다. 시중에서 흔히 맛볼 수 있는 타르트가 아니었다.

'어디 유명 제과점에라도 가서 사 온 모양이네.'

나쁘지 않았다. 맛있는 것을 먹자 기분이 점점 좋아졌다.

타르트를 두 조각이나 비웠을 때 즈음에 맞춰 마차를 구하러 나간 기사들이 돌아왔다. 늙어 기력이 쇠한 거북이처럼 기어서 다녀온 모양이었다.

아무리 다과가 맛있다고 해도 더는 보석상에서 머무를 필요가 없었기에 미련 없이 자리에서 일어났다.

아리아가 두 기사의 호위를 받으며 보석상을 뒤로했다. 마차가 입구 바로 앞에 대기 중인 덕에 혹시 모를 불안함을 떨칠 수 있었다.

그럼에도 아리아는 주위를 세심하게 살피며 기사의 옆에 바짝 붙었다. 고작해야 몇 걸음이지만 단박에 제 기사들을 제압했던 그였기에 신중을 기해야 했다.

물론 이전과는 달리 딱히 자신에게 볼일이 없으니 기다리고 있을 리가 없겠지만, 아리아는 한 번 죽음을 경험한 탓에 추측 불가능한 위험에 조심스러웠다.

"타시죠."

그런 아리아의 걱정을 비웃기라도 하듯 마차 문을 열고 기사의 에스코트를 받을 때까지 아무런 일도 일어나지 않았다.

고지를 눈앞에 둔 아리아가 작게 안도의 한숨을 내쉬었다. 단 한 발자국만 더 내디디면 마차 속으로 모습을 감출 수 있었다.

그리고 그 마지막 한 걸음을 내디디려던 순간, 불쑥 그녀의 얼굴 옆으로 무언가가 드리워졌다.

"……!"

"아가씨……!"

이를 재빨리 발견한 기사가 황급히 그것을 손으로 쳐 냈다. 그러자 파사삭 구겨지는 소리와 함께 아리아의 얼굴 근처로 나타난 무언가가 바닥으로 떨어졌다.

시선을 내려 확인하자, 고운 종이와 장식용 끈으로 아름답게 포장된 튤립 다발이었다.

깜짝 놀란 아리아가 마차에 몸을 딱 붙인 채 굳었고, 호위 기사 둘이 순식간에 빈틈없이 그녀의 지척에 붙어 검을 꺼내 들었다. 그 날카로운 검이 향한 곳은 멋쩍은 얼굴로 바닥에 떨어진 튤립 다발을 주워 드는 남자였다.

"이런, 제 소중한 재산을 지켜 주신 영애께 드리는 선물이었는데……. 너무 갑작스러웠나 보군요."

포장에 묻은 흙먼지를 털어 낸 그가 아무런 일도 없었다는 듯이 가볍게 웃었다. 그 천연덕스러운 모습에 아리아는 아무런 대답도 할 수가 없었다. 그것은 그녀의 기사들도 마찬가지였는지, 그들 또한 꿀 먹은 벙어리가 되었다.

남자는 한동안 꽃다발에 묻은 먼지를 털어 내고는 이내 깨끗한 모습으로 돌아온 그것을 다시금 아리아에게 건넸다.

그에 아리아의 몸이 한차례 더 움츠러들었다. 기사들이 아리아와 남자의 사이에 생긴 틈을 메우며 꽃다발을 건네는 것을 제지하려 하자 그가 그럴 수 없게 선수를 쳤다.

"이 무슨 무례한……!"

"약소하지만 지난번 호의에 대한 감사 표시입니다. 영애께서 조언해 주신 덕분에 괜한 돈을 낭비하지 않았으니까요."

아리아는 그가 하는 말을 대부분 이해할 수 없었다.

협박에 가까운 대화를 몇 마디 나눈 것뿐이거늘, 무슨 조언을 받고 감사 표시를 한다는 말인가.

지척에 내밀어진 꽃다발을 잠시 멀뚱멀뚱 쳐다보던 아리아가 고개를 저어 그의 호의를 거절했다.

"아뇨, 감사를 받을 만한 대화를 나눈 것 같진 않은데요."

그러자 그가 크게 놀란 얼굴을 했다. 마치 우리 사이에 무슨 그런 말을 하냐는 뜻으로 보였다. 그 모습이 부담스럽고 어이없어 아리아가 인상을 찌푸렸다.

"그럴 리가요. 덕분에 경매 참가권을 구입하지 않아 손해를 막을 수 있었지 않았습니까."

그제야 아리아는 남자가 무슨 말을 하는지 이해할 수 있었다. 변방의 별 볼 일 없는 귀족이 경매를 위해 수도로 올라온 것이 맞았던 모양이었다.

'그런 주제에 감히 손목을 잡아 빠져나가지 못하게 위협을 하다니.'

지난 일이지만 그의 무례함이 다시금 떠올라 기분이 언짢아졌다. 게다가 미엘르에게 옷을 돌려주며 입고 나가라고 재촉하지 않아도 될 아주 별 볼 일 없는 자였음에도 괜히 신경을 썼던 것이 짜증이 났다.

아리아가 고운 미간을 찌푸린 채 별다른 대답을 하지 않았지만, 남자는 전혀 개의치 않아 하며 가벼운 미소를 유지했다. 호위 기사들이 언제든 그를 저지할 수 있는 상황임에도 전신에 알 수 없는 여유로움이 넘쳤다.

"그러니 로스첸트 영애께서 왕국의 가호를 받은 이 튤립을 받아주셨으면 합니다. 작은 영애의 앞날에 행운이 가득하기를 기원하는 의미이니 괘념치 마시지요."

아주 자연스럽게 호위 기사들의 틈으로 집요하게 꽃다발을 들이미는 통에 누가 보면 친분이 있다고 착각할 정도였다.

아니나 다를까 아리아와 남자의 사이를 가로막은 기사들 또한 그가 그녀와 친분이 있는 것은 아닌지 착각하기 시작했다.

그 때문인지 여전히 그들의 칼끝은 남자를 향해 있었지만, 불쑥 나타났던 처음과 달리 전신의 털을 곤두세우고 바짝 긴장했던 몸이 조금 풀려 있었다.

전신을 검은색으로 도배한 데다가 후드도 벗지 않아 수상쩍은 복장임에도 불구하고 위압감이나 위험이라고는 전혀 느껴지지 않는 모습이었다. 얼마 전에 만물상에서 보았던 사람과 동일 인물이라는 것이 믿기지 않을 만큼.

그는 이 꽃다발을 아리아가 받을 때까지 물러서지 않을 듯 보였다. 정 그렇다면 어쩔 수 없지.

"……그러시군요."

아리아가 호위 기사들 사이로 불쑥 밀어진 꽃다발로 손을 뻗었다. 받겠다는 뜻이었다. 그에 후드 밑으로 얼핏 보이는 남자의 얼굴에 미소가 걸렸다.

앳된 두 남녀가 서로 호의를 표하는 모습은 관람객의 마음까지 부드럽게 만들어 주었다.

호위 기사들이 옆으로 슬쩍 물러서며 공간을 만들어 주었다. 그제야 시야가 트여 남자는 아리아에게 제대로 꽃다발을 건넬 수 있었다.

무릎이라도 꿇을 기세로 몸을 낮춰 건네는 것을 받아 든 아리아가 자신에게 이 향기롭고 아름다운 꽃을 보낸 이의 이름을 물었다.

"성함도 모르고 받을 순 없죠."

"그렇군요. 제가 실례했습니다. 아스라고 불러 주십시오."

"성은 없나요?"

"사정이 있어 지금은 그런 셈입니다."

"흐음……."

아리아가 아스의 행색을 위아래로 훑어보며 짧게 한숨을 쉬었다. 성조차 밝히지 않다니, 역시 생각보다 더 별 볼 일 없는 자였던 모양이었다. 어쩌면 제 어미와 같이 얼굴만 반반한 누군가가 변경의 귀족과 결혼을 해 태어난 자일지도 몰랐다.

아리아는 더는 아스에게 아무것도 묻지 않고 그저 그가 건네는 꽃다발을 받아 호위 기사의 얼굴에 가져다 댔다. 혹시 모를 위험을 대비해 기사가 꽃의 향기를 맡아 안전을 확인했다.

다행히 별다른 수작은 부리지 않은 것인지 호위 기사가 괜찮다는 표시를 했다.

"평범한 튤립입니다."

꽃잎을 떼어 먹을 기세라 아리아가 고개를 저었다. 그 짧은 시간에 그런 치밀한 짓을 꾸몄을 리 없을 테니까.

그제야 아리아도 튤립의 향기를 맡았다. 향과 색이 짙은 것이 꽤 상등품에 속하는 듯 보였다. 아스의 호의에 보답하듯 아리아가 무릎을 조금 굽혀 감사를 표했다.

"볼일은 이게 끝인가요? 저택에 돌아가 봐야 해서요."

"아, 그러셨군요."

축객령에 가까웠다. 약속도 잡지 않고 다짜고짜 접근한 그에게 이 이상의 호의는 과분했다.

그가 대답을 마치고 한 걸음 아리아에게 다가섰다. 그렇지 않아도 친분이 없는 사이치곤 가까웠던 거리가 한층 더 가까워졌다. 손을 뻗으면 닿을 거리이기도 했다. 지난번에도 그랬지만 몸놀림이

민첩하고 예측할 수 없는 자였다.

깜짝 놀란 아리아가 그 어떤 행동을 취하기도 전에 그녀의 지척에서 무릎을 굽힌 아스가 아리아를 향해 손을 내밀었다. 어디서 많이 본 듯한 그 자세에 아리아가 얼굴을 딱딱하게 굳혔다.

설마.

"손등에 작별 인사를 드려도 되겠습니까?"

"……아뇨."

무슨 말도 안 되는 소리를 하는 것인지. 후드도 벗지 않고 자신을 숨기는 자에게?

정색을 하고 단호하게 거절했음에도 아스가 가볍게 웃어 넘겼다. 처음부터 승낙을 바라고 한 행동은 아닌 듯싶었다. 그가 미련 없이 몸을 일으켰다.

"이런, 꽤 차가운 분이셨군요."

"그쪽이 너무 뜨거운 게 아닐까요? 지난번과는 사뭇 다르네요."

길진 않지만 짧지도 않은 생을 살았건만. 파티에서 진탕 취해 앞뒤 가리지 않고 접근했던 자들을 제외하고 이리도 무례한 사람은 처음이었다.

지난번에는 오금이 저릴 정도로 무섭게 굴더니, 오늘은 여색에 미친 사람처럼 부담스럽게 굴었다. 아리아의 날카로운 말투에도 그는 여전히 뜻 모를 미소를 걸고 있었다.

"일전에 있었던 일은 사과드리겠습니다. 제게는 무척이나 중요한 일이었거든요. 그래서 일부러 이렇게 보답을 드리는 것이기도 하고요."

"아아……. 예. 그럼 이만 가 봐도 될까요?"

아리아는 아스의 대답을 듣지도 않고 더는 할 말도, 용무도 없었기에 미련 없이 몸을 돌렸다. 예의를 따질 상대도 아니거니와 더는 상대하고 싶지 않았다.

그러지 않아도 되는데. 아니, 그럴 필요가 없는데. 그는 아리아를 배웅까지 할 생각인 모양이었다.

아스가 그 자리에서 미동도 하지 않은 채 아리아를 따라 시선을 움직였다. 깊고 푸른 눈동자엔 일말의 악의 없이 순수한 호의로 가득했다.

'어리석기는.'

그렇게 그의 시선을 한가득 받으며 마차에 오르려던 아리아가 갑자기 몸을 휘청하며 발치에 꽃다발을 떨어뜨렸다.

이에 깜짝 놀라 눈을 동그랗게 뜬 아리아가 꽃다발을 줍기 위해 허둥댔다. 그것이 역효과를 불러일으켜 꽃을 다 짓뭉개는 것도 모르고.

"어머나……!"

"……!"

아니, 그것은 아리아가 노린 행동이었다. 아스의 꽃을 받지 않겠다는 표시이기도 했다. 아주 자연스러운 아리아의 몸짓에 향긋한 꽃 내음을 풍기던 튤립이 순식간에 짙은 체액을 질질 흘리는 볼품없는 쓰레기로 전락해 버렸다.

어쩜 이런 우연이. 보드라운 꽃잎만을 골라 짓뭉갠 탓에 원형을 알아볼 수도 없을 지경이었다. 차마 흉측한 그것을 주울 수 없다고 판단한 아리아가 울상을 지으며 몸을 일으켰다.

그녀를 대신해 호위 기사 중 한 명이 축 늘어진 가여운 꽃다발을 주웠다. 방금까지 최상급의 아름다움을 자랑하던 튤립이, 이제는 보기만 해도 기분이 나빠지는 모양새로 변모했다.

"이걸 어쩌죠……?"

"……."

진심으로 미안한 듯 시선을 마주하는 아리아를 잠시 굳은 얼굴로 응시하던 아스가 이내 아주 유쾌하다는 듯 크게 웃어 보였다.

기분이 나빠야 할 상황임이 분명한데도 그는 무척이나 기분이 좋아 보였다. 마치, 이런 상황을 기다리기라도 했던 것처럼.

"그런 흉측한 꽃다발은 영애께 어울리지 않으니 버리는 게 좋을 것 같군요."

불쾌한 일을 당했음에도 그는 퍽 즐거워 보였다. 마치 먹이를 발견한 맹수처럼 보이기도 했다. 감히.

이에 기분이 상한 것은 아리아였다. 잔뜩 일그러진 얼굴을 기대했건만. 역시 속내를 알 수 없는 자였다.

"그럼, 부탁드려도 될까요?"

"그러지요."

흉측한 꽃다발이 아스에 손에 돌아갔다. 뭉그러진 꽃과 그의 맹수와도 같은 눈빛이 어쩐지 기괴하고도 잘 어울려 소름이 끼쳤다.

아리아가 황급히 마차에 올랐다. 어서 출발하라는 그녀의 재촉에 마차가 지체 없이 목적지로 내달렸고, 어느새 냉랭한 얼굴로 돌아온 아스는 여전히 후드를 벗지 않은 채 점점 작아지는 마차를 한동안 물끄러미 쳐다보고 있었다.

* * *

기사가 빌려 온 마차는 다행히도 기다린 시간만큼 괜찮은 수준이었다. 불행이 계속될 모양은 아니었는지 쾌적하고 안락한 마차에 몸을 싣고 불편함 없이 저택으로 돌아갈 수 있었다.

그럼에도 불구하고 아리아는 그것을 감상할 여유도 없이 아스에 대한 생각으로 머릿속이 복잡했다.

'……도대체 뭐 하는 자야?'

저택으로 돌아가는 마차 안에 정적이 흘렀다. 창밖으로 지나가는 풍경에 대충 시선을 둔 아리아가 방금 전까지 그녀를 괴롭혔던 시선을 떠올렸다.

'무슨 꿍꿍이가 있는 게 틀림없어.'

그렇지 않고서야 갑자기 돌변해서 친한 척을 하는 게 이해가 되지 않는다.

도대체 왜. 무엇이 그를 변하게 만든 것일까. 그리고 자신에게서 무엇을 보았기에 이리도 살갑게 구는 것일까.

생각지 못한 사람이 자꾸 그녀의 머릿속을 지배해 혼란스러웠다.

'……그만두자. 내가 지금 생각해야 하는 건 이런 사소한 게 아니야.'

아리아가 고개를 저어 잡생각을 털어 냈다.

저택에 귀가한 그녀는 곧장 덜컹거렸던 마차를 몬 마부를 잡아 놓고 배가 아파 먼저 돌아간 마부를 불러오라 지시했다.

진실인지 거짓인지 확인하기 위해서였다. 아마도 거짓일 거라 생각했다. 그러나 불행히도 돌아온 대답은 그녀가 예상했던 것이 아니었다.

"병원에 입원했다고?"

"예. 상태가 퍽 좋지 않은 모양입니다. 계속 복통을 호소하며 구역질을 했다고 합니다."

진정 아파서 그랬던 것일까.

아니, 그런 우연이 있을 리가. 정말 아프다고 해도 우연히 아픈 것이 아니라 누군가가 아프도록 만든 것이 틀림없었다. 이상하게도 진땀을 뺐던 마부를 생각하면 그것은 우연이 아니었다. 분명 누군가에 의해 의도된 상황이었다.

"가서 상태를 알아 와. 정말 아픈 건지, 어디가 어떻게 아픈 건지."

"예, 아가씨."

아리아의 지시에 존이 곧장 마부의 상태를 알아 왔다. 다행히 근처 병원에 입원해 있었던 덕에 빠르게 소식을 접할 수 있었다.

의사는 마부의 병명을 '식중독'이라 진단했다. 아리아를 기다리며 허겁지겁 점심을 먹었는데, 그 점심에 들어 있던 해산물이 상해 그리된 것으로 추측했다.

"그런데, 같은 점심을 먹은 마부의 부인은 멀쩡하다고?"

"예. 부인이 먼저 식사를 하고 난 뒤, 뒤늦게 저택에 도착한 마부가 남은 것을 먹은 모양입니다."

"그래……? 그것참 안타까운 일이네."

바람이 서늘한 가을이라 음식이 그리 빨리 상할 리도 없는데. 존의 보고를 듣는 아리아의 입매가 비틀렸다. 아무리 생각해도 누군가 짠 판이라고밖에 생각되지 않았다.

아주 작고 영악한 데다가 끔찍한 작은 소녀가.

'오스카에게서 받은 선물 때문인가.'

진정 이유가 그것이라면 아주 유치하고 우스운 일이다.

사모하는 이가 다른 이에게 호의를 표했다면 다른 이를 괴롭힐 것이 아니라 사모하는 이의 마음을 돌리려 노력해야 한다. 누군가를 괴롭혀서 얻는 것은 순간의 기쁨밖에 없기 때문이다. 그것은 과거 아리아가 뼈에 사무치도록 경험하고 깨달은 것이었다.

'순조롭게 미쳐 가는구나.'

과거와는 사뭇 다르게 어떠한 목표를 위해서 악행을 저지르는 것이 아닌 감정에 치우쳐 있으니 망하는 것은 시간문제였다. 그렇게 생각하자 비록 불쾌한 일을 당했음에도 그리 나쁜 기분은 아니었다.

여기서 나는 이만 빠지도록 할까. 미엘르가 뒤에 있을 거라는 심적 증거만 있었으니까. 게다가 아무리 미엘르가 계략을 꾸몄다고 하더라도 그 책임을 강하게 물을 수 없었다. 아직 만인의 절대적인 호의가 미엘르에게 향해 있었기 때문에.

'뭐, 방법은 여러 가지 있기도 하고.'

물론, 가담한 자들은 가만두지 않을 것이다. 스스로 죄를 시인하게 만들어 쫓아낼 필요가 있었다. 최대한 알아채지 못한 척, 가여운 척을 하며 쫓아낼 생각이었다.

아리아는 심하게 덜컹거렸던 마차가 부품 몇 개가 빠져 고장 나 있었다는 사실과 증언을 알아 온 존에게 칭찬을 아끼지 않은 뒤 막 귀가한 백작 부인의 방으로 향했다.

오랫동안 백작이 부재중인 탓에 저택의 모든 권한은 그녀에게 넘어가 있었다. 전적으로 아리아의 편인 백작 부인에게 도움을 요청하는 일 따위 제시에게 차를 가져다달라고 지시하는 것만큼 쉬운 일이었다.

달큼한 알코올 냄새를 풍기며 조금 흐트러진 모습으로 돌아온 백작 부인은 시녀들의 시중을 받아 의복과 장식품들을 몸에서 해방시키곤 아무것도 걸치지 않은 볼썽사나운 몰골로 침대에 뻗어 있었다. 잠이 든 상태는 아니었기에 충분히 대화의 여지가 있었다.

"어머니와 할 이야기가 있으니 모두 나가 줘."

그녀의 얼굴과 몸을 마사지하던 시종들을 모두 물린 아리아가 백작 부인의 머리맡에 앉아 반짝반짝 빛나는 그녀의 머리카락을 만지작거렸다.

무슨 부탁이 있을 때만 이리 살갑게 구는 것을 아는 백작 부인이 취기 오른 눈을 느릿하게 깜빡이며 까닭을 물었다.

"……무슨 일이니?"

"별건 아니지만 백작가에서 일어난 일이니 말씀드려야 할 것 같아서요. 제가 아까 전에 하마터면 큰 사고를 당할 뻔했었거든요."

"사고라니?"

"마차 사고요. 아주 큰일을 당할 뻔했죠."

자신의 하나뿐인 딸이 큰 사고를 당할 뻔했다는 말에 어느새 얼굴에서 취기가 달아난 그녀가 몸을 일으켰다. 양 볼에는 여전히 홍조가 남아 있었지만, 눈빛만큼은 또렷한 것이 근심과 걱정이 어우러져 모성애를 돋보이게 했다.

이에 아리아가 조금 웃자, 그녀가 인상을 찌푸렸다.

"무슨 말인지 제대로 이야기하렴. 사고를 당할 뻔했다니?"

"아주 큰 사고가 날 뻔했죠. 어떤 멍청한 마부가 제 주인에게 허락도 받지 않은 채 귀가해 점심을 먹다가 식중독에 걸렸고, 그 멍청한 마부를 대신해 온 마부가 고장 난 마차를 가져왔었거든요. 일부러 그런 것처럼요."

덕분에 아직까지 엉덩이와 등이 조금 얼얼했다. 과장을 조금 보태 그들의 태도가 아주 무례했으며 제 죄를 시인하지도 않았다고 토로하자 백작 부인의 얼굴이 흉흉해졌다.

"그게 사실이라면 그자들을 용서할 수 없구나."

"그렇지요? 심지어 저 모든 것들에 대해 아무런 보고도 없었답니다. 저는 물론이고 아버지가 자리를 비워 현재 이 저택의 주인인 어머니께조차도요."

"……."

"아마도 이 저택은 아직까지 어머니와 저를 몹쓸 존재로 여기는 모양이에요. 슬퍼라."

새삼 상기시킬 필요도 없이 그것은 사실이었기에 백작 부인의 화를 돋우기 충분했다.

곧장 차림새를 바로 한 백작 부인이 저택의 시종들과 하인을 모두 불러 모았다. 그녀의 부름에 얼마 지나지 않아 1층 홀에 사람들이 모였다. 늘 나른한 표정을 짓고 있던 것과는 다르게, 날카로운 눈매와 단호한 표정의 백작 부인을 처음 본 이들이 어리둥절한 얼굴을 했다. 물론 개중에는 잔뜩 겁을 집어먹곤 사시나무 떨듯 떠는 자도 있었다.

이를테면 조금 아까 아리아를 괴롭혔던 그 마부라든가.

백작 부인의 흉흉한 분위기에 시종들이 모두 입을 닫고 땅만 내려다봤다. 그 침묵을 깨고 백작 부인이 오늘 있었던 아주 끔찍하고도 불쾌한 일을 모두에게 알려 진위 여부를 가리기 시작했다.

"……그래서, 야기라는 마부는 아리아에게 허락도 구하지 않고 자리를 이탈했으며, 그를 대신해 저택으로 향한 마부 또한 아무런 보고를 하지 않았고, 심지어 고장이 난 마차를 가져가 큰 사고를 일으킬 뻔했다고 들었는데, 그것이 사실이야?"

백작 부인의 시선이 일렉트에게 닿았다. 추궁할 이가 그밖에 없었기에 수십 개의 눈동자가 그에게 쏠렸다.

일렉트는 이 모든 추궁과 시선을 홀로 감당해야 한다는 것을 각오라도 한 모양인지 천천히 변명을 하기 시작했다.

"워, 워낙 갑자기 일어난 일이라 저도 모르게 마차를 잘못 가져간 것 같습니다……."

"마차를 잘못 가져갔다…… 라. 그럼 잘못 가져가도록 만든 마차 관리인이 제 일을 소홀히 한 모양이네."

백작 부인이 마차 관리인에게 죄를 전가하려 하자 그가 펄쩍 뛰며 절대 그럴 일이 없다고 반박했다. 얼굴이 새빨개진 그는 퍽 억울해 보이기까지 했다.

"그럴 리가 없습니다! 애초에 고장이 난 마차는 보관 장소가 다릅니다! 일렉트가 가져간 마차는 본관에서 멀찍이 떨어진 곳에 보관되어 있었습니다!"

"그게 사실이야?"

"그럼요! 이건 가문이 생기고 난 뒤부터 계속 이어져 온 규칙입니다! 다들 알고 있는 사실입니다!"

열변을 토하는 그를 옹호하는 자들이 그의 말이 옳다고 긍정하며 고개를 끄덕였다. 비단 묻지 않아도 모두가 아는 사실이었기에 굳이 몇 번이고 되물어 확인할 필요도 없었다.

백작 부인은 꽤 순조롭게 마부를 궁지로 몰아넣고 있었다. 그녀의 옆에서 잠자코 이 상황을 지켜보던 아리아가 마부를 빠져나올 수 없는 늪으로 몰아넣기 위해 애먼 사람을 잡았다.

"어머니, 하인들에게 일을 지시하는 건 집사가 하는 일이니 그가 그리 지시한 것은 아닐까요? 그렇지 않고서야 그가 고장이 난 마차를 가져갈 리 없을 테니까요."

설마 그가 그럴 리가!

집사 프랭크는 30년간 저택에 일하며 몸이 부서져라 헌신해 온 자였다. 모두가 말도 안 된다고 생각하면서도 가능성이 없지는 않았기에 불안한 마음으로 그의 변명을 기다렸다.

"……."

그러나 아주 불행하게도 그는 곧 자신의 결백함을 주장하지 못했다. 집사가 관련이 되어 있는 것인가. 과거의 경험을 통틀어 보아도 그나마 중립적인 사람이라고 생각했는데. 이번 일에 가담한 것은 아니겠지.

생각지도 못한 가담자였다. 아리아마저 의심하며 그를 쳐다보자, 순식간에 시커멓게 죽은 얼굴로 그가 자신의 무능력함을 토로했다.

"말씀드리기 부끄럽지만, 사실 방금 전까지만 해도 저는 이 사실을 모르고 있었습니다……. 응당 저택에서 일어나는 일을 모두 파악하고 관리해야 하는 것이 제 임무임에도 불구하고 말입니다. 저는 그저 아가씨께서 허락을 하셔서 야기가 점심을 먹으러 온 것으로 생각했고, 일렉트 또한 멀쩡한 마차로 교대했다 생각했습니다. 물론, 보고 또한 잊지 않았으리라 여겼습니다. 그것이 당연하니 의심하지 않았습니다. 정말 죄송합니다."

말을 마친 뒤, 허리를 숙여 제 죄를 시인한 그가 한참이나 시간이 흘렀음에도 몸을 일으키지 못했다.

어쩜 좋아. 누군가의 입에서 한탄이 흘러나왔다. 늘 지혜롭고 현명하게 저택을 관리해 왔던 그의 실수에 놀란 이는 한둘이 아니었다.

아리아가 그를 지그시 응시했다. 같이 내칠까, 아니면 살려 줄까 하는 고민 때문이었다.

그는 아리아 모녀에게 살가운 이는 아니었지만 그렇다고 일을 소홀히 하거나 편파적인 것은 아니었다. 최소한 중립적인 이라면 자신을 방해하진 않을 거라 생각됐다.

'살려 줄까.'

게다가 저택 대부분의 이들이 집사를 따르고 신뢰하니 편을 들어주는 것이 대외적으로 좋을 듯하고.

"그는 항상 일 처리를 깔끔하게 했으니 의심할 여지가 없겠지요. 그의 눈을 피해 일부러 이런 일을 꾸몄다고밖에 생각할 수 없겠어요. 제가 못 미더웠던 것이겠지요. 아주 슬프게도요."

고민하던 아리아가 결국 두둔하는 말을 내뱉자, 집사가 몸을 한차례 떨었다. 설마 자신을 도울 것이라 생각하지 못한 모양이었다.

이로써 아리아에게서 구해진 집사가 빠지고 모든 책임은 마부에게로 돌아갔다. 아리아는 백작 부인에게서 조금 떨어진 구석에서 얼굴을 굳히고 있는 미엘르를 주시했다.

자, 미엘르. 이 판을 짠 너는 어떻게 대응할 거지?

"경비대를 부르는 것이 좋겠어요."

어쩔 수 없다는 듯 한숨 섞인 아리아의 말에 백작 부인이 놀란 얼굴로 되물었다.

"경비대라니?"

"만약 마부가 의도적으로 고장이 난 마차를 골랐다면…… 제게 해를 끼칠 요령이었을 테니까요. 무사히 저택으로 돌아오긴 했지만, 까딱 잘못했다가는 마차가 무너져 제가 죽을 수도 있었던 상황이었잖아요. 게다가……."

아리아가 홀에 모인 이들을 한차례 둘러보며 말을 이었다.

"집사도 모를 정도면 작정하고 일을 계획했다는 뜻이니까요."

그 끔찍한 결론에 모두의 얼굴에 경악이 서렸다. 사실 그것이 제일 그럴듯한 결론이었다. 아리아가 마음에 들지 않아 계획한 일이라는 결론이.

물론 부품이 몇 개 빠져 있었을 뿐 큰 사고에 이를 정도로 고장이 난 것은 아니었지만, 그 사실을 알고 있는 사람은 극히 소수에 불과했다. 게다가 만에 하나라는 가정도 있기에 아무도 마부를 위해 변론하지 못했다.

이 상황을 꾸몄으리라 짐작되는 미엘르만 제외하고.

이 이상 자신이 지시한 이가 내몰리는 것을 두고 볼 수 없었던 모양인지 멀찍이서 조용히 상황을 지켜보던 미엘르가 그건 너무 심한 것이 아니냐며 마부의 편을 들었다.

"저…… 어머니, 그리고 언니. 경비대를 부르는 건 조금 과한 처사가 아닐까요? 그는 퇴직이 가까운 나이니까 깜빡했을 수도 있겠죠. 다친 사람도 없는데……. 그렇게 생각하면 조금 가여워요."

확실히 마부는 환갑의 나이에 가까워 이제 곧 퇴직을 앞둔 자였다. 무언가의 병으로 기억이 오락가락한다고 해도 믿을 만큼 기력이 쇠한 나이다. 그러니 마차를 보관하는 장소를 헷갈렸다고 해도 이해가 된다.

또한 미엘르의 말대로 딱히 다친 사람도 없고 마차도 무사히 돌아왔다. 심하게 덜컹거려 승차감이 불편했다는 것과 보고를 하지 않았다는 것 말고는 책임을 물을 사항도 없었다.

애초에 부품이 몇 개 빠져 있었을 뿐, 사고가 날 만한 수준도 아니었다. 그러니 조금의 자비를 베푼다면 봉급을 삭감한다든가 하는 최소한의 징계로도 충분히 끝낼 수 있는 문제였다.

미엘르도 그렇게 끝낼 수 있다 생각해 벌인 일일 것이다. 어쩌면 사모하는 이에게 호의를 받은 악녀를 향한 작은 장난이었을지도 모르지. 하지만 아리아는 그렇게 할 생각이 없었다.

왜? 앞으로 조금이라도 미엘르에게 가담했다간 그녀가 어떻게 손 쓸 수 없을 정도로 보복하겠다는 의사 표시를 할 생각이었음으로. 그래야 앞으로 멍청한 미엘르에게 붙겠다는 사람이 없을 것이다.

"……미엘르. 까딱 잘못했다간 내가 죽을 수도 있었던 무서운 사고였다는 걸 잊었니?"

"죽을…… 정도는 아니지 않았나요? 마차도 무사히 돌아왔고요."

무슨 그리도 호들갑이냐는 말투에 아리아가 순간적으로 환호성을 지를 뻔한 것을 가까스로 참아 내며 놀란 얼굴로 되물었다.

"미엘르, 그걸 네가 어떻게 아니?"

그 정도 고장이 아니라는 걸 어떻게 아니? 단지 부품이 몇 개 빠져 있었다는 말밖에 안 했는데.

엉성한 부품이 아니라 주요 부품이 빠져 있었다면 당연히 대형 사고로도 이어질 수 있었다. 그것에 대해 아무런 설명도 하지 않았는데, 너는 어떻게 알까.

'만천하에 제 잘못을 까발리는 멍청함이라니!'

제 말실수를 알아차리기라도 했는지 미엘르의 안색이 삽시간에 어두워졌다. 옆에 선 시녀인 엠마의 손을 꼭 붙드는 모습이 가여웠다. 그 손을 비틀어 버리고 싶을 만큼.

"응? 어디서 들은 거니?"

"……."

아리아의 재촉에도 미엘르는 대답하지 못하고 입술을 깨물었다.

엠마가 애처로운 아기 새처럼 바들바들 떠는 제 주인의 귓가에 들리지 않게 작은 소리로 무어라 속삭였다. 이 상황을 모면할 수 있는 방책이라도 일러 주는 듯싶었다. 표정이 퍽 심각했다.

아리아가 그 모습을 유심히 관찰했다. 아니나 다를까 미엘르가 곧 그녀가 했던 말에 대한 변명을 늘어놓았다.

"겨, 결과를 얘기한 거였어요, 언니. 결과적으로 다치지 않았으니 그 정도는 아니라는 이야기였죠."

"그래, 미엘르. 네 말도 일리는 있구나."

갑자기 한 걸음 물러서는 제 딸의 말에 백작 부인의 시선이 아리아에게 향했다. 일러바칠 때는 언제더니 무슨 꿍꿍이냐는 물음이었다. 아리아가 조금 침울한 얼굴을 하더니 미엘르의 의견에 동조한 까닭을 풀었다.

"하지만 내가 크게 다칠 수도 있었다는 점을 염두에 두어야 할 거야. 운이 좋아서 다치지 않은 것일 수도 있으니까."

"그건…… 그렇지요."

그녀가 떨떠름하게 긍정했다. 여기서 부정했다가는 이상할 만큼 죄를 저지른 마부를 계속 감싸는 꼴이 되어 버리니 더는 그럴 수 없는 모양이었다.

"그나마 다행이지 뭐니. 그 마차를 탄 게 나라서 말이야. 만약 네가 부품이 몇 개나 빠진 마차를 탔다고 상상하면…… 머리에 피가 몰려서 금방이라도 쓰러질 것 같거든."

그러니 네가 여기서 마부의 편을 들면 아주 이상한 거란다. 알겠니? 하나뿐인 언니의 편을 들어 줘야지.

네 손으로 네가 사주한 이를 벌하렴.

그게 아리아가 바라는 이번 사건의 종지부였다.

"……."

아리아가 놓은 덫 때문에 미엘르는 아무런 대답도 하지 못했다. 여기서 긍정했다간 마부를 내치는 것이 될 터고, 부정했다간 모두에게서 괜한 의심을 사게 될 것이다.

자, 어떻게 할래?

마부의 얼굴은 이미 창백해질 대로 창백해져 마치 시체의 빛깔과도 같았다. 감히 변명을 할 수 없음에 그저 자신의 처분만을 기다렸다.

아리아가 흐르지도 않은 눈물을 닦는 척하며 제 어미의 옷자락에 얼굴을 숨겼다. 슬쩍 흘러나오는 웃음을 감추기 위함이기도 했다. 홀에 침묵이 내려앉았음에도 미엘르는 여전히 아무런 말을 하지 않았다.

백작 부인은 아까부터 음흉한 제 딸이 무언가 꾸미는 것을 눈치채고 조용히 그녀가 하는 모습을 구경했다. 모르긴 몰라도 아주 재미있는 일을 꾸미는 것이 분명했기 때문이었다.

백작 부인의 옷자락에 기쁨의 조각을 덜어 낸 아리아가 침울한 얼굴로 미엘르에게 물었다.

"물론 너도 그렇겠지, 미엘르?"

"……그럼요."

"그럼 이제 상황이 정리된 듯싶으니 자애로우신 어머님께 공정하고 현명한 판단을 부탁드리도록 하자."

공정하고 현명한 판단을 내릴 리가. 그녀는 아리아의 하나뿐인 친모이자 편이었다. 아리아에게 아주 유리하고 그녀가 원하는 판단을 내릴 것이 분명했다.

미엘르가 속눈썹을 파르르 떨며 입술을 앙다문 채 대답하지 않자, 아리아가 '네 생각은 어떻니?'라며 동의를 구했다.

'자 어서 네 손으로 마부를 내쳐! 너를 위해 일한 그를 내치라고!'

서글픈 얼굴을 한 아리아의 눈이 번뜩였다. 태초의 인간에게 사과를 건넸던 뱀의 눈과도 같았다.

그 이질적인 얼굴이 미엘르를 재촉했다. 그녀에게 선택의 여지는 없었다. 그저 뱀이 주는 사과를 베어 무는 수밖에.

"……그렇게 하는 게 좋겠네요."

다리에 힘이 풀린 마부가 바닥에 주저앉았다. 미엘르의 시녀인 엠마가 그녀의 팔과 어깨를 단단히 잡고 재빨리 구석으로 사라졌다.

마지막까지 아주 유쾌한 모습을 보여 준 그녀들에게 박수라도 쳐주고 싶은 심정이었지만 이내 그것을 꾹 참고 조금 아련한 얼굴로 작게 미소를 지었다.

제 어미의 정의로운 판단을 기대하며.

* * *

판결은 다음 날로 미루어졌다.

밤이 늦은 탓이다. 굳이 미룰 필요는 없었지만 신중한 판결을 내리는 것처럼 보이고 싶은 모양이었는지 백작 부인은 내일 아침 식사 후에 그의 처분을 결정하겠다고 선언했다. 아마도 그 결과는 정해져 있을 것이 틀림없음에도.

다음 날, 아침 식사를 위해 식당에 들어선 아리아가 텅텅 비어 있는 의자들을 보고 시종에게 물었다.

"미엘르는?"

"몸이 좋지 않으셔서 방에서 드신다고 하셨습니다."

"흐음……. 그래?"

미엘르는 거의 대부분 식사를 방에서 먹어 왔지만 오늘만큼은 그녀가 어떤 심정으로 방에 틀어박혀 아침을 먹는지 이해할 수 있을 것 같았다.

'체할 것 같겠지.'

얼굴을 보는 것만으로도 토악질이 일 것이다. 아리아는 늘 그래 왔기 때문이다.

'안타깝게도. 그러게 왜 괜한 수작을 부려서 제 사람들에게 불신을 심은 것인지.'

수작도 똑똑한 자가 부려야 하는 법이었다.

물론, 지금 미엘르는 자신이 똑똑하다 생각할 것이다. 그리고 상대적으로 아리아가 멍청하다 여길 것이 분명했지만 실제로는 달랐다. 제아무리 똑똑하다고 한들 벌써 20년을 넘게 산 아리아를 고작 열세 살의 그녀가 이길 수 있을 리가 없었다.

식사 시간이 조금 지나서야 모습을 드러낸 백작 부인과 함께 오늘따라 깔끔하고 담백한 아침 식사를 마쳤다. 아마도 미엘르에게는 쓰디쓴 메뉴였겠지만 아리아에겐 아주 만족스러운 메뉴였다.

느긋하게 아침을 즐긴 뒤, 식당을 나와 마부에 대한 판결을 위해 백작 부인과 함께 홀로 향하던 그녀를 집사가 붙잡았다.

"아가씨, 보석상에서 사람이 왔습니다. 현관에서 기다리고 있습니다."

늘 딱딱하고 경직된 얼굴로 아리아를 대했던 그는 평소보다 부드러운 얼굴을 하고 있었다. 고작 한마디 편을 든 것뿐인데 바로 얼굴색이 바뀌는 것을 보니 그간 자신이 얼마나 세상을 어렵게 살았는지 실감이 났다.

"그래? 고마워."

그래서 괜히 보통 붙이지 않는 말을 덧붙였다. 집사의 눈빛은 여전히 부드러웠다.

"오스카 님께 보낼 답례가 도착한 모양이에요."

"어머나, 어서 다녀오렴."

"오래 걸리지 않을 거예요."

아리아는 홀로 향하던 발걸음을 돌려 현관으로 이동했다.

보석상의 하인은 아리아가 식사를 마치기를 기다리고 있었던 모양인지 그녀를 확인하자마자 얼굴이 환해졌다. 그가 가져온 브로치를 확인한 아리아는 감탄을 금치 못했다.

"……완벽해."

"감사합니다, 아가씨. 주인님께서 앞으로도 잘 부탁드린다는 전언을 남기셨습니다."

"그렇게 하겠다고 전해 줘."

아무래도 아부를 겸한 완성작인 모양이었다. 생경한 백합 모양의 세공에 붉은 루비가 완벽한 조화를 이루었다.

가질 대상이 대상이니 만큼 이렇게까지 대단하게 만들 필요는 없었지만, 어쨌든 공을 들여 주었다는 사실에 기분은 좋았다.

'어쩜 이리도 모든 일이 순조로울 수가.'

허리를 깊숙이 숙여 예를 표하는 보석상의 하인을 뒤로하고 마부의 운명을 좌우할 홀로 걸음을 내디뎠다. 브로치와 목걸이가 든 포장을 손에 든 제시가 그녀의 뒤를 따랐다.

아리아는 미엘르의 잔뜩 일그러질 얼굴을 상상하며 만면에 미소를 띠었다.

＊ ＊ ＊

아리아의 바람대로 마부는 해고되었다.

그는 퇴직금도 받지 못한 채 맨몸으로 쫓겨나야 했다. 자애로운 백작 부인의 판단이었다. 제 주인을 해치려 했다는 죄목인지라 수도를 떠나지 않고는 배길 수 없을 것이다.

"마부였던 일렉트를 로스첸트 백작가에서 해고한다."

백작 부인의 청명한 목소리가 넓은 홀을 가득 채웠다. 밤새 한숨도 자지 못한 것인지 눈 밑이 시커멓게 죽은 마부가 바닥으로 쓰러졌다. 미엘르의 안색 또한 창백하기 그지없었다.

“또한, 근무지를 무단이탈한 야기는 소속을 마구간으로, 담당 업무를 마구간 청소로 변경한다.”

식중독에 걸린 마부 야기 또한 근무지 무단이탈을 이유로 근무지가 변경되었다. 갓 저택에 들어온 어린 하인들이나 하는 마구간 청소로 말이다.

‘아마 그만두겠지. 주인에게 찍혀 평생 진급하지 못할 테니까.’

아주 만족스러운 결과였다. 이로써 노예처럼 따르는 이가 아니라면 그녀의 주변에 있는 자들은 조금이나마 자신의 처우에 대해 생각하게 될 것이다.

“……저는 몸이 좋지 않아서 이만 올라가 봐야겠어요.”

미엘르가 쉬겠다며 입을 열었다. 당장이라도 쓰러질 것처럼 창백한 그녀의 안색에 저택의 모두가 한마음 한뜻으로 미엘르의 안위를 걱정했다. 그들은 마음이 여린 그녀가 제 언니가 당한 끔찍한 일에 충격을 받은 것이라 생각하는 듯싶었다.

아리아가 제 일처럼 나서서 걱정해 주는 그녀의 따뜻한 마음씨에 감동한 얼굴로 감사의 말을 잊지 않았다.

“그럼! 그렇게 해야지. 어젯밤부터 안색이 좋아 보이지 않더니……. 어서 쉬어야 할 것 같네. 날 위해 마음 써 줘서 정말 고마워.”

“……아니에요, 언니. 당연히 걱정이 되는걸요.”

절대 아리아를 걱정하는 것이 아니었겠지만 미엘르는 그렇다고 고개를 끄덕일 수밖에 없었다.

그녀가 막 자리를 뜨기 전, 아리아가 자신의 뒤에서 대기 중이던 제시에게 손을 뻗었다.

“잠깐만, 미엘르! 제시, 오늘 보석상에서 도착한 목걸이를 주겠어?”

"……예? 예, 아가씨."

"이런 상황에 주는 건 조금 이상하지만……. 미엘르, 네게 잘 어울릴 것 같아서."

아리아가 당장이라도 쓰러질 것 같은 미엘르를 대신해 그녀의 시녀에게 그것을 전했다. 콧잔등에 주근깨가 빼곡한 그 시녀는 과거에도 지금도 항상 미엘르의 곁에서 그녀를 동경하고 부러워하는 눈빛을 감추지 못했다.

아리아는 그 눈빛을 익히 알고 있었다. 그랬기에 일부러 목걸이를 그녀에게 넘겼다. 아리아의 지시에 미엘르의 시녀가 아리아에게서 받은 목걸이 상자를 열어 내용물을 보였다.

"……세상에!"

안에 담긴 것은 보석상의 주인이 준 사파이어 목걸이였다. 미엘르의 시녀가 부끄러운 줄도 모르고 감탄사를 내뱉었다.

그 대단한 크기와 광택에 보는 모든 이들의 눈이 휘둥그레졌다. 물론 미엘르가 가지고 있는 보석이나 옷가지들에 비해 크게 대단한 것은 아니었지만, 무시할 만한 수준도 아니었다.

어째서 저 목걸이를 아리아가 미엘르에게?

모두가 의문을 가졌다. 그것은 아리아의 시녀인 제시 또한 마찬가지였다. 선물 받은 목걸이를 어째서 미엘르에게 주는 것일까.

아리아가 무척이나 미안해하는 얼굴로 미엘르에게 다가갔다.

"지난번에 옷을 빌려 놓고 답례도 못했잖아. 미안해서."

옷을 한 번 빌려 준 대가치고는 무척이나 과했다. 물론 그 옷의 가치를 아는 미엘르에게는 보석을 마차 한 대로 가져다주어도 부족했지만 진실을 모르는 이들에게는 그러했다.

"마음에 들지 않니?"

"그, 그럴 리가요. 고마워요, 언니."

받지 않을 수 없겠지. 고작해야 옷을 한 번 빌려 줘 놓고 대단한 보석을 답례로 받았는데. 별로 필요했던 목걸이도 아니고, 착용할 의사도 없었는데 덕분에 다정한 언니를 연출할 수 있었다.

하지만 지금 미엘르의 속은 뒤집힐 것이다. 다른 것도 아니고 오스카가 처음 선물한 원피스를 증오하다 못해 죽이고 싶은 자에게 빌려주었고, 그것을 고작 보석 하나로 용서해야 하는 상황이니까.

게다가 작은 불장난에 호되게 데었다. 그러니 멀쩡한 상태가 아닐 것이다.

"한번 걸어 볼래?"

"……그럴까요?"

아리아가 손수 목걸이를 들어 미엘르에게 다가갔다.

금색의 찬란한 머리카락을 위로 든 채 빳빳하게 굳어 있는 가느다란 목덜미가 아주 약해 보여 웃음이 났다. 조금만 힘을 주면 부러질 것같이 보여 괜한 충동도 일었다.

하지만 그런 티는 전혀 내지 않고 부드러운 손길로 그녀의 목에 목걸이만 걸어 주었다. 이유 없이 목숨을 잃어서야 재미가 없지 않겠는가. 속내를 모두 까발려 철저하게 욕보인 후에 죽어야 마땅하지.

불행인지 다행인지 미엘르와 목걸이는 아주 잘 어울렸고 대다수가 다정한 자매 사이를 축복했다. 미엘르는 여전히 쓰러질 것같이 창백한 얼굴로 어색하게 미소 짓다가 몸이 좋지 않다며 황급히 자리를 떴다.

"그럼 정리된 것 같으니 나도 이만 올라가 봐야겠어. 오후에 외출을 해야 하거든."

"고생하셨어요, 어머니. 올바른 판단을 내려 주셔서 감사해요."

"네 아버지가 자리를 비웠으니 당연히 내가 해야 할 일이지."

그간 백작 부인의 임무를 소홀히 했으면서, 어쩜 저렇게 천연덕스러운 걸까. 아리아가 웃음을 삼키며 그녀의 뒤를 따라 자신의 방으로 올라갔다.

제시가 오스카에게 선물을 전해 줄 하인을 준비하는 사이, 잠시 휴식을 취하기로 마음먹은 아리아가 제시가 준비한 허브티를 마시며 오늘의 승리를 만끽했다.

마부는 선처를 빌 상대가 자신을 구렁텅이로 몰아넣었으니 얼마나 슬픔에 잠겨 있을까. 그가 복수의 칼을 잘 갈아 그 가녀린 목을 쳐 낸다면 좋을 텐데.

하지만 그런 일은 없을 것이다. 미엘르는, 아니 어쩌면 그녀의 노예들까지 합심해서 성심성의껏 마부의 편의를 봐줄 것이고 그는 조잡한 성의에 만족하며 노후를 보낼 것이다.

'이번만이 기회는 아니니까.'

처음부터 그 못된 계집애를 망가뜨릴 순 없을 것이다. 애초에 그럴 만한 대단한 일도 아니었고, 추궁해도 얼마든지 발뺌할 수 있는 일이었다.

게다가 신경 쓰이는 것이 있었다. 유달리 어떤 시녀에게 매달리던 미엘르의 모습. 과거에도 그랬던 기억이 떠올랐다.

'엠마.'

어미를 잃은 미엘르가 마치 어미처럼 따르던 시녀였다.

그녀 또한 미엘르를 특별하게 여기는 듯 보였다. 이런저런 조언을 하는 것도 같으니 어쩌면 오늘 일은 미엘르 혼자만의 악행은 아니었을지도 모른다는 생각이 들었다. 지금의 미엘르는 너무나도 담이 작고 어린 사슴이었기에.

'만약 그렇다면…… 그 엠마라는 시녀를 조사해 봐야겠지. 우선은 그 주근깨부터 이용해 줄까.'

괜한 억측이 아니라면 엠마 또한 자신의 죽음에 밀접히 관련되어 있으리란 예감이 들었다.

그렇다면 가만히 내버려 둘 순 없겠지. 이 예감이 사실이라면 뼈와 살을 분리해서 짐승의 먹이로 던져 주리라.

과거 그녀가 늘 미엘르의 곁에서 불쾌한 시선을 던졌던 것을 떠올리자 괜히 목덜미가 서늘해졌다. 있어야 할 것이 없어진 것 같은 불안감 때문이었다.

잠시 제 목 언저리를 손으로 매만지던 아리아가 몸을 일으켜 벽에 걸린 풍경화로 다가갔다. 그것을 밀고 아무것도 없는 벽을 손으로 밀자, 비밀스러운 공간으로 통하는 손잡이가 나타났다.

문을 열어 안에 잘 숨겨 둔 상자를 꺼낸 아리아가 그것을 테이블 위에 올려놓았다.

'날 살려 준 내 은인.'

뚜껑을 열고 모래시계를 매만지자 조금 기분이 누그러지는 것도 같았다.

괜찮다. 과거 목이 베여 죽었던 그 멍청한 여자는 이제 없다. 훗날 그녀를 죽음으로 몰아넣을 악귀들을 처단할 선구자만이 존재할 뿐이다.

잠시 동안 그렇게 스스로를 위안하고 있자, 똑똑 조심스럽게 방문을 두드리는 소리와 함께 제시의 목소리가 들려왔다.

"아가씨, 물건을 전할 자가 준비되었습니다."

"그래? 들어오렴. 생각보다 일찍 준비했구나."

아직 편지가 준비되지 않았기에 보석상의 주인이 동봉한 편지지를 꺼냈다. 만약의 경우를 대비한 모양인지 무려 다섯 장이나 들어 있었다.

다행히도 실수를 하는 일은 없이, 아리아는 그중 단 한 장의 편지지만을 사용했다. 간결하게 감사의 인사를 적었다. 별다른 심오한 내용은 적지 않았다.

『프레데리크 오스카 님께.

손수건의 답례가 너무 과해 몸 둘 바를 모르겠습니다.

작은 성의의 표시이니 부디 받아 주시기를 바랍니다.

로스첸트 아리아.』

짤막하게 적었다. 단출한 차림을 했던 불쌍한 영애가 보낸 브로치이니 분명 받지 못하고 다시 찾아올 것이다.

"글씨 어때?"

"부드럽고 아름다운 글씨체세요."

언제 저렇게 글씨체까지 연습한 것일까. 딱히 무언가를 적어 연습하는 모습은 보지 못했기에 제시가 눈을 휘둥그레 떴다.

그도 그럴 것이 글씨체는 나이를 먹음에 따라 자연스레 교정이 되어 꽤 봐줄 만한 상태가 되었다. 물론, 또래에 비해 괜찮다는 소리이지 다 큰 어른을 기준으로 한다면 서툴고 엉성했다. 그래서 늘 누군가의 도움을 받거나 대필을 했었던 기억이 났다.

'갑자기 너무 잘 써도 이상하니까.'

아리아가 만족해하며 편지지를 봉할 것을 지시했다.

"선물과 같이 넣어 줘."

"예, 아가씨."

제시가 테이블 위에 놓인 것들을 정리하곤 내용이 쓰인 편지지를 봉투에 넣고 봉했다. 틀어지거나 망가지지 않게 선물과 함께 상자에 조심스레 포장한 뒤, 겉 표면에 로스첸트 백작가에서 보낸다는 인장을 찍었다.

달리 화려한 포장은 아니었지만 수수하고 깔끔한 선물로 보였다. 그가 보냈던 선물과는 다르게 크기마저 작았다. 안에 굉장히 비싼 브로치가 들어 있을 거라곤 누구도 예상하지 못할 것이다.

"최대한 빨리 전해 달라고 해."

"예, 아가씨."

그래야 한시라도 빨리 미엘르의 일그러진 얼굴을 구경할 수 있을 테니까.

제시가 방에서 나가고, 아리아는 모래시계에 이상이 없는지 살펴보기 위해 상자에서 손바닥 크기만 한 그것을 꺼냈다.

그간 아무도 손을 댈 수 없게 상자에 넣어 꼭꼭 숨겨 놓았던 덕분에 먼지 한 톨 없이 완벽한 상태였다. 아리아는 모래가 잘 떨어지는지 확인하기 위해 아리아가 모래시계를 뒤집어 테이블 위에 올려놓았다.

그러자 눈처럼 곱게 반짝이는 모래알이 부드럽게 밑으로 추락했다. 모래시계가 무사히 재작동을 하는 모습을 확인하자 그제야 조금 안심이 된 아리아가 의자 등받이에 몸을 붙이며 작게 한숨을 내

쉬었다.

그때였다.

"차를 새로 내올까요?"

"……응?"

겨우 안심을 한 찰나, 갑자기 들려온 목소리에 화들짝 놀라며 고개를 돌리자 방문 앞에 서 있는 제시를 발견할 수 있었다.

어째서? 방금 전에 방 밖으로 나간 그녀가 어째서 다시 안에 들어와 있는 거지? 들어오라고 한 적도 없는데 왜 방 안에 들어와 있는지 이해할 수 없었다.

"부르지도 않았는데 무슨 일이야? 뭐 잊기라도 했니?"

혹시 뭘 잊었나 싶었다. 이렇게 금방 1층까지 내려갔다 왔을 리가 없으니 무언가 빠진 것이 있어 다시 들어온 건가 생각됐다. 그래서 그렇게 묻자 제시가 어리둥절한 표정을 지었다.

"예? 그…… 아가씨께서 편지를 쓰시는 걸 기다리는 중이었는데요."

"무슨 소리를 하는 거야? 편지는 방금 전에 네가 가져갔잖아."

"……."

제시가 아무런 대답도 하지 못한 채 그저 눈만 끔뻑였다.

도대체가 정신을 어디에 두고 다니는 걸까. 어이없다는 듯 고개를 저으며 시선을 돌리던 아리아는 문득 제 손에 무언가 들려 있다는 사실을 깨달았다.

'……깃펜?'

어째서? 그리고 테이블 위에 놓인 편지지.

그곳에는 '프레데리크 오스카 님께'라는 쓰다 만 글자가 적혀 있었다.

6. 모래시계의 비밀

6. 모래시계의 비밀

"이게…… 뭐야?"

왜 내 손에 이게 들려 있어? 그리고 왜 편지지가 다시 테이블 위에 놓여 있는 건데? 방금 전에 가져가지 않았어? 그보다, 나는 왜 같은 내용의 편지를 다시 쓰고 있는 건데?

몇 가지 물음을 담아 제시를 쳐다봤지만 그녀는 아무런 대답도 하지 못했다. 그저 제 주인이 갑자기 왜 저런 말을 하는지 이해할 수 없다는 표정만을 짓고 있을 뿐이었다.

탁. 신경질적으로 깃펜을 테이블 위에 내려놓은 아리아가 제시에게 손을 내저으며 나가라고 지시했다.

"빨리 물건이나 전하고 와."

"……하, 하지만 아가씨께서 편지를 주셔야 하는데요."

"편지는 네가 가져갔잖니?"

"……아, 안 가져갔는데요."

날카로운 아리아의 반응에 제시가 아주 작게 움츠러들며 대답했다. 시답잖은 트집을 잡아 패악을 떨었던 과거의 그녀라도 떠올린 모양이었다.

"……제시."

아리아의 시선이 점점 날카로워졌다. 한 번만 더 말대꾸를 했다간 물건이라도 집어 던질 기세였다. 물론, 지금의 아리아는 전혀 그럴 생각이 없었지만 제시가 보기에는 충분히 그럴 만해 보였다.

하지만 그녀는 그냥 나갈 순 없었다. 그래서 아주 큰 용기를 내 다시금 입을 열었다.

"죄, 죄송합니다, 아가씨……. 하지만 편지를 적어 주셔야 선물을 보낼 수 있어요."

나이도 어린데 설마 벌써 노망이라도 든 것일까. 아리아가 한숨을 내쉬며 다시 깃펜을 손에 쥐었다. 과거에도 그랬지만 제시는 은근히 고집이 셌다. 그러니 진정으로 못된 아이였던 아리아에게 벌벌 떨면서도 쓴소리를 했었겠지.

"후……. 알았어."

승리를 만끽해도 모자란 오늘, 이런 시시한 일로 기분을 망치고 싶지 않았기에 제시가 갑자기 미쳐 버렸나 보다 여기며 다시 편지지를 채웠다.

곧 새파랗게 질린 얼굴로 편지지를 봉해 선물과 함께 챙긴 제시가 황급히 아리아의 방을 떠났다. 그녀가 나간 뒤, 아리아는 모래시계가 마지막 모래 한 알을 흘려보내는 것을 지켜보았다. 역시 별다른 이상은 없는 모양이었다.

테이블 위가 지저분한 것이 마음에 들지 않아 그것들을 대충 옆으로 정리하다가 문득 무언가 이상하다는 생각이 들었다.

'그런데, 왜 편지지가 네 장이지?'

제시가 가져가 놓고 그러지 않았다고 우긴 탓에 편지지를 두 장이나 소모했다. 그러니 남은 편지지는 세 장이어야 했다. 두 번 편지를 썼으니까. 그러나 아무리 몇 번을 편지지를 세어 봐도 네 장이었다.

'왜, 어째서?'

한참을 고민하고 생각해 봐도 답이 나오지 않았다. 그러다가 '어쩌면 처음에 센 편지지의 매수가 틀린 것은 아닌가.'라는 결론에 다다랐다.

'……그것밖엔 답이 없어.'

하지만 이상한 것은 또 있었다. 분명 조금 전에도 브로치를 챙겨서 나간 제시가 다시 임시로 브로치를 보관해 놓았던 서랍장에서 그것을 챙겨 나갔다는 점이다.

정말 이상하기 짝이 없었다. 못 본 사이에 다시 서랍장에 넣어 놓기라도 한 것일까? 선물을 포장한 상자 또한 하나밖에 준비해 놓지 않았었는데, 두 번이나 챙겨 나가는 것을 두 눈으로 똑똑히 보았다. 도로 가져다 놓는 것은 보지 못했음에도.

'……도대체 무슨 일이지.'

유령이라도 나와서 재주를 부린 것인지 도무지 이해할 수 없는 일들이 벌어져 머리가 복잡했다.

'혹시 미친 건 제시가 아니라 나였던 건가.'

이상한 일투성이였지만 이내 피곤해서 착각한 것이라고 치부했다. 아니나 다를까, 정신이 몽롱해지고 눈이 감기는 데다가 하품이 터져 나왔다.

'피곤해서 그런 모양이야. 조금 쉬어야겠어.'

이후에 딱히 중요한 일정은 없었다. 가정 교사가 방문할 일도 없었고, 저녁 식사까지는 시간도 꽤 남아 있었다.

한숨 자고 일어나도 괜찮겠지. 생각한 아리아가 옷도 갈아입지 않고 푹신한 침대에 몸을 뉘었다.

몰려오는 수마에 눈을 감은 아리아는 곧 까무룩 잠에 빠져들었다.

* * *

다음 날. 아리아가 눈을 뜬 것은 해가 중천에 떴을 무렵이었다. 아침을 먹으라는 제시의 부름에도 눈을 뜨지 못하다가 점심이 되었을 무렵에나 정신을 차릴 수 있었다.

"어디 아프신 건 아니시죠? 의사를 부를까요?"

"아니, 괜찮아. 그런 건 아니야."

아침도 걸렀는데 점심마저 간단하게 방에서 먹겠다는 아리아의 말에 제시의 걱정이 태산만 해졌다.

그러나 그런 그녀의 걱정과는 다르게 아리아는 그저 너무 오래 자서 입맛이 없을 뿐이었다. 시원한 주스를 마시니 조금 정신이 깨는 것도 같았다.

"어떻게 이렇게 오래 잘 수가 있지?"

"어제부터 계속 아가씨를 불렀는데 대답하지 않으시더라고요. 그래서 어디 아프신 건 아닌가 싶어 허락도 구하지 않고 들어왔는데, 글쎄 곤히 주무셔서 몸을 흔들어도 일어나지 않으셨어요."

“별로 한 것도 없는데 왜 그렇게 피곤했던 걸까.”

“지금이라도 의사를 부를까요?”

제시가 걱정스러운 얼굴로 물었다. 하지만 그럴 필요성은 느끼지 못했기에 아리아가 고개를 저어 거절했다. 어딘가 아픈 곳은 없다. 몸도 평상시와 다를 바가 없으니 아픈 것은 아닐 거다.

마지막 한 모금의 주스를 전부 비우자, 제시가 냉큼 후식을 권했다.

“후식을 가져올까요?”

“아니, 괜찮아.”

“예, 아가씨. 그럼 정리하겠습니다.”

제시가 비운 그릇을 정리해 방을 나섰다.

그녀를 따라 시선을 움직이다가 문득 테이블 구석에 놓인 모래시계를 발견했다. 이상이 없는지 확인하다가 치우는 것을 깜빡하고 잠이 들어 덩그러니 방치되어 있었다.

늦은 식사를 마치고 어쩐지 나른해져 아무 생각 없이 모래시계를 들어 뒤집었다. 차르륵. 아주 작은 소리를 내며 밑으로 떨어지는 모래알들을 구경하려 턱에 손을 괴는데 난데없이 제시의 목소리가 들려왔다.

“어제부터 계속 아가씨를 불렀는데 대답하지 않으시더라고요. 그래서 어디 아프신 건 아닌가 싶어 허락도 구하지 않고 들어왔는데, 글쎄 곤히 주무셔서 몸을 흔들어도 일어나지 않으셨어요.”

“……뭐?”

조금 아까 했던 말을 반복하는 그녀를 멀뚱멀뚱 쳐다보자 제시가 걱정에 휩싸인 얼굴로 물었다.

“의사를 부를까요?”

"아니……."

너, 왜 또 여기 있어?

그녀가 왜 자신의 방에 있는 것인지 이해가 되지 않았다. 분명 그릇들을 챙겨 방을 나갔는데. 그 그릇들은 모두 테이블 위에 흐트러져 정리하기 전의 모습으로 돌아가 있었다.

"그릇들을 정리한다고 하지 않았어?"

"예? 아니요? 아직 주스를 다 드시지 않으셨잖아요. 치울까요?"

제시가 무척이나 당혹스러워하는 얼굴로 물었다.

주스를 다 마시지 않았다니. 분명 다 마셔서 후식을 내온다는 말까지 들었는데? 시선을 내리자 방금 전에 모두 비웠던 주스 잔에 아직 내용물이 남아 있는 것을 발견할 수 있었다.

이 짧은 시간에 그것을 다시 채웠을 리는 없을 테고, 그릇들을 늘어놓는 것도 보지 못했으니 그럴 리도 없을 것이다. 도대체 이게 무슨…….

'설마……!'

아주 짧지만 과거로 돌아왔다.

착각이 아니었다. 주스에 내용물이 없었다면 모를까, 이미 마신 것까지 돌아와 있는 마당에 의심할 여지가 없었다. 혹 어제도 그랬던 것일까? 그래서 편지를 다 써서 제시에게 건넸는데 다시 오스카의 이름만 덩그러니 적힌 상태로 돌아간 것일까?

말도 안 되는 가설이라는 걸 알지만 자꾸 그렇게 생각이 치닫는 것을 멈출 수가 없었다.

'도대체 무엇이 원인이기에…….'

어제와 오늘의 기억을 더듬었다. 분명 무언가 원인이 있어 이런 일이 일어난 것이다. 이상한 일이 일어나기 전에 도대체 무엇을 했었을까. 달리 특별한 일을 한 기억이 없어 저절로 미간이 좁혀졌다.

"저…… 아가씨?"

"……."

그릇들을 치워도 되냐는 제시의 물음에 대답도 없이 아리아가 심각한 얼굴로 고민에 빠졌다. 무엇을 해야 할지 난감해진 제시는 잠시 주변을 두리번거리다가 이내 아리아가 고민을 끝낼 때까지 흐트러진 방을 정리하기로 결심했다. 어제 아리아가 일찍 잠이 들어 정리를 하지 못한 탓에 조금 흐트러져 있었다.

거의 식사를 끝내긴 했지만, 아직 치우라는 말이 없어 일단 편지지를 정리하고 깃펜과 잉크를 수납했다. 마지막으로 모래시계를 상자에 넣으려는 생각으로 그것을 집으려 했다.

그러자 제시를 따라 시선을 옮기던 아리아가 갑자기 몸을 벌떡 일으키더니 난데없이 그녀를 가리키며 비명을 질렀다.

"모래시계야!"

"……예!?"

정확히는 제시가 아니라 그녀가 집으려던 모래시계였다.

제시가 깜짝 놀라 뒤로 벌러덩 넘어져 엉덩방아를 찧었다. 불행인지 다행인지, 모래시계를 잡지 않아 다친 이는 그녀 혼자였다.

이를 신경도 쓰지 않은 아리아가 그제야 답을 찾았다는 듯 목소리를 높였다.

"모래시계였다고!"

특별한 일이 있었다.

어제 그녀는 액자를 밀어 비밀스러운 공간에서 모래시계를 빼냈고

만졌다. 그리고 그것을 뒤집자마자 방에서 나갔던 제시가 다시 들어와 편지를 달라고 했었다. 분명 내용을 채워 건넸음에도 불구하고.

오늘 또한 테이블 위에 덩그러니 놓인 모래시계를 뒤집었다. 그러자 바로 제시가 나타났다. 했던 말을 반복했고 깨끗하게 비운 주스가 채워져 있었다.

아리아의 시선이 자연스레 모래시계로 꽂혔다. 아무런 일도 없었다는 듯 조용히 모래알을 떨어뜨리는 그것이 조금 아까와는 전혀 다르게 보였다. 빛을 반사해 반짝반짝 빛나는 모습이 아주 신비롭고 아름다웠다.

"어떻게 이럴 수가!"

갑자기 비명을 지르더니, 이번에는 까르르 웃으며 제 손을 맞잡는 아리아를 제시가 당혹스러운 눈으로 쳐다봤다.

'아가씨께서 괜찮은 것인가. 진정 의사를 부르지 않아도 되는 것인가.' 하는 의문이 서려 있었다.

그런 제시의 의문에 의문을 더하듯 아리아가 난데없이 헛소리를 했다.

"제시, 신께서 날 사랑하시는 모양이야."

그렇지 않은 이상 목숨을 되살려 주는 것도 모자라 이런 대단한 물건까지 보낼 리가 없지 않은가! 아니, 어쩌면 고약한 악녀를 처단하라는 명목으로 이리 은혜를 베푸는 건지도 모른다.

뭐가 어찌 되었든, 그것은 아리아에게 축복이고 기적이었다.

"그러니 그 기대에 부응하도록 해야겠지?"

차르륵. 바닥으로 모두 떨어진 모래들을 확인한 그녀가 다시 모래시계를 뒤집었다.

이번에는 아무런 일도 일어나지 않았다. 그럼에도 걱정이 짙은 제시의 얼굴을 마주한 아리아가 아주 밝고 환한 웃음을 거두지 않았다.

어쩐지 모래시계가 어떻게 작동하는지 알아낸 것 같았다.

하루 한 번. 모래시계를 뒤집으면 아주 짧은 과거로 돌아갈 수 있다.

그 시간은 대략적으로 5분 남짓. 모래가 다 떨어지는 시간만큼 돌아갈 수 있었다. 다행히도 아리아 외의 다른 사람은 사용할 수 없었다. 제시에게 시험해 본 결과였다.

아리아는 제시에게 약 5분 동안 자신의 방에서 조용히 앉아 있다가 방 밖으로 나가 모래시계를 뒤집고 다시 돌아오라고 지시했다. 만약 모래시계를 뒤집어 시간을 되돌렸다면 자신은 제시가 조용히 앉아 있는 것을 기억하지 못할 것이다.

하지만 몇 차례 비슷한 실험을 해 본 결과, 과거로 돌아가는 일은 없었다. 신께서 아리아에게만 내린 축복이었다. 시간대는 상관없었다. 그저 하루에 단 한 번, 5분이라는 제약이 있을 뿐이었다. 그리고 모래시계를 되돌리면 아주 피곤해진다는 부작용이 있었다.

'설마, 생명을 갉아먹는 건 아니겠지.'

문득 그런 생각이 들었다. 아무런 대가도 없이 시간을 되돌려 주는 꿈과도 같은 일이 어디 있을까.

하지만 극심한 피로를 느끼는 것을 보면 말도 안 되는 가정은 아니었다. 잠으로 보충하는 것도 같았지만 전체적인 수명은 짧아지는 걸지도 모른다.

'설령 내 수명의 반을 가져간다고 해도, 이 기회를 놓칠 수야 없지.'

모래시계를 이용하고 또 이용해서 철저하게 미엘르를 파탄 낼 것이다. 하루에 한 번씩 모욕을 당한다면 제정신으로 살 수 없을 게 틀림없다. 그리고 그녀의 소중한 것들을 빼앗는 것도 아주 손쉽겠지.

모래시계로 시간을 되돌려 그녀의 아버지를 빼앗고, 사랑하는 이를 빼앗고, 그리고 따르는 자들마저 빼앗는 거다. 마지막엔 그녀가 했던 것처럼 똑같이 자신의 차에 독을 타게 해서 목을 뎅강.

"……후후."

상상만으로도 터져 나오는 웃음을 막을 수가 없었다.

수업 도중에 난데없이 웃음을 터뜨리자 화이트 자작 부인이 부드러운 미소를 띠우며 그 까닭을 물었다.

"무슨 좋은 일이라도 있으신가요?"

"예, 아주 좋은 일이 생겼어요."

아리아가 손을 뻗으면 닿는 거리에 둔 모래시계를 힐끗대며 대답했다. 오늘은 아직 안 썼으니 자작 부인에게 사용하는 것도 나쁘지 않겠다고 생각했다.

"무슨 좋은 일이 있었던 걸까요? 궁금하네요."

"알려 드릴까요?"

"예. 좋은 일은 나누면 배가된다고 하지요. 아리아 영애가 어떤 좋은 일이 있었는지 공감하고 싶네요."

그녀는 꽤 귀찮은 존재였다. 실력이 허접하기 그지없는 탓에 수업이 전혀 도움이 되지 않기도 했다. 게다가 음흉한 속내를 드러내며 제 아들인 아폰을 만나 보라 자꾸 의사를 표현해 귀찮게 하곤 했다.

'과거에는 내게 매달리는 그를 그리 매몰차게 데려갔으면서.'

겉만 번지르르한 아리아에게서 발라먹을 살이 없다고 판단한 것인지 술에 취해 늘어진 제 아들을 데리고 아주 쌀쌀맞게 돌아섰던 그녀의 얼굴을 여전히 기억했다. 저런 천박한 아이와 어울리지 말라던 마지막 말과 함께.

"늙은 여우를 만났어요."

"늙은 여우요?"

"예. 아주 늙고 추악한 여우요."

"그게 좋은 일인가요?"

바로 그 늙은 여우인 자작 부인이 고개를 갸웃거리며 물었다.

"그럼요. 그 늙은 여우가 얼마나 귀여운데요. 주제도 모르고 뭐 하나라도 얻을 게 있나 기웃기웃하는 모양새가 꽤 볼만하답니다. 뼈 한 마디, 한 마디가 다 으스러질 때까지 데리고 놀 생각이에요."

자작 부인의 얼굴이 삽시간에 굳었다. 뭐라고 대답해야 할지 곤란한 모양이었다. 그도 그럴 것이 아직 어린 소녀의 입에서 나오기엔 조금 끔찍하고 잔혹한 이야기였기 때문이다.

"……귀여운 애완동물을 얻으신 모양이군요. 저도 꼭 보고 싶네요."

그럼에도 어쩔 수 없이 장단에 맞춰야 했다. 바라는 바가 있기 때문이다.

여우는 애완용이 아님에도 어째서 여우를, 그것도 늙은 여우를 키우는 것인지 의문이 들었지만 그런 부정적인 소리는 하지 않았다.

자작 부인의 호응에 아리아가 꽃처럼 싱그러운 미소로 화답했다.

"굳이 만나려고 노력하지 않으셔도 만나실 수 있을 거예요."

그녀의 시선이 자작 부인을 한 번 거친 뒤, 드레스 룸 근처에 있는 거울로 향했다. 거울을 보면 만날 수 있을 거라는 의미였다. 그러나 자작 부인이 이해하지 못하는 모습이라 하는 수 없이 조금 더

직설적으로 설명하는 수밖에 없었다.

"그렇지만 가끔은 짜증이 나기도 해요. 별 볼 일 없는 제 아들을 자꾸 만나라고 하거든요. 어떻게든 신분 상승을 하고 싶은 모양이에요. 주제도 모르고."

가만히 있어도 그녀의 아들을 만나 실컷 이용할 테니 더 이상 귀찮게 굴지 않았으면 했다. 이래서야 귀찮아서 자꾸 버리고 싶어지지 않는가.

그제야 '늙은 여우'가 애완동물이 아닌 사람이라는 것을 깨달은 자작 부인의 얼굴이 딱딱하게 굳었다. 늘 착하고 얌전하게 굴던 아리아가 돌변했기 때문이기도 했다.

그럼에도 여전히 그 늙은 여우가 자기 자신이라는 것을 알아차리지 못했다. 그도 그럴 것이, 어느 누가 그간 살갑게 지내다가 갑자기 면전에 대고 욕을 하겠는가.

"그, 그게 누구인지 참……. 어떻게 이리도 착하고 다정한 영애의 기분을 상하게 했을까요?"

"그러게요. 여전히 그게 자신인지도 모르고 비위를 맞추려 노력하는 꼴이 퍽이나 안타깝네요."

아리아가 그렇게 대답하며 부드럽게 눈웃음 지으며 조금 식은 차를 한 모금 마셨다. 드디어 그 늙은 여우가 자신이라는 것을 깨달은 자작 부인이 손에 들고 있던 책을 놓쳤다. 그녀는 심히 당황한 듯, 아무런 대답도 하지 못하고 손을 벌벌 떨었다.

아리아는 잠시 그녀의 그런 추악한 모습을 감상했다. 뭐라고 발악이라도 하려나 싶었지만 그럴 생각은 없는 모양이었다. 아니, 그럴 생각도 들지 않을 만큼 충격을 받은 듯했다.

'나를 얼마나 순진하게 봤으면.'

이제 슬슬 그만할까. 별로 재미도 없는 데다가 이런 사소한 일로 모래시계를 쓴다는 게 조금 하찮았다.

대충 5분에 가까운 시간이 흐른 것 같아 손을 뻗어 모래시계를 잡았다. 미련 없이 그것을 뒤집은 아리아가 다시 가식적인 부드러운 얼굴로 돌아온 자작부인에게 말했다.

"선생님의 수업은 항상 즐겁고 재미나요."

여러 가지 의미로요.

화기애애한 수업이 계속되었다.

* * *

오스카에게 선물을 전하러 갔던 하인이 되돌아온 것은 선물을 보내고 난 일주일이 지난 뒤였다. 아주 공교롭게도 평일에는 아카데미에 방문할 수 없었고, 학기가 끝나 가서 그런지 주말에도 바쁜 탓이었다. 때문에 그는 내용물을 확인하지도 않고 받았다고 했다.

어떤 물건이 들어 있을지 모르는데도 어리석기도 하지. 이에 하인이 아무런 전언도 받지 못했다며 송구스러운 얼굴로 고개를 조아렸다.

"정말 죄송합니다, 아가씨……. 어떻게든 전언을 받으려고 했지만 냉정하게 돌아서시는 탓에……."

"괜찮아, 수고했어. 오늘은 이만 돌아가 쉬도록 해. 여독을 풀어야 할 테니, 내일까지 쉬어도 된단다."

"……예?"

불호령을 예상하고 있었던 하인은 갑작스레 휴가를 준다는 소리에 고개를 번쩍 들어 아리아를 쳐다볼 수밖에 없었다.

잔뜩 일그러져 있을 거란 생각과는 다르게 그녀의 표정에는 자비와 여유가 넘쳤다. 그것이 흡사 작은 천사와도 같이 보여 그는 아무런 행동을 취할 수가 없었다.

아주 무례하게도 넋을 놓은 채 자신을 쳐다보았음에도 아리아는 그를 벌하지 않고 입가에 웃음을 띠었다.

“무슨 다른 할 말이라도 있니?”

“아, 아닙니다! 감사합니다!”

“일이 끝났으면 나가 보렴.”

하인이 그제야 제 잘못을 깨닫고 서둘러 아리아의 방을 나섰다. 뒤에서 지켜보고 있던 제시가 아리아의 안색과 심기를 살폈지만 그녀는 여전히 기분이 좋아 보였다.

‘그 자리에서 바로 거절할지도 모른다는 생각도 했는데, 참으로 다행이지 뭐야.’

이로써 오스카는 뒤늦게 비싼 브로치를 확인하고 무언가 행동을 취할 것이다. 이미 받아 버린 선물을 하인을 통해 돌려보낼 순 없을 테니, 직접 찾아오거나 또다시 답례를 보내겠지.

인연이라면 인연이었다. 전혀 관계가 없는 남녀가 몇 번이고 선물과 편지를 주고받진 않을 테니까.

이렇게 조금씩 친분을 쌓아 가다 보면 언젠가 그의 마음도 빼앗을 수 있지 않을까. 물론, 그게 힘들다면 모래시계를 이용해 얼마든지 빼앗을 자신이 있었다.

‘기대해, 미엘르. 내 목숨을 빼앗아 간 대가를 톡톡히 치르게 해 줄 테니까.’

* * *

오스카의 답장이 도착한 것은 그로부터 2주일이 지났을 무렵이었다. 초조함에 잠도 제대로 잘 수 없을 지경에 이르러서였기에 그에게서 편지가 도착하자마자 비명을 지르지 않을 수 없었다.

아리아가 떨리는 손을 감추지 못하며 편지를 개봉했다. 정갈하고 유려한 글씨체가 그녀의 심장에 열기를 더했다.

『로스첸트 아리아 님께.

보내 주신 답례는 감사히 잘 받았습니다.

직접 만나 드리고 싶은 말이 있으니, 가능한 날짜와 시간을 보내 주시면 감사드리겠습니다.

프레데리크 오스카.』

생각보다 더 짧아 조금 실망스러웠다. 아리아가 보낸 편지와 마찬가지로 그리 길지 않은 본론만 적힌 내용이었다. 친분이 없는 것은 둘째 치고, 그것을 이어 나갈 연유도 없어서인 모양이었다.

그렇지만 답장이 온 게 어디인가. 애초에 이렇게 인연을 쌓아 나갈 계획이었기에 실망하기에는 조금 일렀다. 신비로운 모래시계가 있으니 얼마든지 시간을 돌려 그의 마음을 빼앗을 수 있을 테고.

게다가 선물을 잘 받았다고 언급했으니 그건 돌려주지 않겠다는 말이었다. 직접 만나서 하고자 하는 이야기가 무엇일까. 다시금 설레는 마음으로 아리아가 황급히 제시를 불렀다.

“제시!”

“예! 아가씨!”

“어서 편지지와 펜을 가져와! 답장을 써야겠어!”

긴박해 보이는 그녀의 모습에 제시가 서둘러 편지지와 펜을 준비했다. 내려놓자마자 손에 쥐고 정성스레 한 글자, 한 글자 적어 나가는 아리아를 보는 제시의 심정이 복잡했다.

근래에 조금 신경질적이었던 그녀가 아이다운 밝은 표정을 되찾은 것은 무척이나 기쁜 일이지만, 그녀에게 기쁨을 선사한 주체가 바로 그 ‘오스카’라는 것이 문제였다. 하필이면…….

발송인을 밝히기 전에 아리아를 찾았기에 다행히 오스카가 보낸 편지라는 것은 제시만 아는 비밀이 되었지만, 이렇게 계속 무언가를 주고받다가는 미엘르에게 들키는 것은 시간문제였다. 다정하고 자애로운 미엘르이니 큰 사달은 나지 않을 거라 생각하지만, 한편으로는 어쩐지 불안감이 샘솟았다.

부디 아무런 일도 일어나지 않았으면 좋겠는데. 어설프지만 나름 정갈한 글씨체로 정성스레 답장을 작성한 아리아가 제시에게 그것을 봉하라 지시했다.

“어서 오스카 님께 답장을 보내렴.”

제시는 한껏 상기되어 싱그러운 복숭아 같은 그녀의 양 뺨만큼 붉은색의 밀랍으로 편지를 단단히 봉했다.

서두르라는 아리아의 핀잔에 안에 어떤 내용이 적혀 있는지는 볼 수 없었지만, 제시는 그것이 저택에 좋지 않은 영향을 끼칠 것이라는 것을 직감적으로 느꼈다.

* * *

아리아는 자신의 생일이 가까워질 때까지 별다른 움직임 없이 모래시계로 장난을 치거나 독서에 몰두했다.

개중 가장 즐거웠던 것은 아주 맛있는 타르트와 마카롱을 한가득 가져오라 지시하곤 5분 동안 마구 먹어 치운 일이었다. 놀라 말문이 막힌 제시에게 한껏 웃어 보인 뒤, 모래시계를 거꾸로 돌려 다시 먹기 전으로 되돌렸다.

맛있는 음식을 잔뜩 먹고 시간을 되돌려 없던 일로 만들 수 있다니, 이보다 더 행복한 일이 있을까? 더불어 이따금 물병에 물을 가득 담아 미엘르의 방에 들어가 내용물을 그녀의 머리에 쏟아붓곤 했다.

당혹스러워하며 놀라 눈을 동그랗게 뜨는 미엘르의 얼굴이 꽤 봐줄 만했다. 그녀의 뒤에 선 엠마의 격렬한 적의를 받는 것도 어쩐지 쾌감이 일었고.

'날 악녀로 취급하니 정말 나쁜 짓을 해서 악녀다움을 보여 줘야지.'

처음에는 진실을 자백하라며 머리채를 잡기도 했었는데, 정신이 나간 것이 아니냐며 구금당할 뻔하여 그만두었다. 다짜고짜 자백을 받아 내긴 쉽지 않을 뿐더러 받아 낼 자백 또한 없었다.

물을 쏟는 정도야 어차피 과거에 그녀가 제 시녀를 부추겨 그리하도록 지시했던 것이니 상관없지 않겠는가? 모래시계를 되돌리면 되니까.

물론, 이 사실을 누군가 알게 된다면 아주 쓸모없고 가치가 없는 일이라 치부하겠지만 아리아의 재미없는 일상에 소소한 즐거움이 되었다. 당장 과거의 설움을 이렇게나마 풀어야 했다.

그래서 여느 때와 다름없이 모래시계로 미엘르에게 소소한 장난을 친 뒤 차를 음미하려 했을 때였다. 서점에 주문한 책이 들어왔나 확인하러 간 제시가 밝은 얼굴로 돌아왔다.

"아가씨! 새 책을 가져왔습니다!"

"그래? 생각보다 빨리 들어왔구나."

새로운 경제서를 받아 든 아리아의 얼굴 또한 밝아졌다. 저택에도 수많은 경제서가 있었지만 아리아의 수준과는 맞지 않았다.

그간 어떻게든 그것들을 이해하려 노력했으나 한 페이지를 넘기는 것조차 불가능했다. 그래서 제시를 통해 서점에 새 책을 알아보라고 지시했고, 다행히 아주 어린 영식들이 읽는 기초 경제 서적을 주문할 수 있었다.

"아가씨, 차를 내올까요?"

"그렇게 해 줘."

모처럼 새 책이 도착했기에 아리아는 곧 독서에 몰두했다.

그녀가 경제서를 손에 들게 된 까닭은 아주 간단했다. 앞으로 백작과 그의 사업에 대해 이야기를 나누려면 배경 지식이 필요했기 때문이다.

아무런 지식도 없이 정보만 달랑 내놓는 것은 한계가 있었다. 정보의 출처를 의심할 수도 있을 테고, 신빙성 또한 떨어질 것이다.

그리고 정보를 털어놓는 것 외에도 그녀 자신의 기반을 구축할 생각이었기에 경제와 정치 지식은 필수였다. 가만히 누군가에게 빌붙어서 그들이 주는 달콤한 꿀에 매달리는 것은 한계가 있기 때문이다. 버림이라도 받았다간 또다시 목이 뎅강 잘릴지도 모르는 일이니까.

'아무리 여성을 꽃에 빗대고 장식품처럼 대해도 여타 남성 귀족

들과 같이 부과 권력을 손에 쥔다면 취급이 달라지겠지.'

과거에 얼핏 그런 여성 귀족이 있다고 들은 적이 있었다. 주제도 모르고 나대는 여자라며 비웃었던 기억이 나는데, 지금 생각해 보면 주제도 모르고 나댔던 것은 바로 아리아 자신이었다.

'그러니 이제 주제 파악을 하고 지식을 쌓아야 해.'

아리아는 한동안 새 책을 읽는 데 몰두했다. 아무리 기초 경제서라고 해도 선생이 없는 탓에 한 페이지를 넘기는 데 짧게는 10분, 길게는 몇 시간이 걸리기도 했다.

그렇지만 아리아는 포기하지 않고 몇 날 며칠을 홀로 진득하게 같은 페이지를 읽고 또 읽어 내용을 이해하기 위해 노력하며 독서에 몰두했다.

'과거로 돌아온 김에 성별까지 바뀌었다면 좋았을 것을.'

그랬다면 아무리 친자가 아니라고 하더라도 오라비인 카인처럼 아카데미에 가서 여러 가지 교육을 받았을 텐데. 남성 귀족은 아카데미를 수료하는 것이 필수였기 때문이다.

얼굴이 예쁜 여자로 태어나 남부러울 것이 없다고 생각했었는데, 지금 생각하면 예쁜 얼굴은 독이었다. 주변에서 오냐오냐해 준 덕분에 현실 파악도 제대로 못했으니까. 꽃은 져 버리면 그만이라는 것도 모르고.

모르는 것을 한참 들여다보고 있었더니 두통이 일어 아리아가 머리를 짚었다. 식은 차와 물기가 빠진 과일을 새로 가져다준 제시가 구석에서 대기하며 그 모습을 흘깃댔다.

뭐 할 말이라도 있나 싶어 눈치를 주자, 조금 뜸을 들이던 제시가 최근 들어 줄곧 고민했던 것을 물었다.

"저…… 아가씨. 독서 중에 죄송합니다만, 한 가지 여쭤 보아도 될까요?"

"말해 봐."

머리도 식힐 겸 잠깐 대화를 나누는 것도 나쁘지 않겠지. 아리아가 잔을 들어 따뜻한 녹차를 한 모금 마시며 대답했다.

"정말 아가씨의 생일 파티를 간소하게 해도 될까요? 조금 더 크게 해도 될 것 같은데……."

그도 그럴 것이 백작가에서 처음으로 맞이했던 생일에는 악단과 여러 분야의 재주꾼들을 불러 무척이나 화려하게 보냈었기 때문이다.

특히 모자에서 비둘기를 꺼내는 마술에 비명을 지르며 환호했던 것을 떠올린 제시가 마술사라도 초대하는 것이 어떻겠냐며 되물었다. 아무래도 간소하게 했다가 후에 큰 화가 떨어지는 것은 아닌지 걱정되는 모양이었다.

"아니, 그냥 예정대로 몇몇 지인들만 초대해서 조용히 점심만 먹으면 돼."

생일 파티는 부와 권력, 그리고 인맥을 보여 주는 자리이기도 하여 대부분의 귀족들이 성대하게 준비했으나, 지금의 아리아는 굳이 그럴 필요성을 느끼지 못했다.

허울뿐인 백작가의 이름밖에 없는 그녀가 분수에 맞지 않는 성대한 파티를 열어 보았자 웃음거리가 될 것이 분명했기 때문이다. 아무리 부를 과시하는 자리라고 해도 수준에 맞지 않는 과한 치장은 도리어 비웃음을 샀다.

"음식이나 신경 써 줘. 또래 영애들이 좋아할 만한 달콤한 음식들로 말이야."

"예……."

과거에는 줄곧 미엘르보다 성대하고 화려하게 파티를 했던 기억이 났다. 뒤에서 로스첸트가의 피를 빨아먹는 기생충이 붙었다고 손가락질 받은 것을 알았으면서도 그렇게 할 수밖에 없었다. 아무것도 가진 것이 없었기 때문이다.

그렇게라도 괜찮다고 자기 자신을 치장하고 내세우지 않으면 질투심에 미쳐 견딜 수 없었던 나날이었다. 대단한 사람들을 옆에 끼고 승승장구하는 미엘르와는 다르게 아무것도 내세울 것이 없었다.

하지만 지금은 아니었다. 애써 모른 척 살았던 과거와는 다르다.

자신의 위치와 분수를 인지하고 행동 하나하나가 어떠한 결과를 낳을지 절실히 깨달은 지금은 그렇게 할 수 없었다.

아니, 그렇게 하지 않을 것이다. 게다가 그런 사소한 생일 파티 따위에 시간을 쏟을 여력이 없었다.

'어차피 아는 것들을 이용해 부와 권력을 쌓게 되면 하기 싫어도 성대한 파티를 열어야 할 테니까.'

이대로만 가면 순조롭게 달성될 미래였다. 단호한 아리아의 대답에 제시의 표정이 어두워졌다. 그래도 나름 자신이 모시는 주인이라서 어느 정도 체면치레는 해야 한다고 생각한 모양이었다. 얼마 남진 않았지만 혹시 몰라 악단과 재주꾼들에게 연락을 넣어 둔 차라 부르기만 하면 당장 달려올 것이다.

제시가 마지막으로 덧붙였다.

"마음이 바뀌시면 언제든지 알려 주세요. 빠르게 준비하겠습니다."

혹시 모른다. 최근에는 잠잠했고, 또 변했다고 말한 그녀였으나 애초에 늘 변덕이 죽 끓던 아리아였다. 생일 당일에 갑자기 마술사를 불러오라며 호통을 쳐도 이상하지 않았다.

아리아의 생일이 지나면 곧 미엘르의 생일도 다가온다. 미엘르는 항상 그랬듯이 평판이 대단한 여러 지인들을 초대해 적당히 성대하게 파티를 열었으니 간소하게 치렀다가 후에 벼락이 떨어질지도 모르는 일이었다.

“그럴 일은 없겠지만, 뭐, 고마워. 초대장은 보내 놨지?”

“예. 말씀하신 분들께는 모두 보냈습니다. 답변도 바로 받아 놓은 참입니다.”

고작해야 사라와 함께 곁다리로 모임에서 만나는 별 볼 일 없는 영애들이 전부였지만, 그래도 아무것도 안 할 순 없었기에 그녀들이라도 초대했다.

아주 다행히도 새로운 친구의 생일에 그녀들은 흔쾌히 긍정적인 답장을 보냈다.

“할 말은 이게 끝이니?”

“예, 아가씨.”

“그래, 그럼 나가 봐.”

그간 아리아가 자신을 위해 열과 성을 쏟았던 허례허식은 그녀의 인생에서 뒷전이 되어 있었다. 목숨을 부지시키는 데 전혀 도움이 되지 않았기 때문이다.

제시가 나가고, 아리아는 다시 책을 읽는 데 집중했다.

* * *

아리아의 생일이 지척까지 다가왔을 때쯤에 맞추어 그녀에게 선물이 하나 도착했다. 아직 어린 데다가 선물을 보낼 만한 이를 만나지 못했기에 아리아가 의아해하며 보낸 이를 물었다.

집사가 부드러운 표정을 고수하며 대답했다.

"백작님께서 보내셨습니다."

"아버님이 보내셨다고?"

"예. 안으로 들일까요?"

"그렇게 해 줘."

백작은 지금 북쪽 지방에서 사업의 막바지 준비로 바쁠 텐데, 어째서 무슨 선물을 보냈을까.

얼마 뒤, 문을 두드리는 소리에 아리아가 기척을 내자 집사와 함께 덩치가 큰 남자 하인이 그녀의 방으로 들어왔다.

하인은 집사가 언급한 백작의 선물을 가져왔는데, 그것은 아리아의 허리까지 올 만큼 아주 커다란 상자였다. 방 한가운데 내려놓은 상자를 보며 아리아가 놀라움을 감추지 못했다.

"……이걸 아버님께서 보내셨다고?"

"예, 그렇습니다."

포장을 풀자 안에서 모피로 된 겉옷 몇 벌과 고급스러운 드레스, 나이 또래 여자아이들이 할 법한 귀여운 장신구, 그리고 보석이 박힌 인형이 들어 있었다.

눈과 코, 귀의 자리에 커다란 보석이 박혀 있는 곰 인형은 한눈에 보아도 예사 물건이 아니었다. 손수 작성한 편지에는 생일을 축하한다는 메시지와 함께 같이 있어 주지 못해 미안하다며 곧 돌아가겠다고 적혀 있었다.

'생각보다 일이 훨씬 더 잘 풀린 모양이네.'

손수 편지까지 써서 선물을 보내다니.

과거에는 그런 적이 단 한 번도 없었다. 생일 파티를 할 수 있게 돈을 대 준 정도랄까. 크게 기대하지 않고 있었는데, 꽤 성과를 낸 모양이었다.

그도 그럴 것이 모피를 생산하는 곳은 그리 많지 않았다. 북쪽 지방에 한했다. 한 번 거래처를 제대로 뚫어 놓았다면 독점하는 것은 쉬운 일일 것이다. 귀족을 상대로 중간에 거래를 파기하기는 어려울 테니, 이제 백작은 독점한 모피로 부를 축적하면 되는 일이었다.

'단 한 번의 정보로 이리도 마음을 바꾸다니……. 너무 쉬운 거 아닌가요, 아버지?'

하긴, 그러니까 미색밖에 갖추지 못한 어머니에게 넘어간 거겠지. 미엘르의 자리도 이렇게 쉽게 빼앗을 수 있다면 참 좋을 텐데.

그녀를 해치려는 수만 가지 생각을 하며 웃음을 짓는 아리아는 다른 이들에겐 그저 아버지의 선물을 받고 기뻐하는 작은 소녀로만 보였다.

* * *

오후에는 사라와의 수업이 있었다. 생일을 목전에 둔 마지막 수업이었다.

아리아는 오늘, 수업에서 사라에게 한 가지 부탁을 할 셈이었다. 그녀와 자신의 유대감을 끈끈히 해 줄 부탁을.

그녀를 기다리며 독서에 몰두한 사이, 시간이 흘러 창밖으로 마차 소리가 들렸다. 지척까지 다가와 멈추는 걸 보니 저택에 방문한 자인 모양이었다.

창문을 열어 고개를 내밀자 오늘도 여전히 자애로운 분위기의 사라가 보였다. 아리아가 손을 크게 흔들어 그녀를 열렬히 환영했다.

언제나 그래 왔던 일이었기에 사라 또한 고개를 들어 아리아의 방으로 시선을 돌렸고, 두 사람은 환하게 웃는 얼굴로 재회의 기쁨을 나누었다.

"사라!"

"아리아 영애."

처음에는 보여 주기 위한 생각으로 천진난만한 아이의 흉내를 내었는데, 근래에는 진심이 반쯤 담긴 마음으로 헐레벌떡 1층으로 내려갔다.

지금으로선 확실하게 자신에게 도움이 되어 줄 자가 그녀밖에 없기도 하고, 같이 있으면 어쩐지 마음이 편해지기 때문이기도 했다.

과거에는 방정맞게 뛰지 말라는 시선을 수천 번이나 받았으나 회귀한 뒤에는 아니었다. 얼마나 기쁘면 저리도 신이 났을까 하는 반응뿐이었다.

모두 그녀가 변한 것을 알기 때문이었다. 평소에 한 마리 나비처럼 우아하게 행동했던 것을 알기 때문이었다. 같은 행동임에도 평소 행실에 따라 반응이 이리도 천차만별이었다. 게다가 아리아가 사라를 유독 따른다는 것이 이미 명명백백한 일인 덕이기도 했다.

달리 그녀에게 도움이 될 사람도 아니고, 보잘것없는 가문의 예절 교육 선생일 뿐인데 어쩜 저리도 잘 따를까. 그 모습이 아무것도 묻고 따지지 않고 단순히 '사람 그 자체'만 보는 천진난만한 아이처럼 보이게 했다. 그 속에 얼마나 음흉한 계산이 있는지도 모르고.

"선생님!"

아리아가 1층 홀에 들어선 그녀에게 달려가 허리를 꼭 껴안았다.

"금방 올라갈 텐데 방에 계시지 그러셨어요."

타박하는 말투지만 팔은 부드럽게 아리아를 끌어안았다. 등을 쓸어내리는 손길에서 다정함이 느껴졌다.

"선생님이 보여서 저도 모르게……."

"저런, 인사는 어떻게 하라고 했죠? 교육을 처음부터 다시 해야겠군요."

사라가 전혀 험악해 보이지 않는 얼굴로 주의를 주자, 그제야 아리아가 허리에 두른 손을 푸르고 치맛자락을 잡고 무릎을 굽혀 우아하게 인사했다. 사라 또한 정중하게 마주 인사했다.

"추우시죠? 여기서 이러지 말고 올라가요."

"그렇게 해요."

두 사람은 손을 맞잡고 3층으로 올라갔다. 차가워진 몸을 녹이기 위해 따뜻한 로즈마리 차를 마시며 수업을 시작하기 전 잠시 화기애애하게 대화를 나눴다. 다가올 아리아의 생일이 주된 화제였다. 그리고 그것은 아리아가 바라던 화제였다.

"그러고 보니, 조금 있으면 아리아의 생일이네요."

"그러네요."

"특별히 갖고 싶은 선물이라도 있나요?"

이미 며칠 남지 않아 선물을 준비했을 터였지만, 아리아가 원하기만 한다면 무엇이든 사다 바치겠다는 얼굴이었다.

이리도 제 발로 덫에 걸어 들어오다니, 어찌 응하지 않을 수가.

속마음과는 다르게 아리아는 우물쭈물하며 쉽게 대답을 하지 않았다. 그녀의 대답이 늦어지자 사라가 장신구나 드레스가 좋겠다며 덧붙였다.

"아니에요. 드레스와 장신구라면 이미 받았는걸요. 그걸로 충분해요. 저는 그것보다는……."

아리아가 얼굴을 붉히며 몸을 배배 꼬았다. 차마 말하기 부끄럽다는 모습이었다. 도대체 바라는 것이 무엇이기에.

잠시 뜸을 들이던 아리아가 수줍게 웃으며 대답했다.

"……선생님께서 수놓아 주신 손수건을 받고 싶어요."

"어머나……."

어쩜 저렇게 순수할 수가. 손수건이야 말만 하면 언제든지 선물할 수 있었다. 지금 당장 '오늘 수업은 그만두고 수를 놓기로 해요.'라고 한다면 몇 개라도 만들어 줄 수 있었다.

진심이라는 듯 아리아의 눈망울이 초롱초롱했다. 사라는 가슴이 뭉클해져 저도 모르게 아리아의 머리를 쓰다듬었다.

"정말 그런 것으로 되겠어요? 손수건이야 굳이 부탁하지 않으셔도 언제든 열 개든 백 개든 만들어 드릴 수 있는걸요."

"그럼요! 조금 과한 부탁일지 모르겠지만……. 지금까지와는 조금 다르게 수를 많이 놓아 주셨으면 좋겠어요. 여러 가지 무늬들을요."

"과하기는요. 열과 성을 다해서 만족하실 만한 수를 놓아 선물할 테니 기대하세요."

아리아를 따라 사라도 눈을 빛냈다. 주먹까지 쥐며 다짐하는 모습이 퍽이나 믿음직스러웠다.

해가 바뀌면 사교계를 데뷔할 테니 바빠지겠지. 아무렴 빈센트 후작을 만날 테니까. 정성이 들어간 선물을 받기에는 지금이 제격이었다. 어차피 일어날 일이겠지만 아리아가 후에 생색을 내기 위해 작은 조언을 첨했다.

"그리고 선생님께서도 저와 똑같은 손수건을 지니는 게 어떨까요? 유대감도 깊어 보이고, 친해 보이고……. 아! 저 혼자만 그렇게 생각했다면 죄송해요. 그저 선생님이 너무 좋아서요. 그냥 그랬으면 좋겠다는 소소한 바람이에요."

손수건에 놓인 아름다운 수로 빈센트 후작이 사라에게 관심을 갖게 되니, 기왕이면 자신과 맞춘 것으로 빈센트 후작의 시선을 끈다면 더할 나위 없을 것이다.

어쩌면 덕분에 후작의 마음에 들었다며 감사를 표할지도 모른다. 손수건을 맞추자고 한 덕분에 빈센트 후작이 관심을 보였다며 평생의 은인으로 여길지 모른다. 정해진 수순이지만 약간의 조미료를 첨가하는 것도 나쁘지 않겠지.

"……저야말로 아리아가 너무나도 좋은걸요. 평생의 친구가 되었으면 할 정도로요."

몇 마디 더 던졌다간 울기라도 할 것처럼 사라의 목소리가 먹먹했다. 더불어 몇 날 며칠 밤을 새워서라도 대단한 손수건을 만들어 올 감동한 얼굴이었다.

아니나 다를까 사라의 눈가엔 눈물이 그렁그렁했다. 아직 나이가 어려 감수성이 풍부한 모양이었다.

아, 아이를 좋아하기도 했지. 많이 차이 나는 것도 아니건만, 아리아가 나이 또래보다 몸이 작아서 아이처럼 보이는 모양이었다. 속에는 거대한 독사가 똬리를 틀고 있음에도.

"저는 제 생일보다는 선생님의 사교계 데뷔가 더 기대돼요. 일생에 단 한 번뿐이잖아요."

일생에 단 한 번뿐인 사교계 데뷔.

그곳에서 여성들은 자신의 가치를 증명하고 뽐내 입지를 다진다. 여러 가지 소문이 가장 빨리 도는 곳이 사교계이다 보니, 그곳에서 영향력이 높은 자가 자연스레 권력도 쥐게 되었다. 물론, 그 권력의 중심은 부(富)였다.

그러므로 아무리 사교계 데뷔가 중요하다고 해도 현재의 사라와는 그다지 관련이 없는 이야기였다. 고작해야 평범한 자작가의 여식인 그녀가 아무리 사람들의 이목을 끌려 노력해 보았자 소용없는 일일 테니까.

외모라도 화려하다면 한순간 눈길이라도 끌지 모르겠으나 사라는 도통 그런 것과는 거리가 멀었다. 그래서인지 그녀가 조금 씁쓸한 미소를 얼굴에 담았다.

"글쎄요, 사실 저는 별로 기대하지 않고 있답니다."

"어째서죠?"

"기대할 만큼 특별한 일이 일어날 것 같지 않거든요."

그녀의 말투로 짐작컨대 짐짓 포기한 듯싶기도 했다. 아마 그녀뿐만 아니라 그녀의 지인, 그리고 가족들까지도 별로 기대하지 않고 있을 것이 틀림없었다. 확실한 미래를 아는 아리아만 빼고.

때문에 아리아가 그런 소리 말라며 사라의 두 손을 잡았다.

"그럴 리가요! 저는 분명 선생님께 좋은 일이 기다리고 있을 것 같은 느낌이 드는걸요?"

그래 봤자 제 어미인 백작 부인처럼 남자를 잘 만나 인생을 피는 것이 전부겠지만, 어쨌든 그녀의 인생이 좀 더 나아진다는 점에선 좋은 일이 분명했다.

“그렇게 말씀해 주시니 기쁘네요. 고마워요.”

아마도 아직 세상을 모르는 어린아이의 헛소리라 생각하겠지. 어차피 여기서 더 과장해 봤자 통하지도 않으니 이쯤에서 그만두는 게 좋을 것 같았다.

아리아가 화제를 돌렸다.

“그러고 보니, 사라는 어른이 되면 무엇을 가장 먼저 하고 싶은가요?”

그녀의 질문에 사라가 아리아를 빤히 응시하더니 부드럽게 미소를 지었다.

“아이들을 가르치는 것요.”

“사라는 선생님이 되고 싶은 건가요? 지금처럼요?”

“예, 맞아요. 아리아의 덕분이죠.”

“제 덕분이라고요?”

의미를 알 수 없는 대답에 아리아가 고개를 갸웃거렸다.

“그래요. 아리아와 함께 수업을 하면서 생긴 꿈이에요. 어른이 되면 아리아처럼 귀엽고 사랑스러운 아이들을 가르치는 선생님이 되고 싶어졌어요.”

사라가 대답을 하며 슬며시 얼굴을 붉혔다. 아리아가 놀라 저절로 벌어진 입을 다물지 못했다.

이런 결과는 예상하지 못했는데. 생각보다 사라는 자신을 꽤 많이, 아니 무척이나 좋아하는 모양이었다. 미래에 대한 설계까지 하는 걸 보니 그렇게밖에 생각되지 않았다.

‘이런 사라를 어떻게 이용하지 않을 수가 있을까. 그것이야말로

신에 대한 모독이 아닐까?'

피할 방도도 없이 계속해서 제 발로 독사의 입을 벌려 물어 주십사 애원하는데 당연히 이에 보답해야 했다.

"그럼 저도 돕고 싶어요! 나중에 꼭 같이 아이들을 가르쳐요. 열심히 공부해서 보란 듯이 최고의 선생님이 될게요!"

"든든하네요."

뼛속까지 시려 오는 추운 날씨임에도 따듯한 분위기를 고수하던 두 사람은 시답잖은 대화를 몇 번 더 나누다가 수업을 시작했다. 언제나 그래 왔듯 배웠던 것을 복습하고, 사라의 칭찬 세례를 받는 것뿐이었지만 새로운 것을 배우는 것보다 훨씬 유익하고 즐거웠다.

"사실 비밀이지만…… 저는 제 사교계 데뷔가 아니라, 아리아 영애의 사교계 데뷔가 더욱더 기대돼요."

"어째서죠?"

"이토록 사랑스럽고 아름다운 아리아 영애이니, 사교계에 데뷔한다면 순식간에 모든 사람들을 매료할 테니까요. 제가 그랬던 것처럼요."

진심 어린 사라의 말에 아리아가 천진난만하게 웃으며 그녀의 손을 잡았다.

"정말로 그럴까요?"

"그럼요. 제가 장담할게요."

"생각만 해도 너무 설레어요. 제 옆에 계셔 주실 거죠?"

"당연하죠."

황가와 황가의 피를 이어받은 공작가를 제외한다면 단연 권력의 정점이라 할 수 있는 후작 부인이 사교계 데뷔를 도와준다면, 과거와는 다르게 그 누구도 자신을 무시할 수 없을 것이다.

음흉한 속마음을 감춘 아리아는 여전히 사라에게 사랑스러운 소녀였다.

* * *

어째서 오스카가 오지 않는 걸까. 분명 편지에 오늘 방문해 달라고 전했건만. 설마 날짜를 잘못 기입한 것일까. 아직 오늘은 한참이나 남았지만 오지 않는 것은 아닌지 걱정이 일었다. 학기 중이니 바빠서 오지 못할 가능성도 있었기에.

아니, 그렇다면 답장이라도 왔을 텐데 아무런 소식도 없는 것을 보면 온다는 의미에 가까웠다. 도대체 언제 오는 것일까. 초조함이 얼굴에까지 나타난 것인지 그녀의 생일을 축하하러 방문한 영애가 조심스레 안부를 물었다.

"어디 아픈 건 아닌지요, 아리아 영애?"

"아, 그럴 리가요."

한 영애가 물꼬를 트자, 그리 크지 않은 테이블에 도란도란 둘러앉은 영애들의 시선이 쏠렸다. 이제 수심이 가득한 것은 아리아가 아닌 그녀를 축하하러 온 여타 영애들이었다.

아리아가 아닌 척 환하게 웃으며 부정했다.

"정말 괜찮아요. 그저 오늘을 기대하는 마음이 너무 큰 나머지 설레어 잠을 이루지 못했을 뿐이랍니다. 처음으로 누군가를 초대하는 자리거든요."

"아아, 그러셨군요."

"그 마음 이해해요."

그제야 분위기가 다시 돌아왔다. 잔잔한 선율에 맞춰 실내 정원에 모인 영애들이 부드럽게 웃음을 지었다. 투명한 잔에 따른 알코올 없는 샴페인을 마시며 모두가 아리아의 생일을 축하했다.

'그나마 악단이 있어 다행이야.'

생일 바로 직전까지 제시가 하루에 한 번꼴로 악단이 필요 없냐고 묻는 통에 마지못해 승낙한 이들이었다. 이마저 없었다면 조촐하다 못해 참혹한 생일 파티가 되었을 터였다. 아리아는 제시에게 무언가 선물하기로 결심했다.

"선물부터 풀어 볼까요?"

"그렇게 해요."

아리아는 그녀들이 가져온 각양각색의 크기를 자랑하는 선물들에 별반 기대가 되지 않았음에도 흥미진진한 얼굴로 포장을 풀었다.

"와! 귀여운 머리핀이네요."

참으로 흥미롭지 못하게도 그녀들의 선물은 작은 보석이 달린 장신구나 오르골 따위가 전부였다. 아리아가 머리에 머리핀을 꽂으며 환하게 웃었다.

"다들 너무 감사해요. 오르골은 당장 방에 장식해야겠어요."

아니, 너무 소박하고 볼품없어 제시에게 주든가 해야겠다는 생각이 들었다.

마지막으로 열어 본 것은 사라의 선물이었다. 나름 신경 쓴 모양인지 상자 표면에 미세한 금가루가 뿌려져 있었다.

그래서인지 조금 기대가 되었다. 아마 그녀로선 최선이었을 것이다.

"이건……."

"마음에 드나요?"

상자 속에는 아름다운 자수가 화려하게 놓인 손수건 한 장과 장갑이 들어 있었다.

테두리를 둘러싼 유려한 자수와 아름다운 꽃들의 조합이 두말할 것 없이 환상적이었다. 진정 이것이 사람의 솜씨인가. 순간 말문이 막혀 아무런 반응도 보일 수가 없었다.

"무늬를 맞추느라 혼이 났답니다."

사라가 제 품에서 같은 무늬의 손수건을 꺼내며 웃었다. 한 장도 아니고 두 장을. 과연 그 무뚝뚝한 후작의 눈길을 끌 만했다.

"……생각보다 더, 너무 예뻐서 뭐라 감사의 말씀을 드려야 할지 모르겠어요."

"아니에요. 더 좋은 걸 준비하지 못해 아쉬움이 남았는걸요."

지금까지와는 확연히 다른 반응에 영애들이 너도나도 손수건을 구경하고 싶다며 보챘다. 굳어 있는 아리아를 대신해 사라가 제 손수건을 그녀들에게 보여 주었다.

아름다운 수가 놓인 손수건을 본 영애들은 아리아와 비슷한 반응을 내보였다. 그녀가 이리도 대단한 수를 놓을 수 있다는 사실을 몰랐던 모양이었다.

"신이 내린 솜씨가 아닐까요?"

"그렇게밖에는 생각할 수가 없어요."

"정말 대단하네요."

그녀들의 칭찬에 사라가 짐짓 부끄러워하며 대답했다.

"과찬이세요."

"과찬이라니요! 이건 대대손손 물려주어야 할 만큼 대단한 보물인걸요!"

"그럼요!"

"어딘가에 전시해 많은 이들이 보았으면 좋겠어요."

"그것도 괜찮네요! 예술품이니까요."

후에 자수 전시회를 열자는 소리까지 나오자 아리아의 기분이 조금 나빠졌다. 그녀만이 알고 있던 사라의 솜씨를 다른 이들과 공유해서 그런 것이었다.

표를 내진 않았지만, 동조하며 대답하는 횟수가 점점 줄어들었다. 그녀들은 한참이나 사라의 자수 솜씨를 칭찬하다가 이내 지쳤는지 화제를 전환했다. 아주 당연하게도 아리아가 입은 드레스가 그 대상이었다.

"그러고 보니 아리아 영애의 드레스가 무척이나 아름다워요."

"맞아요. 색깔도 아주 곱고, 디자인도 세련됐어요."

"그러게요. 처음 걸치고 있었던 모피도 고급스러운 데다 부드러워 보이기까지 했지요. 모피는 구하기도, 맞추기도 쉽지 않았을 텐데 어디서 구입하신 건가요?"

그녀들의 물음에 아리아가 수줍은 얼굴을 했다. 이래야 겸손해 보이지 않겠는가.

"제가 구입한 건 아니에요. 저는 이런 센스가 없거든요."

"그럼 선물 받으신 건가요?"

"네. 북쪽 지방에 내려가신 아버님께서 보내 주셨어요."

제 딸을 위해 이 정도 선물을 보내는 아비는 적지 않았기에 영애들이 수긍하며 고개를 끄덕였다. 예쁘고 잘 어울린다는 칭찬도 함께였다.

몇 번 만남을 가진 그녀들은 이제 완벽하게 아리아를 성녀로 생각할 것이다. 소문과는 다르게 악녀도 아니었고, 백작과도 불화 없이 잘 지내는 것을 보여 줬으니 말이다.

이에 아리아가 마지막 쐐기를 박았다.

"사실 저는 이 드레스와 모피보다 다른 선물이 더 마음에 들었답니다. 매일 입을 수 없는 옷들과는 다르게 껴안고 잘 수 있거든요."

이 아름다운 드레스보다 더 마음에 드는 선물이라니, 도대체 뭘까. 영애들의 궁금증이 커졌다.

"그게 무엇인가요?"

아리아가 양 뺨을 붉히며 짐짓 창피한 듯 대답했다.

"……곰 인형요."

어린 소녀라면 모를까, 이제 철이 들어 장난감들을 손에서 놓아야 할 나이인 탓이었다.

그러나 모임에서 아리아가 가장 어렸고, 체격도 작은 편이었기에 인형이 좋다는 그녀의 대답은 아주 자연스럽게 모두에게 받아들여졌다. 더불어 귀엽고 순수하다는 이미지까지 덤으로 얻을 수 있었다.

"어머나, 곰 인형이라니."

"저도 한때는 아주 귀여운 인형을 끌어안고 잤던 기억이 나네요."

고작해야 두세 살밖에 차이 나지 않건만 입가에서 미소를 지우지 못한 영애들이 아리아를 아주 어린 동생을 대하듯 말했다. 그간의 이미지 때문인지 사라 또한 사랑스럽다는 얼굴을 숨기지 못하며 아리아의 '장난감 자랑'에 장단을 맞췄다.

"폐가 되지 않는다면 그 귀여운 인형을 볼 수 있을까요? 어떤 귀여운 인형이 아리아 영애의 마음을 훔쳤는지 궁금하네요."

이런, 소장품을 자랑하는 취미는 버리려고 했건만. 이리 운을 띄우면 자랑하지 않을 수가 없다. 아리아가 제시에게 인형을 가져오라 지시했다.

"얼마나 귀여우면 끌어안고 자는지 궁금하네요."

"그러게요."

아침을 알리는 작은 새들처럼 청명한 웃음소리가 정원에 울렸다. 분명 그 귀여운 곰 인형은 귀엽다고 표현하기엔 과한 보석이 붙어 있지만, 그녀들은 그런 생각은 전혀 하지 못하는 듯했다.

'정말 그녀들이 바라는 인형이 등장해도 이런 부드러운 얼굴을 유지할 수 있을까?'

그녀들이 어떤 표정을 지을지는 얼마 지나지 않아 볼 수 있었다. 큼직한 보석이 눈과 코, 귀에 박힌 인형을 아리아가 천진난만한 얼굴로 끌어안아 얼굴을 비볐다.

"귀엽죠? 아버님께서 주신 선물이라서 그런지 더 특별한 느낌이에요."

잔뜩 굳어 있는 꼴하고는.

그도 그럴 것이 이곳에 모인 영애들의 집안이 하나같이 별 볼 일 없었기 때문이었다. 아주 당연하게도 자신들과 같이 어울리는 아리아를 동급으로 취급한 탓도 있어 이런 고가의 보석이 박힌 곰 인형이 나타나리라고는 상상하지 못한 듯싶었다.

눈이나 코에 작게 달린 것이라면 모를까, 귀까지 보석으로 덮인 인형은 흔치 않았다. 영애들은 아리아가 사업으로 대단한 부를 거머쥔 백작가의 여식임과 동시에 생각보다 훨씬 더 백작에게 사랑받고 있다는 것을 깨달았다.

실내 정원이 정적에 휩싸였다. 갑자기 아리아와 자신들의 차이에 눈을 떠 버린 탓이다. 그간 동생 같고 귀엽다고만 생각했는데, 사소한 인형 하나로 그리되어 버렸다.

영문을 알 수 없다는 듯 아리아가 고개를 갸웃거렸다. 그럼에도 아무도 입을 열지 않아 자신이 무언가 잘못했느냐는 듯 시무룩해졌기에 개중 그나마 아리아를 과대평가하고 있던 사라가 입을 열었다.

"정말 귀여운 인형이네요. 귀까지 보석이 박힌 인형은 흔치 않은데, 백작님께서 아리아 영애에게 좋은 인형을 선물하시고 싶었던 모양이에요. 그렇죠?"

"……그, 그러게요."

"생각보다 훨씬 귀여운 인형이라 잠시 말문이 막혔네요."

그제야 아리아가 순수한 웃음을 되찾았다. 분위기는 전혀 처음으로 돌아가지 않았지만, 어쨌든 표면적으로는 하하 호호 웃는 분위기로 돌아갈 수 있었다.

정성을 다한 메인 요리와 달콤한 삼단 케이크까지, 제시가 외부에서 초빙한 요리사들이 만든 음식들이 파티의 흥을 돋우었다.

비록 초대된 사람들은 적고 눈요깃거리는 없었으나 백작가에서 아리아가 얼마나 사랑받는지, 또한 그녀가 얼마나 순수한지 어필할 수 있는 기회가 되었다.

물론 그 상대가 아주 하찮다는 점만 빼면 아리아에게 아주 만족스러운 소박한 파티였다. 애초에 무언가를 얻으려던 생각조차 없었기 때문이기도 했다.

'이만 끝낼까.'

오스카가 오지 않아 초조하기도 했고, 목적은 이미 달성했다. 사라의 손수건을 얻었으니 말이다. 애초에 미성년자의 생일 파티는 짧고 간결하게 끝내는 것이 보통이었다. 성인들처럼 술로 밤을 지낼 수도 없는 노릇이니까.

더욱이 영식들도 아닌 영애들이었기에 어떤 위험이 도사릴지 모른다. 해가 지기 전에 돌아가야 했다. 아리아가 파티의 끝을 알렸다.

"그럼, 오늘은 모두들 와 주셔서 고마워요."

그러니 시간 낭비는 이만해 두어야 할 것 같았다. 잔챙이들을 상대로 더는 가식적인 웃음을 짓고 싶지 않았다. 돌아가 책이라도 읽으며 오스카를 기다리는 편이 유익했다.

"벌써 시간이 이렇게 흘렀군요."

"그러게요. 너무 즐거워서 시간 가는 줄 몰랐네요."

소박했지만 정성이 가득 담긴 파티에 만족한 그녀들도 아리아의 뜻을 받아들였다. 그렇게 아리아의 생일 파티가 끝이 나는 듯 보였다.

뜻밖의 손님이 찾아오지 않았다면.

"언니, 한참 찾았어요."

"……미엘르?"

어째서 미엘르가 내 생일 파티에? 의문을 가질 새도 없이 미엘르가 실내 정원 안으로 들어왔다. 생일을 축하하려는 모양인 듯 그녀의 뒤를 따르는 엠마의 품에 커다란 꽃다발이 들려 있었다.

"어째서 초대해 주시지 않은 건가요? 조금 슬펐답니다."

"……."

"혹시 깜빡하신 건가 싶어 이렇게 찾아왔어요. 생일 축하드려요, 언니."

설마 망신을 주러 온 건가. 그렇지 않은 이상 생전 먼저 찾아오는 일이 없었던 그녀가 일부러 이곳에 왔을 리 없었다. 과연 악녀 본성을 버리지 못하고 시기를 노려 공격하는 게 꽤 그녀다워 웃음도 나지 않았다.

그간 미엘르의 이야기에 미적지근한 반응을 보였기에 당연히 사이가 좋지 않아 참석하지 않았다고 생각한 영애들이 놀란 얼굴을 감추지 못했다. 아리아 역시 과장되게 놀란 얼굴로 대꾸했다.

"그럴 리가 있겠니? 몇 번이나 초대를 하려고 했지만 번번이 네가 아프다고 해서 전할 수가 없었을 뿐이야. 요 몇 달간 내내 식사도 방에서 했잖니."

"아아, 그러셨구나. 그래도 몸이 괜찮을 땐 몇 번 내려가서 식사를 하기도 했는데……. 저는 또 저를 일부러 빼놓으신 줄 알았어요. 착각이었나 봐요."

아리아가 무어라 대답할 새도 없이 미엘르의 섭섭한 대답에 맞춰 엠마의 꽃다발이 아리아에게 내밀어졌다.

"꽃을 좋아하시는 것 같아서 준비했어요. 마음에 드시지 않나요?"

"……아니, 예쁘네."

"얼굴만 비추러 온 것이니 이만 가 볼게요. 다음 생일에는 저도 잊지 말고 꼭 초대해 주세요. 그럼 즐거운 파티 되세요."

꽃을 건넬 때도 그러했지만, 당연히 아리아가 반격을 할 거라 생각한 모양인지 미엘르는 그럴 틈을 주지 않고 곧장 몸을 돌렸다.

더할 나위 없이 행복한 얼굴로 돌아서는 미엘르에 당황한 아리아가 황급히 주변을 둘러 모래시계를 찾았다. 그러다가 이내 지금 이 자리에 모래시계가 없다는 것을 깨달았다. 이런 사소한 파티에 모래시계가 필요할 것이라 생각하지 못했기 때문에 들고 오지 않은 것이다. 하필이면!

'어쩌지? 지금 당장 방에 가지러 다녀오면 시간이 맞을까?'

이미 미엘르가 떠나고 없는 이곳에 시간을 가늠하며 초조한 얼굴의 아리아만이 덩그러니 남았다.

이상해진 분위기를 바꿔 보고자 얼떨떨한 얼굴의 영애들이 미엘르의 꽃다발을 칭찬했다.

"……예쁜 꽃이네요."

"……그러게요."

모래시계를 가져오기에는 이미 늦어 버렸음을 깨달은 아리아가 들리지 않게 한숨을 쉬어 표정을 가다듬었다. 이미 떠나 버린 일을 후회해도 소용이 없으니까. 게다가 오스카가 올지도 모르는데, 섣불리 이런 사소한 일에 모래시계를 사용할 수 없었다.

꽃다발을 제시에게 건넨 그녀가 아주 밝고 기쁜 얼굴로 제자리에 돌아갔다. 미엘르의 의도대로 어색한 분위기를 지속할 순 없었다.

"내내 아파서 식당에도 내려오지 못하더니…… 몸이 나아졌나 봐요! 걱정했는데, 정말 다행이죠."

진심으로 기뻐하는 아리아의 표정에 작게나마 일렁였던 어색한 분위기가 단번에 사라졌다. 정말 미엘르가 아파서 초대하지 못한 것으로 받아들인 모양이었다. 그녀가 아픈 척을 했던 것은 사실이었기에 아리아 또한 어렵지 않게 대화를 이어 나갈 수 있었다.

"그랬군요. 어쩐지 요 근래 미엘르 영애에 대한 소식이 아무것도 없더라니."

"아버지께서 북쪽 지방으로 가신 뒤부터 병이 생긴 모양이에요."

"가여워라. 그리움에 기원한 병이군요."

그럴 만한 나이이기도 했기에 영애들은 금세 그것을 납득했다.

실제로는 생각처럼 움직여 주지 않는 아리아에 대한 화병에 가까웠음에도. 주도권이 다시 아리아에게로 넘어왔다.

"아무래도 그렇겠지요. 카인 오라버님도 아카데미에 가셔서 계시지 않은 데다가 아무래도……."

뒷말을 잇기 전에 아리아가 차를 한 모금 마시며 뜸을 들였다. 말을 꺼내기 어렵다는 표시였다.

눈썹 끝을 쭉 내려 짐짓 불쌍한 얼굴을 한 그녀가 다시 입을 열었다.

"재혼한 지 얼마 되지 않아 아직 저희 모녀와 그리 살가운 편이 아니니까요. 혼자 남겨진 기분이겠죠."

물론, 그런 혼자 남겨진 기분은 자신이 받고 있다는 듯 아리아가 쓸쓸한 얼굴을 했다. 이를 알아챈 사라가 냉큼 그녀를 위로했다.

"그런 표정 짓지 마요, 아리아. 미엘르 영애는 아직 어리니 어쩔 수 없죠. 가족이라는 게 그리 쉽게 형성되는 것도 아니고요. 조금 시간이 지나면 괜찮아질 거예요."

"고마워요, 사라."

이로써 사사로운 미엘르의 공격은 불발된 탄환처럼 아주 소소한 이벤트로 지나갔다.

하나뿐인 동생에게 생일 파티 초대조차 하지 않는 나쁜 언니로 만들려 했던 미엘르의 계획은, 낯가림이 심해 병이 난 미엘르의 탓으로 돌아갔다. 다행히도 이미 수차례 쌓아 놓은 이미지라 그녀의 장난 한 방에 무너지지 않았다. 오히려 변명을 더해 견고해졌을 뿐이었다.

옷매무새를 다듬고 장갑을 찾아 갖추는 그녀들에게 아리아가 다시금 작별 인사를 했다.

“정말 이별의 시간이네요. 다음 만남을 기대할게요.”

“즐거웠어요. 조만간 모임에서 다시 만나요.”

“한층 어른에 가까워진 아리아 영애에게 늘 축복이 가득하기를 바라요.”

바람처럼 나타난 그녀들은 다시 바람처럼 사라졌다. 마지막으로 저택을 빠져나간 사라만이 사랑스러운 아리아의 뺨에 가벼운 키스를 남겼을 뿐이었다.

방으로 돌아온 아리아는 선물 받은 오르골을 열었다 닫으며 생각에 빠졌다. 고작해야 모래시계가 없다는 이유 하나만으로 당황했던 자신을 떠올려서다.

그깟 5분쯤 과거로 돌리지 않아도 얼마든지 유연하게 대처할 수 있었는데, 모래시계가 생기자 오히려 그것에 휘둘려 일순이지만 당황하였다. 몇 번 사용하지도 않았건만 벌써부터 모래시계에 휘둘리는 기분이었다.

‘그렇다고 모래시계를 사용하지 않을 수도 없고.’

오르골 옆에 놓은 모래시계가 빛을 반사해 반짝였다. 그게 마치 자신은 아무런 죄도 없다고 온몸으로 표현하는 듯 보여 아리아를 혼란스럽게 만들었다.

‘있는 물건을 사용하지 않는 것만큼 멍청한 짓은 없으니까.’

그러니 오늘처럼 당황하지 않으려면 모래시계에 의존하지 않으려 노력하는 것이 아니라 항상 들고 다녀야 한다고 생각됐다. 적재적소에 사용한다면 끌려다니지 않을 것이다. 그리고 없어서 불안한 것보단 가지고 다녀 마음이 편한 것이 나았으니까.

'그래, 불안함을 없애는 건 중요하니까.'

때문에 아리아는 미엘르가 선물한 꽃다발을 짓이겨 화로에 넣어 버렸다. 불안함을 동반한 기분 나쁨의 근원이었기 때문이다.

화로 속에서 순식간에 형체를 잃고 일그러지는 모습이 퍽 볼만했다.

이미 제 모습을 잃어 한 줌의 재가 된 그것을 하염없이 바라보는데, 등 뒤에서 작게 자신을 부르는 소리가 들렸다.

"아가씨, 손님이 오셨습니다."

쿵. 심장이 덜컥 내려앉았다. 정말로 온 것인가. 프레데리크 오스카가.

다소 떨리는 눈동자로 뒤를 돌아보자, 그곳에는 제 주인과 마찬가지로 떨리는 입매로 방문자의 이름을 읊는 제시가 있었다.

"……프레데리크 오스카 님께서 방문하셨습니다."

* * *

오스카가 방문했다는 소식은 곧장 미엘르의 귀에도 들어갔다. 소박한 옷차림을 선호하는 그의 취향에 맞게 아리아가 다시 치장을 하기 시작한 탓에 미엘르는 아리아보다 먼저 오스카가 있는 응접실에 다다를 수 있었다.

어째서 그가 아리아를 만나러 왔을까. 그 천박하고 더러운 매춘부의 딸에게 무슨 볼일이 있어서!

아무리 고민해도 의문은 결론에 다다를 수 없었다. 그가 아리아를 만날 하등의 이유가 떠오르지 않았기 때문이다. 생일 때문에 방문했다는 최악의 상상은 하고 싶지 않았다.

무슨 핑계를 대며 안으로 들어가야 할지 고민하던 찰나, 다과 세트를 들고 응접실로 다가오는 시녀 둘을 발견할 수 있었다. 미엘르는 특유의 달콤한 웃음으로 그녀들을 불러 세웠다.

“내가 도울 일이 없을까?”

“……예?”

“찻잔이 무거워 보이는데.”

고작해야 두 세트뿐인 찻잔이 무거울 리 없었다. 그리고 정녕 무겁다고 해도 어떻게 주인의 도움을 받겠는가. 어리둥절해하는 그녀들의 뒤로 미엘르의 시녀들이 따라붙었다.

“이리 주거라. 내가 내가지.”

“에, 엠마 님?”

이런 일을 할 사람이 아니기에 다과를 든 시녀들의 안색이 창백해졌다. 그럼에도 주인과 엠마의 지시를 거절할 수 없어 다과는 곧 그녀들의 손에 들어가게 되었다.

“아가씨, 들어가실까요?”

“……응.”

침을 꼴깍 삼킨 미엘르가 자신의 시녀들과 함께 응접실 안으로 들어갔다. 그곳에는 진정 그녀가 사모하는 그리운 이가 고고하게 앉아 있었다.

“오스카 님.”

“……미엘르 영애?”

그는 찻잔을 직접 들고 나타난 미엘르에 적잖이 놀라는 모습이었다. 그도 그럴 것이 어느 귀족이 시녀와 하인들을 내버려 두고 스스로 잡일을 한다는 말인가.

잡일을 자처한 미엘르는 그런 것 따위 아무래도 좋다는 얼굴이었다. 그저 왜, 어째서, 무슨 연유로 아리아를 만나러 왔는지만이 궁금할 뿐이었다.

"오랜만이에요, 오스카 님. 그간 잘 지내셨나요?"

"……예. 영애께서도 건강히 잘 지내셨는지요."

"그럼요. 자수를 배우느라 정신이 없답니다."

"……그러시군요."

그의 눈이 어설픈 손놀림으로 테이블에 찻잔을 늘어놓는 미엘르의 작은 손을 좇았다.

불안하기 그지없는 손놀림이었다. 그녀의 시녀인 엠마가 찻잔을 바르게 세팅하고 차를 따랐다. 미엘르가 꽃처럼 화사하게 웃으며 입을 열었다.

"언니가 올 때까지 말동무를 해 드려도 될까요?"

오스카는 미엘르의 말을 거절할 수 있을 리가 없었다. 그가 조용히 고개를 끄덕였다.

"그럼요."

미엘르는 우아한 동작으로 그의 반대편에 앉아 엠마가 준비한 차를 마셨다. 그 차는 아리아의 몫으로 준비된 것임에도 불구하고.

"조금 야위신 것 같아요."

"바빴습니다."

"아, 곧 시험이시죠? 그러고 보니 한창 아카데미가 바쁠 시기네요."

"그렇죠."

"그런데 주말도 아닌 평일에 백작가에 걸음을 해 주시다니, 적잖이 중요한 볼일이 있으신가 봐요."

"……그렇다고 볼 수 있습니다."

미엘르가 쥔 찻잔에 한차례 작은 떨림이 생겼다. 잠시 말을 멈추고 차를 마시던 미엘르는 문득 그의 뒤에서 대기 중인 시종의 손에 무언가 들려 있는 것을 발견했다.

백합 꽃다발이었다. 자신에게 건네지 않으니 그 주인은 아리아임이 틀림없었다.

생일 선물인 걸까. 어째서? 순결하고 순수한 백합은 그런 더러운 것과 어울리지 않았다. 백합의 진정한 주인은 자신뿐이었다.

미엘르가 눈을 한 번 질끈 감았다가 떴다. 태어났을 때부터 귀족다움을 몸에 지니도록 배운 그녀는 그 어떤 상황에서도 우아함을 잃지 않는 법을 알았다. 비록, 그것이 사모하는 이가 다른 이에게 꽃다발을 준비한 상황이라고 해도.

"정말 다정하시네요. 오늘이 언니 생일이라서 오셨나 봐요. 불행히도 이미 파티는 끝났답니다. 저는 초대받지 못해 선물만 겨우 전했어요."

그랬기에 미엘르는 아주 초연하게 아리아를 비난했다. 제 살을 깎아 먹는 일이 없이 그녀의 잘못만을 내세워서.

"물론, 언니는 제가 몸이 안 좋은 줄 알고 초대하지 않았다고 해요. 사실 그렇지 않았는데 말이에요. 제대로 알리지 못한 제 잘못이지만 아쉬움이 남네요."

미엘르의 말이 끝나기도 전에 오스카의 눈동자가 짧게 흔들렸다.

미엘르는 오스카가 잠시 무언가 생각에 잠긴 것을 알아채고 회심의 미소를 지었다. 이미 악녀라고 소문이 자자하니 일부러 아리아가 자신을 초대하지 않은 것을 알아줄 것이라 생각한 모양이었다.

과한 비난은 독이었기에 적당히 아리아의 이야기를 쳐 낸 미엘르가 화제를 전환했다. 반쯤 생각에 잠겨 성의 없는 대답을 하는 그를 향해 작은 종달새처럼 계속 떠들었다.

"곧 방학이 시작되지요? 빨리 내후년이 되어 오스카 님께서도 졸업을 하시면 좋겠어요."

그래야 자주 만날 수 있을 테니까요. 미엘르가 들릴락 말락 한 소리로 본심을 덧붙였다. 그리고 아마 들리지 않은 모양인지 그가 조용히 고개를 끄덕이며 긍정했다.

"……그렇습니다."

"그러고 보니 항상 아카데미의 방학이 제 생일과 엇비슷한 날짜였던 것 같아요. 늘 카인 오라버니께서 선물을 한 아름 가져오셨는데."

제 오라비를 생각이라도 하는 모양인지 미엘르가 싱그러운 꽃처럼 웃음 지었다.

"저, 오스카 님도 혹시 시간이 되시면…… 제 생일 파티에 오시지 않겠어요?"

그게 무엇이 그리 어려운 질문이라고 잔뜩 긴장한 미엘르가 아주 작은 목소리로 물었다.

그간 선물만 보낼 뿐 바쁘다는 이유로 파티에 참석하지 않은 그였다. 별다른 친분이 없는 아리아의 생일에 이리 방문했으니 당연히 미엘르의 생일에도 찾아와야 했다. 연락이 소원한 것은 둘째 치고, 약혼 이야기가 오가는 두 사람이었기에.

오스카 또한 그리 생각했는지 그가 조용히 고개를 끄덕였다.

"알겠습니다. 날짜를 맞춰 보지요."

"어머나, 기뻐라! 그럼 초대장을 보낼게요!"

함박웃음을 띤 미엘르가 어쩔 줄 몰라 하며 기쁨을 표현했다. 아리아를 방문했다는 사실에 잔뜩 화가 나서 내려왔건만 뜻밖의 수확이었다.

물론 아직도 그가 왜 아리아를 찾아왔는지는 의문이었지만 그간 참석하지 않았던 자신의 생일 파티 또한 참석하겠다고 했으니 그녀를 애틋하게 생각하여 방문했다거나 하는 이유는 아닌 듯싶었다. 정말 중요한 볼일이 있었겠지. 그것은 차후에 알아내면 되는 문제였다.

"제 생일엔 늘 눈이 내렸어요. 함박눈이었죠. 이번에도 눈이 내렸으면 좋겠어요."

"아아, 한겨울이니 그럴 만도 하군요."

아리아가 도착할 때까지 조금 더 오스카와 담소를 즐긴 미엘르는 당혹스러운 얼굴로 응접실로 들어서는 그녀에게 부드러운 미소를 남기고 떠났다.

승리자의 얼굴이었다. 그럼에도 아무런 내색을 할 수 없었던 아리아가 아무것도 모른다는 얼굴로 오스카에게 물었다.

"저…… 제가 방해한 건가요? 조금 뒤에 다시 올까요?"

"아닙니다. 앉으시죠."

오스카가 친히 제 맞은편 의자를 손짓했다. 방금 전까지 미엘르가 앉아 있었던 그 자리에.

무슨 이야기를 나누었을까. 자신을 찾아왔다는 것을 알면서도 저리 웃으며 떠나는 것을 보면 퍽 만족스러운 대화를 나누었을 것이 분명했다.

옷을 갈아입지 말걸 그랬나. 이미 늦어 버렸지만 괜히 후회가 되었다. 아리아가 착석하자 곧 새로운 찻잔이 그녀 앞에 놓였다.

괜히 갈증이 나 한 모금 마시자 꿀을 넣어 달콤하면서도 부드러운 밀크 티 맛이 느껴졌다. 그는 아주 신사다운 태도로 아리아에게 안부 인사부터 건넸다.

"잘 지내셨습니까? 날이 추워져 산책도 용이하지 않겠습니다."

"그럼요, 잘 지냈어요. 오스카 님도 잘 지내셨나요?"

화사하게 웃는 아리아의 얼굴에 찻잔을 들던 그의 행동이 일순 멈췄다. 그도 그럴 것이 아리아가 혼신의 힘을 다해 유혹적인 웃음을 지었기 때문이다.

생일이 지나 한층 어른에 가까워졌다고는 하나, 아직 열다섯 살인 그녀에게는 어울리지 않는 표정이었다. 그럼에도 불구하고 아주 자연스럽고 매혹적인 웃음이었다. 일전에도 식당에서 한차례 눈길을 빼앗긴 그 웃음. 미엘르와 함께 담소를 나누었던 공간이라곤 생각할 수 없이 분위기가 급변했다.

잠시 아리아에게 시선을 두었던 오스카가 황급히 눈을 내려 찻잔을 응시했다. 그의 대답이 짧고, 느려졌다.

"……예."

"오스카 님께서 보내 주신 머리핀을 착용해 봤는데, 어떤가요? 어울리나요?"

그녀의 질문에 애써 시선을 돌렸던 눈을 들지 않을 수가 없게 되었다. 다른 것도 아니고 선물한 머리핀이었기에 확인하고 칭찬의 말 한마디라도 건네야 했다.

그가 하는 수 없이 찻잔에 고정시킨 눈을 들어 아리아를 응시했다.

"……아주 잘 어울리십니다."

"감사합니다. 이런 귀한 선물을 주셔서. 너무 예뻐서 매일 달고 다니고 싶을 정도예요."

눈매까지 곱게 접어 웃는 모습에 오스카의 심장이 다시금 요동쳤다. 귀족들 사이에선 쉽게 찾아볼 수 없는 유혹적인 미소와 그의 어린 나이가 한몫했다.

아무리 미색에 관심이 없고 무뚝뚝하다고 해도 경험과 미색이 적절한 조화를 이룬 절대적인 유혹 앞에선 맥을 출 수가 없었다. 그가 다시 시선을 피했다. 대화의 주도권이 순식간에 아리아에게 넘어갔다.

"제가 보낸 브로치는 마음에 들지 않으셨나요? 잘 어울리실 거라 생각했는데……."

"아뇨, 무척이나 마음에 들었습니다. 다만 너무 과한 선물이라 조금 부담이 됩니다."

"아, 그러셨군요. 제게 처음으로 선물을 주신 분이라 저도 모르게……."

정확히는 백작가에 들어와 외부에서 받은 첫 선물이었지만 아리아는 굳이 그런 쓸데없는 설명을 덧붙이지 않았다.

"첫 선물…… 말씀이십니까?"

"예. 그래서 저도 모르게 조금 과한 선물을 준비했나 봐요."

부끄러운 듯 얼굴을 붉히며 대답하는 그녀에게 이 이상 선물을 주고받는 것은 그만두자 말하려고 찾아온 그는 말문이 막혀 아무런 대답도 할 수가 없었다.

"부디 처음 받은 호의에 기뻐 준비한 제 마음이라 생각하시고 부담 갖지 말아 주세요."

"……."

유혹과 불쌍함이 적절히 섞인 그녀와의 대화에서 오스카는 생각해 놓은 말을 아무것도 할 수가 없었다. 그저 가여운 그녀가 묻는 말에 긍정적으로 대답하는 것 외에는 아무것도.

"오스카 님께서 브로치를 단 모습을 보고 싶었는데……. 가져오지 않으셨겠죠?"

"……아니요. 가져왔습니다."

이야기가 어떻게 될지 몰라 챙겨 온 참이었다. 아리아에게 다시 돌려줄 기회가 생길지도 모르는 일이었으니까.

하지만 그의 의도와는 달리 돌려주기는커녕 그녀 앞에서 브로치를 착용하게 되었다.

"제가 달아 드려도 될까요?"

"예, 그렇게 하시죠."

동행한 시종에게서 받은 브로치가 아리아의 손에 넘어갔다. 그녀가 천천히 거리를 좁혀 오스카의 곁에 다가갔다.

과도하게 붙지 않아도 달 수 있음에도 '오스카 님이 키가 크시고 저는 너무 작아 어쩔 수 없네요.'라는 핑계로 숨결이 닿을 정도로 밀접하게 공간을 좁혔다.

키 차이가 한참이건만, 지척까지 다가온 그녀에게 괜히 숨이 닿는 것 같아 오스카가 숨을 참고 시선을 돌렸다. 서투른 손놀림 탓에 한참이 걸렸지만, 오스카는 별다른 불만이나 내색 없이 그녀가 브로치를 달아 주기만을 기다렸다.

"정말 잘 어울리세요."

비뚤어진 부분이 없나 체크한 아리아가 그제야 만족한 듯 그의 몸에서 떨어져 나갔다. 그가 입은 어두운 계열의 의복에 블루 다이아몬드가 잘 어우러져 아름답게 빛났다.

이러려고 온 것이 아니건만. 눈앞에서 화사하게 웃는 아리아 때문에 오스카는 저도 모르게 그녀의 말에 긍정하며 감사의 말을 입에 담았다.

"……감사합니다."

"아니에요. 잘 어울리시는 걸 보니 괜히 뿌듯하네요."

다시금 자리에 앉아 마주하게 된 두 사람은 더 이상 할 말이 없었기에 조용히 차를 마셨다. 기쁜 얼굴을 감추지 못하고 여유롭게 차를 마시는 아리아와는 달리, 오스카는 어쩐지 초조함을 감출 수가 없었다.

아리아에게 뭐라도 말을 걸어야 할 것 같아 내내 고민하던 그는, 조금 아까 미엘르와 나누었던 대화를 떠올렸다. 오늘이 바로 그녀의 생일이라고. 그래서 무슨 의도로 오늘 부른 것인지 고민에 빠졌었는데, 매혹적인 자태의 그녀를 눈에 담자마자 그런 생각은 바람처럼 사라져 버렸다.

"오늘이 생일이시라고 들었습니다."

"네, 그렇답니다. 조금 아까까지 이번에 처음 사귄 영애들과 작은 파티도 열었어요. 오스카님도 함께하셨다면 좋았을 텐데. 아쉬워요."

"아, 늦어서 죄송합니다."

파티에 초대받은 것도 아니건만, 진정으로 아쉬워하는 얼굴에 어쩐지 사과를 해야 할 것 같았다. 진즉에 생일이라는 것을 알았다면 선물이라도 준비했을 텐데.

더 이상 선물을 주고받지 말자는 이야기를 하러 온 탓에 형식적인 꽃다발이 전부였다. 모처럼의 생일인 데다가 고급스러운 브로치까지 받아 놓고 꽃다발만 건네다니, 어쩐지 파렴치한이 된 듯한 기분이었다.

그럼에도 아무것도 건네지 않을 수 없었기에 그가 아리아에게 백합 꽃다발을 건넸다. 아리아는 아주 당연하게도 행복한 얼굴로 그것을 받았다.

"정말 감사해요. 이렇게 아름다운 꽃다발이라니……. 시들어 버리는 게 아쉬울 정도예요."

"겨우 꽃다발만 준비해 죄송할 따름입니다. 미리 알았더라면……."

"겨우라니요. 제게는 아주 소중한 꽃다발인걸요."

아리아는 정말 그것이 소중한 듯 꽃다발을 품에 안고 향기를 맡았다. 여전히 미안한 마음을 감추지 못한 오스카가 다른 원하는 선물이 있다면 늦었지만 준비하겠다고 덧붙였다.

그러자 천진난만한 소녀의 얼굴로 그 향기를 즐기던 아리아가 고개를 들어 자신을 응시하는 오스카를 마주했다.

"그럼 죄송하지만, 한 가지 부탁을 드려도 될까요?"

"예, 얼마든지요."

"선물은 괜찮으니, 저와 편지 친구가 되어 주실 순 없을까요?"

"편지 친구…… 말씀이십니까?"

"네. 제가 친구가 없어서 늘 혼자 있거든요. 아무래도 귀족 출신이 아닌 데다, 배울 것이 많아서 그런 모양이에요. 그러다 보니 조금 쓸쓸해서……."

소박하다면 소박한 부탁이었다. 고작해야 편지를 주고받는 일이니까.

하지만 그녀의 여동생과 약혼이 오가는 관계이니 신중해질 수밖에 없었다. 자칫 잘못했다가는 오해를 받을 수도 있었기에. 그런 오스카의 고민을 감지한 것인지 아리아가 부담스러우면 하지 않아도 괜찮다고 곧장 말을 바꿨다.

그래, 거절하자. 아주 작고 사소한 일이지만 후에 어떤 파장을 불러올지 모른다. 그리 생각하고 대답을 하려는 순간 맞은편에서 눈가를 매만지는 아리아가 보였다.

"아, 신경 쓰이게 만들어서 죄송해요. 그저, 어머니가 재혼하신 뒤로 모든 게 낯설고 조금 적적했었거든요. 이렇게 즐거운 대화를 나눈 게 얼마 만인지 몰라요."

사실 영애들과도 말을 섞기 시작한 지 얼마 되지 않아 오늘 낮 파티에서도 조금 불편했답니다. 덧붙이는 말에 오스카는 단호한 거절을 내뱉을 수 없었다. 눈시울을 붉히는 작고 여린 영애에게 그 누가 차가운 거절을 할 수 있을까.

"아무래도 미엘르가 언짢아하겠죠? 오스카 님과 사이가 좋으니까요."

오스카는 이 간단한 질문 또한 대답할 수 없었다.

어째서일까. 실제로는 그녀와 사이가 좋지 않기 때문에?

아니, 아리아가 말하는 '사이가 좋다'는 친분이 두터운 것을 묻는 게 아니었다. 오스카가 이번에도 대답을 곤란해하며 묵묵부답으로 아리아의 얼굴만 쳐다보자, 그녀가 한껏 풀이 죽은 얼굴로 다시 입을 열었다.

"제가 괜한 말을 꺼냈나 봐요……. 이번 일은 없었던 걸로."

"아닙니다."

처량한 얼굴로 그리 말하면 그 어떤 사내도 거절할 수 없을 것이다.

거절을 하려던 마음은 봄바람에 눈 녹듯 어느새 사라져 있었다. 그 대신 그의 마음에 자리한 것은 이따금 편지를 보내는 정도라면 괜찮지 않을까, 하는 생각이었다.

"친구끼리 보내는 편지이니 괜찮겠지요. 미엘르 영애는 마음이 넓으시니 그 정도는 이해해 주리라 생각합니다."

이 일이 알려진다면 정확히는 미엘르가 아닌 집안끼리의 문제로 불거질 수도 있겠지만, 지금 이 순간만큼은 그것이 그다지 크게 느껴지지 않았다. 친구끼리니까.

"……감사합니다, 오스카 님."

아리아의 붉게 물든 눈시울이 곱게 접혀 부드러운 곡선을 만들어내는 것에 그의 마음이 더욱 확고해졌다.

* * *

모래시계는 만능이 아니었다. 한계가 있었다. 정보를 얻거나 패악을 부릴 때는 아주 유용하게 쓰였지만, 단순히 누군가를 설득하는 데는 별 도움이 되지 않았기 때문이다. 그저 선택지가 하나 늘어난다는 정도였다.

하마터면 오스카와 편지를 주고받는 일이 틀어질 뻔했던 것을 회상하며 아리아가 오스카에게 '친구'로서 보낼 첫 편지를 작성했다.

그나마 그의 거절을 듣고 바로 모래시계를 돌려 가엾은 영애를 연기해 모면하긴 했지만, 까딱 잘못했다간 얻은 것 없이 끝날 뻔했다.

"제시, 편지를 봉해서 오스카 님께 전해 드려."

그가 준 백합에 대한 이야기와 날씨 이야기가 전부인 하찮은 편지를 제시에게 건넨 아리아가 다시금 생각에 빠졌다.

그리고 또 하나 모래시계에는 문제가 있었다. 시간을 가늠하기 번거로웠다. 정확히 5분 과거로 돌아가는 것은 확실하니 시간을 정확히 측정한다면 아주 편리하게 사용할 수 있었지만, 혹 처음 시간을 잊는다든가 시계가 없는 곳에서 모래시계를 사용해야 할 경우에는 시간을 가늠할 수 없어 실수를 할 가능성이 있었다.

'시계를 하나 제작하는 게 좋겠어.'

열두 시간이 지나야 시침과 분침이 꼭대기에서 만나는 일반적인 시계들과는 달리, 정확히 5분마다 시침과 분침이 제자리로 돌아오는 시계. 버튼을 누르면 움직이기 시작해 5분 뒤에 꼭대기에서 멈추는 시계가 좋을 듯싶었다.

그 필요성을 절실히 느낀 것은 모래시계로 제시를 시험하다가 타이밍을 놓쳤을 때였다. 깜빡 시간을 착각하는 바람에 시간이 조금 지체되어 대화가 어긋나 버렸다.

모래시계를 되돌렸음에도 '아가씨, 그게 무슨 말씀이신가요?'라고 반문하는 제시를 보고 심장이 덜컥 내려앉았던 기억이 났다. 그나마 별다른 중요한 말은 하지 않아 천만다행이었다.

그렇지만 제시는 그것이 걱정인 모양인지 몇 번이나 의사를 부르자고 조심스럽게 권했다. 그도 그럴 것이, 아리아가 되돌리지 못한 말은 '이걸 사용하면 자꾸 수명이 줄어드는 느낌이 들지만, 어쩔 수 없지. 자, 시작해 볼까?'였다.

"아가씨……. 수명이 줄어든다고 하셔서 자꾸 신경이 쓰여요. 잠도 너무 오래 주무시고요. 주제넘겠지만 아무래도 의사를 한번 부르는 게 좋을 것 같아요."

어느새 편지를 하인에게 맡기고 돌아온 제시가 따뜻한 차를 따르며 말했다. 아리아는 오늘도 손을 내저으며 그것을 거절했다.

"괜찮대도."

"그렇지만……. 조금 마르신 것 같기도 한걸요."

"무슨 소리니? 근래에 키도 크고 살도 붙었는데."

"아니에요, 제가 보기엔 그래요."

그녀는 조금 두려움에 찬 얼굴임에도 고집을 부렸다. 그게 그녀의 성격이니 어찌할 도리가 없는 바였다.

예전처럼 화를 내지 않으니, 한 번으로 끝날 고집이 두세 번으로 늘어 아리아를 귀찮게 했다. 차라리 한 번 의사에게 검사를 받는 게 좋겠다 싶을 정도로.

"알았어. 불러와."

제시의 보챔을 막기 위해서, 그리고 아리아 또한 자신의 몸이 조금 걱정이 되었기에 결국 의사에게 진찰을 받아 보는 것이 좋겠다고 판단했다.

그렇게 주치의에게 진찰을 받아 본 결과, 다행히 별다른 이상은 없었다. 그저 체력이 약해져 있으니 주의하라는 이야기만 들었을 뿐이었다.

진찰이 끝난 뒤, 아리아가 의기양양하게 제시를 질책했다.

"이제 더는 의사를 부르자는 소리 하지 마렴."

"예, 아가씨."

그럼에도 그녀는 퍽 기뻐 보였다. 아리아가 건강한 것을 확인했기 때문이다. 아리아 또한 마음의 짐을 덜었다. 의사가 모든 것을 다 알 순 없겠지만, 진찰을 하고 당장 이상이 없다고 하니 안심이 되었다.

여러 번 거절했지만 결국 그녀의 말대로 하기를 잘한 것 같았다. 과거에도 이렇게 그녀의 말을 들었다면 그리 죽을 일은 없었겠지. 아무리 입바른 소리를 한다고 해도 과거의 제시는 조금 눈치가 없었다.

아니, 상당히 그러했다. 때와 장소를 구분하지도 못하고, 제가 옳다고 생각하는 걸 귀신같은 주인에게 주장했으니 그게 먹힐 리가. 오히려 아리아의 화만 돋우었다.

그러나 지금은 달랐다. 이유는 모르겠지만 눈치 없이 제 고집만 피우던 과거와는 달리, 제시는 최근 꽤 눈치가 빨라져 타이밍을 잴 줄 알았다. 때문에 아리아는 여러모로 그녀가 만족스러웠다. 포상이라도 내리고 싶을 만큼.

'그러고 보니, 모래시계와 생일 때문에 여러모로 바빠 브로치를 아직 주지 않았구나.'

보석상에서 제작한 브로치 중 하나를 제시에게 선물할 생각이었다. 딱히 고마움을 표현할 생각은 아니었고, 그저 새 사람들을 들이기 위한 미끼에 불과했다.

자신에게 붙으면 황금이 떨어진다는 미끼.

황금으로 만든 브로치는 그만한 가치가 있었다.

게다가 모두 같은 모양의 장식을 착용하는 것으로 일체감과 소속감을 형성할 수 있었다. 브로치의 개수에 따라 유대감에 차등을 둘 수도 있어 꽤 편리한 물건이었다. 그도 그럴 것이 기 싸움이 팽배

한 사교계에선 파벌을 구축하기 위해 흔히 쓰이는 물건이었다. 아리아는 그렇게 사용할 요령으로 브로치를 제작했다.

'모래시계의 능력도 알아냈겠다, 슬슬 움직여 볼까.'

서랍장에 넣어 둔 브로치를 꺼낸 아리아가 제시에게 천천히 다가갔다. 환기를 시키기 위해 열어 놓았던 창문을 닫고 창틀을 정리하던 제시는 갑자기 지척까지 다가온 아리아에 화들짝 놀라며 창문에 찰싹 달라붙었다.

그런 제시를 보며 아리아가 작게 소리 내어 웃었다.

"뭘 그리 놀라니?"

"아, 아뇨. 갑자기 나타나셔서……."

"내가 널 잡아먹기라도 하니?"

"그, 그런 게 아니에요……."

아니긴. 당장이라도 작은 맹수에게 잡아먹힐까 전전긍긍하는 작은 새는 시선을 어디에 두어야 할지 갈피를 잡지 못했다.

이제 그만 떨었으면 좋겠는데. 이래서야 아무리 미엘르의 흉내를 내도 뒤에서 제 시녀를 괴롭힌다는 오해를 살 것이 분명했다.

'괴롭힐 생각이 없는데 괜히 괴롭히고 싶어지기도 하고.'

마치 사냥감을 쫓는 육식 동물의 기분이 된 것 같달까. 그래서 괴롭혀 주고 싶은 생각이 솟아올랐다.

그러니 제시가 자꾸 눈앞에서 흥을 돋우면 자신도 모르는 사이에 꼭꼭 숨겨 눌러 담아 놓은 악녀가 튀어나올지도 모른다. 그랬다간 모든 일을 그르칠 테지.

"제시, 난 네가 생각하는 것보다 널 좋아해."

"……예?"

난데없는 고백에 제시의 몸이 더욱더 딱딱하게 굳었다. 차라리 싫다고 한다면 모를까, 전혀 생각지도 못한 말에 그녀의 눈동자가 바람에 나부끼는 갈대처럼 사정없이 흔들렸다.

"좋아하지도 않는 널 내 옆에 이리 오래 두겠니?"

"……."

"게다가 내가 언제 널 괴롭혔다고 그렇게 잔뜩 굳어 있니?"

아리아의 의도와는 달리 불행히도 제시는 그간 자신을 괴롭혔던 아리아의 수만 가지 행동을 떠올릴 수 있었다. 그것을 깨달은 아리아가 까르르 웃었다.

"아, 물론 과거에 그랬던 건 부정하지 않겠어. 철이 없었을 때니까. 하지만 최근에 그런 행동들이 잘못됐다는 걸 깨달았지 뭐야. 너도 잘 알잖아?"

제시가 단단히 굳은 목 근육을 움직여 고개를 끄덕였다. 여름부터 아리아의 행동이 일목요연하게 바뀐 것은 사실이었다. 철이 들었다고 하기엔 갑자기 너무 다른 사람처럼 바뀌긴 했지만, 어쨌든 예전과는 달랐다.

"사람은 누구나 그렇게 변해 가는 거라고 생각해. 과거의 잘못을 뉘우치며 올바른 길로 점점 나아가는 거지."

아리아가 얼마 전 보았던 책에 그리 적혀 있었던 것을 떠올리며 말했다.

물론 과거를, 현재를 뉘우치지 않고 평생을 쓰레기처럼 살아가는 미엘르 같은 사람도 있고, 아리아 또한 겉으로만 그러는 척할 뿐 속은 여전히 누군가의 인생을 파멸로 만드는 것만 생각해 빈말로도 바르다고 할 순 없겠지만.

어쨌든 세간의 사람들은 그렇지 않은가. 도덕적으로 어긋난 말과 행동을 하면 언젠가 신의 모형 앞에 무릎을 꿇고 죄를 시인하며 뉘우친다. 진심으로 뉘우쳤는지, 반성하는지는 알 수 없지만 어쨌든 표면적으로는 그렇게 하는 사람들이 태반이었다.

"그러니 떨 것 없어. 난 지난날의 내가 잘못됐다는 걸 잘 알고 있으니까."

아주 잘못되었지. 멍청하게 본색을 다 드러내고 단순하게 행동했으니까.

"그리고 누차 말하지만…… 난 네가 마음에 들었거든."

아리아가 제시의 가슴에 브로치를 달아 주며 말했다. 빛을 반사해 영롱하게 빛나는 황금이 제시의 우중충한 시녀복과 퍽 잘 어울렸다.

"아, 아가씨. 이건……?"

"네게 주는 선물이야. 그간에 대한 미안함과 반성의 의미이기도 하지."

한낱 시녀에게 주는 선물로는 과하디과한 물건이었다. 제시의 얼굴이 웃는 건지 우는 건지 모를 괴상한 모습으로 변했다. 지금 이 상황을 어떻게 받아들여야 하는지 모르는 듯싶었다.

"부담스러워하지 마. 네가 받아도 되는 물건이니까. 꼭 이 브로치를 달고 다녔으면 좋겠어."

모두가 보고 부러워하도록 말이야.

그녀의 어깨를 두어 번 두드려 준 아리아가 소파로 돌아가 우아하게 차를 마셨다.

잠시 시간이 흘렀음에도 아무런 소리도 들리지 않아 힐끗 눈을 들어 제시를 확인하자, 그녀는 제 가슴에서 아름답게 빛나는 브로치를 하염없이 내려다보고만 있었다. 차마 만질 생각조차 하지 못하는 듯 어정쩡하게 허공에 떠 있는 손이 퍽이나 가여웠다.

아리아가 그런 제시를 불렀다.

"제시, 보석상에 좀 다녀와 줘."

"보석상요?"

"응. 시계를 맞추려 생각 중이거든."

앞서 생각했던 5분 시계를 맞출 생각이었다. 맞춤 시계이니 기술자라면 누구나 만들 수 있겠지만, 언제 어디서나 품에 지니고 다닐 수 있게 기왕이면 예쁜 시계로 맞추기로 결심했다.

보석상에서는 각종 보석을 이용한 고급 장신구들을 모두 취급했다. 디자이너를 비롯해 다방면의 기술자들과도 거래를 트고 있었다. 때문에 그녀가 바라는 것을 만족시킬 만한 곳은 보석상뿐이었다.

"버튼을 누르면 5분 뒤에 제자리로 돌아오는 시계를 만들고 싶다고 전해 줘. 내가 항상 품에 지니고 다닐 거라는 것도."

"그렇게만 전하면 될까요?"

"응. 도안은 후에 저택으로 가져다달라고 해 줘."

"예, 아가씨."

할 일이 생긴 제시는 서둘러 번화가로 향했다. 사라의 수업이 예정되어 있었기에 빨리 다녀와야 했다.

그녀가 탄 시종용 마차가 점점 작아지는 것을 확인한 아리아가 다시 소파에 앉아 책을 들고 생각에 잠겼다.

'바로 얼마 전이 생일이었으니 그것을 기념으로 샀다고 말하면 되겠지.'

오스카의 선물과 황금 브로치를 제작하느라 백작가의 이름으로 꽤 돈을 쓴 참이었다. 사치하는 모습을 보이고 싶지 않았기에 변명을 하기로 결심했다.

아무렴. 그의 인생에 존재하지 않았던 모피 사업에 큰 공을 세웠는데 그 정도 생일 선물쯤이야 웃으며 넘겨 주겠지.

'모래시계는 상자에 넣어 다녀야 할까.'

한 손에 잡힌다곤 하지만 들고 다니기엔 조금 부피가 있었기에 상자에 넣는 것이 무난했다. 게다가 자칫 그대로 들고 다니다가 놓쳤다간 깨질 위험도 있으니 단단한 케이스가 필요했다.

이러니저러니 해도 만물상의 주인이 만들어 준 상자가 제격이었다. 모양도 그럴듯하고, 어차피 지금처럼 제시가 따라다니며 들어 줄 것이 분명했기에 굳이 그것까지 새로 케이스를 만들 필요는 없었다.

'모래시계는 되돌릴 5분 안에 제시에게서 받으면 되니까 어차피 기억이 지워지겠지. 그건 별로 신경 쓰지 않아도 될 거야.'

이런저런 생각에 잠겨 있는 사이, 시간이 흘러 창밖으로 마차 소리가 들렸다. 지척까지 다가와 멈추는 걸 보니 저택에 방문한 자인 모양이었다.

창문을 열어 고개를 내밀자 오늘도 여전히 자애로운 분위기의 사라가 보였다. 아리아가 손을 크게 흔들어 그녀를 열렬히 환영했다. 언제나 그래 왔던 일이었기에 사라 또한 고개를 들어 아리아의 방으로 시선을 돌렸고, 두 사람은 환하게 웃는 얼굴로 재회의 기쁨을 나누었다.

"사라!"

"아리아 영애."

오늘도 역시나 아리아가 헐레벌떡 1층으로 내려가 그녀를 맞이했다. 잠시 홀에서 친분을 과시하는 사이, 언제나처럼 따라붙어야 할 시녀가 없음에 그제야 제시가 외출한 것을 떠올렸다.

"아아, 어쩌죠? 제 하나뿐인 시녀가 외출 중이에요."

사라와 자신을 위해 차를 내올 사람이 없었다. 때문에 여타 시녀에게 그것을 대신 지시해야 했다. 아리아가 홀에서 허리를 굽혀 인사하는 자들을 쭉 둘러보았다.

'누가 좋을까.'

어차피 차를 내오는 게 다이기에 누가 해도 그다지 상관없는 일이었지만, 되도록 이 일을 계기로 삼아 자신의 편으로 데려올 수 있는 자를 고르는 게 좋을 것 같았다. 과거대로 움직인다면 슬슬 미엘르가 제 시녀들을 보낼 테니까.

'예를 들면 그 주근깨가 빼곡한 시녀라든가.'

아리아의 첫 번째 목표였다. 물욕이 강해 보였던 그 시녀. 제 주인이 받는 선물에마저 부러움을 감추지 못했던 그녀라면 아주 손쉽게 자신의 노예로 만들 수 있을 것 같았다.

그러나 홀을 둘러보고 또 둘러보았지만 불행히도 그 시녀는 이곳에 없었다. 기회가 아닌 모양이었다. 하는 수 없이 대충 홀을 둘러보다가 미엘르의 시녀로 보이는 이를 지목했다.

"내 하나뿐인 시녀가 외출을 해서 그런데, 차 좀 가져다주겠니?"

"……예, 아가씨."

내키지 않는 모양인지 시녀가 아주 딱딱하게 굳은 얼굴로 대답했다. 그래 봤자 별수 있겠는가. 아무리 싫어도 모시는 주인의 명령을 거절할 순 없을 테니까. 그저 입 꾹 닫고 시키는 대로 해야 했다.

사라와 함께 위층으로 올라가 도란도란 근황을 묻는 사이, 시녀가 차와 과자를 내어 왔다. 교육을 아주 잘 받은 모양인지 어디 한 곳 흠잡을 데가 없이 완벽한 시중을 들었다.

"차가 향긋하네. 무슨 차야?"

"라벤더 차입니다."

"그래? 신기하게 제시가 만들어 줬던 라벤더 차와는 좀 다르네. 혹시 바쁘지 않다면 대기하면서 소소한 시중을 들어 주겠어? 내 시녀가 올 때까지 말이야."

중간 중간 차가 식거나 다과가 떨어지면 갈아 줘야 했다. 게다가 언제 어떤 도움이 필요할지도 모르고. 혼자 있다면 모를까, 손님이 와 있는데 부를 시녀 하나 없다는 건 조금 수치스러운 일이었다.

이를 미엘르의 시녀 또한 상기시킨 모양인지 아주 송구스러운 얼굴로 자신의 상황을 고했다.

"저……. 사실 지금 저도 미엘르 아가씨께서 시키신 일을 하던 도중이라, 다른 시녀를 대신 보내도 될까요."

아리아가 어깨를 으쓱였다.

별로 상관없었다. 이미 하던 일이 있다니 마녀처럼 그 일을 그만두고 내 시중을 들라 고함을 칠 수도 없는 일이었다. 그래서 그렇게 하라고 대답을 하려던 찰나 문득 머릿속에 모래시계가 떠올랐다.

오늘은 사용할 계획이 없고, 또 사용하지 않은 모래시계.

'지금이 몇 시더라.'

대충 시간을 가늠한 아리아가 말없이 조용히 차를 마셨다. 테이블을 사이에 두고 반대편에 앉은 사라의 표정에 의문이 서릴 때까지. 조금 시간을 끈 아리아가 고개를 끄덕였다.

"그래, 그렇다면 그렇게 해야지. 그런데, 몇 가지 궁금한 게 있어."
"예, 아가씨."
"미엘르의 시녀 중에 주근깨가 빼곡한 아이가 한 명 있지?"
"아, 예."
"이름이?"
"애니라고 합니다."
"나이는?"
"열다섯 살입니다."
"저택에 들어온 지는?"
"5년이 된 걸로 압니다."
"생각보다 오래되었구나. 꽤 어릴 때 들어왔네."
"……."
영문을 알 수 없는 쓸데없는 질문을 반복한 탓에 시녀의 얼굴이 점점 더 딱딱하게 굳었다.
"그럼 미엘르의 시녀 중 그녀가 가장 어려?"
"예. 저택의 시녀 중 애니가 가장 어립니다."
"그래? 애니는 지금 한가해?"
"……그것까진 잘 모르겠습니다."
"흐음. 알았어, 고마워. 그럼 마지막으로 저기 장식장에 들어 있는 모래시계 좀 가져다주겠어? 그 뒤에 나가 봐도 돼."
"예, 아가씨."
그녀는 한시라도 빨리 이곳에서 나가고 싶은 모양이었는지, 아주 민첩하고 재빠르게 모래시계를 가져다주었다. 그러곤 곧장 인사를 하고 아리아의 방을 나섰다.

시계를 확인하고 대충 시간이 된 것 같아 아리아가 모래시계를 되돌렸다. 그러자 방금 전에 나갔던 그녀가 두 손을 모은 공손한 자세로 방문 앞에 나타났다. 아리아가 부드럽게 웃었다.

"바쁘다고?"

"……예."

"그럼 가 봐야지. 미안한데, 너를 대신할 시녀를 보내 주겠니? 별로 할 일은 없을 테니 저택에서 가장 어린 시녀로 말이야."

바로 그 주근깨가 가득한 애니라는 아이를 데려오렴.

7. 가엾은 어린양은 악녀의 손에 떨어지고

7. 가엾은 어린양은 악녀의 손에 떨어지고

“날이 많이 추워졌네요, 선생님.”

“그러게 말이에요. 곧 눈이 내릴 것 같네요.”

“눈이 내리면 호수에 구경 가야겠어요. 소복이 눈이 쌓인 호숫가는 꽤 절경이니까요.”

“같이 갈까요?”

“그래 주시면 더할 나위가 없겠죠.”

소소한 이야기를 나누며 아리아와 사라가 서로를 마주 보며 방긋 웃었다.

“너도 꽤 추워 보이는구나.”

갑작스런 아리아의 물음에 애니가 깜짝 놀라며 고개를 저었다.

“아, 아닙니다. 저는 괜찮습니다.”

“그래? 추위에 강한 모양이네.”

“그, 그렇습니다…….”

"아무리 그렇다고 해도 뭐라도 걸치지 않으면 감기 걸릴 것 같아 걱정이구나."

"괜찮습니다……."

그녀는 지금 이 자리가 아주 불편한 모양이었다.

그도 그럴 것이 설마 그 아리아의 시중을 들리라곤 생각하지 못했을 터였다. 아리아 또한 이런 기회가 찾아오리란 상상조차 하지 못했다. 모래시계가 없었다면 일어나지 않았을 상황이었다.

시녀까지 살뜰하게 챙기는 아리아를 눈에 담은 사라가 부드러운 웃음을 지었다.

"선생님, 오늘은 조금 색다른 걸 해 봐도 될까요?"

"색다른 것요?"

"네. 이제 곧 해가 바뀌면 선생님의 사교계 데뷔도 기다리고 있으니, 그 예행연습을 하면 어떨까 싶어요."

그래야 애니가 저를 부러워하기 시작하겠죠. 탐욕스러운 그녀는 그런 것에 아주 관심이 많아 보이니까요.

"그것참 좋은 생각이네요."

사라의 승낙으로 아리아는 가볍게 인사를 나누는 동작부터 시작해서 뾰족한 구두를 신고 우아하게 걷는 방법, 나긋하게 부채를 부치는 방법, 에스코트에 응하는 방법 등을 배웠다.

이를 애니가 처음부터 끝까지 놓치지 않고 힐끗댔다. 반짝반짝 빛나는 그녀의 눈동자에 부러움이 깃들어 있었다. 그녀는 평생 경험하지 못할 미지의 세계였으니까.

그러니 일찌감치 포기하면 삶이 순탄할 텐데, 저리도 탐욕을 감추지 못하니 이런 못된 악녀가 손을 내미는 것이 아닌가. 마지막으로 춤 선을 체크하는데, 사라가 눈을 동그랗게 떴다.

"어쩜, 저보다 더 잘하시는 것 같네요."

"과찬이세요. 그간 혼자 연습한 덕인가 봐요."

사라와 연습한 동작들은 과거에 늘 파티를 전전했던 아리아에게 아주 쉽고 간단한 일이었다. 어떻게 하면 사람들에게 자신을 매력적으로 보이게 할지 고민했던 나날이었기 때문이다.

물론, 그것들은 모두 우아함을 표현하기 위함이 아닌 미색을 돋보이게 하기 위함이었기에 그간 사라에게 배우고 연습한 예법을 곁들여야 했다. 다행히도 그다지 어려운 일은 아니었다. 고작해야 자연스레 나오는 야한 웃음을 자제하는 정도로 그쳤다.

서로 남자와 여자로 역할을 나누어 춤을 추는 연습을 하고 있을 때쯤에 맞춰 일을 마친 제시가 돌아왔다. 3층까지 숨도 쉬지 않고 뛰어온 모양인지 얼굴을 새빨갛게 물들인 제시는 황급히 애니와 교대했다.

이제 막 본격적인 춤을 출 예정이었기에 그것을 구경하지 못한 아쉬움에 애니가 미련이 남는 얼굴로 아리아의 방을 떠났다. 마지막에 제시의 가슴에 달린 황금 브로치로 시선이 가는 것도 똑똑히 보았다.

'궁금할 테지. 온갖 상상을 하도록 조금 시간을 둘까.'

아리아가 아이처럼 까르르 웃음을 터뜨리며 제시에게 물을 따라 건넸다.

"아, 아가씨!"

"그리 서두를 필요는 없었는데…… 얼굴을 보니 가여워 나도 모르게 물을 따랐네. 받으렴."

“가, 감사합니다!”

“딱히 할 일은 없으니 쉬고 있어도 된단다. 그렇지요, 선생님?”

“그럼요. 저러다가 쓰러지는 건 아닌지 걱정이 되네요.”

잔뜩 상기된 얼굴의 그녀는 당장 쓰러져도 이상하지 않을 정도였다.

물컵을 받은 제시는 구석에서 조용히 물을 마시며 수업을 구경했다. 애니가 돌아갔기에 더 이상 이 지루한 춤 연습을 지속할 필요가 사라져 수업은 금방 끝이 났다. 사라의 마차가 떠나는 것을 잠시 지켜보던 아리아가 제시에게 부탁한 일은 잘 처리했느냐고 물었다.

“예, 아가씨. 도안과 샘플은 며칠 뒤에 가져다주기로 했습니다.”

그녀의 말대로 며칠이 지나고, 아리아가 보석상에 부탁한 시계의 도안과 샘플이 도착했다. 사장이 직접 시간을 내어 가지고 온 참이었다. 전체적으로 화려한 보석과 세공으로 이루어진 시계는 줄을 길게 빼 목걸이로 활용해도 좋을 듯싶었다. 총 여섯 개의 샘플을 앞에 두고 아리아가 고민에 휩싸였다.

“전부 다 괜찮아서 고민이네. 제시, 넌 어떤 게 좋아 보이니?”

“저, 저요!?”

지목당한 제시가 화들짝 놀라며 대답을 머뭇거렸다.

어쩜 저리도 담이 작을까. 뭐, 그래야 오래 일할 수 있는 게 그녀들의 처지이긴 했지만 이미 주의를 주었음에도 여전히 하나하나 놀라는 것이 딱히 마음에 들지 않았다.

“첫 번째 샘플로 하지. 세공이 세련됐거든.”

“탁월한 선택이십니다.”

무지개색을 내는 오팔로 백합을 표현한 회중시계였다. 내부를 장식하는 다이아몬드가 얼핏 무난해 보였으나, 테두리의 세공이 정교해 보석 이상의 가치를 보였다. 물론 완성작이 아닌 샘플이라 실물은 조금 다르겠지만, 아마 이보다 더 대단하면 대단했지 덜하진 않을 것이라 생각했다.

그녀의 예상대로 약 일주일 뒤 건네받은 완성작은 샘플보다 훨씬 고급스럽고 아름다웠다. 줄을 길게 빼 목걸이로 걸어도 손색이 없을 만큼 아름다운 회중시계였다.

'첫 개시는 언제가 좋을까.'

모래시계의 능력도, 그리고 그것을 적절히 이용할 도구도 마련했으니 미엘르를 절망의 구렁텅이로 몰아넣을 준비가 되었다.

'생일이 좋을까, 아니면 시녀를 먼저 빼돌릴까.'

어느 쪽이 되었든 앞으로의 미엘르의 삶이 순탄치 않을 것이라는 것은 확실했다.

* * *

회중시계의 첫 개시는 고민할 필요가 없었다. 아주 유감스럽게도 미엘르가 자신의 시녀 몇 명을 아리아에게 추천했기 때문이다.

해가 지나지 않아 조금 이른 감이 있었으나, 아마도 오스카가 방문한 것이 계기가 된 모양이었다. 그가 다녀간 이후 얼굴을 비추지도 않던 식당에 몇 번이나 나타나 귀를 쫑긋 세우며 식사를 했으니 분명 그 때문일 것이다.

'참으로 어리석기도 하지.'

아마 아무런 정보도 얻지 못해 제 시녀를 보낸 모양이었다.

아리아는 이 기회를 놓치지 않고 미엘르의 시녀를 데려왔다. 아직 시녀가 많이 필요하지 않고, 고작해야 잡일을 도맡아 할 시녀 한 명 정도가 적절하겠다는 소리에 미엘르는 애니를 추천했다.

단번에 그녀의 이름을 꺼낸 것은 아니었다. 모래시계를 통해 과거로 한 번 돌아가 나이가 어린 시녀가 좋겠다는 말을 덧붙이고 난 다음이었다. 때문에 선택할 필요도 없이 회중시계의 첫 개시는 애니를 데려오는 데 사용하게 되었다.

아리아가 책에 몰두하면 잠시 자리를 비워 휴식을 취하는 제시와는 다르게, 애니는 언제든 필요할 때 바로 대응하겠다는 명목으로 아침부터 밤까지 아리아를 졸졸 따라다녔다.

미엘르에게 지시를 받은 것이라 짐작됐다. 필시 미엘르는 아리아와 오스카가 어떤 말을 나누었는지 궁금해 잠조차 이루지 못했을 것이다. 그리고 눈엣가시인 아리아를 구렁텅이로 몰아넣기 위함이기도 했다.

"애니, 차를 갈아 주겠어?"

"예, 아가씨."

책에서 눈을 떼지 않은 채 지시하자 애니가 곧장 차를 새로 내왔다. 미리 준비해 놓은 모양이었다.

'과연, 아무리 어리다고 해도 미엘르의 시녀라 이건가.'

겉멋만 들었을 줄 알았던 그녀는 생각보다 유능했다. 나이는 어리지만 시녀로 일한 기간이 길었기 때문이었다. 게다가 저택의 모두가 사랑하는 미엘르의 측근이었다. 유능하지 않을 리가 없었다.

지척에서 공손히 차를 따르는 애니를 유심히 관찰하던 아리아는 아주 신기한 것을 발견했다는 얼굴로 그녀에게 말을 걸었다.

"피부가 참 좋구나?"

"……예?"

"주근깨가 있어서 멀리서 봤을 땐 몰랐는데, 피부가 아주 뽀얗고 고와."

그랬던가. 난데없이 피부를 칭찬하는 통에 애니가 뭐라 대답해야 할지 몰라 얼굴만 새빨갛게 물들였다. 기세를 몰아 아리아의 칭찬이 계속되었다.

"눈도 크고 코도 오똑한 데다가 살결마저 희네."

"……."

"잘만 차려입으면 귀족이라 해도 손색이 없겠어."

연이어 쏟아지는 칭찬에도 애니는 별다른 대꾸가 없었다. 그저 땅만 보며 얼굴을 붉힐 뿐이었다. 그도 그럴 것이 아리아와 그녀는 그럴 만한 사이가 아니었기 때문이다.

더불어 그동안 아리아는 그녀의 주인을 욕보이는 존재였다. 평민보다도 못한 매춘부의 딸로 태어나 운이 좋아 귀족이 되었을 뿐, 태생부터 고귀한 진짜 귀족들과는 다른 존재라고 여기며 욕하기 바빴다. 그런 그녀가 난데없이 자신의 칭찬을 하기 시작하니 도통 무어라 대답을 해야 할지 모르는 것이 당연했다.

그때, 아리아가 자리에서 일어나 고개를 조아리는 애니의 뺨을 쓰다듬었다. 빈말이 아니라 평민치곤 꽤 관리가 잘된 피부였다. 어쩌면 시녀로 일하며 번 돈을 모두 투자했을지도 모르는 감촉이었다. 그녀는 자신의 생각보다 더 치장에 관심이 많은 모양이었다.

그리고 이건 아주 좋은 기회였다.

"오늘은 달리 수업도 일정도 없으니 잠시 놀아 볼까?"

자신에게 하는 말인가 싶어 애니가 눈을 동그랗게 떴다. 물론, 그녀에게 하는 말이었기에 아리아가 뭘 꾸물거리느냐고 되물으며 그녀의 손을 잡아끌어 화장대 앞에 앉혔다.

"아, 아가씨?"

"모처럼 좋은 피부를 가졌는데 주근깨에 가려 있어서 안쓰러워 그래."

아리아가 한 번도 사용하지 않아 서랍 깊숙이 넣어 놓았던 화장품들을 꺼냈다. 정확히는 '이' 화장품을 '현재'에 와서 사용해 본 적이 없는 것이지, 과거엔 매일같이 그녀의 치장을 도왔던 것들이었기에 사용법을 모두 꿰고 있었다.

'몇 가지 없지만 뭐, 애니에겐 이 정도도 눈이 돌아갈 만큼 대단해 보이겠지.'

과거의 자신이 그랬던 것처럼. 아직 어린 탓에 형식상으로만 받은 화장품이라 종류가 많지는 않았지만 그럴듯하게 꾸며 주기에는 충분했다.

"앗, 차가워!"

식물의 성분을 추출해 만든 끈적거리는 로션을 애니의 얼굴에 꼼꼼히 발라 주자 그녀가 목소리를 높였다. 그러나 곧 눈앞에 거울을 통해 자신의 얼굴에 윤기가 도는 것을 확인하자 더는 아무런 소리도 내지 못했다.

피부 결을 정돈한 뒤엔 진주를 빻아 가루를 낸 분을 얼굴에 바르고, 눈썹과 눈매를 정돈해 주었다. 마지막으로 양 뺨에 생기를 불어넣은 뒤, 붉은색 색소를 입에 발라 화장을 끝냈다.

"어때?"

"이게…… 정말 저인가요?"

"생각했던 대로야. 주근깨만 가려도 인물이 확 살아나네."

애니가 눈도 깜빡이지 못한 채 연신 거울 속 자신을 들여다보았다. 확연히 달라진 모습에서 눈을 뗄 수 없는 모양이었다.

아리아가 그런 애니의 머리카락을 부드럽게 빗으며 속삭였다.

"나는 쓰지 않으니까, 원한다면 네가 써도 좋아."

"……예?"

"이 화장품들 말이야. 나는 아직 어린 데다가 주근깨도 없으니 쓸 일이 없는걸. 그러니 네가 써도 좋다고."

애니가 지금 사용한 화장품들은 모두 평민들은 절대 가질 수 없는 것들이었다. 값이 비싼 것도 이유 중 하나였지만, 애초에 귀족들에게만 판매하는 물건이었기 때문이다.

평민들의 화장품과는 질부터 달랐다. 납이 섞여 있어 쓰면 쓸수록 피부가 썩어 가는 그것들과 달리 천연 추출물이나 고운 흙을 섞어 사용한다고 피부가 망가지거나 하지 않았다.

그리고 그것은 미엘르의 화장품을 몇 번 몰래 훔쳐 발라 본 애니가 직접 경험한 것이었다. 그런데 그런 고급 화장품을 써도 좋다니. 꿈이라도 꾸는 것인가.

"내겐 별로 비싼 물건도 아니고, 부탁하면 또 받을 수 있잖아. 그리고 이렇게 예쁜 시녀가 있다면 자랑거리도 될 테니 말이야."

애니는 여전히 얼떨떨해 보였다. 아리아처럼 갑작스러운 신분 상승을 하지 않는다면 평생 손에 넣을 수 없는 것이 갑자기 자신에게 떨어졌기 때문이었다.

애니의 머리카락까지 단정하게 정돈시킨 아리아가 드레스 룸에서 작은 머리핀을 꺼내 그녀의 머리카락에 달아 주었다.

이렇다 할 보석은 없지만 빨간색 리본이 귀여운 머리핀이었다. 그제야 만족스러운 얼굴을 한 아리아가 만면에 웃음을 띠며 애니의 볼을 한차례 쓰다듬었다.

"늦었지만 이 머리핀은 내 시녀가 된 것에 대한 선물이야. 정말은 제시처럼 황금 브로치를 줘야겠지만……."

"……!"

황금 브로치라는 말에 애니가 눈을 동그랗게 떴다. 최근 보기 싫어도 계속 눈에 들어왔었기 때문이다. 아리아에게 받았다는 소리는 들었지만, 그것을 자신에게도 줄 거라는 생각은 전혀 하지 못했기에 귀를 쫑긋 세워 다음 말을 기다렸다.

"아직 아무것도 한 게 없으니 그럴 수야 없지. 제시는 꽤 오랫동안 내 옆에서 시중을 들었으니 그럴 만도 하지만, 너는……."

부드러운 웃음을 띠는 아리아의 눈동자가 한차례 짙어졌다.

"아직 아무것도 한 게 없잖니?"

"아……."

어쩐지 가시 돋친 말투에 애니의 눈동자가 흔들렸다.

"아, 오해하지는 마. 딱히 뭘 하라는 얘기는 아니야. 그만큼 신뢰가 쌓여야 한다는 이야기지. 아직 난 너를 잘 모르니까. 뭐든 그렇잖아?"

분명 아무것도 하지 말라는 말뜻인데 어째서 전혀 다른 의미로 들리는 걸까. 영문을 알지 못했지만, 고개를 끄덕이지 않을 수 없었다. 순순히 긍정하는 애니에게 만족한 아리아가 그녀의 손을 잡았다. 순수하게 기뻐하는 그 얼굴이 또래 소녀처럼 천진난만했다.

"자, 그럼 모처럼 귀족 영애같이 꾸몄으니 티 파티 연습이라도 할까? 너도 조만간 모임에 따라가게 될 테니 말이야."

모처럼 화장을 한 그녀를 위해 아리아가 손수 자신의 옷가지를 빌려주었다. 일전에 서민들이 이용하는 부티크에서 구입한 것이었지만, 우중충한 시녀복보단 나았다.

애니 자신 또한 충분히 구입할 수 있는 보잘것없는 드레스임에도 그녀는 충분히 만족한 듯 감동한 얼굴을 지우지 못했다. 태생은 둘 다 천하기 그지없으나, 표면적이지만 어쨌든 한쪽은 귀족이었다. 그런 그녀와 차를 마시게 되다니. 제시가 따라 주는 차를 음미하는 애니는 세상 모든 걸 다 가진 듯 보였다.

"조금 어색한 부분이 없지 않아 있지만, 꽤 능숙하구나?"

"가, 감사합니다, 아가씨."

진정으로 애니는 홀로 연습이라도 한 게 아닌가 싶을 정도로 자연스러운 동작을 구사했다. 아리아의 칭찬에 애니가 부끄러운 미소를 지었다.

"물론 정말로 영애들의 티 파티에 참석하기엔 조금 부족하긴 해. 손목의 쓰임새가 특히. 뻣뻣하거든. 자, 이렇게 해야지."

"아……."

애니가 아리아의 우아한 손짓과 뻣뻣한 제 손목을 내려다보며 입술을 깨물었다. 누군가에게 배운 것이 아니라 미엘르를 보고 따라 한 것이 전부였기에 조금 어설픈 것은 감출 수 없었다.

"그래도 이렇게 나와 연습을 계속하다 보면 꽤 괜찮아질 거야. 뭐든 경험이 중요하잖니?"

"……예, 예! 아가씨!"

“오늘은 이만 돌아가 쉬도록 하렴. 달리 할 일도 없고, 차 시중은 제시로도 충분하니까. 너는 오늘 배운 것을 잊지 말고 연습하도록 해.”

갑작스러운 축객령에 자신이 무언가 잘못했나 표정을 굳힌 그녀에게 아리아가 아주 은밀한 목소리로 ‘혹시 모르지 않니. 내 어머니 같은 경우가 또 생길지.’라고 속삭였다.

“……!”

연습이 끝난 테이블은 곧장 정리되었다. 애니가 부푼 가슴을 안고 아리아의 방에서 사라졌다. 여느 때와 달리 상기된 얼굴이었던 것을 떠올리며 아리아가 비웃음을 머금었다.

‘데려오는 데 조금 귀찮긴 했지만, 상상했던 대로 모래시계를 사용할 것도 없는 아주 쉬운 아이였어.’

미엘르는 꿈에서라도 이 사실을 알까. 그녀가 보낸 시녀가 자신의 얕은 수에 홀딱 빠져 눈을 반짝이고 있다는 사실을.

‘어리석게도……. 이루어질 리 없는 부푼 꿈을 안고 잠도 이루지 못하겠지.’

물론 애니의 행동에 따라 소귀족 정도 소개시켜 주는 것은 어렵지 않을 것이다. 본처가 어렵다면 측실 정도야 쉬운 일이겠지.

‘어찌 되었든, 애니는 구워삶아 이리저리 휘두르기 좋은 먹잇감이야.’

그녀가 보낸 시녀에게 속아 넘어갔던 것이 과거에 목이 베이게 된 결정적인 원인이었다. 그런 원인을 제거했으니 앞으로 그녀가 어떤 일을 하든, 그것은 자신에게 전혀 해가 되지 않으리라는 것을 예감했다.

* * *

아리아는 며칠 동안 기꺼이 애니를 위해 귀족놀이를 했다.

그녀의 치장을 돕고 정원에서 티 파티를 흉내 냈으며, 귀부인들의 수업에도 참가시켰다. 물론, 옆에서 차를 따르며 가만히 듣고만 있는 것이 전부였지만 애니는 세상을 다 가진 듯 행복한 얼굴로 진지하게 경청했다.

"오늘 수업에서 많이 배웠니?"

"예! 세상에 저는 사교계에서 지켜야 할 기본예절이 그렇게 많은지 처음 알았어요."

애니가 양 뺨을 붉히며 대답했다. 여전히 차는 따뜻하건만, 애니는 차가 식을 틈을 주지 않고 수시로 새로운 차를 따랐다. 아리아에게서 뭐라도 하나 더 얻고 싶어 안달이 난 모양이었다.

이에 아리아가 작게 웃으며 가정 교사인 시르비 자작 부인이 선물로 가져온 타르트를 집어 그녀에게 건넸다.

"아가씨……?"

"먹으렴."

"하, 하지만……!"

어떻게 감히 선물로 들어온 귀한 케이크를 먹을 수 있을까. 심지어 아리아는 아직 한 입도 먹지 않은 상태였다. 남은 것을 처리하는 거라면 모를까, 모시는 주인이 바로 앞에 있는데 같이 먹는다는 건 상상하기 어려운 일이었다.

"앞으로 파티나 모임에 다니면 같이 먹을 일도 생길 텐데, 무슨 걱정이니?"

쩔쩔매는 애니와는 달리 아리아는 전혀 대수롭지 않다는 듯 여상한 태도였다. 몇 번이나 들었지만 '앞으로 파티에 다닌다.'라는 아리아의 말은 전혀 와닿지 않았다. 그런 것은 귀족 출신의 놀이 상대 시녀가 하는 일이 아니었던가.

그럼에도 애니는 홀린 듯 타르트를 들어 제 입에 가져갔다. 입안에 퍼지는 달콤함에 눈물이 날 지경이었지만 아리아에게 주의를 받은 것을 상기시키곤 최대한 표정을 숨기며 그것을 목으로 넘겼다.

"이제 정말 잘하는구나. 슬슬 모임에 데려가도 될 정도야."

"감사합니다, 아가씨……."

정말 아리아가 모임에 데려가 줄까?

그것이 애니에게 있어 최대의 관심사였다. 분명 자신이 해야 할 일은 따로 있는데도 불구하고 정신을 차리면 어느새 아리아가 주는 달콤한 것들에 혼을 빼앗긴 상태였다.

이러면 안 되는데. 알면서도 어찌할 도리가 없었다. 당장 눈앞에서 보석을 흔들고 있는데 다른 것을 생각할 수 있을 리가. 그렇다고 저택의 실세인 미엘르의 측근에서 떨어져 나갈 수도 없는 노릇이었기에, 오늘은 또 어떤 거짓 보고를 해야 하나 머리가 지끈거렸다.

"그러고 보니, 곧 미엘르의 생일이구나."

"예……."

애니는 아리아가 미엘르의 이름을 입에 담자 정신이 번쩍 들었다. 못된 악녀가 자멸하는 것을 도우라는 지시와는 달리 그녀의 곁에서 만족스러운 나날을 보내고 있어서였다.

"준비는 잘되어 가고 있다니?"

"그, 글쎄요. 저는 잘 모르겠습니다……."

"그래? 모처럼이니까 널 데리고 참석해 볼까 생각해 봤는데."

아무래도 처음 보는 사람들보단, 안면이 있는 사람들이 편하지 않겠어? 덧붙이는 말에 애니의 눈이 휘둥그레졌다. 정말로 자신을 데리고 다닐 생각이었구나. 가슴이 쿵쾅대며 설레어 아무런 말도 할 수 없었다.

"잘 모르겠다니 어쩔 수 없지. 다음으로 미루는 수밖에."

애니는 순간적으로 미엘르의 생일 파티가 아주 수월하게 준비되고 있다 말할 뻔했다. 하지만 가까스로 그것을 참아 내고 침을 삼켜 털어놓는 것을 막아 냈다.

'내 주인은 미엘르 아가씨이지, 아리아 따위가 아니다.'라며 스스로에게 채찍질을 했다. 아직 털어놓을 준비가 되지 않은 애니에게 아리아가 심드렁한 얼굴로 손을 내저었다.

"오늘은 이만 가 봐. 제시를 불러 줘."

제시는 아리아의 배려로 며칠째 쉬고 있던 참이었다. 실제로는 애니를 구워삶기 위해 제시를 치운 것에 불과했지만, 그녀는 모처럼의 휴가에 몸 둘 바를 몰라 하며 불편한 나날을 보냈다.

제시를 불러오라는 말에 애니의 등이 식은땀으로 흥건해졌다. 지금은 물러서야 마땅하건만, 이대로 돌아갔다간 방금 전까지 자신이 누렸던 모든 것들이 다른 이에게 돌아갈까 봐 조급해진 탓이다.

대답 없이 입술만 깨물고 있는 애니를 돌아본 아리아가 다시금 제시를 불러올 것을 지시했다.

"……예, 아가씨."

결국 애니가 선택한 것은 미엘르였다. 괜한 오해를 사기보단 애초부터 그 싹을 잘라 내는 것을 택했다. 이유야 만들면 그만이었지만, 다른 것도 아닌 미엘르의 생일에서 그럴 순 없었다.

조용히 물러나는 애니를 보며 아리아 역시 쓴웃음을 삼켰다.

아직, 때가 아닌 모양이었다.

* * *

그로부터 며칠이 흐르고 미엘르의 생일날이 되었다.

새벽부터 분주하게 손님 맞을 준비를 하는 통에 저택이 소란스러웠다. 때문에 아침 일찍 눈이 떠진 아리아는 창문가에 앉아 따뜻한 차를 마시며 밖을 구경했다.

'선물들이 참으로 요란하네.'

예전부터 자주 봐 온 풍경이지만 볼 때마다 새로웠다. 아리아는 단 한 번도 그런 경험을 해 본 적이 없었던 탓이다. 마차에서 내리는 요란한 상자들을 보며 안에 무엇이 들었을지 가만히 생각에 잠겼다.

그런 아리아의 뒤에서 제시가 손가락을 꼼지락대며 불안함을 감추지 못했다. 요즘 그녀가 확실히 예전과는 다르기는 하나, 돌연 언제 신경질을 부릴지 몰랐기에.

다행히도 아리아는 별다른 패악을 부리지 않았다. 그저 묵묵히 미엘르가 가진 것을 두 눈에 담았다. 언젠가 저 모든 것들을 빼앗아 버리겠다는 생각을 하며 찻잔을 쥔 손에 힘을 주었다.

지금은 인내할 때다. 어차피 모두 자신에게 돌아오게 되어 있었다. 멍청했던 과거와는 다르게 이제는 미래를 아는 힘과 동시에 모래시계를 얻었으니까.

'모래시계로 망신을 주는 것도 나쁘지 않겠지.'

딱히 초대를 받은 것은 아니지만 가족인 데다가 미엘르의 성격을 생각하면 불시에 파티에 참석해도 별문제는 없을 것이다. 물론, 미엘르를 사랑하는 이들의 곱지 않은 시선을 감내해야 하겠지만 그녀를 망신 주는 데 그깟 시선이 문제일까.

'그보다 신경 쓰이는 건…… 오스카에게서 오지 않는 답장이야.'

오가는 데 그리 긴 시간이 걸리는 것도 아니건만, '친구'로서 첫 편지를 보낸 아리아에게 아직 답장이 도착하지 않았다. 약속을 지키지 않을 리는 없을 테고, 단단히 홀려 놨으니 분명 보낼 법도 한데 무슨 일일까. 그새 정신이라도 차린 건 아닌지 걱정이 됐다.

'만약 그렇다면 다시 홀리는 수밖에. 이번에는 아주 빠져나갈 수 없도록 말이야.'

이런저런 상상을 하며 아리아는 자신을 곱게 치장했다.

너무 과하지 않게, 그렇다고 없어 보이지도 않게 적당히 자신을 꾸몄다. 어차피 아직 나이가 어림에도 외모 하나만큼은 출중하니, 화려하게 꾸미지 않아도 모두의 시선을 사로잡을 수 있을 것이다. 그것이 그녀의 특기이기도 했다.

아리아의 머리카락을 빗는 제시의 입에서 저절로 감탄이 터져 나왔다. 백작가에 들어와 잘 먹고 편히 지낸 덕을 보고 있는 것인지, 최근 급격하게 키가 크고 살이 붙어 어른스러워진 그녀가 무척이나 아름다웠기 때문이다.

매일 보는 얼굴이라 잘 느끼지 못했는데 이렇게 꾸며 놓으니 저절로 시선이 갈 정도로 매혹적이었다. 물론, 그래 봤자 또래의 소녀만큼 성장한 것이 전부였지만, 어쨌든 미엘르와 동갑으로 보일 정도로 작고 왜소했던 그녀로선 대단한 성장이었다. 한 번 크기 시작했으니 앞으로 더더욱 어른에 가까워질 것이 틀림없었다.

모두가 바쁜 탓에 간소하게 아침을 끝내곤 방에서 책을 읽으며 미엘르의 생일 파티가 시작되기를 기다렸다. 등장은 그녀가 했던 것처럼 갑작스러운 것이 좋겠지. 아주 애처로운 척을 하며 나타나면 아무리 미엘르의 사람들이라도 동정을 금치 못할 것이다.

그렇게 기분 좋은 상상을 하며 책을 덮고 창밖을 구경하는데 저 멀리서 눈에 익은 마차가 보였다. 백합 모양이 수놓인 백작가의 마차였다. 평소 타고 다니는 것들과는 조금 다른 튼튼하고 큰 마차. 짐과 사람 모두 대량으로 싣기 좋은 장기 여행에 적합한 마차였다.

'그걸 타고 다니는 건…… 백작뿐인데.'

이제 완연한 겨울이니 슬슬 돌아올 때가 되긴 했지만, 설마 미엘르의 생일에 맞춰 돌아올 줄은 꿈에도 상상하지 못했다. 정말 백작이 그녀의 생일에 맞춰서 돌아온 것이라면 아무리 의붓딸이라고는 하지만 조금 비참하지 않은가.

아리아는 마차에서 내려 제 친딸을 품에 안는 백작을 하염없이 응시했다. 아직 갈 길이 멀어 이리 차별받는다는 것은 익히 알고 있지만 어쩐지 과거에 느꼈던 그 쓸쓸함과 외로움이 전신을 덮쳤다. 어째서일까.

'……정말 눈물 나는 부성애군.'

그녀는 단 한 번도 느껴 보지 못한 사랑이었다. 오롯이 나만을 사랑하고 위하는 존재라니. 그런 것이 존재할 리가 없다고 믿었다. 당장 친어미인 백작 부인조차 제 삶을 살기 바빠 아리아를 챙길 여력이 없었다.

과거의 남자들도 모두 아리아의 외모에 홀려 전 재산을 다 바칠 것처럼 굴었지만 후에 제자리를 찾아 떠나갔다. 결국 그녀에게 헌신하며 모든 걸 다 바칠 존재는 처음부터 끝까지 없었다.

'어차피 제 목숨이 위태로워지면 다 부질없는 것이거늘.'

아리아는 사랑을 믿지 않았다. 그것이 설령 부녀, 모녀 간의 사랑이라 할지라도. 그래서 이용할 수 있었다. 이용할 자신도 있었다.

사랑에 실체가 없음을 아는 그녀에게 그것보다 쉬운 일은 없었다.

* * *

돌아온 백작은 혼자가 아니었다. 20대 초중반으로 보이는 멀끔한 외형의 젊은 남자와 함께였다. 아리아가 막 1층으로 내려갔을 때 그가 미엘르와 인사를 나누고 있었다. 그는 사람 좋은 웃음을 지으며 자신을 변방의 소귀족이라 소개했다.

"피노 레인이라고 합니다. 편하게 레인이라고 불러 주십시오."

단 한 번도 들어 본 적 없는 성을 가진 그는 미엘르에게 과하게 관심을 표했다. 신분 상승을 노리는 것인지 뒷배를 원하는 것인지는 모르겠으나 무언가 원하는 것이 있는 게 분명했다. 그렇지 않다면 이렇게 엄청난 선물을 가져올 리 없을 테니까.

레인은 미엘르를 위해 갖은 보석과 진귀한 장식품들을 선물했다. 변방의 소귀족이 준비하기엔 퍽 값이 나가 보였다. 하여 미엘르가 눈을 동그랗게 뜨고 부담스러워하자, '제가 준비한 것이 아니라 저를 부리는 주인님께서 준비한 것들이니 괘념치 마십시오.'라며 그녀의 부담감을 덜어 주었다.

백작 또한 그가(혹은 그의 주인이) 미엘르에게 지대한 관심을 표하는 것을 알 법한데 별다른 제재를 가한다거나 불쾌한 기색을 표하지 않았다. 그저 자신의 사업에 여러모로 도움을 주었다며 레인의 등을 두드릴 뿐이었다. 이에 레인이 '제가 아니라 제 주인님의 지시였을 뿐입니다.'라며 넉살 좋게 웃어 보였다.

과거와는 달리 처음 보는 상대, 게다가 먹잇감을 노리는 하이에나 같은 그에게 아리아는 불편함과 동시에 꺼림칙함을 느꼈다.

"소문만큼 아름다운 따님을 두셨군요."

"다른 건 몰라도 우리 미엘르에 관한 소문은 과장이 아니지."

"과찬이세요."

미엘르를 가운데 두고 칭찬하는 행태를 반복하는 탓에 아리아는 멀뚱멀뚱 그 모습을 지켜만 보아야 했다.

'그러고 보니 저 드레스, 어디서 많이 본 드레스인데…….'

아리아는 한참 동안 고민에 빠진 끝에 미엘르가 입은 드레스의 출처를 깨달을 수 있었다.

'……오스카가 내게 선물했던 드레스와 비슷하잖아?'

설마, 후에 혼약을 치를 소녀와 그녀의 언니에게 비슷한 옷을 선물하다니. 참으로 센스가 없다고 생각하며 아리아가 비웃음을 삼켰다.

그사이 미엘르에 대한 칭찬을 입이 마르도록 하던 레인이 드디어 시선을 돌려 아리아를 마주했다. 미엘르에게 집중한 나머지 아리아가 도착한 것을 몰랐던 모양인지, 그의 얼굴에 의아함이 서려 있었다.

그에 백작이 아리아를 자신의 또 다른 딸이라 소개하자 능구렁이처럼 유려하게 입을 털던 방금 전과는 다르게, 표정과 말투가 조금의 당혹스러움을 띠었다.

"아아, 정말…… 아름다운 따님을 두셨군요."

아리아는 남자의 말투와 표정에서 진심을 읽었다. 미엘르에게 했던 것과는 다른 진심.

그녀가 귀족들 사이에서 있을 법한 미인이라면 아리아는 평민부터 시작해 귀족들 사이에서도 쉽게 찾아볼 수 없는 미인이었다. 남녀노소 가리지 않고 마음만 먹으면 홀려 버릴 미인.

아주 쓸데없는 일임을 알았으나 아리아는 특유의 매혹적인 웃음을 참을 수가 없었다. 백작이 있기 때문일까. 아니면 괜한 호기일까. 어쨌든 근본을 알 수 없는 승부욕에 아리아가 과한 색향을 뿌리며 레인에게 미소 지었다.

"……."

아리아는 아주 잠깐이지만 그의 눈동자가 흔들리는 것을 똑똑히 보았다. 그러나 그것은 찰나였을 뿐, 레인은 다시 시선을 미엘르에게 가져갔다.

그에 당황한 것은 아리아였다. 어째서? 전혀 예상치 못한 일이었다. 당연히 자신의 미소에 홀려 미엘르를 등한시할 거라 생각했는데, 레인은 아리아에게 손톱만큼의 관심도 주지 않았다.

더는 그들의 사이에 끼어들 수 없음을 깨달은 아리아는 아랫입술을 살짝 깨물고는 더는 무의미한 시간을 허비하지 않기로 했다. 이어 올라가 보겠다는 말을 남기고 자리를 뜨려 하자, 백작이 아리아에게 선물을 주었다.

보석이 촘촘히 박힌 그것은 과거에 백작이 미엘르에게만 선물했던 보석함이었다. 안에는 작고 귀여운 장신구들이 몇 개나 들어 있었다.

'그래, 일단은 이 정도면 됐어.'

아무것도 받지 못했던 과거에 비하면 꽤 진전된 셈이다. 고작 단 한 번의 정보로 이리도 대가를 얻었으니 된 것이 아닌가. 게다가 과거, 늘 냉랭했던 백작의 태도 또한 변모해 이따금 오는 눈길이 따스하다. 방금 전과는 달리 우아하기만 한 미소를 남긴 아리아가 그들만의 세계에서 벗어났다.

방으로 돌아온 아리아는 서둘러 의복을 갈아입었다. 파티가 시작하기 전에 미엘르가 입은 드레스를 본 탓이다. 오스카가 선물한 드레스를 입으려 오늘만을 기대했을 그녀에게 아주 손쉽게 절망을 안겨 줄 수 있었기 때문이다.

'비슷한 드레스를 입고 파티에 나타난다면 과연 어떤 반응을 보일까.'

최소한 좋은 반응은 아닐 것이다. 미엘르를 축하하러 모인 자들도 의아함을 내비치겠지. 상상만 해도 하늘을 날아갈 것처럼 기분이 좋아졌다.

점심때쯤이 되어서야 미엘르의 생일 파티가 시작되었다. 늘 그랬듯 1층 전체를 사용하여 손님들을 맞이했다. 백작의 사업 파트너를 비롯하여 친분이 있는 귀족들이 속속들이 모였다. 미엘르와 끈끈한 우정을 다진 영애들도 다수 참석하여 자리를 메웠다.

아리아는 제 방 창문으로 그 모습을 조용히 관찰하다가 파티가 무르익었을 때쯤이 되어서야 모습을 드러냈다. 쉽게 구할 수 없는 꽃으로 준비한 풍성한 꽃다발을 품에 안고 1층 홀로 내려가자, 화기애애하게 파티를 즐기던 사람들의 시선이 자연스레 그녀에게 꽂혔다.

소문만 무성할 뿐 대부분이 아리아를 본 적이 없었기에 화려한 꽃다발을 품에 안은 아름다운 소녀에게 관심을 가지는 것은 당연한 일이었다. 참석자들은 아리아가 미엘르에게 다가가는 것을 흥미진진하게 관찰했다.

"미엘르! 생일 축하해!"

"……언니."

미엘르는 주변을 두리번대며 불안함과 어색함을 감추지 못했다. 지난번에 자신이 행패를 부렸던 것처럼 아리아 또한 불손한 말을 늘어놓을까 걱정하는 모양이었다.

뒤를 이어 곧장 그녀의 시녀인 엠마가 따라붙었다. 미엘르의 뒤에 선 그녀는 잔뜩 굳은 얼굴로 경계를 늦추지 않았다.

제까짓 게 뭐라고. 우습기도 하지. 아리아는 당연히 미엘르에게 모욕을 줄 생각이었다. 축하받아야 마땅할 파티에서 평생 수치스러워할 사건을 만들어 주겠다고. 목이 떨어져 나가기 전까지 밤잠을 이루지 못할 수치를 말이다. 과거의 자신이 겪었던 것처럼.

"꽃다발이 마음에 들지 않니? 신경 써서 준비했는데."

"아뇨……. 고마워요, 언니."

홀에 모인 사람들은 거듭되는 미엘르의 언니라는 말에 아름다운 소녀가 아리아라는 것을 깨달았다.

과연 백작을 유혹한 매춘부의 딸답게 매혹적이라며 수긍하는 사람들과, 소문과는 너무도 다른 모습에 충격을 금치 못한 사람들 또한 있었다.

아리아는 그 시선을 즐기며 미엘르와 '사이좋은 자매'를 연출했다. 미엘르와 자신의 사이를 마음껏 오해하기를 바랐다. 그래야 치욕을 주었을 때 아무도 자신이 꾸민 짓이라 의심하지 않을 테니까.

미엘르가 꽃다발을 받아 들자, 가려져 있던 아리아의 드레스가 드러났다. 이를 제일 먼저 발견한 미엘르는 숨을 멈췄고, 주변엔 침묵이 흘렀다. 아리아가 막 내린 보드라운 눈꽃송이처럼 부드럽게 웃으며 불을 지폈다.

"……어머, 그 드레스……. 내 드레스와 비슷하구나? 혹시 지난번에 오스카 님께 선물 받은 거니?"

"……."

"내가 받은 드레스만 확인하고 외출해서 몰랐는데, 참 잘 어울리는구나."

미엘르가 금방이라도 꺼질 듯한 불꽃처럼 휘청거렸다. 몇 마디 던지진 않았지만 이제부터 미엘르는 수만 가지의 추측과 질문에 시달려야 할 것이다.

'오스카 님에게 선물 받은 드레스인데, 어째서 저 악녀도 비슷한 것을 갖고 있는 건가요?'라고 물을 게 뻔하지 않은가.

아리아는 부채로 입매를 감춘 채 수군대는 홀을 한번 훑어보곤 미엘르와 퍽 사이가 좋은 무리의 바로 옆에 자리했다. 대부분이 후에 미엘르를 주축으로 한 무리의 일원들이었다. 그리고 만날 때마다 자신에게 모멸감을 주는 언행을 일삼던 자들이기도 했다.

아리아가 그녀들의 행태를 살피다가 한 영애와 눈이 마주쳤다. 장미처럼 화사하게 웃자 놀란 토끼처럼 커진 눈을 황급히 돌렸다.

'아아, 그래 너로구나. 이름까지는 아니지만 얼굴은 아주 잘 기억

하고 있지.'

아직 앳된 얼굴엔 순수함이 남아 있었지만, 후에 그것은 악귀의 껍데기로 변모할 것이다.

'그리고 나를 향해 날을 세우겠지.'

지난날 그녀에게서 들었던 저주를 회상했다. '천박하게 엉덩이를 흔들고 다니는 저런 여자는 어둡고 음습한 매음굴이 어울린다.'라고 했던가. 제 입에서 나오는 말이 시궁창에서 구르는 매춘부보다 못하다는 것을 아는지 모르는지 핵심을 찔렀다는 얼굴로 까르르 웃으며 의기양양하게 사라졌었다.

"어쩜…… 생각했던 것보다 더 천박해 보이네요."

"눈치도 없는 모양이고요."

"분위기 망치는 데 일조할 생각인가 보죠."

"설마 그녀는 본인이 정말 귀족이라고 생각하는 걸까요?"

"그렇다면 정말 뻔뻔하고 웃기지도 않은 일이네요."

"드레스는 또 어떻고요. 부러워서 따라 구입한 건 아닐까요?"

"그럴 수도 있겠네요."

주어만 없다 뿐이지 누구를 지칭하는지 확연히 알 것 같은 대화가 오갔다. 일부러 들으라는 듯 소리 또한 줄이지 않았다.

그녀들은 백작과 함께 방문객들과 인사를 나누는 백작 부인에 대한 이야기도 서슴지 않았다. 미엘르가 가엽다며 손수건으로 눈가를 훔치는 영애 또한 있었다. 이를 제시는 혹여 제 아가씨가 난동을 부리는 건 아닌지 조마조마하게 지켜보았다.

하지만 아리아는 전혀 개의치 않았다. 그저 그녀들의 입에서 쏟아지는 악취를 연주곡 삼아 고고하게 자리를 지킬 뿐이었다. 어차피 드레스를 비롯한 오늘 일을 떠벌려 봤자 상처받는 것은 미엘르였기에.

아리아는 제시가 가져다주는 다과를 먹으며 조용히 제 아름다움을 뽐냈다. 그간 사라와 함께 갈고닦은 예법은 어느 한 곳 흠잡을 데가 없었다.

소문과는 너무도 다른 모습에 천박하다며 욕하던 이들은 점점 말수를 줄였고, 비웃으며 관찰하던 이도 표정을 굳히고 아리아를 힐끗거렸다. 멀리서 방문객들과 인사를 나누는 미엘르의 웃음이 애처로울 지경이었다.

'슬슬, 때가 됐나.'

이만하면 충분히 소문을 한차례 흔들 만큼 모습을 드러냈다. 늘 패악을 부리는 매춘부의 딸에서 '패악을 부린다'는 문구는 사라지겠지. 후자는 사실이었기에 정정할 생각이 없었고, 방법도 없으니 이 정도면 충분했다.

'이제 그만 미엘르를 욕보이고 떠날까.'

힐끗 눈을 돌려 제시가 든 모래시계 상자를 확인했다. 목에 건 아름다운 회중시계를 손으로 만지작대며 미엘르를 어떻게 모욕을 주는 것이 좋을까 고민했다. 어리석은 미엘르는 악녀가 사악한 꾀를 고심하는지도 모르고 천사 같은 웃음을 거두지 않았다.

그때였다.

뒤늦게 도착한 참석자에 의해 갑자기 미엘르의 얼굴이 형용할 수 없을 만큼 밝아졌다. 도대체 누가 왔기에? 그녀의 시선이 닿은 곳으로 아리아 또한 시선을 돌렸다.

큰 키에 잘생긴 얼굴. 익숙한 그 모습은 백작가의 장남, 카인이었다.

'평생을 보고 지낼 사인데, 뭐가 그리도 기쁘다고.'

아리아는 미엘르가 저리도 기뻐하는 것을 이해할 수 없어 고개를 기울이다가 카인의 뒤로 한 명이 더 따라붙는 것을 보고 그녀가 왜 저리도 흥분했는지를 깨달았다.

'오스카……!?'

어째서? 늘 아카데미나 일이 바쁘다며 참석하지 않았는데! 자신에게는 편지조차 답장하지 않은 그가 미엘르의 생일에 참석한 것이다. 과거와 다르게 자신과 사이가 좋아졌음에도 왜 미엘르는 챙기는 것인지!

"어머나, 프레데리크가의 후계자님이시네요."

"미엘르 영애와 사이가 좋으시다지요?"

"약혼 이야기가 오가는 모양이에요. 학기 중이라도 당연히 참석할 만하죠."

저절로 쥐어지는 주먹에 손바닥이 따끔거렸다. 퍽 다정하게 이야기를 나누는 오스카와 미엘르를 보고 있자니 배알이 뒤틀렸다. 거리가 떨어져 들리지 않는 대화에 청각을 곤두세우며 입술을 깨물었다.

그것은 비단 아리아뿐만 아니라 홀에 모인 모두가 그러했다. 단순히 소년과 소녀의 모습이 훈훈해서가 아닌, 오스카가 황가를 제외하면 단연 권력의 중심이라고 할 수 있는 프레데리크가의 장남이기 때문이었다.

더불어 미엘르 또한 대단한 재력으로 유명한 로스첸트 백작의 친딸이라, 두 사람의 결합으로 인한 영향이 클 것으로 예상되었기에 주목을 받을 만했다. 프레데리크의 장녀 역시 황태자와의 약혼설이 오갔기에 더욱이 관심이 집중되었다.

만약 이들이 모두 순조롭게 약혼과 혼인을 치른다면 제국에 권력과 재력이 한곳으로 모일 것이다. 어떻게든 이들 중 하나와 안면을 트고 친분을 쌓는 것이 중요했다. 그리고 개중 제일 접근하기 쉽고 비벼 볼 만한 자는 미엘르였다.

"정말 잘 어울리지 않나요?"

"선남선녀라는 게 이럴 때 쓰는 말이겠죠."

오롯이 오스카에게 관심을 두느라 시선도 주지 않는 미엘르에게 아부와 아양의 말이 쏟아졌다. 오스카가 나타날 것이라고는 생각하지 못한 아리아는 구경꾼 중 한 명이 되어 오늘의 주인공을 지켜만 보았다.

왜 그는 과거에도 주지 않았던 마음을 지금 미엘르에게 주는 것인가.

'……혹시, 내가 뭘 잘못했나?'

생각해 봤지만 뭘 어떻게 잘못했는지 도무지 알 수가 없었다. 아주 잘해 내고 있다고 생각했는데, 어디서 어떻게 틀어졌는지 전혀 알 수가 없었다. 섣불리 행동하기 힘들어진 상황에 가만히 과거를 되짚어 보는데, 미엘르와의 재회를 끝내고 주변을 둘러보던 카인과 눈이 마주쳤다.

"……!"

그는 무척이나 놀란 얼굴로 아리아를 위아래로 훑었다. 자신이 알던 그 소녀가 맞는지 확인하는 눈빛이었다. 못 본 사이 부쩍 키도 크고 살도 붙어 꽤 달라진 모습에 적잖이 놀란 듯했다.

마주 오는 시선에 아리아는 습관적으로 긴 속눈썹을 나비처럼 팔랑이며 부드럽게 웃었다. 카인은 그녀의 목표물이 아니었기에 달리 유혹하려던 생각은 없었는데, 예전에도 그랬듯 제 아비를 닮아 미색에 약한 그는 눈도 깜빡이지 않고 아리아에게 시선을 고정했다.

"……카인?"

대화도 끝났으니 자리를 이동해야 하는데, 제 옆에 선 카인이 꼼짝도 않아 오스카가 그의 이름을 몇 번 불렀다. 그럼에도 들리지 않는 것인지 무시하는 것인지 카인은 미동도 하지 않았다.

이를 의아하게 여긴 미엘르 역시 카인의 이름을 불렀다. 오스카는 도대체 카인이 무엇 때문에 이리도 정신을 파는지 확인하려 그의 시선이 닿은 곳으로 눈을 돌렸다.

"……!"

그러곤 오스카 역시 카인처럼 아리아에게 시선을 빼앗겼다. 불과 한 달 전에 만났음에도 한층 더 성숙해진 그녀의 모습은 미성숙한 오스카의 마음을 빼앗기 충분했다. 그들의 시선을 즐기며 아리아가 회심의 미소를 지었다.

'역시, 잘못되지 않았었어.'

익숙한 눈빛이었다. 익숙한 시선이었다. 익숙한 상황이었다. 가진 것이라곤 잘난 외모밖에 없던 그녀가 사교계에서 살아남을 수 있었던 이유였다. 아리아는 이 익숙하고도 당연한 상황에 잃었던 자신감을 되찾고 불안함을 떨쳤다.

'그래. 마주칠 때마다 잠깐이었지만 내게 홀렸던 그 눈빛이 생생한데, 잘못되었을 리가.'

여러 명의 시선이 쏠림에도 당황하지 않고 여유로운 웃음을 띠던 아리아가 이내 자리에서 일어나 아직 덜 자란 그들에게 다가갔다.

"오랜만이네요. 카인 오라버니, 그리고…… 오스카 님."

드레스 자락을 붙잡고 인사하는 몸짓이 퍽 나긋하고 수려하여 또한 번 어린 사내들의 말문을 막았다. 옆에 선 미엘르의 얼굴이 점점 창백해지는 것을 느끼며 아리아가 애써 비웃음을 참았다.

"저, 혹시 제가 무슨 실수라도……?"

인사를 건넸음에도 대답이 없는 이들에게 아리아가 묻자, 그제야 정신을 차린 오스카가 인사했다. 카인은 여전히 아리아의 모습에 적응하지 못한 눈치였다.

"무례를 용서해 주십시오. 오랜만에 뵙습니다."

"용서라니요. 무슨 그런 말씀을."

오스카가 인사를 끝낸 뒤 곧장 시선을 돌렸다. 슬금슬금 이쪽으로 돌아오는 눈동자에 아리아는 그가 자신을 보기 싫다거나 미워서 그런 것이 아니라는 걸 깨달았다.

자연스레 시선이 고정되니 어쩔 수 없는 거겠지. 계획과는 다르게 아무런 행동을 취하지 않았음에도 미엘르의 생일을 망쳤음에 아리아가 제 기분을 싱그러운 미소로 표현했다.

"오라버니, 어디 아프신가요?"

카인은 여전히 변한 아리아를 말없이 응시하고 있었다. 두 번이나 지적을 했음에도 그는 제 행동을 고칠 생각을 하지 않고 조금 더 아리아를 살펴보기만 했다.

"……오라버니?"

다시금 이름이 불리자, 그제야 카인이 눈을 빠르게 깜빡이며 반응을 보였다. 그러나 오랜만에 재회한 의붓여동생에게 살가운 인사를 건네기보단, '아니.'라는 짧은 대답과 함께 얼굴을 획 돌려 버렸다.

이에 아리아가 어색하게 웃었다. 참으로 아이 같지 않은가. 여성의 나이로 따지면 이제 곧 성인이거늘, 뭐가 저리 두려워 제대로 된 대답도 하지 못하고 시선을 돌리는가.

과거에 저런 자를 무서워하고 굴복해 목숨을 앗아 가게 내버려 두었다니……. 지금 생각하면 웃기지도 않는 일이었다.

현악기의 선율만이 정적을 채운 홀을 의식하며 아리아가 시선을 내리깔았다. 눈썹 끝을 애처롭게 내리고 눈시울을 붉히며 분홍빛 입술을 깨물었다. 지금은 미엘르를 욕보일 타이밍이 아니었다. 단순한 모욕보다 더 그녀를 괴롭힐 대상이 나타났기 때문이다.

"아……. 아무래도 제가 낄 자리가 아닌 모양이네요. ……이만, 올라가 볼게요."

한껏 처량한 얼굴로 어깨를 늘어뜨린 아리아는 퍽 불쌍해 보였다. 때와 장소를 잊은 오스카가 그녀에게 손을 뻗을 만큼.

아리아가 황급히 인사를 하고 사라진 탓에 차마 닿지 못한 오스카의 손이 순식간에 제자리로 돌아갔다. 아리아가 떠난 홀에서 카인과 오스카, 그리고 미엘르는 각기 다른 감정을 가진 채 침묵을 고수했다.

* * *

아리아는 제 방으로 돌아가지 않았다.

그녀의 발길이 향한 곳은 2층 실내 정원이었다. 손님들에게 개방된 곳이라 한껏 꾸며진 상태였지만, 오늘 파티의 주인공인 미엘르가 1층에서 움직이지 않았기에 아무도 없었다.

아리아는 테이블 위에 모래시계를 올려 둔 채 제시가 가져다준 다과를 즐겼다. 오스카가 이곳에 나타나진 않을지, 기대하고 또 기대하며.

수많은 남자들을 손바닥 위에 올려놓고 장난을 쳤던 과거의 오랜 경험으로 미루어 보아, 오스카가 자신에게 보이는 눈빛과 태도는 호감이 분명했다.

무뚝뚝한 성정 탓에 제 마음이 어떤 것인지도 모르고 방황하고 있겠지. 하지만 눈빛과 태도가 상이했기에 알아차릴 수 있었다. 아마도 미엘르가 있음에도 자꾸만 흔들리는 자신이 괴로웠을 것이다.

'그래서 생일 파티에 온 건가?'

죄책감을 조금이라도 덜어 보려고? 귀엽기도 하지.

설탕 한 조각 들어가지 않은 녹차가 달콤했다. 붉은 혀로 그 달콤함을 음미한 아리아가 자세를 흩뜨려 소파에 기댔다. 좋아하지도 않는 자를 내 것으로 만드는 과정이 이리도 즐겁고 신난다니.

매일 밤 내 얼굴을 떠올리진 않았을까? 도착하는 편지에 답장도 할 수 없을 만큼. 그리고 죄책감에 시달렸겠지. 방금 전에 보여 주었던 오스카는 아리아를 그렇게 생각하게 만들었다.

이유가 어찌 되었든 좋았다. 이대로만 간다면 오스카와 미엘르는 틀어지고 말 테니까. 어차피 그에게 호감이 있는 것도 아니기 때문에 불화설을 만들고 걸림돌이 되는 것만으로도 충분했다. 그렇게 미엘르의 인생에서 절망을 하나씩 맛보게 만드는 거다.

작게 웃음을 터뜨리는 모습에 곁에서 시중을 들던 제시의 입매도 호선을 그렸다. 제 아가씨가 파티에서 영 기분이 좋지 않아 보였는데 겨우 웃음을 되찾아서다.

물론 급격한 기분 변화에 당혹스러움도 일었지만 뭐든 좋은 게 좋은 거였다. 주인이 행복해야 자신도 행복했기 때문이다.

아리아는 한참 동안 홀로 정원에서 오스카를 기다렸다. 차가 세 번 바뀌고 다과가 눅눅해질 때까지 기다렸다. 무료해진 탓에 제시에게 책을 가져오라 시키기도 했다. 그리고 다행히도 오스카는 아리아가 책을 몇 장 넘겼을 때 즈음에 나타났다.

"……혹시, 제가 방해가 되는 건 아닌지요."

"그럴 리가요. 여긴 누구나 들어올 수 있는 정원인걸요."

그의 표정이 복잡했다. 후회하고 있는 것처럼 보였다. 그렇다고 해서 달라지는 것은 없었다. 그는 지금 아리아가 홀로 만끽하던 정원에 들어와 있었으니까. 맞은편에 앉은 오스카가 품에서 무언가를 꺼냈다.

"이게 뭐죠?"

"답장입니다. 어차피 오늘 만나게 될 것 같아 가져왔습니다."

그것은 아리아가 오래토록 기다렸던 편지의 답장이었다.

설마 직접 가져오리라곤 생각하지 못했기에 아리아가 표정 관리를 하지 못한 채 편지를 받아 들었다. 품에 넣어 놓았던 것이라 그런지 따뜻했다.

"……고마워요."

그럴 리는 없겠지만 답장이 통 오지 않았던 탓에 설마 주지 않는 건 아닌지 불안했었는데, 이리도 따뜻한 편지를 받게 되어 기분이 이상했다.

시답잖은 일상 이야기가 전부겠지만 직접 전하러 이렇게 찾아왔다는 사실이 아리아의 기분을 이상하게 만들었다. 눈을 몇 번 깜빡여 이상한 기분을 털어 낸 아리아가 다시금 가면을 썼다.

"파티는 즐거우셨나요?"

"글쎄요. 별로 좋아하는 편은 아닙니다."

"아아, 이해해요."

파티는 즐거운 장소가 아니었다. 남을 시험하고 헐뜯기 위한 장소에 가까웠다. 과거의 그녀는 파티를 꽤 즐기고 참석했지만, 파티 자체가 좋아서라기보다는 그녀를 유일하게 사랑해 주는 사람들이 그곳에 있었기 때문이었다. 물론, 그들이 사랑한 것은 아리아의 외모뿐이었지만.

"지인이 없는 저는 더더욱 그렇죠."

"저도 파티에 참석할 만한 지인이 없어 공감합니다."

"지인이 생기면 파티가 즐거울까요?"

"글쎄요. 개인적으로 지인은 파티보단 다른 곳에서 만나는 편이 좋습니다."

공감대가 형성된 덕에 두 사람은 거부감 없이 대화를 나눌 수 있었다. 후회가 묻어나던 오스카의 표정이 어느새 조금 풀어져 있었다.

"그건 그래요. 조금 아까 1층에서 만났을 때보다 정원에 있는 지금이 더 대화하기 편하듯 말이죠?"

"……그렇다고 볼 수 있겠죠."

오스카는 아리아의 질문에 조금 뜸을 들이며 대답했다. 정원에서 대화를 나누는 게 편한 것은 비단 장소 때문만은 아니었다. 굳이 따지자면 미엘르가 없기 때문이었다. 그녀가 있는 장소에서 아리아와 대화를 나누는 것은 조금 죄를 짓는 기분이 들었다.

'왜, 어째서?'

오스카는 잠시 고민에 빠졌다.

단순한 지인, 편지를 주고받는 친구라면 미엘르가 있든 없든 상관할 바가 아니었다. 하지만 왜 자신은 미엘르가 있는 자리에서 떳떳하지 못한가. 편지를 주고받는다는 사실조차 그녀에게 전하지 못했다.

편지를 주고받는 것이 싫은 건 아니었다. 오히려 소소한 일상을 전하는 아리아의 편지에 조금 기쁜 마음이 들기도 했다. 잠이 들기 전에는 열심히 편지를 적고 있을 아리아의 얼굴이 떠오르기도 했다. 단 한 번도 미엘르를 떠올린 일이 없었음에도 불구하고.

"언제 돌아가시나요?"

"저녁때쯤에 돌아가려고 합니다."

"저녁도 드시고 가실 건가요?"

아니, 그럴 생각은 없었다. 지난번과는 달리 이번에는 공작저에 말을 해 둔 참이라 지척에 있는 본가에 가서 해결하면 되는 일이었기 때문이다.

게다가 미성년자의 생일 파티라서 해가 지기 전에 모두 끝이 난다. 때문에 굳이 이 불편한 백작저에서 밤늦게까지 시간을 허비할 필요가 없었다. 그럴 계획도 없었다.

"……예."

"정말 잘됐네요! 오랜만에 지인을 만난 참이라 조금 더 대화를 나누고 싶었거든요."

하지만 그렇게 대답할 수 없었다.

왜? 어째서? 조금이나마 기대하는 아리아의 눈을 보았기 때문일까. 불편함을 감수하고서라도 그녀를 실망시키고 싶지 않았다. 게

다가 오스카 역시, 아리아와 조금 더 대화를 나누고 싶었다.

"근래 들어 식당에서 홀로 밥을 먹을 때가 많아 쓸쓸했었어요. 아버지는 안 계시고, 어머니도 바쁘시고, 미엘르는…… 아파서 통 내려오지를 않았거든요. 오늘은 꽤 왁자지껄할 것 같아 기분이 좋네요."

기뻐하며 웃는 아리아의 미소가 두 눈에 선명히 박혔다. 얼마 지나지도 않았건만 못 보던 사이 아이에서 어느 정도 성숙한 소녀로 자라난 그녀는 오스카의 심장을 떨리게 만들기 충분했다.

이렇게 좋아하는 걸 보니 내일 아침까지 있다가 가고 싶어질 정도였다. 하지만 그럴 수 없었다. 당장 내일 있을 수업에 참가해야 했기에 지체할 수 없었다.

끊긴 대화에 뭐라 말을 꺼낼까 고민하던 오스카의 시선 끝에 아리아가 입은 드레스가 걸렸다. 지난번에 그가 선물한 드레스였다.

조금 더 고급스러운 드레스를 보냈다면 좋았으련만. 값싼 드레스는 아니었지만 최선을 다해 고른 드레스도 아니었다. 그저 면피용으로 적당히 골라 보낸 드레스에 불과했다. 어쩐지 후회가 되었다.

그럼에도 아리아의 화려한 외모의 수혜를 받아 드레스가 세상에서 단 하나뿐인 아름답고 고귀한 것으로 보였다. 정말이지 놀라운 일이 아닐 수 없었다.

"드레스가 참 잘 어울리십니다."

자신은 이런 말을 하는 타입이 아닌데도 불구하고 아리아의 아름다움을 칭찬하지 않을 수가 없었다. 혹여 이런 자신을 이상하게 생각하지 않을까 걱정이 되었지만, 그녀는 칭찬을 받은 것이 그저 기쁜 모양이었다.

"그리 말씀해 주시니 감사할 따름이에요."

느릿하게 깜빡이는 아리아의 눈꺼풀이 흡사 나비의 날갯짓과도 같아 요염했고, 호선을 그리는 입술은 보드라워 보였다. 어쩐지 형용할 수 없는 기분이 들었다. 홀로 생각하던 모습보다 더 아름다운 그녀의 모습에 자주 말문이 막혔다.

오스카의 목울대가 크게 한 번 울렸다. 몇 번이고 차를 마셔 갈증을 해소했음에도 입안이 바싹 말랐다. 날이 추워졌다거나 수업은 어렵지 않은지 묻는, 특별할 것 없는 대화임에도 특별하게 느껴졌다. 시간이 유수처럼 흘렀다.

"그럼 저녁 식사 시간에 다시 뵈어요."

오스카가 말없이 고개를 끄덕였다. 그럼에도 무례하지 않았던 이유는 그의 표정이 한껏 풀어져 아리아만을 좇았기 때문이다.

한차례 태양처럼 웃어 보인 아리아가 사르륵 잔상을 일으키며 자리를 떠났다. 그것이 마치 신기루 같아 손을 뻗어 잡아 보려 했지만 아리아는 이미 사라진 뒤였다.

'이게 도대체 무슨 감정이지…….'

심장이 요동쳤다. 시간의 흐름이 이상했고 늘 총명하다 칭송받던 머리는 제 기능을 하지 않았다. 오스카는 아무도 없는 조용한 실내 정원에서 한동안 제 빈손을 하염없이 내려다보았다.

* * *

당연한 일이었지만 저녁 식사 시간의 주인공은 미엘르였다.

원래도 그랬지만 백작과 함께 찾아온 레인이라는 남자 때문에 더욱이 그러했다. 그는 미엘르에게 아주 지대한 관심을 표하며 여러 질문을 일삼았다.

"백작님의 사업에 여러 번 조언을 주셨다고 들었습니다. 아직 나이도 어리신데, 그 방대한 지식들은 도대체 어떻게 공부하신 겁니까?"

"방대하다니요……. 그냥 여기저기서 주워 들었을 뿐이랍니다."

수줍게 대답하는 미엘르의 양 뺨이 미미하게 붉었다. 아리아가 코웃음을 삼키며 수프를 떠먹었다. 미엘르가 도움이 되었던 적이 있었나? 시시한 아이디어를 몇 번 제안하긴 했으나 딱히 도움이 되진 않았다.

백작은 하나뿐인 제 친딸의 생각이 기특하다며 그녀가 의견을 말할 때마다 치켜세워 주긴 했으나, 단 한 번도 사업에 활용한 적이 없었다. 정작 도움이 된 것은 자신이거늘, 어째서 모든 공을 미엘르가 가져간 것인지 의문이었다.

"아주 작은 지식이라도 활용하기 나름입니다. 아무리 많은 정보와 지식을 갖고 있다고 해도 활용하지 못하면 무용지물이니까요. 그런 점에 있어선 늘 백작님께 조언을 아끼지 않으신 영애께서 탁월한 능력을 지니셨다고 봐도 무방합니다."

"그런가요?"

"그럼요. 제 주인님께서도 영애의 이야기를 듣고 크게 놀라셨습니다. 어린 나이에 대단하다고요. 꽤 깐깐하신 분인데 말이죠."

"주인 되시는 분이 어떤 분인지는 모르겠지만…… 좋게 봐주셔서 기쁘네요."

미엘르에게 칭찬 세례를 퍼붓는 레인을 흐뭇하게 지켜보던 백작이 한마디 거들었다.

"나도 아직 만나 보진 못했지만, 이번 사업에서 귀찮았던 부분을 아주 손쉽게 해결해 주신 분이라 아마 대단하신 분이 아닐까 생각 중이지."

"어머나, 그런가요?"

"그럼. 꼭 한번 만나 뵙고 싶구나."

"지금은 제 주인님 일정이 빠듯하셔서 조금 시간이 걸릴 것 같습니다. 대신해 제가 이렇게 방문하지 않았습니까."

"하하, 그것도 그렇군. 바쁘신 분을 쉽게 만날 수야 없겠지."

"조만간 자리를 만들어 보겠습니다."

"꼭 좀 부탁하지."

레인은 흡사 능구렁이 같았다. 미엘르와 백작의 환심을 사려 갖은 칭찬을 쏟아부었고, 제 주인의 장점을 어필하는 데 여념이 없었다.

그 모습을 지켜보던 아리아가 조용히 생각에 잠겼다. 도대체 그가 원하는 게 무엇일까. 미엘르와 제 주인을 이어 주고 싶은 걸까? 아니면 그 자신이 미엘르에게 호감이 있는 걸까?

뭐가 되었든 가망이 없었다. 미엘르가 오스카 이외의 사람에게 마음을 줄 리가 없으니까. 아무리 레인의 주인이 대단하다고 해도, 황가의 뒤를 잇는 권력을 가진 프레데리크 공작가의 후계자보다 더하겠는가. 황태자라도 되지 않는 이상 미엘르가 관심을 줄 리 없었다.

쓸데없는 노력을 계속하는 그를 속으로 비웃어 주곤 식사를 계속했다. 아리아는 오늘 저녁 식사에서 단 한마디도 하지 않았다. 아무도 말을 걸지 않기도 했고, 달리 할 말도 없었다.

게다가 오스카와 함께하는 자리라서 이런저런 이야기를 떠벌릴 필요성을 느끼지 못했다. 처량한 척하는 것이 그에게 더 잘 통할 테니까.

아니나 다를까 식사를 하는 내내 오스카는 아리아를 곁눈질했다. 미엘르를 비롯해 백작가의 사람들이 모두 모여 있는 통에 말을 걸 순 없었지만 줄곧 의식하는 것을 멈추지 못했다.

아리아는 그 시선을 즐기며 이따금 그에게 웃어 보였다. '이렇게 날 무시하는 가족들이지만 전 괜찮아요.'라는 의미를 내포한 웃음이었다.

처음 만났을 때에도 이렇게 마주 앉아 식사를 했고, 또 카인과 미엘르에게서 철저히 무시를 당했었지만 그때와는 조금 다른 반응이었다. 예전에는 단순히 불쌍한 이를 보는 듯한 느낌이었다면 지금은 아리아가 가여워 어쩔 줄 모르는 분위기였다. 오스카의 표정이 점점 차가워졌다.

"오라버니와 오스카 님께서는 식사를 마치시고 아카데미로 돌아가시나요?"

"그럴 생각이지. 시간을 쪼개서 나온 참이니까."

대답하는 카인을 쳐다보자 눈이 마주쳤다. 그 역시 오스카와 마찬가지로 식사 시간 내내 아리아를 흘깃댔다. 아리아에게선 한 치의 반응도 없었지만 카인은 오히려 그것에 만족하는 듯 보였다.

"바쁘실 텐데 일부러 와 주셔서 감사해요. 선물도 무척이나 마음에 들어요."

미엘르가 제 목덜미를 가리키며 말했다. 그녀의 희고 가녀린 목에는 영롱한 빛을 내는 목걸이가 걸려 있었다.

다른 선물도 아니고 목걸이라. 마치 연인에게 보내는 선물 같지 않은가. 퍽 신경 쓴 선물에 기분이 오묘해졌다.

'언니와 동생 사이에서 줄타기를 하려니 꽤 힘들겠어.'

기분이 나쁜 것은 아니었다. 오히려 조금 흥이 났다. 양쪽 모두에게 신경을 쓰려니 얼마나 속이 타고 괴로울까. 자꾸 악녀에게 시선을 주는 오스카를 지켜보는 미엘르 또한 속이 타고 괴롭겠지. 즐거운 것은 아리아 혼자였다.

"오스카 님?"

"아, 예. 별것 아닙니다. 마음에 드신다니 저 또한 기쁘군요."

애먼 곳에 정신이 팔린 오스카는 미엘르가 두 번이나 그의 이름을 부르고 나서야 제대로 된 답변을 할 수 있었다. 미엘르의 표정이 점점 어색해졌다.

그런 미엘르를 달랜 것은 오스카가 아닌 레인이었다. 그녀의 생일이 순조롭게 엉망이 되는 것을 보며 아리아가 웃음을 삼켰다.

"……그러고 보니, 아버님께서 부재중이신 동안 만든 게 있어요."

미엘르가 분위기를 쇄신하려 애써 밝은 얼굴로 화제를 전환했다. 그러자 순식간에 그녀에게로 시선이 주목되었다. 아리아 역시 마찬가지였다.

백작이 부재중인 동안 미엘르가 고군분투한 것은 수를 놓는 일인데, 설마 그 엉터리 수를 자랑할 리는 없을 테니 도대체 뭘 내놓을 건지 궁금했기 때문이다.

"조금 늦었지만, 손수건에 수를 놓아 봤어요."

설마 했는데 미엘르가 꺼내 든 것은 손수건이었다. 그녀의 뒤에서 대기 중이던 엠마가 백작에게 손수건을 대령했다. 자리가 꽤 멀리 떨어져 아리아에게는 보이지 않았지만, 나이를 감안한다면 미엘르가 놓은 수는 꽤 수작이었다. 백작의 만족스러운 웃음이 식당을 가득 채웠다.

“정말 대단한 작품이구나.”

“마음에 드시나요? 부족한 부분이 많아 걱정이에요.”

“부족하다니! 세상 어느 백합보다 아름다운 백합인데!”

친딸이 놓은 수이기 때문일까. 백작은 지난번에 아리아가 건넨 손수건은 이미 기억에서 지워 버린 듯 미엘르의 손수건을 찬양했다.

백작 부인이 놀란 척을 하며 거들었고, 레인과 카인 역시 그녀의 손수건에 칭찬을 아끼지 않았다. 아리아는 모든 사람을 거쳐 자신에게 돌아온 손수건을 빤히 응시했다.

어떻게 이런 수를 놓은 거지? 손수건에는 과거와는 달리 꽤 그럴듯한 수가 놓여 있었다. 분명 몇 년이 지나서야 봐줄 만한 수를 놓았던 그녀이건만. 설마, 다른 이가 놓은 수를 그녀가 놓았다고 거짓말을 하는 건 아닐까? 그렇다고 치기엔 어색한 부분이 있었기에 아리아는 곧 이 수를 놓은 이가 미엘르라는 사실을 확신할 수 있었다.

“……대단하구나, 미엘르.”

도대체 어떻게 된 일일까. 왜 그녀는 갑자기 수가 늘었을까. 아주 잘하는 건 아니지만 과거에 비해 월등히 실력이 늘었다. 아무리 수를 배우는 기간이 앞당겨졌다고 해도 근본적인 실력은 변함이 없을 텐데. 도통 까닭을 추리할 수 없었다.

“정말인가요? 너무, 너무 기뻐요. ……언니에게 인정받는다는 건, 이런 기분이었군요.”

미엘르가 양 볼을 손바닥으로 감싸며 말했다. 마치, 단 한 번도 저를 칭찬한 적 없다는 듯 말하는 탓에 어느새 아리아는 다시 악녀가 되어 있었다.

‘여우 같은 년.’

아리아가 잇몸을 씹으며 애써 표정을 흐트러뜨리지 않으려 노력했다.

미엘르는 알고 있을 것이다. 그녀가 조금 부족한 수를 놓아도 모두가 칭송할 것이라는 걸. 완벽해도 저평가를 받는 자신과는 다르게 미엘르는 백작의 친딸이기 때문이다.

'그래서 일전에 내가 만든 것보다 훨씬 부족함에도 거리낌 없이 내놓을 수 있었겠지.'

천박한 매춘부의 딸과는 달리, 뭘 하든 사랑받는 고귀한 소녀일 테니.

"그렇게 칭찬해 주시니 기쁠 따름이에요. 몇 장 더 만들어 놓았으니 부족하지만 오늘을 기념하여 선물로 드리고 싶어요."

과거에 이어 비겁한 수로 손수건을 내미는구나. 오스카에게 손수건을 건네고 싶어서 안달이 난 상태였겠지. 백작이라면 언제든지 기뻐하며 받아 주실 테니 예외일 테고.

기념으로 선물하겠다는 손수건을 극구 거절할 사람이 어디 있겠는가. 더불어 혼약 이야기가 오가는 소녀에게서 받은 손수건이니 고이 간직하거나 품에 지니는 수밖에 없었다.

설마, 미엘르는 오스카가 올 것을 알고 있었던 건가. 아니면 오게 만든 것인가. 어느 쪽인지는 몰라도 그녀가 하루 종일 손수건을 건넬 타이밍만 엿보았다는 건 분명했다.

미엘르의 말이 끝나기도 전에 기다렸다는 듯 엠마가 백작과 백작 부인, 카인, 오스카, 그리고 레인에게까지 손수건을 나누어 주었다. 아리아의 순서는 제일 마지막이었는데, 다른 사람들에게 했듯 손수건을 건네지 않고 엠마가 난처한 표정을 지으며 고개를 조아렸다.

"……저, 송구스럽습니다만 손수건이 한 장 부족합니다."

놀랍지도 않았다. 있어도 없는 척하겠지. 아주 잘 놓은 수라면 모를까, 뒤처지는 실력으로 놓은 수를 선물할 리 없지 않은가. 참으로 가증스럽게도 이러한 상황을 꾸민 미엘르가 눈을 동그랗게 뜨며 어쩔 줄 몰라 했다.

"설마, 언니 몫이 없다는 뜻이니?"

"예……."

"이를 어쩜 좋지?"

유치하기도 하지. 아직 어려서 그런 걸까? 이런 사소한 걸로 상처라도 받기를 바라는 건지. 그럴 리가 없지 않은가. 천하의 극악무도한 악녀인데 그깟 손수건 하나 받지 못했다고 상처를 받을 리가. 게다가 필요도 없었다. 사라의 손수건에 익숙해진 자신에게 미엘르의 손수건 따위 걸레보다 못했으니까.

"괜찮아, 미엘르. 매일 얼굴을 보는 사이이니 다음에 받으면 되지."

부드럽게 웃으며 대답하는 아리아의 반응에 잠시 대답을 않던 미엘르가 이내 어색한 웃음을 지었다.

"미안해서 어쩌죠? 언니에게 꼭 드리고 싶었는데……."

"아냐, 난 아무렇지도 않아. 도리어 이렇게 단기간에 굉장한 수를 놓게 된 너이니, 다음엔 더 대단한 수를 놓지 않을까 기대마저 되는걸?"

"……그런가요?"

미엘르의 반응이 떨떠름했다. 생각했던 반응이 아니라서 실망한 듯 보이기도 했다. 그러나 큰 눈을 몇 번 깜빡여 표정을 수습하곤 곧 감동받은 얼굴을 만들어 냈다.

"기대에 부응하도록 열심히 노력해야겠네요."

"걱정 마. 노력하지 않아도 항상 잘해 왔잖니?"

네 실력과는 상관없이 넌 항상 그래 왔잖니. 그리고 네 주변의 멍청이들이 널 치켜세울 테니 더더욱 걱정할 필요가 없을 거야.

악과 악으로 뭉친 로스첸트가의 자매는 식사가 끝날 때까지 싱그러운 미소를 유지했다.

* * *

미엘르의 생일이 끝나고, 해가 바뀌었다.

그사이에 오스카에게 편지를 보냈고, 수업을 통해 부인들과의 친분도 쌓았다. 당분간 출장 일정이 없는 백작과의 친분도 쌓았다. 아직 타이밍이 여의치 않아 정보를 주진 않았지만, 말썽을 부리지 않는 것만으로도 나름 원만한 부녀 관계를 유지할 수 있었다.

그리고 미엘르에게서 손수건을 받진 못했다. 기대하지도 않았으나 너무도 당연한 결과에 그녀가 얼마나 어리석은지를 다시금 깨달았다.

'과거에는 왜 그리도 대단하고 질투가 났는지.'

회귀하여 겪은 그녀는 그다지 대단하지 않았다. 아주 어릴 때부터 온갖 교육을 받았으니 멍청한 매춘부의 딸에 비해 지식이 풍부한 것이 당연했고, 몸가짐이 바른 것이 당연했다.

아무것도 가진 것이 없던 과거에는 그것이 무척이나 대단해 보이고 큰 벽같이 느껴졌지만 지금은 아니었다. 시간은 조금 걸리겠지만 얼마든지 뛰어넘을 수 있을 것 같았다.

'어쩌면, 이미 뛰어넘었을지도.'

이번 생일을 통해 미성숙한 아이답게 유치한 구석이 있다는 사실을 깨달았다. 그러니 철이 들어 저택을 장악하기 전에 먼저 손을 쓸 필요가 있었다.

이제 곧 올해 성년이 된 귀족들을 모아 성인식이 열릴 것이다. 그 뒤엔 올해 성년이 되는 사라를 위한 모임도 열리겠지. 때문에 아리아는 그간 부르지 않았던 애니를 불렀다.

"아가씨……!"

애니는 퍽 수척해진 얼굴이었다. 한동안 방치됐던 탓일까, 그도 아니면 잠시나마 누렸던 금은보화가 그리웠기 때문일까. 아마 두 가지 다일 테지만 아리아는 그 이유를 뭉뚱그려 자신에 대한 그리움으로 정의했다.

"그간 바빠서 부르지를 못했구나."

문가에 서 있는 제시와는 달리 애니는 소파에 앉은 상태였다.

애니는 언제나 특별했다. 아리아는 그녀가 자신을 특별하다고 느끼도록 대우했다. 그리고 그러기를 바랐다. 그래야 미엘르와 자신을 비교하며 저울질을 하기 쉽지 않겠는가.

거칠어진 그녀의 피부를 쓰다듬으며 아리아가 아주 가엽다는 듯 속삭였다.

"어째서 이렇게 수척해진 거야. 네 보드라운 피부는 어디로 가버린 거니? 가엽기도 하지."

"아가씨……."

난데없는 아리아의 태도에 애니는 퍽 감동받은 얼굴이었다.

"하지만 어쩔 수가 없지 않겠니? 시녀를 둘이나 데리고 다닐 필요성을 느끼지 못했으니 말이야."

아리아가 애니에게 바라는 것은 시중이 아니었기에 데리고 다닐 필요가 없었다. 이는 애니도 익히 알고 있는 사실이었다.

"조만간 모임이 있을 거야. 그곳에는 널 꼭 데려갈 생각이야."

그곳에는 머지않아 엄청난 신분 상승을 꾀할 사라가 있다. 성년식에서 빈센트 후작을 만난 이야기를 할 것이다. 사라는 태생이 귀족이긴 하지만 달리 권세가 있는 가문이 아니라 애니의 눈에는 백작 부인과 비슷하게 보일 것이다.

실제를 만나고 나면 부럽고 또 부러워서 잠도 이루지 못하겠지. 그렇게 되면 그녀가 매달릴 곳은 아리아 하나가 된다. 지긋지긋한 시녀 생활을 벗어나 화려한 보석을 두르게 해 줄 단 한 사람.

"그러기 위해선 지금부터 열심히 관리해야겠구나."

아리아가 제시에게 향료와 약초를 녹인 세숫물을 가져오라 시켰다. 귀족 영애들이 피부가 상했을 때 주로 사용하는 세숫물로, 두세 번만 사용해도 눈에 띄게 보드라운 피부를 얻을 수 있는 귀한 재료였다.

아직 어린 나이의 아리아는 사용할 일이 없어 모르는 게 마땅했으나, 과거의 그녀는 매일 밤 술과 향락에 취해 피부가 성할 날이 없어 자주 사용했었기에 쉽게 지시할 수 있었다.

"효과가 바로 나타나는 피부인가 보네."

단 한 번의 세수로 거친 피부가 정리된 것에 아리아가 순수하게 감탄했다.

생각해 보면 그럴 만도 했다. 고작해야 서민의 방법으로 관리해 왔을 게 다인 탓에 언제 이런 고급 관리를 받아 보았겠는가. 부족했던 영양분이 갑자기 공급되어 크게 효과를 본 것이 틀림없었다.

애니는 로션으로 정돈한 제 얼굴을 몇 번이고 만지며 황홀경에 젖어 들었다.

"아 참, 그러고 보니 한 가지 궁금한 게 있는데 말이야."

애니에게 주는 두 번째 기회였다. 방금 누린 은혜와 앞으로 누리게 될 금은보화를 위한 기회이기도 했다.

이번에도 바르게 대답하지 않는다면 더는 기회를 주지 않겠다는 듯 아리아가 차가운 눈빛으로 입을 열었다.

"미엘르의 수 솜씨가 일취월장했던데, 혹시 그 이유를 아니?"

그다지 중요한 정보가 아니었다. 아주 가벼운 이야기처럼 알려주어도 그만인 정보. 그럼에도 아리아가 가장 알고 싶어 하는 정보.

당연하게도 몇 번이나 아리아의 은혜를 입은 애니는 망설이지 않았다.

"아, 그게……. 처음에는 꽤 애를 먹으셨는데, 선생님을 바꾸고 난 뒤에 갑자기 느셨어요. 저도 몇 번 보았는데 설명이 아주 쉬워 금방 이해할 수 있겠더라고요."

"선생을 바꿨다고?"

고작 그 이유로? 선생이야 지금까지 몇 번이나 바꾸지 않았는가. 도대체 어떤 선생이기에.

"예. 하마터면 얼굴도 못 볼 뻔한 선생님이에요. 혼인하여 국외로 나갈 예정이었는데 겨우 찾아서 모셔 왔죠. 몇 달만 늦었어도 이름조차 몰랐을 거라 하더라고요."

그 말인즉, 조금 더 늦게 수를 배우기 시작했던 과거에는 이름조차 듣지 못했을 사람과 만났기 때문이라는 이유였다.

그래, 시기가 앞당겨져 변수가 생겼구나. 그래 봤자 수를 놓는 것으로 더 이상 경쟁할 일은 없을 테니 큰 문제가 되진 않았다. 어차피 기선 제압은 먼저 해 놓은 참이기도 하고.

"그런 일이 있었구나. 정말 다행이네."

아리아가 애니의 머리카락을 부드럽게 쓸어내렸다. 주인을 배신하고 악녀에게 밀고를 한 대가였다. 그제야 제 잘못을 알아차리고 불안에 떠는 그녀를 위해 아리아가 황금 브로치를 선사했다. 칙칙한 시녀복에 달린 황금이 영롱하게 빛을 냈다.

"생각했던 것보다 더 잘 어울리네. 역시 애니, 넌 이런 장신구가 참 잘 어울린단 말이야. 꾸밀수록 빛이 난달까."

그러자 애니의 불안은 온데간데없이 순식간에 사라졌다. 황금이 주는 만족감은 성녀를 배신하는 것보다 훨씬 대단했다. 이를 위해서라면 몇 번이고 다시 밀고를 하겠다고 다짐하게 만들 만큼.

"저……. 그리고 선생님이 먼저 큰 그림을 수를 놓으면 미엘르 아가씨께서 그것을 따라 떨어져 있는 부분을 메우는 식으로 수를 놓으셨어요."

"어머나, 그런 일이 있었구나."

밀고는 처음이 어려울 뿐 두 번, 세 번째는 쉬웠다. 더불어 한 번 배신을 한 자는 다시는 원래 있던 곳으로 돌아갈 수 없다. 이제 더 이상 시녀들을 이용해 몹쓸 짓을 하지 못하겠지.

아리아가 부드럽게 웃었다. 이 수다스러운 시녀가 저택에 분란을 일으킬 것을 기대하며.

8. 시험 그리고 시련 (Ⅰ)

8. 시험 그리고 시련(Ⅰ)

모임을 코앞에 둔 어느 날, 레인이 다시 찾아왔다. 마차 한가득 선물을 싣고서. 이따금 질보다 양으로 밀어붙이는 사람이 있었기에 그런 과인가 했지만, 그 방대한 양의 선물들은 고가에 쉬이 구할 수 없는 것들이 대부분이었다.

"주인님께서 미엘르 아가씨께 보내시는 선물입니다."

"어머나, 세상에."

백작 부인이 놀라 말을 잇지 못했다.

그리고 그것은 미엘르 역시 마찬가지였다. 그간 오스카의 뒤만 쫓느라 선물을 받기보다는 바치는 데만 정성을 쏟았을 뿐이었기 때문이다. 오스카는 늘 형식적인 답례만을 보냈었다. 그런 그와 비교하면 하늘과 땅의 차이에 가까웠다.

'도대체 그 주인이라는 자는 어떤 사람이지?'

보통의 귀족이라면 준비할 수 없는 선물이었다. 재산을 탈탈 털면 모르겠지만, 얼굴도 비추지 않은 마당에 재산을 털어 선물을 보낸다는 것은 이해하기 힘든 일이었다. 그러니 필시 범상치 않은 인물이 틀림없었다.

'설마 외국의 귀족인가…….'

그렇지 않은 이상 미엘르에게 이리 정성을 쏟을 리가 없다. 가망이 없는 상대에게 재산을 쏟아붓는 것은 거리에 돈을 버리는 것과 마찬가지였기 때문이다. 아마 미엘르에 대해, 어쩌면 로스첸트가에 대해 자세히 알지 못하는 게 아닐까 짐작했다.

'이러니저러니 해도, 멍청한 자라는 것은 분명하군.'

조금만 알아봤다면 그녀가 오스카에게 목매고 있다는 사실을 알텐데. 아니면 그게 상관없을 정도로 거물인가? 그렇다면 미엘르에게 쏟아지는 관심을 돌려야 했다. 혹시 모르지 않는가. 그녀가 마음을 돌려 새로운 사랑을 찾을지.

일이 바쁜 백작은 외출 중이었기 때문에 백작 부인과 미엘르, 그리고 아리아가 레인과 함께 점심을 들었다. 아리아는 지난번과 마찬가지로 미엘르에게 지대한 관심을 표하는 레인을 주시하며 천천히 식사를 들었다.

평소와는 다르게 점심시간대의 식당이 말소리로 소란스러웠다. 이번에 그가 가져온 선물이 백작 부인의 말수를 늘리기에 충분했기 때문이다.

"대접해 드린 것도 없는데 자꾸 선물을 보내셔서 부끄럽네요."

"괘념치 마십시오. 주인님께서 원하셔서 하시는 행동일 뿐입니다."

"그 주인님이라는 분은 어떤 분이시죠? 우리 미엘르에게 이토록 관심을 표하시는 분이라 궁금하네요."

백작 부인의 질문에 미엘르의 눈이 초롱초롱 빛났다. 산더미 같은 선물을 받아 조금이나마 관심이 생긴 모양이었다.

아리아 역시 귀를 쫑긋 세우고 레인의 답변을 기다렸다.

"아……. 아직은 밝히기 곤란합니다."

하지만 돌아온 대답은 아주 실망스러웠다. 정말 대답하기 곤란한 모양인 듯 레인의 낯빛이 칙칙하게 변했다.

그럼에도 굴하지 않고 백작 부인이 조금이라도 알려 달라며 레인을 보챘다. 아리아 역시 동감하는 바였다. 계속해서 보채는 탓에 곤혹스러운 얼굴을 한 레인이 조심스레 입을 열었다.

"음……. 조금 큰 가문의 후계자라고 보시면 됩니다. 젊은 나이에 상당한 짐을 떠안고 계시죠. 똑똑한 이들을 좋아하셔서 미엘르 아가씨께 관심을 갖게 되었다고 하셨습니다."

"어머나. 우리 미엘르가 똑똑한 것을 어떻게 아셨지요?"

"직접 만나 뵌 적이 있으시다 하셨습니다. 그리고 저를 통하시긴 했지만, 백작님께서 하신 이야기도 있고요."

"직접 만났다고요?"

미엘르가 어리둥절한 얼굴로 반문했다.

기억에 없다는 표정이었다. 외출도 잦지 않은 그녀가 언제 어디서 레인의 주인을 만난 것인가. 아리아 또한 의문이었다.

"예. 자세히는 말씀드릴 수 없지만, 만나신 적이 있다고 하셨습니다."

"그런 기억은 없는데……."

"그리 길지 않은 시간이고 우연히 만난 것이니 그럴 수도 있겠지요."

"……그런가요?"

미엘르는 여전히 어리둥절한 모습이었다. 설마하니 정체를 숨긴 레인의 주인과 우연히 만난 건 아닌가 싶었다. 그녀는 한참 동안 말없이 생각에 빠져 있다가 이내 '혹시.'라는 운과 함께 다시금 입을 열었다.

"혹시 일전에 오라버니와 함께 외출했을 때 만났던 분일까요?"

그녀는 누군가를 떠올린 듯싶었다. 인상이 흐릿했던 모양인지 미미하게 미간을 찌푸리며 기억을 되짚는 듯 보였다.

레인이 짙은 웃음을 띠었다.

"지금은 조금 바쁘셔서 어렵지만 조만간 만나실 수 있을 겁니다. 그리고 다시 만나시면 금방 알아보실 겁니다."

"그렇다면 기다리는 수밖에 없겠군요."

"예. 사정이 있어 밝히지 못하는 점, 죄송합니다."

"아니에요. 그럴 수도 있죠."

미엘르가 제 이름처럼 꿀같이 달콤하게 웃으며 대답했다. 하지만 무례함을 다정함으로 넘겨 버리는 미엘르와 다르게 아리아에게는 아직 큰 의문이 자리 잡고 있었다.

정체도 밝히기 힘든 대단한 후계자라니. 도대체 누구란 말인가? 뒤에서 대기하는 시녀를 힐끗 돌아보았다. 하필이면 제시가 아닌 애니가 대기 중이었다. 최근 필요한 일이 그다지 없어 모래시계도 갖고 오지 않았다.

어쩔 수 없나. 아직 정체를 알 수 없으니 최대한 심기를 거스르지 않으며 물을 수밖에. 적어도 자신의 추리에 따르면 범상치 않은 인물이 뒷배에 있을 거라 생각되었기 때문이다.

"혹, 타국의 대귀족이 아니신지요?"

아리아 쪽으로는 시선조차 주지 않던 레인이 고개를 돌렸다. 미엘르를 대할 때와는 달리 어딘가 딱딱하고 차가운 표정이었다. 오랜만에 마주하는 눈빛이었다. 레인이 입꼬리만 슬쩍 올리며 왜 그렇게 생각하느냐고 물었다.

"음, 죄송한 말씀이지만 이런 대단한 재력을 가지신 분이 제국에서는 달리 생각나지 않아서요. 더욱이 미엘르에 대해 모르시는 점도 많은 것 같고요."

"모르는 점이라고 하신다면?"

그가 도발하듯 되물었다. 어째서 저리도 차가운 태도를 일관하는지. 마치 쓸데없는 시간을 낭비한다는 듯한 태도였다. 때문에 기분이 상했다.

제까짓 게 뭐라고 이렇게 손바닥 뒤집듯 곧장 태도를 바꾸는가. 그럼에도 티를 낼 수 없음에 두루뭉술하게 넘어가려 했던 질문의 핵심만을 짚었다.

"미엘르에게 혼담이 오가는 상대가 있는 것은 제국의 누구나 다 아는 사실인데 이를 모르는 듯하셔서요. 아니면 알고도 개의치 않을 만한 존재라든가. 오늘 가져오신 선물을 생각하면 둘 다 가능성이 있겠죠."

고개만 돌려 아리아를 쳐다보던 레인이 몸 전체를 틀어 아리아를 마주했다. 이제야 관심이 생긴 모양이었다. 그렇다고는 하나 여전히 차가운 얼굴로 눈썹을 올렸다 내리는 것이 다시금 아리아의 기분을 상하게 만들었다.

"호오. 영애께서 생각하시는 그런 존재는 예를 들면 어떤 존재이신지요?"

"……전자라면 제국 귀족들의 사정을 잘 모르시는 이국의 대귀족이겠고, 후자라면."

"후자라면?"

가능성이 제로에 가깝지만 굳이 제국에서 그럴 인물을 꼽으라면 단 한 사람밖에 없었다. 빈센트 후작은 사라에게 푹 빠져 있으니.

"황태자 전하가 유일하겠네요."

그렇지 않아도 차갑게 굳은 레인의 얼굴이 눈에 띄게 얼어붙었다. 순간이었지만 그를 마주하고 있던 아리아는 그 표정을 똑똑히 볼 수 있었다.

백작 부인과 미엘르가 눈치채기 전에 순식간에 표정을 되돌린 그가 갑자기 호탕하게 웃기 시작했다. 레인의 이해할 수 없는 행동에 아리아의 미간이 찌푸려졌다.

"참으로 귀여운 발상이군요. 그럴듯한 가설에 순간 설득당할 뻔했습니다."

"그럼, 둘 다 아니라는 건가요?"

"글쎄요. 저는 아무것도 답변드릴 수가 없습니다. 맞다 하면 제 주인님의 정체가 밝혀지는 것이겠고, 아니라고 하면 영민한 영애께서 추리하실 범위를 좁혀 드리도록 돕는 일이 될 테니까요."

레인은 결국 아무런 대답도 하지 않은 채 능구렁이처럼 빠져나갔다. 참으로 귀찮은 존재가 아닐 수 없었다. 나이 차이가 꽤 나는 탓에 미인계도 통하지 않는 모양이고, 그럴듯한 추리에도 힌트를 한 조각도 주지 않는다. 능구렁이 같은 태도임에도 자신이 원하는 것에만 매달리고 그 외에는 입을 닫는 것을 보면 보통 인물은 아니었다.

아리아는 그간의 경험을 토대로 레인을 '경계 대상'으로 분류했다. 그와 그의 주인이 미엘르에게 붙는다면 목적을 달성하는 데 어려움이 생길 것이라는 예감 또한 작용했다.

'……모래시계가 없는 지금은, 몸을 사려야 해.'

더는 레인의 손바닥 위에서 장단을 맞출 수 없었다. 아리아는 표정을 부드럽게 풀어 또래 소녀들이 지을 법한 사랑스러운 미소를 만들어 냈다. 다음을 노려야 했다.

"제가 실례를 한 모양이군요."

"그렇지는 않습니다. 꽤 즐거운 대화였습니다."

거짓이 아닌 듯 레인의 시선이 아리아를 깊게 훑었다.

아주 조금이긴 하지만 흥미를 가진 눈빛이었다. 하지만 이제는 아리아 쪽에서 더 이상 대화할 의지가 없었기에 그 눈빛을 무시하며 후식으로 나온 차를 마셨다. 그러자 레인의 시선 또한 사라져 다시 미엘르에게 향했다.

* * *

그로부터 며칠이 지나고 성인식이 지나갔다.

아리아는 과거처럼 사라가 빈센트 후작과 좋은 인연을 맺었을지 궁금해 이틀 동안 잠도 제대로 자지 못했다. 당장 내일 모임에서 그 궁금증을 해결할 수 있었지만, 불안감과 동시에 벅찬 마음이 들어 동이 터 올 때까지 뜬눈으로 밤을 지새워야 했다.

몇 시간 자지 않았음에도 시간에 맞춰 눈을 뜬 아리아가 분주히 외출 준비를 했다. 부은 눈가를 차가운 수건으로 찜질하고 새로 주문한 연노란색 드레스를 꺼내 입었다. 소박했던 지난날과는 달리 원단이 고급스러웠고, 소매와 밑단에 달린 레이스의 짜임은 촘촘하면서도 아름다웠다. 쉬이 구할 수 없는 장식에 드레스가 화사함을 더했다. 머리카락을 곱게 빗은 뒤 붉은 리본을 길게 늘어뜨리자 또래 소녀의 귀여움이 더해졌다.

"저…… 아가씨, 정말 이렇게 하고 가도 될까요?"

우중충한 시녀복은 그대로였지만 얼굴에 화장을 하고 머리카락을 땋은 애니가 물었다. 귀가 새빨개져 있는 것을 보니 무척 마음에 들어 하는 것 같은데, 왜 저런 소리를 할까.

"그럼. 아주 잘 어울리는데 왜 그러니?"

"……사실 저는 아가씨를 따라서 모임 같은 곳에 가 본 적이 없어 이래도 되나 싶어서요."

"시녀의 옷차림에 규정이 있는 것도 아니니 상관없지 않겠니? 더욱이 더러운 것을 묻힌 것도 아니고, 예쁘게 꾸민 건데 싫어하는 사람이 있을까."

게다가 꾸며 놓으니 꽤 볼만했다. 누구나 꾸민 것이 꾸미지 않은 것보다 낫긴 하겠지만, 주근깨 때문에 이목구비에 시선이 가지 않았던 애니는 그 효과가 대단했다. 피부를 정돈하여 죽어 있던 이목구비가 살아나 퍽 봐 줄 만했다.

"그렇다면 다행이지만요……."

답지 않게 말꼬리를 흐리기는. 아리아가 픽 바람 빠진 웃음을 흘렸다.

세상 물정을 몰라도 너무 모르는구나. 제 주인을 따라 파티 따위에 참석하는 시녀들은 종종 치장을 하는 경우가 있었다. 신분 상승을 꾀하기 위함이었다. 같은 귀족들은 상대도 하지 않는 허울뿐인 귀족들이 그녀들의 목표물이기도 했다. 어차피 권력에서 밀려난 그들은 예쁘기만 하다면 신분에 관계없이 사랑에 빠지곤 했으니까.

정실이 어렵다면 은밀한 애인이라도 좋다는 멍청이들도 있었다. 제 외모만 믿고 덤비는 자들이 그러했다. 젊음이 끝나면 버려질 멍청이들. 어쩌면 과거의 나 자신일지도 모른다며 아리아가 조소를 머금었다. 애니 또한 그 멍청이에 속하지 않을까 기대하며 그녀와 함께 저택을 나섰다.

"어머나, 아리아 영애. 못 보던 사이에 키가 훌쩍 컸군요?"

"그러게 말이에요. 얼마 전까지만 하더라도 이렇게 키가 작았는데!"

"성장기를 거친 모양이죠? 저도 갑자기 키가 컸던 때가 있었죠."

"전과 달리 조금 살도 붙어 너무 보기 좋아요."

"나이 또래보다 조금 성숙해 보이기도 하네요."

"오늘 복장도 너무 예쁜데요? 새로 장만하셨나요?"

오랜만에 만난 영애들은 그간 참기라도 했던 모양인지 아침을 밝히는 작은 새처럼 쉴 새 없이 떠들어 댔다.

과거에도 이 시기에 키가 훌쩍 크고 살이 붙었으니 아마 하루가 다르게 변할 것이 틀림없었다. 그때마다 이렇게 요란하게 굴 작정은 아니겠지. 아리아가 보드라운 미소를 지으며 그녀들의 장단에 호응했다.

"요즘 즐거운 일이 많아 식욕이 샘솟아서 그런가 봐요. 영애들과의 만남 또한 그중 하나고요. 오늘은 얼마나 기다렸는지 몰라요."

"……사랑스럽기도 하지."

"아리아 영애가 또 우리들의 마음을 들었다 놓는군요."

외모 자체가 시선을 끄는 데다가 모임에서 나이도 가장 어린 아리아의 아부에 여타 영애들이 어쩔 줄 몰라 했다. 아리아는 그녀들의 가식적인 사랑을 비웃으며 화제를 전환했다.

"성인식은 어떠셨나요? 제게는 아직 먼 이야기라 너무 궁금하네요."

"사실은 할 이야기가 참 많답니다! 아주 굉장한 일이 있었어요!"

사라와 함께 성인식 파티에 참가한 영애가 눈을 반짝반짝 빛내며 대답했다. 보나 마나 사라의 일이겠지. 당연한 일이었겠지만 정해진 순리대로 흘러가 안심이 됐다.

"무슨 일이 있었죠? 너무 궁금해요."

"제가 당사자가 아니라 말씀드리기 곤란하네요. 빨리 사라 영애께서 오셔야 할 텐데 말이죠."

"사라 영애에 관한 일인가요?"

"예. 아주 굉장한 일이 있었답니다. 장본인이 아니라 말씀드려도 될지 모르겠지만요."

그녀는 마치 꿈이라도 꾸는 듯 몽롱한 얼굴을 했다. 빈센트 후작과 사라가 마주한 순간을 목격한 듯싶었다. 고만고만한 하급 귀족인 그녀의 인생에 있어서 빈센트 후작만큼 대단한 작자를 만나 인연을 맺을 기회는 거의 없으니 저리 반응하는 것이 당연했다.

모인 영애들은 한마음 한뜻으로 사라가 어서 도착하기만을 기다렸다. 늘 시간에 맞춰 왔던 그녀가 왜 오늘따라 이렇게나 늦는 건지, 성인식에 이어 또 다른 어떤 일이 생긴 것은 아닌지 두근대는 가슴으로 사라를 기다렸다.

그리고 사라가 나타난 것은 모임이 시작되고 약 한 시간이 지났을 무렵이었다. 그사이 무료해진 영애들은 저마다 쓸데없는 이야기를 내뱉었고, 아리아 역시 새로운 시녀를 데려왔다며 애니를 소개했다.

"정말 어여쁜 시녀네요."

빈말임이 분명한 칭찬에도 애니는 어쩔 줄을 몰라 하며 전신을 붉혔다.

"늦어서 죄송해요. 기다리셨나요?"

"사라 영애! 혹 무슨 일이라도 있었나요?"

단 한 번도 모임에 늦은 적이 없었던 사라였기에 여타 영애들은 그녀에게 분명 무슨 일이 생겼었으리라 믿어 의심치 않았다. 사라가 슬며시 얼굴을 붉혔다.

"조금요……."

무슨 일이 있었구나! 기대하는 영애들과 함께 미래를 아는 아리아 또한 눈을 빛냈다. 도대체 무슨 일이 있었을까?

"혹시 성인식 파티와 관련이 있는 건 아닌지요?"

한참을 기다린 영애들은 거침이 없었다. 운만 띄워 놓고 설명해주지 않은 탓에 궁금증이 하늘을 찔렀다. 사라 역시 숨기려는 생각은 없는 모양인지 그녀들의 질문에 성실히 대답했다.

"그렇다고 볼 수 있겠지요."

"도대체 성인식 파티에서 무슨 일이 있었던 건가요?"

"빈센트 후작님께서…… 제가 떨어뜨린 손수건을 주우셨답니다."

"세상에……!"

"정말인가요!?"

상상도 못했던 일이 일어났다는 것에 영애들이 저마다의 방식으로 놀라움을 표현했다. 미래를 알고 있는 아리아 역시 제 양 볼을 손바닥으로 감싸고 이에 동참했다. 부끄러운 듯 사라가 얼굴을 새빨갛게 물들였다.

"그래서요? 그래서 어떻게 됐죠? 가져가셨나요?"

"부끄럽지만 그렇답니다. 손수건에 놓인 수가 아름답다며 줄 수 있겠냐고 하셨어요."

"그리고 난 뒤에는요? 설마 그게 끝은 아니겠죠?"

"춤을 청하셔서 같이 춤을 췄지요. 무뚝뚝하시다는 소문과는 다르게 부드럽고 자상한 분이셨어요."

빈센트 후작은 10대 후반이라는 어린 나이에 가주가 된 탓에 그간 일에만 몰두하며 곁에 여인을 두지 않았다. 또한 그 어떤 파티에도 참석하지 않았으나 성인식만은 예외였다. 성인이 되는 귀족들은 축하하는 자리인 탓에 각 가문을 대표하는 귀족의 참가가 필수였기 때문이다.

때문에 빈센트 후작을 만나 볼 수 있는 자리는 성인식 파티가 유일했으나, 늘 일에 치여 있는 그였기에 잠깐 얼굴만 비추고 떠나기 십상이었다. 이번에도 그렇게 하려 얼굴만 비추고 돌아가려던 와중에 아주 우연치 않게 사라와 마주한 것이다.

"어머나!"

"어떻게 이런 일이……!"

"그 빈센트 후작님께서 춤을 청하실 정도면……! 분명 첫눈에 반하신 게 틀림없어요!"

젊고 능력이 있는 데다 훤칠하게 잘생긴 그였기에 늘 미혼 영애들의 관심 대상이었다. 성격이 무뚝뚝하고 자주 볼 수 없다는 점도 한몫했다.

'저 철옹성같이 굳건한 남자의 마음을 누가 얻을 수 있을까. 혹시 그 주인이 내가 되지 않을까.' 하는 기대 심리였다.

"그래서, 오늘 시종이 온 이유는 뭐죠?"

같이 춤을 추었으니 그에 대한 답례나 데이트 신청일 것이 뻔했지만, 사라의 입으로 그 사실을 확인하고 싶었던 영애들은 눈을 초롱초롱 빛내며 그녀의 대답을 기다렸다.

"꽃다발과 목걸이를 선물로 보내셨어요. 그리고……."

"그러고요?"

"그리고…… 눈이 녹기 전에 호숫가로 산책을 가는 게 어떻겠냐는 편지도 함께였죠."

"아아……!"

"어쩜 그리도 로맨틱할 수가……!"

남들이 하는 만큼밖에 되지 않았지만 무뚝뚝하다고 소문이 자자했던 빈센트 후작인 탓에 그 평가 기준이 순식간에 낮아졌다. 호숫가로 산책을 갈 때 입을 드레스를 구입하는 것이 좋겠다며 요란을 떠는 영애들 사이로 사라가 곤란한 미소로 아리아를 힐끗댔다.

"사라 영애께선 빈센트 후작님이 마음에 드시나요?"

갑작스런 아리아의 질문에 모두가 말과 행동을 멈추고 그녀를 돌아보았다. 지금 무슨 소리를 하느냐는 얼굴이었다. 무려 빈센트 후작인데! 그걸 따지고 말 게 있는가? 그에게 간택을 받았으니 당연히 마음에 드는 게 아닌가. 그리고 그건 사라 역시 마찬가지였다.

"그거야……."

하지만 확실히 그렇다는 대답은 하지 못했다. 마음에 들고 말고를 생각하기 전에, 빈센트 후작님이 제게 관심을 표했다는 사실이 앞섰기 때문이다.

그저 대단한 분이 말을 걸어 줬다는 기쁨에 젖어 정작 자신이 어떤 마음인지 헤아리지 못했다. 대답하지 못하는 사라를 대신해 아리아가 말을 이었다.

"저는 사라 영애께서 만나면 행복한 분과 어울리셨으면 좋겠어요."

물론, 그 상대는 빈센트 후작임이 틀림없을 것이다. 그녀는 결혼생활에 퍽 만족하며 살았다는 소문을 들었으니까. 아리아는 성인식에서 이따금 마주친 빈센트 후작의 표정을 떠올렸다. 현재 만연한 소문과는 달리 부드러운 인상이었음에 사라의 영향이 크지 않을까 추측했다.

그럼에도 굳이 그녀의 의사를 묻는 것은 이렇게 간간이 조언을 하여 생색을 내기 위함이었다. 아리아의 말뜻을 알아차린 사라가 눈시울을 붉혔다. 자신에게 가진 호감 때문인지 참으로 쉽게 감동을 받는 쉬운 여자였다.

"고마워요, 아리아 영애. 정작 제 마음은 생각하지 못했네요."

"빈센트 후작님은 분명 좋은 분이시겠지만……. 저는 사라 영애께서 진정으로 행복해지는 길을 택하셨으면 좋겠어요."

"명심할게요. 이 모든 게 아리아 영애의 덕분인걸요."

그럼, 내 덕분이고말고. 아리아의 미래를 책임질 아주 큰 줄기가 순조롭게 움직였다. 오늘은 그간 이루지 못한 잠을 푹 취할 수 있을 것 같았다.

* * *

모임이 끝난 뒤 며칠 동안 애니의 상태가 심상치 않았다.

마치 꿈이라도 꾸고 있는 듯한 눈빛이었다. 백작 부인은 뛰어난 외모 덕분에 신분 상승을 했다고 치지만, 사라는 아니었다. 그녀가 그저 그런 외모임에도 제국에서 손꼽히는 권력자의 관심을 끈 것이 충격이었던 모양이다.

“애니, 거긴 아까 청소하지 않았니?”

“앗, 죄송합니다, 아가씨.”

애니는 벌써 세 번째로 창틀을 닦고 있었다. 아침에 제시가 닦아 놓아 이미 깨끗해진 그것을 하염없이 닦고 있었다.

“내 방은 깨끗하니 더는 청소할 필요 없단다. 이리 와서 앉아 보렴.”

아리아의 손짓에 애니가 쪼르르 달려와 맞은편에 앉았다.

“첫 모임은 어땠니?”

“정말 너무 좋았어요. 제게는 과분할 만큼요.”

“그러니?”

“예! 아가씨들이 모두 예쁘셨는데, 그중에서 아리아 아가씨께서 가장 예쁘셔서 정말 놀랐어요. 매일 봐서 잘 몰랐는데, 정말 우리 아가씨가 예쁘시구나 싶었죠.”

시키지도 않았는데 입에 발린 소리를 남발했다. 아리아가 작게 웃자 자신감을 얻은 애니가 목소리를 높였다.

“아가씨께선 화려하게 꾸미시지도 않았는데, 어떻게 그렇게 예쁘시죠? 역시 타고나야 하는 거겠죠? 백작 부인께서도 그리 아름다우시니 분명 물려받으신 거겠죠.”

아리아의 칭찬을 늘어놓던 그녀는 이내 자신은 그런 아름다움을 물려받지 못했다는 것을 깨닫기라도 한 것인지 입술을 작게 오므리며 끝을 냈다.

이에 아리아가 마카롱을 하나 집었다. 그것의 목적지는 애니의 입술 앞이었다. 애니의 눈이 휘둥그레졌다.

"너 또한 그러니 얼굴 피렴. 오늘 네가 얼마나 귀여웠는지 알고나 하는 소리야?"

"……정말요?"

"그럼, 네가 못생겼다면 데리고 다니지도 않았을걸. 널 칭찬했던 영애들은 잊은 거구나?"

애니가 얼굴을 새빨갛게 물들였다.

그래, 점점 더 갈망하렴. 자신감을 넘어서 자만하며 오만하게 행동하렴. 그래서 너와 같이 아둔한 이들로 저택을 메우는 거야. 미엘르가 아무 짓도 할 수 없게.

"영식들이 참가하는 모임에 널 데리고 간다면 어떨까."

마카롱이 애니의 입술에 비벼져 색깔을 남겼다. 마카롱이 지나간 자리에 남은 자줏빛 가루가 애니의 입술을 물들였다. 나른하게 눈을 내리깐 아리아가 '귀여운 네 입술을 훔치고 싶어 하지 않을까?' 속삭이는 목소리에 애니의 눈시울이 붉어졌다. 엉덩이를 달싹거리는 꼴이 퍽 귀엽지 않은가.

"이 마카롱처럼 달콤할 거라 생각하는데…… 어떻게 생각하니?"

손끝에 조금 힘을 주어 마카롱을 밀어 넣자, 애니의 입속으로 반쯤 들어갔다. 자줏빛 마카롱을 물고 얼굴을 붉힌 그녀의 눈이 몽롱했다. 그녀의 볼을 한 번 쓰다듬은 아리아가 목이 잘려 죽은 악녀답게 어두운 유혹을 머금었다.

"그때까지 잘 부탁할게, 애니."

그녀가 자신이 바라는 대로 움직여 주기만 한다면 그깟 신분 상승쯤 이뤄 주지 못할 꿈도 아니었다. 아니, 아주 손쉬운 일일지도 모른다. 얼마든지 시간을 되돌려 줄 모래시계가 있으니까.

마카롱을 베어 문 애니가 넋이 나간 얼굴로 고개를 끄덕였다.

* * *

사라는 빈센트 후작과 꽤 자주 연락하는 듯싶었다. 일에 치여 바쁘게 산다고 했던 게 도대체 누구였던가 싶을 정도였다. 보지 않아도 알 수 있었다. 후작이 사라에게 푹 빠져 있다는 것을.

사라 또한 자신에게만은 자상한 데다가 관심을 여지없이 드러내는 그에게 큰 호감을 느끼고 있었다. 때문에 그녀는 수업이 있을 때마다 아리아에게 근황 보고를 비롯한 조언을 구했다. 네 살이나 어린 아리아에게 도움을 청한다는 것이 이상했지만, 그것이 퍽 도움이 된 덕에 날이 갈수록 얼굴이 밝아졌다.

"……정말 그렇게 해도 될지 모르겠네요."

"물론 그렇게 해도 되지요. 사라의 손이 얼마나 따뜻한데요. 이렇게 잡으면 꼭 엄마 손을 잡는 것같이 포근하게 느껴져요."

호숫가로 두 번이나 산책을 다녀온 그녀는 잠깐 스쳤던 빈센트 후작의 손이 너무나도 차가워 걱정이라며 고민을 털어놓았다. 보통의 영애들이라면 장갑을 선물하고 말았겠지만, 아리아는 그의 손을 꼭 잡아 온기를 나눌 것을 권했다.

좋아하는 여인이 손을 잡아 온다 하여 싫어하는 남자가 어디 있을까. 빈센트 후작과 같이 여인을 멀리하고 일만 하던 우직한 남자라면 더욱이 그러했다. 맞잡은 손에서 피어오른 열기가 그의 심장을 관통하고 이성을 마비시킬 것이 분명했다.

"아리아 영애가 해 준 말은 모두 옳았으니, 이번에도 그렇게 해 볼게요."

"믿어 줘서 고마워요, 사라."

"이제 겨울이 끝이 나려 하지만…… 장갑도 마련해도 괜찮을까요?"

"그럼요. 헤어질 때 선물하는 게 좋겠어요. 돌아가는 마차에서 열어 보곤 밤새도록 사라의 생각을 할 수 있게요. 후작님의 손을 잡았던 사라의 따뜻한 손과 장갑이 겹쳐 보여 마음을 졸이시지 않을까요?"

"어쩜……."

사라가 놀라움을 감추지 못했다. 분명 사라는 아직 어린 아리아가 어떻게 저리도 연애에 해박한지 궁금할 것이다. 이미 수많은 남자들을 거느려 본 과거의 경험 덕분이었으나, 그리 말할 수 없었기에 아리아가 수줍게 웃으며 얼버무렸다.

"백작가로 들어오기 전에 들었던 수많은 연애담이 도움이 되었나 봐요. 평민들 사이에선 누군가의 사랑 이야기가 가장 즐거운 유흥거리거든요. 책을 구하기 쉽지 않은 탓에 입으로 전해지곤 했죠. 다섯 살짜리 아이도 훈수를 두곤 했어요."

"그것참 재미있었겠네요."

"예. 꽤 즐거웠던 추억 중 하나예요. 게다가 이렇게 사라의 도움이 되어 기쁘고요."

이제 슬슬 수업을 끝낼 시간이 되어 아리아는 사라를 배웅하기 위해 1층까지 함께 내려갔다. 그러나 현관 앞에 대기 중인 마차는 사라의 마차가 아니었다.

'분명, 미리 지시를 해 두었는데.'

뒤따른 애니를 돌아보자 그녀의 얼굴이 사색이 되었다. 억울하다는 눈빛이었다. 평소 그녀의 행실을 생각하면 이런 실수를 저지르리라고 보긴 어려웠다. 아마 사라의 마차를 대기시키기 전에 누군가가 도착했다거나, 아니면 사라보다 더 대단한 사람이거나 둘 중 하나일 것이다.

"아리아 영애가 아니십니까."

"……레인 님."

아니나 다를까 마차에서 내린 것은 레인이었다.

근래 뜸하다고 생각했는데 어김없이 백작가를 찾았다. 아버지도 안 계시고 어머니 또한 외출하셨는데, 약속이라도 잡고 오지. 곤란해하는 아리아의 표정을 읽었음에도 레인은 전혀 개의치 않아 했다.

"갑자기 찾아와서 죄송합니다. 시간이 지금밖에 나지 않아서요."

미엘르가 없어서일까. 그가 다소 딱딱한 얼굴로 시종에게 짐을 내리라 손짓했다. 지난번에도 굉장했지만 이번에도 눈이 번쩍거리는 선물들을 한가득 가져온 듯싶었다. 그 엄청난 양의 선물들을 보며 아리아가 얼굴을 굳혔다.

"어머님도 아버님도 외출 중이세요."

"미엘르 영애께서도 외출하셨습니까?"

"아뇨."

"그럼 됐습니다. 잠깐 차나 마실까 해서 온 것뿐입니다."

아니, 그렇게 할 순 없었다. 레인과 미엘르를 둘만 내버려 둘 순 없었다. 남자의 정체를 모르는 데다가 그의 주인이 어떤 사람인지 모른다. 그런 위험인물을 미엘르의 가까이에 둘 순 없었다.

"다음에 다시 오시는 게 좋지 않을까요? 아버님도 계실 때 말이죠."

"언제 또 시간이 날지 몰라서요."

"그렇다고 보호자의 동의도 없이 미혼의 어린 영애와 차를 마시겠다는 발상은 조금 위험하지 않을까요?"

"걱정 마십시오. 제가 그렇게 나쁜 놈으로 보입니까?"

"그렇다고 하기보다는…… 미엘르에게 좋지 않은 소문이 생길까봐 걱정이 되어서요."

방금 전까지 곁에 있었던 부드럽고 싱그러웠던 아리아는 온데간데없었다. 정말 제 동생을 걱정이라도 하듯 조금 굳은 표정과 말투에 걱정이 된 사라가 그녀의 손을 잡았다. 도대체 이 남자가 누구이기에 누구에게나 상냥한 아리아가 이런 태도를 보이는 걸까.

하지만 그에 의문을 가질 새도 없이 마주 잡는 손바닥에 축축함이 묻어 나왔다. 때문에 사라는 아리아가 퍽 긴장을 하고 있으며, 이 문제를 심각하게 느낀다는 것을 깨달았다. 웃고 있음에도 어딘가 귀찮음이 서려 있는 표정의 남자가 입을 열기 전에 서둘러 사라가 둘 사이에 끼어들었다.

"그럼, 저와 아리아 영애도 함께 차를 마시는 게 어떨까요? 마침 목이 마르던 참이었답니다."

"……사라?"

아리아가 옆을 돌아보자 사라가 맞잡은 손에 힘을 주었다.

그제야 아리아는 제 손이 축축하다는 것을 깨달았다. 표정 또한 의식하지 못하고 있었다.

못난 모습을 보여 버렸다. 예측하지 못한 사건과 인물이 나타날 때마다 행동과 말투를 제어할 수 없었다. 다행히 레인은 사라의 제안을 흔쾌히 승낙했다.

"좋습니다. 아리아 영애의 말씀대로 나이 차이가 꽤 있다고는 하지만 미혼 남녀 조합은 그리 유쾌하지 않으니까요."

사라가 없었다면……. 생각하자 등에 식은땀이 흘렀다. 선을 넘어 추한 모습을 보였을지도 모른다. 모래시계라도 있었다면 시간을 되돌렸겠지만, 불행히도 잠시 배웅을 하러 내려온 참이라 가져오지 않았다. 확실한 정체도 모르는 이에게 본성을 드러낼 뻔했다.

천만다행이었다. 안심하며 다시 부드러운 표정을 만들어 낸 아리아가 사라를 향해 웃어 보였다. 사라 역시 걱정 말라는 듯 마주 웃었다. 정말, 사라는 하늘에서 내려온 수호신이 아닐까.

"아, 그러고 보니 이번에는 아리아 영애께도 드릴 것이 있습니다."

손님을 대접할 응접실로 향하기 전, 레인이 내민 것은 튤립 꽃다발이었다. 미엘르에게는 마차 한 대분의 선물을 바쳐 놓곤 자신에겐 겨우 꽃다발이었다. 비교가 되어도 너무 되지 않는가.

'없느니만 못하군.'

아무리 미엘르를 만나러 방문했다 한들, 이리도 대놓고 차별하는 자는 아주 오랜만이었다. 자매가 있는 경우엔 비슷하진 않아도 그럭저럭 면피할 정도의 선물은 가져오는 것이 보통이었다. 하지만 이런 꽃다발이라니.

그럼에도 아리아는 내색하지 않고 기쁜 얼굴로 꽃다발을 받았다.

"감사해요. 예쁜 튤립이네요."

"주인님께서 가장 좋아하시는 꽃이죠."

"그러시군요. 보통은 가문의 꽃을 가장 좋아들 하시던데, 애국심이 대단하신가 보군요."

"뭐……. 그렇다고 볼 수 있습니다."

싱그러운 미소로 꽃다발의 답례를 대신한 아리아가 튤립 꽃다발에 코를 가져다 대고 향기를 맡았다. 아주 신경을 쓰지 않은 건 아닌지, 흔히 길거리에서 맡을 수 있는 향기가 아닌 싱싱하면서도 짙은 꽃향기가 물씬 풍겼다.

"향이 참 좋네요. 평범한 꽃향기가 아닌 것 같아요. 어디서 구입하신 거죠?"

아리아가 속눈썹이 풍성한 눈꺼풀을 느릿하게 깜빡이며 물었다.

꽃과 어우러진 그 아름다운 얼굴에 미약하게 미간을 찌푸린 레인이 잠시 아리아의 눈에 시선을 두었다.

"……저택 근처에서 구입했습니다."

그러더니 이내 뭘 잘못 보기라도 했다는 듯 고개를 빠르게 돌려 시선을 피했다.

"이렇게 싱싱한 것을 보면 수도 내에 있나 보죠? 생각보다 거리가 꽤 가까운 모양이네요."

"……."

레인이 순간 실수했다는 표정을 지었다. 아주 짧은 순간이었지만 내내 그에게 시선을 고정하고 있던 아리아는 그 일순을 캐치할 수 있었다. 덕분에 아리아는 그의 주인이 외국의 귀족이 아니라는 것을 깨달았다. 지척에서 수발을 드는 것 같으니 주인도 수도에 함께 기거한다는 뜻이겠지.

하긴, 처음부터 외국의 귀족을 대상에 올린 것 자체가 터무니없는 망상에 불과했다. 레인의 말투부터 제국 표준어의 표본이 아닌가. 외국의 귀족을 모신다거나 외국에서 왔다면 이렇게 깨끗한 표준어를 구사할 수 없을 것이다. 어딘가에서 표시가 나겠지. 아리아의 경험에 의하면 그러했다.

'그렇다면 도대체 누구지. 설마 추측대로 황태자인 건 아니겠지.'

그럴 리가. 그는 후에 프레데리크 공녀와 이루어지는 사이가 아닌가. 벌써부터 약혼을 한다는 소문이 파다한데 미엘르에게 관심을 표할 리가 없었다.

더불어 다른 이도 아니고 약혼 이야기가 오가는 프레데리크 가문과 얽혀 있는 상대였다. 만약 이 어처구니없는 상상이 사실이라면 제국에 피바람을 몰고 올 것이 분명했다. 생각이 있다면 그런 짓은 하지 않겠지. 이것만큼은 절대 아닐 것이라며 아리아가 고개를 저었다.

"다른 종류의 꽃도 궁금하네요. 괜찮으시다면 그 꽃집을 알려 주시겠어요?"

"……차후에 알려 드리겠습니다. 지금은 조금…… 곤란하군요."

"그래요, 그럼 언제든 생각이 바뀌시면 알려 주세요."

"……그러도록 하지요."

아주 조금이긴 하지만 주인의 신변에 대한 정보를 발설했다는 실수를 깨달아서일까, 레인의 대답이 늦었다. 또한 그 작은 정보를 아리아가 알아챘을까 걱정하며 그녀의 얼굴을 힐끗댔다.

'보기 드문 튤립이니 찾아보면 어디서 구입했는지 알아낼 수 있을지도.'

때문에 아리아는 아무것도 모른다는 얼굴로 해맑게 웃어 보였다. 그제야 제 상대가 고작해야 열다섯 살짜리의 깜찍한 악녀라는 것을 깨달은 레인이 다시 처음과 같은 표정으로 돌아갔다.

"애니, 내 방에 가져다 놓아 주겠어? 시들지 않게 잘 보관해 줘. 그리고 항상 가지고 다녔던 상자를 가져와 줘."

"예, 아가씨."

시녀가 미엘르를 부르러 간 사이, 아리아는 사라, 레인과 함께 응접실에서 미엘르를 기다렸다. 전혀 누군가를 맞이할 준비가 되어 있지 않은 상태인 탓에 꽤 시간이 소요되었다.

그사이 대화거리가 없어 세 사람은 한동안 침묵을 고수했다. 결국 찻잔을 내려놓는 소리마저 들리지 않는 무에 가까운 정적을 견디지 못한 사라가 제일 먼저 입을 열었다.

"그러고 보니 경황이 없어 인사가 늦었군요. 처음 뵙겠습니다. 로렌 자작가의 사라라고 합니다."

"이런…… 제가 숙녀분께 실례를 범했군요. 피노 레인이라고 합니다."

레인이 자리에서 일어나 정중하게 인사했다. 두 사람은 흠잡을 곳 없이 깨끗한 인사로 통성명을 나누었다.

"일이 바쁘신 모양이에요."

"그렇습니다. 제 주인님께서 변덕이 심하시거든요."

"저런, 능력이 있으시니 마음 놓고 변덕을 부리시는 모양이군요?"

"그렇게 말씀해 주시니 부끄럽습니다."

조금 전 아리아와 대화할 때와는 다르게 부드러운 기운이 흠씬 흘러나왔다. 여느 귀족들의 여유로운 대화와도 같았다. 누그러진 분위기 속에서 사라와 레인은 이따금 재스민 차를 입에 머금기도 하고 느긋하게 풍미를 즐기기도 하며 대화를 계속했다.

"이렇게 따로 찾아오실 정도니 미엘르 영애와는 오랜 친분이 있으신가요?"

"아뇨. 제가 아니라 주인님과 친분이 있으십니다. 저는 선물을 전하고 근황을 여쭐 뿐이죠."

"그러셨군요. 제가 실례를 했네요."

"아닙니다. 딱히 숨기는 것도 아니고, 실례랄 것까지야 없죠."

어차피 주인의 정체도 모르는데 숨기고 말고 할 것도 없었다.

사라와 레인이 대화를 나누는 사이, 애니가 모래시계가 든 상자를 가져왔다. 아리아가 목에 건 회중시계를 만지작댔다. 그간 사용하지 않아 괜히 손이 떨렸다.

달칵. 회중시계를 열고 버튼을 눌렀다. 초침이 빠르게 돌아가며 미래로 달려갔다. 겉으로는 여유로운 척하지만 실상은 털을 바짝 세운 고양이처럼 경계하는 그에게서 과연 정보를 얻을 수 있을까.

애니에게서 받은 소중한 상자를 옆에 둔 아리아가 레인을 향해 몸을 돌렸다. 시간을 돌리는 모래시계가 곁에 있는 이상 괜찮을 것이다. 그 어떤 말을 하든 시간을 되돌려 버리면 그만이니까.

"레인 님의 주인님께서는…… 미엘르의 어떤 점에 관심을 두셨는지요?"

일전에도 했던 질문이었기에 레인이 망설임 없이 대답했다.

"예전에도 말씀드렸다시피, 영민하여 정보를 빨리 얻는다는 점일까요. 그것을 적절히 활용하는 데 탁월한 능력까지 지닌 점에 주목하신 모양입니다."

도대체 미엘르가 어떤 정보를 활용했기에? 무엇보다 그녀가 정보를 빨리 얻는다는 부분부터 동의할 수 없었다.

설마 모르는 사이에 어떤 대단한 공적이라도 세운 것인가. 그랬다면 온 동네 자랑을 하고 다녔을 게 틀림없는데, 왜 자신이 모르는지 아리아는 이해할 수 없었다.

"아버님의 사업을 도왔다는 점을 말씀하시는 건가요?"

"그렇다고 볼 수 있습니다. 백작님께서 말씀하시기를, 늘 사업에 조언을 주었다고 하시더군요."

이것도 지난번에 들은 이야기였다.

설마, 백작이 과장해서 말을 지어낸 것인가. 그녀의 조언은 어느 하나 백작에게 받아들여지지 않았기에 그렇게밖에 생각할 수 없었다. 그리고 그렇게 생각하니 아귀가 맞아떨어졌다.

'참으로 부녀가 어리석기 그지없구나.'

제 딸을 자랑하려 몇 마디 한 것이겠지만 가볍게 받아들이는 사람에게라면 모를까, 이렇게 온갖 정성과 재물을 쏟는 이에게까지 그리하다니. 평범한 귀족도 아닌 듯싶은데 후에 어떻게 감당하려고.

물론, 오스카와 미엘르가 혼인을 한다면 권력과 재력의 정점에 서게 될 테니 쉬이 대적할 자는 없겠지만 그래도 창피하지 않겠는가. 귀족이라면 누구나가 허세를 떨긴 하지만 이번에는 정도가 심했다.

"자세한 내용도 들으셨나요?"

아리아는 도대체 백작이 뭐라고 했을지 궁금했다.

기대되지 않는가. 사실이 거짓과 과장으로 밝혀졌을 때 이토록 정성을 들인 이가 어떻게 반응할지 말이다.

"그럼요. 특히 이번에 하신 조언이 인상 깊었습니다. 유행이 오기 전에 미리 대응하셨으니까요."

"……유행이라니요?"

"모피 말입니다. 공주님께서 유행을 선도하시기 전에 먼저 알아차리셨다고 들었습니다."

미엘르가? 회중시계를 쥔 고운 손이 떨렸다. 그건 미엘르가 한 말이 아닌데. 그것은 아리아가 백작에게 전한 내용이었다. 그 대가로 생일 선물과 보석함까지 받았는데! 어째서 그것이 미엘르의 공으로 돌아가게 되었는지 이해할 수 없었다.

아리아는 잠시 동안 충격으로 말을 잃었다. 아무리 친딸이 아니라지만 거짓말까지 하여 공적을 빼앗다니, 조금 너무하지 않은가. 그러다가 의아한 듯 그녀의 이름을 부르는 사라 덕분에 겨우 정신을 차릴 수 있었다.

"아버님께서…… 그리 말씀하셨나요? 미엘르가 모피에 대해 조언을 주었다고요?"

심상치 않은 아리아의 표정과 말투에 레인이 미약하게 미간을 찌푸렸다. 혹 자신이 무언가 실수한 건지, 그리고 잘못 기억하고 있는 건 아닌지 되짚어 보는 듯한 얼굴이기도 했다. 그는 잠시 아리아의 질문에 대답하기 위해 과거를 회상하곤 이내 아무런 문제가 없다는 듯 역으로 그녀에게 되물었다.

"아마도요? 미엘르 영애의 이야기를 하다가 자연스레 나온 이야기였으니까요. 무슨 문제라도 있으십니까?"

믿지는 않았지만 노력하면 인정해 줄지도 모른다고 생각했는데……. 그래, 그렇구나. 어쩐지 눈가가 뜨거워졌다. 그렇다고 눈물이 날 것 같은 기분은 아니었다. 열이 오른 모양이었다.

느릿하게 눈을 깜빡여 그것을 떨쳐 낸 아리아의 시선이 회중시계로 향했다. 시곗바늘이 정상에 가까워지고 있음을 확인한 그녀가 상자에서 모래시계를 꺼냈다.

"그럼요. 아버님께 모피 이야기를 한 것은 바로 저니까요."

"……예?"

"모피 사업 건을 도와 드린 건 저라고요. 미엘르는 항상 쓸데없고 조잡한 쓰레기들만 늘어놨죠. 누구나 할 수 있는 시답잖은 생각들 말이에요. 아버님께선 그걸 단 한 번도 사업에 이용한 적이 없고요."

"지금 무슨……?"

"그러니까 미엘르는, 지독한 악녀의 몇 없는 공마저 빼앗아야 할 만큼 멍청한 년이라는 뜻이에요."

"……아리아!?"

옆에 앉은 사라가 충격적인 악녀의 본모습에 목소리를 높였다. 레인 또한 놀라 눈을 크게 뜬 채 아무런 말도 잇지 못했다. 그런 그들을 응시하며 아리아가 미련 없이 모래시계를 뒤집었다.

그러자 놀란 표정은 온데간데없이 여유로운 척을 하며 차를 마시는 사라와 레인이 보였다. 이로써 아리아의 공은 다시 미엘르의 곁으로 돌아갔다.

'……돌리지 말걸 그랬나.'

순간 생각했지만 그럴 수 없었다. 아무리 백작이 자신의 공을 제 친딸에게 바쳤다고는 하나, 아직까지는 백작가의 가주이자 실세였다. 괜한 소리를 하여 적으로 만들 순 없었다.

그러나 한 가지 의문은 생겼다. 과연 앞으로 백작의 사업을 돕는 것이 자신의 인생에 도움이 될 것인가 하는 점이었다. 소소하게 귀여움은 받을 수 있겠지만, 지금처럼 그 공이 모두 미엘르에게 돌아갈 테니 도움은 되지 않을 것이란 생각이 들었다.

'적당히 얌전한 척만 해도 상관없을지도.'

어차피 자신에게 바라는 기대치는 낮을 것이 분명했다. 기대치가 낮은 이는 가만히 있어 주기만 해도 예뻐 보이지 않겠는가? 생각지도 못한 배신감에 심장이 빠르게 뛰었다. 모래시계를 상자에 되돌리는 손에는 힘이 잔뜩 들어갔다.

잠시 뒤, 아무런 일도 없었다는 듯 조용한 응접실에 나타난 미엘르는 퍽 화려하게 꾸민 복장이었다. 도대체 누가 실내에서 저런 차림을 하나 싶어 가만히 숨을 죽이며 대화를 들었더니, 그녀가 입고 착용한 의복 모두 레인의 주인이라는 사람의 선물이라는 것을 알 수 있었다.

"오래 기다리게 해 드려 죄송합니다."

"아닙니다, 불쑥 찾아온 제 탓이죠. 복장이 참으로 잘 어울리십니다."

"감사해요. 너무 예쁜 것들이 많아 뭘 입어야 할지 한참을 고민했어요."

"뭘 입으셔도 아름다우실 겁니다."

"부끄럽네요."

미엘르가 수줍어하며 볼을 붉혔다.

늘 듣는 소리일 텐데 내숭을 떠는 모습에 코웃음이 났다. 꿀을 듬뿍 넣은 홍차가 써서 혀가 아렸다. 치즈가 올라간 카나페를 한입 베어 물어 입안에 남은 쓰디쓴 꿀의 잔향을 없앴다.

"오늘도 너무 과한 선물을 주셔서 몸 둘 바를 모르겠네요."

"괘념치 마십시오. 무리해서 가져온 선물도 아닙니다."

미엘르는 자신이 입고 있는 그 옷과 걸친 보석들이 모두 제 것이 아니라는 걸 알까? 알고도 그 예쁜 얼굴을 일그러뜨리지 않을 수 있을까?

'바로 나처럼 이렇게 우아하게.'

그리고 또 한 가지. 레인의 주인은 그 사악하고 천박한 악녀가 백작의 사업을 도와준 장본인이라는 사실을 알고도 똑같은 대우를 할 수 있을지 아주 궁금해졌다. 현실을 외면한 채 계속 미엘르의 편을 들지, 모른 척할지는 모르겠지만 지금과 같은 반응을 기대하기는 힘들지 않을까.

미엘르는 한참이나 레인과 인사를 나눈 뒤에야 사라에게 눈길을 주었다. 마치 없었던 사람을 발견이라도 한 듯 눈을 동그랗게 뜨고 고개를 기울였다.

"아아, 혹시 아리아 언니의 가정 교사신가요?"

"예. 소개가 늦어서 죄송합니다. 로렌 자작가의 사라라고 합니다."

"저야말로. 잘 부탁해요, 로렌 영애."

미엘르의 인사는 정중하고도 깔끔한 태도였지만 사라를 업신여기는 태도가 은연중에 묻어 나왔다. 무엇보다 제 이름을 밝히지도 않은 채 은근슬쩍 말을 놓았다.

그녀가 뒷배가 없는 소박한 자작가의 영애라서? 화려한 외모가 아니라서? 아니면 악녀의 가정 교사라서? 이유를 한 가지로 정의할 수 없었지만, 앞서 나열한 모든 것이 이유일 것이 틀림없었다.

"예. 저야말로 잘 부탁드립니다."

그런 미엘르의 태도에 사라는 조금 놀란 듯싶었지만 별다른 내색을 하진 않았다. 오히려 더욱더 품행에 주의를 기울이며 책잡힐 일이 없도록 행동했다.

이에 미엘르가 부드럽게 웃었다.

"……귀족 사회에 아직 익숙하지 않은 아리아 언니를 지도한 분다우시네요."

"과찬이세요."

누가 누굴 칭찬하고 인정하려 드는지.

미엘르, 그녀는 알까? 얼마 지나지 않아 사라가 후작 부인이 되리라는 것을. 억지로 우겨서 약혼을 맺은 미엘르와는 다르게 빈센트 후작의 열렬한 구애를 받을 것이라는 것도.

아아, 어쩌면 알게 되더라도 저런 고고한 태도를 고수할지도 모른다. 그녀는 자신이 프레데리크가의 후계자와 이어질 것이라 멋대로 상상하고 있을 테니까. 미래를 아는 천박한 악녀가 절대 그렇게 두지 않을 텐데.

그리고 그 악녀의 저주는 일정 부분 진행된 상태이기도 했다. 미엘르에게 보내던 차가운 눈빛과는 달리 오스카가 자신을 보던 눈빛을 아직도 잊을 수가 없었으니까.

'가여운 미엘르.'

그리하여 이도저도 아닌 채 비참하게 죽어 버리렴. 네 주변 인물들은 모두 처리해 줄 테니까 말이야. 목이 베이는 고통을 함께 누리자꾸나. 아리아가 고소와 함께 다시 달콤해진 홍차를 한 모금 머금었다.

"평소에는 어떤 공부를 하십니까?"

"평소에요? 글쎄요. 아버님의 서재에서 가져온 책을 읽거나, 선생님들의 지도를 받고 토론을 하는 정도일까요."

물론, 미엘르의 곁에는 레인이라는 변수가 있긴 했지만 그와 미엘르가 나누는 대화를 듣고 있자니 별로 신경 쓰지 않아도 될 것 같은 예감이 들었다. 왜냐하면, 그녀는 지금 레인에게 시험당하고 있었기 때문이다.

"아아, 그러시군요. 저도 비슷합니다. 혹, 근래에 관심을 가지신 화제가 있으십니까?"

"관심을 가진 화제요? 음……. 글쎄요."

생각하는 듯 고개를 갸웃거리던 미엘르는 쉬이 대답하지 못했다.

특출 나게 영특하지 않은 머리로 고민하고 있는 탓이겠지. 어떻게 하면 이 정체불명의 남자에게 잘 보일까 전전긍긍하면서. 없는 것을 쥐어짜려니 좀 힘들까.

"아무래도 아버님의 새로운 사업일까요?"

"오, 구체적으로 생각하신 게 있으십니까? 어떤 것이지요?"

그 영민한 머리로 백작의 사업에 대해 생각하고 있다는 미엘르의 말에 레인이 눈을 빛냈다.

"예. 그렇지만 알려 드릴 순 없어요. 아버님께만 살짝 알려 드릴 거거든요."

"하하, 이런. 제가 중요한 사업 기밀을 빼내 갈 뻔했군요."

비밀이라는 듯 새침하게 웃는 그녀가 퍽 귀여웠던 모양인지 레인이 시원한 웃음을 흘렸다.

하지만 정말 비밀일까? 사실은 아무것도 없는 게 아닐까? 있다고 해도 별로 도움이 되지 않는 정보가 아닐까? 말을 하지 그랬니, 미엘르. 레인이 너를 힘껏 비웃을 수 있게 말이야.

"그럼 카지노 재개장에 대해선 어떻게 생각하십니까?"

"카지노요?"

"예. 얼마 전부터 재개장한 그 카지노 말입니다."

"아, 인신매매 사건이 일어났던 카지노 말씀이군요."

"그렇습니다."

그 이야기를 화두에 올리다니. 미엘르가 경마장 사건에 대해 아는 것은 고작해야 신문 몇 줄을 읽은 것이 전부가 아닌가. 별반 영양가가 없는 말을 늘어놓을 것이 분명했다. 그리고 다행히도 레인은 아리아가 실망하지 않도록 미엘르에게 질문하는 것을 힘썼다.

어쩌면 그의 주인이 시킨 일일지도 모른다. 마주친 적이 있다고는 했지만 미엘르는 기억도 하지 못하는 아주 짧은 순간이었던 것 같고, 백작이 늘어놓은 제 딸의 자랑 중에 제대로 된 자랑은 모피 사업밖에 없었을 테니까.

'그러니 진위 여부를 가리고 싶은 것이겠지.'

정말 그녀가 영민한지 아닌지를 말이다. 황태자가 관련된 만큼 경마장 사건에 대해선 꽤 아는 바가 있는 모양인지 미엘르가 거침없이, 그러나 조곤조곤 자신의 생각을 늘어놓았다.

"한 번 위험 요소를 제거했으니 재개장이 마땅하겠지요. 경비도 관리도 철저해지지 않았을까요? 무엇보다 황태자 전하께서 직접 관리를 하신다고 하셨으니까요."

"역시 그렇게 생각하시는 모양이군요."

"그럼요, 전하께서 하시는 일인데요. 앞으로 투자를 활성화해서 사업을 넓히는 게 좋을지도 모르겠네요. 타국에도 알려질 만큼 대단하게요."

"동의합니다. 수도의 상징으로 삼아도 좋지 않겠습니까?"

"그렇죠. 태자 전하의 동상을 세우는 건 어떨까요?"

"소문에 의하면 인물이 훤하시다 들었습니다. 아주 좋은 생각 같네요."

미엘르의 아주 평범하고도 단순한 제안을 들은 레인은 크게 호응하며 장단을 맞췄다. 그녀는 제 생각이 통해 기쁨을 감추지 못하고 누구나 생각할 수 있는 제안을 이었고, 레인은 변함없이 탁월한 생각이라며 대꾸했다. 분명 언제나처럼 자신의 생각과 의견이 대단하다 느꼈을 것이다.

'미엘르가 원래 저렇게 눈치가 없었나.'

적잖이 실망한 듯한 레인의 대답을 느끼지도 못하니 말이다. 그는 티를 내진 않았지만 그녀의 생각과 의견에 깊게 파고들지 않으며 적당히 대응하는 게 전부였다. 그 모습이 흡사 미엘르의 시답잖은 의견을 듣는 백작과도 같았다.

'동상을 세우자고 하다니.'

어린아이답다면 어린아이답지만, 심히 유치하지 않은가. 정복지에 깃발을 꽂는 영웅도 아니고, 무슨 동상을 세우겠다는 건지. 어지간히도 아이스러워 아리아가 피식 비웃음을 흘렸다.

"……언니?"

그러자 미엘르가 곧장 반응했다. 아닌 척해도 줄곧 신경을 쓰고 있던 모양이었다. 오스카와 카인의 시선을 가져간 전적이 있으니 그럴 만도 했다. 그녀가 없는 사이에 레인과 무슨 대화를 했는지도 신경 쓰였을 것이다.

이름이 불려 시선이 쏠린 탓에 아리아가 손수건으로 입매를 닦으며 짧게 사과했다.

"죄송해요. 차를 마시다가 그만."

"괜찮나요? 그럴 때가 있죠."

사라가 걱정스러운 얼굴로 물었기에 가만히 고개를 끄덕였다. 누가 봐도 비웃음이 분명했지만 사랑스러운 아리아만을 아는 그녀에겐 그저 걱정거리로밖에 보이지 않았던 모양이었다.

"무슨 하실 말씀이라도 있으십니까?"

하지만 미엘르와 레인에게는 그렇지 않았다. 그들이 대화를 하던 도중에 일어난 일이었기에 대화를 비웃은 것이라 판단하는 것이 적절했다. 더불어 미엘르와의 대화에서 지루함과 실망을 느꼈던 와중이었기에 레인이 비웃음의 까닭을 물었다.

"글쎄요. 제가 껴도 될 자리인지 모르겠네요."

"의견이라면 누구나 자유롭게 낼 수 있는 게 아니겠습니까."

아아, 얼마나 미엘르와의 대화가 지루했으면 악녀에게 의견을 구할까. 산더미 같은 재물을 바쳐 마음을 구하러 왔음에도 지루함을 이기지 못해 천박한 매춘부의 딸에게 먼저 대화를 걸다니. 그의 주인이 알면 분노하고 분개하지 않을까.

"그럼…… 간소하지만 제 생각도 한번 올려 볼까요?"

"그러시지요."

레인이 기대하는 듯 기대하지 않는 것 같은 말투로 대꾸했다.

이따금 보여 준 아리아의 추리 때문이었다. 출신이 천박한 천하의 악녀에다가 소문 또한 평범하지 않으니 예전의 그 날카로웠던 추리는 우연이 아닐까 생각하는 듯싶었다. 그럼에도 혹시나 하는 기대감이 그의 눈을 빛나게 했다.

"저는 카지노를 폐쇄하는 편이 좋겠다는 생각이 드네요."

"……어째서죠?"

극단적인 의견에 레인이 미간을 찌푸렸다.

"아무리 합법이라고는 해도 일확천금을 노릴 수 있는 카지노는 제국민들의 정신과 영혼을 피폐하게 만들 거라 생각하거든요."

그리고 그것은 곧 현실이 된다.

루프르 자작이 관리하던 때와는 달리 황태자의 손길이 닿은 카지노는 크게 번영한다. 제국에서 관리한다는 안심과 신뢰 때문이기도 했다. 그리하여 합법적 도박인 카지노에 전 재산을 날린 이들이 속출하고, 그 피해는 귀족들에게까지 미친다.

과거 아리아의 어미인 백작 부인 또한 가지고 있던 보석을 처분해야 할 만큼 돈을 날려 백작과 사소한 트러블을 일으켰다. 다행히 시간이 지남에 따라 사이가 회복되었지만 한동안 백작 부인은 눈치를 보며 지냈다. 그래서 적절히 주의를 주거나 카지노에 동행해 훈수를 둘 생각이었다.

루프르 자작이 관리했을 때에도 재산을 날리는 이는 꽤 있었지만, 일개 자작이 관리하던 유흥거리였기에 사업의 확장도, 홍보도 제대로 되지 않아 불법적인 일에까지 손을 댔다고 들었다.

하지만 이를 한 번에 아우를 수 있는 황태자가 관여한다면.

"도박 때문에 돈을 날릴 거라는 말씀입니까?"

"제 생각은 그래요. 루프르 자작이 관리할 때와는 달리 황태자 전하께서 관리하신다는 소문이 퍼진다면 너도나도 안심하며 돈을 투자하겠죠. 도박의 특성상 대다수의 사람들이 돈을 잃을 테고요."

"일리는 있군요. 그렇다면 제재를 가하면 되는 일이 아니겠습니까?"

"어떻게 제재를 가할 거죠?"

"그거야, 각자 보유한 재산에 따라 사용할 수 있는 금액을 정한다면……."

"그런가요? 각자 보유한 재산이 다른데 어떻게 조사해서 기준을 세우실 건지 궁금하군요."

귀족들은 수가 적은 데다 납부하는 세금이 커 쉽게 파악할 수 있다 치더라도 그 많은 수의 평민들을 어떻게 조사할 것인가. 평민 한두 명 파산한다 하더라도 제국 전체에는 큰 타격이 없을 터다.

하지만 그 수가 늘어난다면? 적지만 꼬박꼬박 세금을 납부하고 제국의 밑바닥을 지탱하던 그들이 무너진다면 그들 위에서 우아한 생을 영위하던 귀족들 또한 타격을 받을 것이다.

"그건……."

레인이 말꼬리를 흐렸다.

달리 생각나는 대안이 없는 모양이었다. 그것은 아리아 또한 마찬가지였다. 이에 대비할 대안이 전혀 떠오르지 않았기에 카지노 사업을 접는 편이 좋겠다고 생각한 것이다.

"일확천금의 꿈을 안고 카지노에 입성한 이들은 제일 먼저……."

말을 잇기 전에 아리아는 미엘르를 한 번 쳐다보며 화사하게 웃었다.

"황태자 전하의 동상을 보겠네요. 그리고 이렇게 생각하겠죠. '위대하신 황태자 전하가 직접 관리하시는 카지노이니, 분명 내 삶을 풍족하게 해 주실 거야.'라고. 하지만."

미엘르의 흔들리는 눈동자가 아리아에게 꽂혔다. 침을 꼴깍 삼키는 모양새가 다음 말을 기다리는 듯했다. 레인은 이미 그녀가 할 말을 짐작이라도 한 것인지 얼굴을 딱딱하게 굳혔다.

"하지만 만약 돈을 잃는다면 어떨까요. 전 재산을 잃고 카지노에서 쫓겨난 그들이 가장 먼저 마주할 얼굴이 뭐라고 생각하죠?"

더는 말하지 않아도 알겠지. 말을 마친 아리아가 찻잔을 들어 조금 식은 홍차를 입에 머금었다. 길고 풍성한 속눈썹을 내리깐 채 우아하게 차를 음미하는 그 모습이 퍽 소문의 악녀 같아 레인이 주먹을 꽉 쥐었다.

짧고 어리석은 생각을 피로했음에 수치를 이기지 못한 미엘르는 아무런 대답도 할 수 없었다. 때문에 아리아의 질문에 대답한 것은 사랑스러운 사라였다.

"……전하의 동상이겠네요."

"맞아요. 그런데, 자신의 동상을 보며 울부짖는 이들을 마주한다면…… 전하께서 참으로 기뻐하시겠네요."

미엘르의 미간이 티가 나게 구겨졌다.

어쩜 저리도 유쾌할 수가! 어리석은 그녀에게 아주 잘 어울리는 표정이었다. 그러게 분수를 알아야지.

어째서 미엘르는 아직까지 그녀가 제안한 생각들이 대단하다고 여기는 것일까. 미엘르의 표정을 마주한 아리아가 놀란 얼굴을 만들어 내며 고개를 저었다.

"미엘르, 설마 기분이 상한 것은 아니겠지? 이건 어디까지나 가설일 뿐이니 네 의견을 무시하는 게 아니란다. 전하의 동상이라니, 사실은 나도 꼭 보고 싶은걸? 얼마나 아름다우실지 상상만 해도 기대되니까."

"……그러게요. 저도 황태자 전하의 얼굴을 모르니 동상으로나마 뵙고 싶어요."

사라가 거들었으나 미엘르의 표정은 좀처럼 펴질 줄 몰랐다.

악녀는 웃고 있는데 성녀가 미간을 좁히면 되겠는가? 물론 아주 유쾌하고 즐거운 상황임은 틀림없었다.

굳어 미동도 하지 않는 레인의 시선이 한동안 아리아에게서 떨어지지 않았다. 고작 열다섯 살의 어린 소녀가 이런 생각을 해냈다는 것에 적잖이 충격을 받은 모양이었다. 심지어 소문마저 좋지 않은 매춘부의 딸이었다. 레인은 분명 그 소문을 알고 있을 것이다.

"……하."

한동안 굳어 있던 레인이 갑자기 헛웃음을 토했다. 시선은 여전히 아리아에게 꽂힌 채였다. 그가 마음을 사려 했던 미엘르의 그림자는 어느새 사라져 있었다. 대신에 사사로운 대화로 지친 그의 얼굴에 새로운 그림자가 서려 있었다.

한동안 영혼이라도 빼앗긴 사람처럼 아리아를 향해 시선을 보내던 레인이 제 큰 손바닥으로 한차례 얼굴을 매만지더니 이내 실성한 사람처럼 큰 웃음을 쏟아 냈다. 덕분에 표정을 바로 고쳐 가면을 쓴 미엘르가 그의 이름을 불렀다.

"……레인 님?"

그러나 그의 대답이 향한 곳은 미엘르가 아닌 아리아였다.

"이런, 제가 한 수 배웠습니다."

"무엇을 말이죠?"

아리아가 시치미를 떼자 레인의 웃음이 짙어졌다.

"카지노에 대한 의견 말입니다. 폐쇄를 해야 한다고는 생각해 보지 못했는데, 새로운 시각에 감탄했습니다."

"그런가요? 누구나 떠올릴 수 있는 간단한 가설이라고 생각하는

데요."

물론, 미엘르는 떠올릴 수 없었겠지만. 겸손한 척하면서도 절대 겸손하지 않은 그녀의 말투에 레인이 다시금 웃음을 쏟아 냈다.

"실례가 되지 않는다면 알려 주십시오. 아리아 영애께서는 평소에 어떤 공부를 하시기에 이리도 깊은 생각을 갖게 되셨습니까?"

미엘르에게 했던 질문이 아닌가. 그녀가 울기라도 하면 어쩌려고. 웃음을 삼키며 아리아가 대답했다.

"달리 특별한 건 없답니다."

"예를 들면 어떤 것이지요?"

"글쎄요……."

목이 베인 경험과 모래시계, 그리고 온갖 가십거리가 섞인 신문이라고 하면 믿을까. 사실이지만 절대 믿지 않겠지. 악녀가 드디어 정신이 나갔다며 비웃을지도 모른다.

"저도 미엘르와 비슷하답니다. 부인들의 지도를 받고, 책을 참고하며 이따금 신문도 읽죠. 아, 그리고."

한 가지 더 중요한 정보원이 있었다.

"미엘르와 아버님께서 나누시는 대화를 듣는 것도 무척이나 유익하지요. 제가 모르는 정보를 많이 알려 주거든요. 그래서 유심히 듣곤 한답니다."

특히 그녀는 언제 어떻게 정보를 풀어야 할지 잘 알려 주었다. 백작에게 정보를 건넨 것은 한 번뿐이지만, 여러 방면에서 두루두루 도움이 되었다. 지금도 그렇지 않은가? 제 살을 갉아먹어 그녀에게 수치를 줄 기회를 주었으니 말이다.

"오늘 대화도 아주 유익했어요."

"그러십니까."

얼핏 미엘르를 칭찬하는 듯 보였으나 결국 속뜻은 그녀의 어설픈 지식을 토대로 제 지식을 뽐낼 수 있는 기회를 자주 얻는다는 말이었다. 사라처럼 순진하고 평면적인 사람이라면 모를까, 레인과 미엘르가 그것을 알아채지 못했을 리 없었다.

"……그래요? 정말 뜻밖이네요. 저도 종종 그럴 때가 있거든요."

그래서 이렇게 속이 뻔히 보이는 공격을 하지 않는가. 이 수치스러운 상황이 일방적이지 않다고 우기고 싶기라도 한 것일까. 방금 전까지 귀족 영애라곤 생각할 수 없는 표정을 짓고 있었으면서.

아아 그래, 어쩌면 과거에는 줄곧 그래 왔는지도 모른다. 불과 몇 달 전까지만 해도 늘 자신이 뽐내는 모든 것을 가로채 갔었으니까 말이다.

고작해야 소박한 시 따위를 자랑하던 멍청한 계집이 그리도 못마땅했던 것일까. 돌이켜 보면 고귀한 빛에 시들어 가는 잡초처럼 늘 그늘에 가려 있었던 시절이었다. 과거 늘 자신을 지배했던 그 감정이 배 속 깊은 곳에서 솟구쳤다. 앞으로는 네게 충분히 맛보게 해 줄게.

"그러게 말이야. 정말 고맙게 생각하고 있어. 네가 아니었다면 지금의 나도 없을 테니까."

"그래요? 정말 잘된 일이네요."

지금 와서 고고한 척해도 소용없거늘. 과거의 자신처럼 화를 내고 물건을 집어 던지며 응접실을 뛰쳐나갔다면 참으로 보기 좋았을 텐데.

그러나 미엘르는 태초부터 고귀한 귀족이었다. 화를 내기보단 웃음을 짓는 것이 쉬웠고, 물건을 던지기보단 부채로 입매를 가리는 것이 익숙했다.

"앞으로도 잘 부탁할게, 미엘르."

"저도 마찬가지예요, 언니."

가식을 전신에 두른 채 보드랍게 웃는 자매는 누가 보아도 우애가 좋아 보였다. 다른 사람들은 알 수 없게 아리아를 괴롭히는 것이 미엘르의 특기였고, 이제는 아리아가 그것을 흉내 내고 있었으니까.

대화를 나누는 동안 해가 저물어 갔기에 사라와 레인이 돌아갔다. 줄곧 미엘르에게만 꽂혀 있던 시선은 이따금 아리아에게 향했으며 작별의 여운 또한 남겼다.

미엘르에 대한 실망감을 채우려는 속셈인 걸까. 그도 아니라면 백작이 자랑한 딸이 미엘르가 아니라는 걸 깨달은 것일까. 뭐가 됐든 그녀에게 향하던 관심이 조금이나마 줄어들었기에 나쁜 상황은 아니었다.

* * *

오랜만에 모래시계를 쓴 탓인지 방으로 돌아간 아리아는 하루를 꼬박 자고 다음 날 저녁이 되어서야 눈을 뜰 수 있었다. 제시가 빽빽한 눈을 비비며 일어난 그녀에게 서둘러 꿀물을 가져다주었다.

의사를 불러 진찰을 받아 건강을 확인하기도 했고, 같은 일을 몇 번 경험한 덕분 더는 소란을 피우지 않았다. 그저 조금 걱정을 할 뿐이었다.

"저, 아가씨. 말씀하신 꽃다발을 어디서 판매하는지 알아보았는데요."

"아아, 튤립 말이지? 꽤 빨리 알아왔구나."

잠이 들기 직전에 알아오도록 시킨 기억이 났다. 그간 청소 이외의 일을 시키지 않아 무료했는지 퍽 좋아하는 기색으로 꽃다발을 들고 나갔다.

"그래서, 어디서 판다고 하니?"

"황성 근처에 있는 꽃집이 가장 유력한 것 같아요."

"황성 근처?"

"예. 제국의 고급 꽃을 취급하는 꽃집을 돌았는데, 이런 고급 꽃을 취급하는 곳은 그곳밖에 없다고 입을 모아서 가 보았죠. 정말 비슷한 튤립이 잔뜩 있더라고요."

황성 근처라. 그곳에는 고위 귀족의 저택이 수두룩하니 납득이 됐다. 특히 황성에서 근무를 하는 고위 귀족의 저택이 많았다. 그럼 그 고위 귀족들 중 하나인가. 꽃집을 조사하면 금세 정체를 알아낼 수 있으리라 생각했는데 오산이었던 모양이다.

"수고했어."

"아 참, 그리고 거기서 취급하는 튤립은 황성에서 조달받는다고 했어요. 그래서 제국에서 가장 고급 튤립을 취급할 수 있다고 하더라고요. 독특한 약품을 이용해 잘 시들지 않는 튤립이기도 하대요. 보세요. 아직도 갓 꺾은 듯 싱싱하죠? 향기도 대단해요."

정말 그녀의 말대로 튤립은 싱싱하다 못해 방금 꺾은 것처럼 보였다. 황성 근처에 있는 데다가 귀족들이 애용하는 꽃집이니 그럴 만도 했다.

"꺾고 나서도 한 달은 싱싱하다고 하더라고요. 정말 신기해요."

"그렇게 마음에 들면 네가 가지렴."

"앗, 아가씨. 그래도 선물 받으신 꽃인데……."

말은 그렇게 하면서도 제시의 얼굴에 화색이 돌았다.

꽃이 그리도 좋은가. 시간이 지나면 시들어 추해지는 것을. 관상용으로 두고 볼 수만 있을 뿐 삶에 도움이 되지도 않는다.

과거에도 꽃을 보느니 거울을 보는 것이 낫겠다고 생각했기에 그다지 좋아하는 편이 아니었다. 하여 재차 가지라고 말하자, 제시가 못 이기는 척 꽃다발을 품에 안았다. 패악을 부리지 않은 지 1년 가까이 되어 더는 아리아가 화를 내지 않을 것을 알기 때문에 퍽 자연스러운 태도였다.

"아, 깜빡 잊을 뻔했네! 오스카 님께서 보내신 편지가 도착했어요."

"그것참 반가운 소식이구나."

제시가 아무런 무늬가 없는 편지를 꺼냈다. 오스카가 보낸 편지엔 그의 풀 네임이 아닌 이니셜만이 적혀 있어, 아직 아무도 그와 아리아가 편지를 주고받는다는 것을 아는 사람이 없었다.

본문에 서로의 이름을 적을 때도 그러했다. 오스카나 아리아라고 적지 않고 이니셜만 적기로 했다. 혹시 모를 오해를 피하기 위함이라 입을 맞췄지만, 가만히 생각해 보면 도리어 은밀한 편지를 주고받는 연인으로 보일 위험이 있었다.

차라리 서로의 이름을 적는 편이 들켰을 때 변명하기 쉬울 것이다. 이니셜로 편지를 주고받는 사이라니……. 그 어떤 변명을 해도 납득하기 어려울 것이다.

'뭐, 아직 연인도 아닌 데다가 미엘르의 짝사랑이니 내통이라고 할 것도 없지만.'

어쨌든 가문에서 혼담 이야기가 오가는 사이이니 불순하다면 불순하다고 볼 수 있었다. 그와 편지를 주고받는 데 도움이 필요해 유일하게 아는 것이 제시였는데, 필연적으로 지금은 애니 또한 알게 되어 그 둘이 전부였다.

'처음 편지를 보냈을 때는 꽤 오랫동안 답장이 오지 않았지.'

실망하려던 찰나, 직접 방문하여 편지를 건넨 그에게 조금이나마 감동하고야 말았다. 그 후 보낸 편지에는 늦지 않게 답장이 돌아왔다. 이따금 벌써 도착했나 싶을 정도로 빨리 돌아오기도 했다.

별다른 내용 없이 안부를 묻거나 공부에 전념하고 있다는 것이 전부였지만, 미엘르가 사모하는 이를 빼앗았다는 성취감에 들뜬 기분을 감출 수 없었다. 온 저택을 뛰어다니며 그와 편지를 주고받는다는 사실을 큰 소리로 떠벌리고 싶은 충동에 휩싸이게 만들 만큼 말이다.

'하지만 그렇게 할 수야 없지.'

모래시계를 사용한다면 모를까, 맨 정신으로 그랬다간 다시 과오를 되풀이할 뿐이다.

아리아는 늘 사용하는 편지지를 꺼내 오스카에게 답장을 적었다. 처음 부분에는 항상 그래 왔듯 날씨 이야기나 건강 이야기, 학업이 잘 이루어지고 있는지를 장황하게 적었다.

그 뒤로 이제 곧 봄이 되니 꽃놀이를 가고 싶다는 새로운 내용을 적고 편지를 끝내려던 찰나에 문득 미엘르의 근황이 떠올랐다.

'레인의 이야기를 적는다면……. 과연 오스카는 어떻게 반응할까.'

혹시 질투하는 건 아니겠지. 그래도 질투는 아니더라도 신경이 쓰이기는 할 것이다. 후에 혼인을 치르게 될 소녀와 관련이 있으니 어쩌면 레인의 정체가 궁금해 알아볼지도 모른다.

가장 바람직한 반응은 그가 아무런 관심도 두지 않는 것이겠지만, 아마 그렇지 않을 것이라 생각하며 미엘르와 레인에 관한 내용을 덧붙였다. 부디 자신이 찾지 못한 남자의 정체를 밝혀 주기를 바라며 그에 대한 궁금증이 생긴다고 마무리를 지었다.

"오스카 님께 전해 드릴까요?"

"그래. 가지고 있다가 며칠 뒤에 보내."

조금 시간을 두고 보내야 전전긍긍할 것이다. 보지 못하고 소식을 듣지 못해야 그리움이 더욱더 커지는 법이었다. 몇 달 전, 늦은 편지에 생각지도 못하게 그녀가 감동한 것처럼 말이다.

* * *

오스카로부터 돌아온 편지에 레인에 관한 이야기는 없었다. 일부러 피한 건지, 관심이 없는 건지는 모르겠으나 두 번이나 언급할 수는 없었기에 그와의 편지에서 자연스레 레인의 이야기가 사라졌다. 부디 신경을 써 줬으면 좋겠는데.

아리아는 사라의 연애 상담과 자작 부인들과의 수업, 그리고 여러 학문을 독학하며 겨울을 보냈다. 백작은 모피 사업이 아주 흥해 여타 사업에 신경 쓸 겨를이 없어 줄곧 수도에서 일을 했다. 때문에 수도에 있음에도 불구하고 저녁 식사 시간에도 얼굴을 자주 볼 수 없었는데, 이따금 같이 식사를 하게 될 때면 다른 정보가 없는지 은근한 말투로 물어 왔다.

"이제 곧 완연한 봄이 올 테니, 모피를 벗는 귀족들이 늘겠구나."

"그렇겠네요. 빨리 봄이 되었으면 좋겠어요."

눈치 없는 미엘르의 대답에도 백작은 기분 나쁜 내색을 표하지 않고 웃어 보였다. 제 딸이라 그 어떤 행동과 말을 해도 예쁜 것인가. 어미에게조차 무조건적인 사랑을 받아 본 적 없는 아리아의 얼굴에 의아함이 가득했다.

"모피 사업의 다음을 생각 중이십니까?"

오랜만에 찾아와 저녁을 같이 들게 된 레인이 물었다. 질문은 백작에게 했지만 시선은 미엘르와 아리아에게 골고루 나뉘었다. 그녀들이 어떻게 대답할지 기대하는 얼굴이었다.

"그래야지. 모피 사업은 안정권에 들어갔으니 말이야. 수도에서의 유행이 한차례 지나갔으니, 이제 지방으로 확장하고 다른 사업에도 힘을 써야지."

지금도 재물로는 제국 제일이라도 보아도 손색이 없건만 도대체 왜 저리도 사업을 넓히는 걸까. 제국의 모든 재화를 쓸어 모으기라도 하고 싶은 걸까? 수그러들지 않는 백작의 기세에 저절로 고개가 저어졌다.

"미엘르 영애께서는 어떻게 생각하십니까?"

여전히 그녀를 시험하는 레인이 물었다. 지금까지 몇 번이나 실망스러운 대답을 들었음에도 포기하지 않는 것이 신기했다. 물론 처음처럼 지대한 관심을 표하지는 않았지만, 일말의 기대라도 남아 있는 것인지 질문의 우선순위는 늘 미엘르였다.

"그러네요. 봄이 되면 두꺼운 겉옷은 불필요해지니 가벼운 소재를 찾아보는 게 어떨까요?"

"가벼운 소재…… 말씀이십니까?"

"예. 예를 들면 색감을 표현하기 좋은 실크나, 부드러운 감촉의 벨벳이 좋을지도 모르겠어요."

아리아는 딱딱하게 굳어 가는 레인의 얼굴을 반찬으로 부드러운 수프를 넘겼다. 싫어하는 브로콜리가 들어간 수프이건만, 어찌 이리도 달콤할까. 미엘르는 정말 방금 자신이 내뱉은 말을 좋은 생각이라고 여긴 것일까?

"좋은 생각이구나. 실크와 벨벳은 좋아하는 이들이 꽤 많지. 드레스 소재로도 많이 활용되니 말이다."

"개인적으로는 실크가 가벼우니 좋지 않을까 생각해요. 여름에도 햇빛을 가릴 수 있으니까요."

"아주 좋은 생각이구나."

이미 널리 사용되는 옷감을 새로운 사업 구상에 제안한다는 것이 가당키나 한가. 비웃음을 애써 참으며 식사를 계속하는데, 문득 시선이 느껴졌다. 고개를 들자 레인과 백작이 이쪽을 바라보는 것이 보였다.

"무슨 하실 말씀이라도……?"

"아리아, 네 생각은 어떤지 궁금하구나."

아아, 어지간히 새로운 사업 아이템이 궁한 모양이지? 글쎄요, 아버지. 모피 사업의 공을 미엘르에게 모두 빼앗긴 제가 어떤 말을 하기를 바라시는 건지요.

게다가 이 이상 레인의 관심을 받고 싶지 않았다. 미엘르에게서 떼어 놓은 것으로 만족했기 때문이다. 과한 관심은 앞으로의 일에 방해만 될 거라 생각했다.

"저도 미엘르의 말에 동감해요. 벨벳과 실크가 좋겠어요. 벨벳으로 만든 드레스는 아주 아름다우니까요."

두 남자의 눈동자에 실망한 기색이 역력했다. 사랑스러운 미엘르의 의견에 동조했을 뿐인데, 왜 한쪽은 칭찬을 받고 한쪽은 실망하는 눈을 마주해야 하는가. 그렇다면 어쩔 수 없지, 기대에 부응하는 수밖에.

"아! 그러고 보니……."

무언가 생각이 났다는 듯 운을 떼자 백작과 레인, 그리고 백작 부인과 미엘르의 시선까지 아리아에게 향했다. 아리아가 부드럽게 눈을 휘며 웃었다.

"벨벳 소재의 드레스가 갖고 싶네요. 환절기인 지금 딱인 것 같아서요."

"정말 잘 어울리겠어요, 언니."

"그렇지?"

악녀의 멍청한 발언에 미엘르 또한 활짝 웃었다.

어때, 만족했니? 그리고 실망하셨나요, 두 남성분? 백작은 더 이상 아리아에게 말을 걸지 않았다. 헛소리의 시작인 미엘르에게는 여전히 다정한 아버지이면서 말이다.

아리아에게만 조용했던 식사를 마치고 방으로 올라가 취침 전 차를 마셨다. 향긋한 허브티를 마시며 책을 보고 있자 곁에서 시중을 들던 애니가 제 손가락을 꼬며 안절부절못했다.

"무슨 일이야? 할 말이라도 있니?"

"아, 그게 저……."

이제 화장으로 제 얼굴을 꾸미는 게 퍽 익숙해진 그녀는 주근깨를 감춰 뽀얀 피부가 제 것인 양 굴었다. 미엘르에게는 무어라 변명한 것인지, 어쩌면 변명하지 않고 사실대로 정보를 전하고 있는 것인지는 모르겠지만 이제 완연한 아리아의 측근이 되어 여타 시녀들에게 제 아름다움을 뽐내는 듯싶었다.

“뜸 들이지 말고 말해 보렴.”

“다음 주에 열리는 축제에 가고 싶어서요. 혹시 하루 정도…… 아니, 반나절이라도 좋으니 휴가를 받을 수 있을까요?”

“축제?”

벌서 그럴 시기구나. 매년 겨울에서 봄으로 바뀌는 시기에 봄을 환영하는 축제가 주말에 걸쳐 열렸다. 노점상이 대거로 들어서고 거리에서 공연을 하는 서민들의 축제였지만 볼거리가 많았기에 귀족들도 종종 들렀다.

어린 시절의 아리아는 가난한 데다가 홀로 가기엔 위험해 참가하지 않았으며, 귀족이 된 후에도 서민들의 삶과 얽히고 싶지 않아 들른 적이 없었다. 물론 지금도 별반 관심은 없었으나, 서민들이 손꼽아 기다리는 몇 없는 유흥거리인 것을 알기에 흔쾌히 애니의 부탁을 들어주었다.

“그렇게 하렴. 이틀 쉬어도 되니까 즐기고 오도록 해.”

“……정말이세요?”

“응. 오랫동안 쉰 제시를 부르면 되니까. 퍽 무료해 보였거든.”

제시마저 축제에 참가하고 싶다고 해도 상관없었다. 그녀들의 시중이 없다고 해도 그다지 불편할 일이 없을 테니까. 청소나 세숫물은 저택의 시녀에게 지시하면 될 일이고, 차를 마시거나 옷을 갈아입는 것은 혼자서도 할 수 있었다.

명색이 백작가의 여식이니 시녀가 할 일을 하는 것은 보기 좋지 않겠지만, 시녀들을 핍박하고 패악을 부린다는 소문보다는 그것이 낫지 않겠는가. 불쌍해 보이기도 하고. 애니의 양 볼이 장밋빛으로 물들었다.

“정말 감사합니다, 아가씨!”

“뭘, 그런 걸 가지고. 앞으로도 쉬고 싶을 땐 말하도록 해. 내 시녀는 두 사람이니 한 명이 쉰다고 해도 그다지 불편하지 않으니까.”

“아가씨……!”

애니의 얼굴을 한마디로 표현한다면 감동 그 자체라고 할 수 있을 것이다. 아리아처럼 제 시녀에게 쉬이 휴가를 내주는 주인은 거의 없었기 때문인지도 모른다.

과거의 아리아는 몇몇 시녀들에게 쓸데없는 일을 하루 종일 시켰고, 없는 트집을 만들어 내 성질을 부렸다. 과하긴 했지만 그녀 외에도 자신이 부리는 사람을 감정의 쓰레기통으로 사용하는 귀족들이 여럿 있었다.

귀족가의 자리는 쉽게 나지 않으니 참는 자들이 대부분이었지만, 이직을 할 기회가 생기면 미련 없이 그만두는 것이 그런 귀족들의 시중이었다.

“아, 그리고.”

“예?”

“혹 필요하다면 내 옷을 입어도 좋아. 선물 받은 옷들은 안 되지만 내가 산 옷들은 괜찮단다. 장신구도 그렇고.”

“……저, 정말이세요!?”

상상하지도 못했다는 듯 애니의 얼굴이 당혹으로 물들었다.

기껏해야 부티크에서 산 것들이 전부였다. 이제는 입을 생각도, 입지도 않을 옷들이기에 처분해도 괜찮을 것들뿐이었다.

이렇게까지 할 필요는 없었지만, 그래도 미엘르의 끄나풀에게 잘 해 주어 손해를 보진 않으니 버릴 것으로 생색을 내는 것에 가까웠다. 이미 그녀가 화장을 하고 황금 브로치를 달고 다녔기에 부러워하는 시녀들이 몇 있었다. 나이도 어린데 아름답게 치장하고 주인과 함께 모임에도 다니지 않는가.

더불어 과거와는 달리 악녀는 얌전하고 조용하게 행동했다. 축제라며 하루 종일 데리고 다니는 주인이 수두룩한데 휴가까지 주고 옷도 빌려주면 자신에게 이득이 될 것이 틀림없었다. 애니의 휴가는 이름하야 홍보용이었다.

"마음이 맞는 시녀와 함께 다녀오면 좋겠구나."

"하하, 네에. 그렇겠죠?"

물론 로스첸트가에 그녀와 함께 축제를 즐길 수 있는 시녀는 없을 것이다. 백작과 백작 부인은 시녀의 휴가에 인색하고, 미엘르는 악녀에게서 휴가를 받은 애니에게 제 시녀를 붙여 주지 않을 테니까 말이다.

축제날이 다가와 아리아는 오랜만에 제시와 함께 하루를 보냈다. 애니는 아침부터 부산스럽게 저를 치장하곤 저택을 나섰다. 아리아가 가진 옷들 중에 가장 싼 것을 골라 입은 탓에 다른 옷을 꺼내 입혔다. 홍보용인 그녀가 화려하면 화려할수록 아리아의 입지가 올라갈 테니.

"제시, 너는 축제에 가고 싶지 않니?"

아무런 일정이 없어 하루 종일 가만히 책을 보던 아리아가 물었다. 설마 아리아에게서 그런 질문을 받을 줄 몰랐던 제시가 화들짝 놀라며 손을 내저었다.

"아뇨! 저는 괜찮습니다, 아가씨."

"정말?"

"……예?"

"가지 않아도 괜찮다는 거야, 아니면 가고 싶지 않다는 거야?"

"아……."

가고 싶다면 보내 줄 의향이 있었다. 굳이 휴가를 쓰지 않아도 잠깐이라면 다녀와도 상관없었기 때문이다.

그녀가 우물쭈물하며 대답을 하지 못하기에 다시금 의향을 묻자, 조심스레 속마음을 털어놓았다.

"가고 싶기는 하지만……. 그래도 아가씨를 모셔야죠."

"가고 싶으면 가도 돼."

"……!?"

"가고 싶으면 다녀오렴. 어차피 지금부터 할 일이라곤 책 읽기밖에 없으니까."

차도 많이 마셔 물렸다. 취침할 때까지 더는 마시고 싶지 않을 정도였다. 그러니 더는 제시의 시중이 필요 없었다. 신선한 물이 물병에 가득했으니 따라 마시면 그만이니까.

"하지만 아가씨가 걱정이 되어서……. 애니도 외출했고……."

"저택에만 있을 텐데 뭐가 걱정이니?"

굳이 따지자면 저택에 있는 편이 가장 안전하고 걱정할 일이 없을 것이다. 어서 다녀오라 눈짓하는 아리아의 말에도 제시는 쉬이 그러겠다고 대답하지 못하다가, 이내 무언가 떠오른 듯 손뼉을 쳤다.

"그럼, 아가씨도 함께 가시는 게 어떨까요?"

"어디를?"

"축제요! 아직 날이 밝으니 위험하지 않을 거예요. 축제날에는 경비병도 많이 나와 있을 테고요."

축제에 간다고? 내가? 단 한 번도 생각해 본 적 없었다.

"가고 싶지 않으세요?"

방금 전에 아리아가 했던 질문이었다. 가고 싶은가 그렇지 않은가로 따지면…… 아주 어렸을 때에는 가고 싶었던 걸지도 모른다. 하지만 갈 수 없었지. 백작가에 들어온 이후에도 비슷했다. 귀족이 되었으니 서민의 놀이는 피해야 한다고 생각했기에 가지 않았다.

'그럼 지금은……. 지금은 가도 되지 않을까?'

생각하자 갑자기 마음이 설레고 두근거렸다. 양 볼이 상기되었던 것인지 제시가 답을 듣기도 전에 외출 준비를 시작했다. 그녀가 가져온 외출복과 장신구들을 가만히 응시하던 아리아가 '잠깐.'이라는 말과 함께 자리에서 일어났다.

"……아가씨? 설마 외출하지 않으시는 거예요?"

제시의 얼굴이 다시 시무룩해졌다. 과거에 그리도 패악을 부렸는데 제 주인과 함께 외출을 하는 것이 기대되었던 모양이다. 과거에는 이런 아이를 어찌 그렇게 잔인하게 내쳤을까.

"아니, 이 외출복들은 너무 눈에 띄니까 단출한 복장으로 나가자."

귀족의 산책이라고 소문내 봤자 좋을 거 없을 테니까. 덧붙이자 제시의 얼굴에 화색이 돌았다.

"아가씨!"

"어서 준비해. 날이 저물기 전에 돌아올 거니까."

"네!"

하나로 단정하게 땋은 머리카락과 무늬 없는 원피스를 입은 아리아는 가만히 제 머리카락을 만졌다. 마치 10년도 넘은 과거로 돌아간 것 같아 기분이 이상했다.

'만약 백작가에 오기 전에 이렇게 평범하게 살았다면…….'

그랬다면 미래가 조금은 바뀌었을까. 생각하다가 이내 고개를 저었다. 그 악귀 같은 미엘르가 있는 한 절대 멀쩡한 삶은 누릴 수 없었을 것이다. 말도 되지 않는 이유로 백작 부인과 자신을 증오하기 시작했으니 결국엔 비슷한 결말을 맞이했겠지 싶었다.

이미 늦어 버린 후회를 머릿속에서 털어 내며 창문 밖을 응시했다. 시종들이 사용하는 마차라서 그런지 시야가 위아래로 계속 움직였다. 멀미가 날 것 같기도 하면서 엉덩이가 아팠다. 돌바닥에서 잘만 자던 때가 엊그제 같은데, 이게 무슨 대수라고.

아리아가 아무런 말도 없이 창문 밖만 응시하자, 맞은편에 앉은 제시가 조심스레 말을 걸어왔다.

"불편하시죠? 마차라도 제대로 된 마차를 타고 왔어야 했는데……."

"아니, 괜찮아. 굳이 노력해서 눈에 띌 필요는 없으니까."

인파가 많은 곳에서 어리거나 젊은 여성은 위험에 노출될 가능성이 컸기에 조금이라도 눈에 띄는 행동은 자제해야 했다. 때문에 기사도 한 명만 데려온 참이었다. 둘씩이나 건장한 남자가 붙어 있으면 수상하지 않겠는가.

마부석에 앉아 지금은 보이지 않지만, 처음 아리아와 동행하게 된 기사는 퍽 긴장한 얼굴이었다. 아무리 최근에 그녀에 대한 소문이 누그러졌다고는 해도 악녀라는 호칭은 떨어지지 않았기 때문이다.

혹여나 또다시 멍청한 기사가 붙을까 봐 직접 가서 골랐다. 물론 기사를 보는 눈은 없기에 실력이 없을지도 모르지만 있을지도 모르니 그것은 운에 맡기는 수밖에 없었다. 그나마 제 손으로 고른 것이니 실패해도 누군가를 원망하지는 않을 것이다.

"아가씨, 도착했나 봐요."

저택에서 수도의 중심지까지는 그리 오랜 시간이 걸리지 않았기에 금방 도착할 수 있었다. 광장에서 조금 떨어진 곳에서 내린 아리아는 붐비는 인파에 넘어지지 않으려 제시의 손을 꼭 붙잡았다. 홀로 떨어졌다간 무슨 봉변을 당할지 모른다.

기사가 바로 뒤에 붙어 있는 것을 확인한 그녀가 안심하고 거리로 발을 내디뎠다. 과하게 긴장을 해서 그렇지 다행히 멀쩡한 기사인 모양이다.

"아가씨! 이것 좀 보세요!"

가라고 했을 때 망설였던 사람이 누구인지. 제시는 물 만난 물고기처럼 신이 난 채 뛰어다녔다. 조잡한 장식품과 인형들을 보며 눈을 빛내는 그녀가 퍽 귀여웠다. 저택에 이보다 수만 배는 귀하고 아름다운 것들이 널렸건만, 도대체 왜 이런 금세 망가져 버릴 것 같은 물건들을 욕심내는 걸까.

"마음에 드니?"

"예! 정말 귀여운 머리핀이네요."

"그래?"

제시가 손에 든 머리핀을 건네받은 아리아가 그것을 다시 그녀의 머리에 꽂아 주었다. 하나만 놓고 보았을 땐 조잡하기 그지없었는데, 막상 머리에 꽂아 보니 나름 봐 줄 만했다. 장식 없이 단출한 그녀의 복장과 잘 어울려서일지도 모르겠다.

"생각보다 잘 어울리네. 이걸 하나 사지. 얼마야?"

"아가씨!?"

아리아가 제시의 안주머니에서 지갑을 꺼냈다. 제시는 극구 말렸지만 고작해야 10실링에 불과한 머리핀 때문에 실랑이를 벌이고 싶지 않았기에 냉큼 돈을 지불하고 발걸음을 돌렸다.

"제게는 너무 과분해요, 아가씨……."

"제시, 누가 선물을 할 때는 고맙다고 하는 거야."

"하지만……!"

"자꾸 그렇게 싫은 내색을 보이면 어쩔 수 없지. 머리핀을 버리는 수밖에."

그녀를 괴롭혔던 악녀의 흉내를 내어 낮게 경고했다. 하지만 제시는 놀라기는커녕 아리아와 맞잡은 손에 조금 힘을 주며 헤실헤실 웃고 말았다.

"그럼 감사히 받겠습니다, 아가씨. 너무 기뻐요."

"처음부터 그렇게 말했다면 좀 좋아."

이제 그녀는 완벽하게 아리아를 두려워하지 않는 모양이었다.

그도 그럴 것이 얼마 전까지만 해도 미엘르의 시녀였던 애니에게 축제 휴가를 준 데다 제시와 동행하여 산책을 나온 참이었다.

더욱이 의도는 불순하였으나 수고했다며 황금으로 만든 브로치를 선물할 때도 있었고, 시킬 일이 없을 땐 휴식을 주기도 했다. 비록 세간에서는 아직 악녀라고 불릴지언정 그녀들에게 있어선 성녀나 다름없었다.

제시가 눈여겨본 장식품과 인형 몇 가지를 더 선물하며 조금 걷자 광장이 나왔다. 분수대 앞에 설치된 무대에선 아침부터 저녁까지 쉴 새 없이 공연이 이어졌다.

부드러운 선율에 맞춰 노인이 노래하는 것을 잠시 지켜보던 아리아가 구석에서 판매하는 길거리 음식을 구입했다. 두 개를 구입한 탓에 제시와 함께 먹으려 산 것인 줄 알았는데, 음식의 목적지는 기사와 제시였다.

"아가씨는요?"

"내가 이런 음식을 먹을 것 같니?"

과거에는 없어서 먹지 못했지만 지금은 아니었다.

"안 드시게요?"

"그래. 아까 너무 차를 많이 마시기도 했고."

설마 제 몫까지 챙겨 줄 줄 몰랐던 것인지 기사의 표정이 얼떨떨했다. 귀족 출신의 정기사라면 모를까, 평민 출신의 기사까지 신경 쓰는 귀족은 그다지 없었기 때문이다. 음식과 자신을 번갈아 보는 꼴이 영 탐탁지 않아 혀를 차자 그가 고개를 숙이며 사과했다.

"죄송합니다. 감사히 잘 먹겠습니다."

기사의 대답에 고개를 끄덕인 아리아는 무대가 잘 보이는 곳에 자리를 잡고 공연을 구경했다. 봄이 다가와 부드러운 바람과 따뜻한 볕이 차갑게 지친 마음을 감싸 주는 것 같았다. 가만히 눈을 감고 들려오는 노랫소리에 귀를 기울이자 가난하고 쓸쓸했던 예전 기억이 떠올랐다.

축제날 멀리서나마 작게 들려오는 노랫소리에 행복함을 느끼곤 했는데……. 지금과는 전혀 다르게 모든 것이 부족했지만 마음만은 불편함이 없었다.

'과연 나는 이렇게 살아서 행복할 수 있을까.'

누군가를 망치기 위한 인생이 행복할 리 없겠지.

그렇다고 다른 선택지가 있는 것도 아니었다. 지금 이렇게 미엘르를 망치기 위해 살아가는 것이 가장 큰 기쁨이니까.

아리아가 고개를 저었다. 그래, 신께선 필시 행복을 위한 두 번째 삶이 아닌 복수를 위한 두 번째 삶을 주신 것이 분명했다. 그러니 자신의 행복이 아닌 성녀의 파멸을 바라야 하는 게 마땅하다.

자꾸만 흐트러지는 마음을 다잡으며 애써 과거를 외면하고 있자, 머리 위로 그늘이 내려앉았다. 도대체 누가 감히 시야를 막는지 궁금해 고개를 들자, 그곳에는 이제 조금 익숙한 얼굴이 있었다.

"이런 곳에서 만나게 될 줄은 몰랐습니다."

"당신은……!"

"생각보다 자주 뵙네요."

아스가 부드럽게 웃으며 대꾸했다.

처음에는 만물상에서, 그다음에는 보석상에서 만난 그였다. 그는 늘 아리아를 당혹스럽게 하고 곤란하게 했다. 아리아는 아스가 껄끄러웠다. 특히 모든 걸 알고 있다는 듯 뚫어져라 응시하는 저 새파란 눈이 가장.

"산책 나오셨습니까?"

"……."

과연 장단에 맞춰 대꾸를 해야 하는가. 아리아가 옆에서 대기 중인 기사를 힐끗댔다. 단단하게 긴장된 어깨와 언제든 상대를 공격할 준비가 된 오른팔이 보였다. 그제야 조금 안심한 아리아가 고개를 끄덕였다. 빨리 차갑게 대꾸해 보내 버리는 편이 낫겠다고 생각해서였다.

“저도 그렇습니다. 서민들의 축제는 활기가 넘쳐 즐거우니까요.”

“무슨 뜻인지 이해했어요. 저도 그렇게 생각하거든요. 하지만 갑자기 그렇지 않게 되었네요.”

지금까지 감상에 젖어 꽤 즐길 만했던 축제가 순식간에 그렇지 않게 되었다. 음식을 먹던 기사는 잔뜩 긴장한 상태인 데다 남자를 알아본 제시는 놀라 오들오들 떨고 있다.

그야말로 최악이 아닌가. 그와 만날 때마다 불안함이 이는 탓에 부디 눈치 빠른 아스가 알아듣고 사라지기를 바라는 마음뿐이었다.

“이런, 그러시군요.”

그런 아리아의 바람과는 달리 벽이 느껴지는 아리아의 태도에 아스가 재미있다는 듯 웃어 보였다. 그는 기다리고 기다리던 사탕을 손에 쥔 아이 같기도 했다. 그 내용물이 얼마나 자신을 즐겁게 해 줄지 아는 아이의 기대에 찬 얼굴.

“그럼 어쩔 수 없겠군요.”

이만 물러가 보겠다는 말인 걸까. 빨리 저리 가 버리라는 마음을 담아 아스를 빤히 올려다보는데, 그는 한동안 아리아의 보석 같은 눈동자에서 시선을 떼지 않았다.

‘도대체 이 남자, 무슨 꿍꿍이지.’

빼먹을 것이 없는 자신에게 이렇게 관심을 쏟는 그를 이해할 수 없었다.

물론, 아리아에게 있어서 남성들의 관심과 호의는 공기와도 같은 것이기에 모르는 이가 말을 거는 것은 아주 자연스러웠으나 눈앞의 이 남자는 조금 달랐다.

'분명 무언가 원하는 게 있는 것 같은데…….'

그것이 아리아의 사랑이나 관심이 아니었다. 도대체 무엇이 이 남자의 눈을 빛내게 만들었는지 도무지 알 수가 없었다.

먹잇감을 노리는 맹수와도 같은 그 눈빛에 아리아가 눈을 피하지 못한 채 아스를 마주 보았다. 그의 새파란 눈이 어쩐지 점점 짙게 물드는 것 같다고 느꼈을 때쯤, 그의 일행인 듯 보이는 이가 다가왔다.

"아스 님."

일전에 존과 폴을 제압했던 이였다. 그는 그 좁은 공간에서 순식간에 기사 둘을 제압했었다. 어지간한 실력자가 아니고서야 불가능한 일이었다. 불현듯 그때의 공포가 되살아나 소름이 끼치려던 찰나, 제시 역시 남자를 기억했는지 아리아의 소매를 잡았다.

"아가씨……!"

위험하다. 필시 제시는 그렇게 생각하고 있을 것이다.

그리고 그것은 아리아 역시 마찬가지였다. 딱히 해를 끼친 적은 없었고, 그들의 위치 또한 그리 높을 것이라 생각하진 않지만 풍기는 분위기가 위험했다. 아스는 제 이름이 불리었음에도 미동도 하지 않았다.

"……어떻게 할까요?"

그가 아리아에게서 시선을 떼지 않자, 뒤늦게 도착한 이가 아스의 얼굴에 귀를 바짝 가져 댔다. 그러자 기다렸다는 듯 그의 귀에 무어라 속삭였고, 아스를 찾아왔던 일행들은 금세 인파들 속으로 다시 사라졌다.

"제 일행이 잠시 볼일이 있다고 하여 외톨이가 되어 버렸군요."

언제 사냥감을 노리는 맹수 같은 눈을 했냐는 듯 능청스럽게 어깨를 으쓱였다.

"……그래서요?"

"잠시만 같이 있어도 되겠습니까? 이 많은 인파 속에서 혼자는 위험하지 않겠습니까."

"……글쎄요, 달리 위험할 것 같지 않으신데요."

오히려 그의 존재가 더 위험해 보였다.

거절에 가까운 아리아의 대답에도 불구하고 아스는 개의치 않으며 그녀의 앞에 앉았다. 바닥에 아무것도 깔리지 않아 흙먼지가 무성한데도 신경 쓰지 않았다. 허락도 구하지 않고 멋대로 행동하는 탓에 아리아가 헛웃음을 삼켰다.

"아뇨, 위험합니다."

그가 마치 앞으로 위험이라도 닥칠 것처럼 대답했다.

없다면 만들기라도 할 것처럼. 때문에 한순간 섬뜩해져 소름이 돋은 팔을 쓸어내린 아리아가 애써 아스의 시선을 외면했다. 빨리 그의 일행이 돌아와 함께 사라졌으면 하는 마음이 간절했다.

"그러고 보니…… 복장이 꽤 단출하시군요."

그의 눈이 아리아의 전신을 훑었다. 예전과는 전혀 다른 복장이라서 그런 듯 보였다. 첫 만남에선 미엘르가 오스카에게 선물 받았던 원피스를 입고 있었으니 그럴 만도.

아리아는 대꾸할 가치를 느끼지 못했다. 생각이 있다면 그런 질문은 하지 않을 터. 이렇게 사람이 많은 곳에 화려한 차림을 한다는 것이 가당키나 한가.

"선물을 많이 받으실 것 같은데…… 마음에 드는 선물이 없으셨나 봅니다."

남자의 말에는 뼈가 있었다. 아주 두껍고 질긴 근육과 피부로 덮여 그 뜻을 가늠하기 힘들었지만, 생각 없이 아무렇게나 내뱉는 소리처럼 들리지 않았다.

아리아가 눈매를 가늘게 좁혔다. 의심의 눈초리였다.

"……무슨 소리죠?"

"별 뜻 아닙니다. 단순히 영애께서 아름다우시니 주위에서 가만히 내버려 두지 않을 것 같다는 뜻입니다."

정말일까. 도대체 왜 자꾸 신경이 쓰이는 거지. 그냥 무시하고 지나치면 될 일인데, 몇 마디 무시하다가도 자꾸 대답하게 되었다. 이번에도 무어라 대꾸하려 입술을 달싹이다가 이내 말을 삼켰다. 때문에 약간의 정적이 이어졌다.

그사이 무대에서 노래하는 이는 노인에서 젊은이로 바뀌었고, 빠른 박자의 흥겨운 노래가 소리를 높였다. 뒤를 돌아 그것을 확인한 남자가 '생각보다 빠르다.'고 중얼거리며 돌연, 아리아의 손을 덥석 잡아 왔다.

"이게 무슨……!?"

짓이냐고 외치려던 찰나, 온 사방에서 폭죽이 터졌고 여기저기서 터지는 불꽃에 놀란 사람들이 괴성을 지르며 광장을 벗어나려 뛰어다녔다.

아리아 역시 놀라 자리에서 일어났다. 소리만 요란할 뿐 크게 상처 입는 폭죽이 아니라는 것을 깨닫기도 전에 돌발 상황에 공포를 느낀 몸이 딱딱하게 굳었다.

"아가씨!"

그녀를 부르는 것인지 알 수 없는 목소리가 지척에서 들렸다. 도대체 어떻게 해야……!

"이쪽으로!"

패닉 상태에 빠진 그녀의 손을 아주 강한 힘이 잡아당겼다. 정신이 없던 와중이라 아리아는 잡힌 손이 이끄는 대로 끌려갈 수밖에 없었다. 마치, 그것이 그녀를 구해 줄 단 하나의 손길인 것처럼 느껴졌다.

사람들의 파도를 지나 광장을 벗어나 멀리, 그리고 멀리. 숨이 턱까지 차오를 때까지 달리고 또 달렸다. 생전에 이렇게 빨리 달린 적이 있었나 싶을 정도로 섬광과도 같이 스쳐 지나가는 사람들을 피해 도망쳤다.

뾰족한 구두가 아닌 편한 신발을 신고 와서 다행이라고 생각한 것은, 평민인 시절에도 와 본 적이 없는 한적한 골목에 들어섰을 때였다. 그제야 아리아는 제 손을 잡은 이가 기사도, 제시도 아닌 맹수 같은 남자라는 것을 깨달았다.

"하아, 하아……."

거칠게 숨을 몰아쉬는 아리아와 달리, 아스는 아무런 일도 없었다는 듯 태평했다. 그가 상체를 숙여 가쁜 숨을 토하는 아리아의 몸을 부축했다.

"괜찮으십니까?"

"……하아, 하아. ……아뇨."

누가 봐도 괜찮지 않은 모습임에도 아스는 아리아의 상태를 물었고, 등을 두드려 주었다. 이마에서 흐른 땀방울이 옆얼굴을 지나 턱 끝에 맺히는 것을 본 그가 제 소매로 그것을 닦아 주기까지

했다.

"손수건이 없어서 그러니 무례를 용서하십시오."

새삼스럽게 무슨. 이미 무례나 실례는 수없이 저질렀다. 소매로 땀을 닦는 정도의 무례는 무례라고 볼 수도 없는 아주 하찮은 것에 불과했다. 한참이 지난 뒤에야 겨우 진정한 아리아가 그의 품에서 벗어나 주변을 둘러보며 물었다.

"여기가 대체…… 어디죠?"

"글쎄요. 수도의 어딘가쯤 되겠군요."

"기억에 없는 곳인데……. 혹, 중심지에서 꽤 떨어진 곳이 아닐까요?"

"아마도 그렇지 않을까 생각합니다."

사람의 그림자는커녕 마차 한 대 지나가지 않았다. 무언가를 타고 이동한 것도 아니건만, 어떻게 이렇게 멀리까지 온 걸까.

갑자기 현기증이 일며 눈앞이 캄캄해졌다. 도대체 어떻게 돌아가야 할지 감이 오지 않았다. 지금 이 모든 것이 과거에는 없었던 일, 예측할 수 없는 상황에 놓인 것이었다.

걱정이 태산 같은 아리아와는 달리, 아스는 별 반응이 없었다. 혹시 돌아가는 방법이라도 아는 것일까 하여 물었지만, 돌아온 대답은 '아니요.'였다.

"대체, 무슨 일이 일어난 거죠?"

머리를 짚으며 묻자, 이번에도 잘 모르겠다는 대답이 전부였다. 정신없이 도망쳤으니 그럴 만도 했다. 아리아는 이내 그에게 무언가를 묻는 걸 그만두기로 결정했다. 괜히 힘만 빼는 일에 불과했기에.

"일단 돌아갑시다."

“어떻게요?”
“정처 없이 걷다 보면 어딘가 나오지 않겠습니까?”
“그러다가 더 외진 곳으로 가게 되면 어쩌려고요?”
“그럼 어쩔 수 없죠.”

길을 찾을 때까지 걷는 것은 물론 당연한 일이었으나, 한 가지 걱정이 있었다. 과연 자신의 연약한 다리가 버텨 줄까 하는 점이었다. 벌써부터 발바닥에 찌르르 미약한 통증이 일었다. 얼마 지나지 않아 가는 발목에 이상이 올 것이 분명했다.

‘정말 괜찮을까.’

아리아의 시선이 그녀의 다리에 향해 있는 것을 확인한 아스가 잠시 고개를 기울이며 생각에 빠져 있더니, 이내 그 해답을 찾기라도 한 듯 그녀에게 물었다.

“혹시 다리가 아프십니까?”
“…….”

아무리 과거에는 평민이었다고 하나 지금은 귀족 여식이니 당연하지 않겠는가. 고작해야 저택의 정원을 잠시 걷는 것이 다인 그녀들이었다. 발을 혹사시키는 뾰족한 구두에는 익숙할지언정 오래 걷는 것은 퍽 견디기 힘든 고통이었다.

“업어 드릴까요?”
“……예?”
“걷기 힘드시다면 어쩔 수 없죠.”
“아니요!”

어떻게 그런 수치스러운 짓을! 아리아가 애써 아무렇지 않은 척을 하며 앞장서 아무렇게나 발을 내디뎠다. 자신이 가는 방향이 어디인지도 모른 채 씩씩하게 걷는 그녀의 뒷모습에 아스가 작게 웃음을 터뜨렸다.

"같이 가시죠!"

"……."

그는 지금 이 상황이 아무렇지도 않은 걸까? 당장 어디로 가는지도 몰라 막막한 아리아의 심정도 모르고 어느새 지척까지 다가온 아스가 그녀의 옆에서 속도를 맞췄다.

"정말 업히지 않으셔도 되겠습니까?"

"그럼요."

"다리가 아파 오시면 언제든 말씀하십시오. 어차피 아무도 없는 거리이니 말입니다."

"그럴 일은 없을 거예요."

다리가 부러져 죽는 한이 있더라도 절대 업히지 않을 거라 다짐하며 아리아가 아스에게 시선도 주지 않았다. 새초롬한 그 모습에 아스의 호선을 그린 입매가 내려올 생각을 하지 못했다.

"영애와 이렇게 단둘이 걷게 될 줄은 꿈에도 몰랐습니다."

"저도 의외이긴 해요. 영식과 이렇게 둘이 걸을 필요가 없으니까요."

"글쎄요. 가끔은 새로운 만남도 중요하지 않겠습니까?"

"동의하는 바이지만, 그건 도움이 되는 자를 만날 때나 해당되는 말이겠네요."

"저는 영애께서 제게 도움이 될 분이라 생각합니다만."

"저와는 정반대로 생각하고 계시네요."

인생 경험을 비롯하여 악녀로 살아온 기간이 길었기에 아리아는 아스의 말에 꽤 차갑게 일관할 수 있었다. 그럼에도 그는 전혀 상처받지 않은 모양인지 계속해서 말을 걸었고, 호감을 표했다.

'자존심이라곤 티끌만큼도 없는 자인가.'

처음 만났을 때와는 전혀 다른 이미지에 내심 놀랐지만 애써 평온한 척을 유지했다. 속에 숨겨진 본모습은 필시 지금과는 다를 것이다. 원하는 바가 있어 그걸 얻기 위해 한발 물러나 있을 뿐일 것이다. 쉽게 그의 말에 넘어가선 안 된다고 생각하며 등을 빳빳하게 굳혔다.

"단언하기에는 영애께선 아직 저에 대해 잘 모르시지 않습니까."

"그건 영식도 마찬가지가 아닐까요? 서로에 대해 잘 모르니 도움이 될지 안 될지는 판단할 수 없죠."

길을 잘못 든 것일까. 주변이 점점 어두워졌다. 정말 수도가 맞긴 한 걸까. 수도에 이렇게 한적하고 어두운 곳이 있었나. 미지의 장소에 다다른 탓에 오한이 들었다. 뭔가 잘못된 건 아닌지 두려움도 앞섰다.

"글쎄요."

하얗게 질린 얼굴로 힘껏 다리를 내뻗는 아리아의 옆모습을 응시하는 그의 눈이 짙푸르게 변했다.

"저는 영애에 대해 꽤 알고 있는 것 같은데……."

"어째서 그렇게 생각하시죠?"

"생각이 아니라 정말입니다."

설마 세간에 퍼진 소문 따위를 듣고 잘 안다고 입을 놀리는 건가. 그렇다면 어리석기 그지없는 자다. 소문을 맹신하는 이만큼 소문에 휩쓸려 망하기 십상이니 이 남자도 곧 길바닥에 주저앉아 엉엉 울 것이 틀림없다.

"영애께서 겉과 속이 다르다는 점도 파악하고 있으니까요."

발소리만이 공간을 채운 공터에 아스의 목소리가 낮게 울렸다. 얼굴을 보지 못해 알 수 없었지만 음산하게 들리기까지 했다.

'몇 번 마주친 적도 없으면서, 나에 대해 뭘 안다고!'

신경을 거슬리게 만드는 발언에 쉼 없이 앞으로 내딛던 걸음을 멈췄다. 정체도 제대로 밝히지 않고 자꾸 나타나 심기를 거스르는 게 마음에 들지 않았다.

이렇게 싫어하는 내색을 보이면 어느 정도 물러나는 게 도리가 아닌가? 비단 귀족이 아니더라도 그 정도 예의와 배려는 평민 사이에서도 당연하게 여겨졌다.

어차피 아무도 없는 공터에, 아스라는 남자는 피하고 싶은 존재다. 아리아가 그간 숨겨 두었던 악랄한 얼굴을 꺼내 아스가 있는 방향으로 몸을 틀었다.

"도대체가……!"

그러나 그녀는 매정하게 타박하려던 뒷말을 이을 수 없었다. 어둠 속에서 흉흉하게 빛나는 그의 새파란 눈이 모든 생각을 앗아 갔기 때문이었다.

'저게 정말…… 인간에게서 나올 수 있는 안광인가.'

흡사 빛을 내기라도 하는 것처럼 새파란 눈동자는 아리아의 말문을 닫게 만듦과 동시에 모든 움직임을 멈추게 했다. 밤하늘의 별조차도 저렇게 밝지 않을 터.

"당신…… 도대체 정체가, 정체가 뭐야……?"

성대를 울려 붉은 입술 사이로 나오는 말이 사정없이 떨렸다. 혹 짐승이 둔갑이라도 한 건 아닌가 하는 공포와 인간이 아닌 미지의 존재를 만난 것과도 같은 이해하기 힘든 감정이 솟구쳤다.

"드디어 제게 관심을 갖게 되신 건가요, 로스첸트 영애?"

이미 지척에서 마주하고 있건만, 아스가 한 걸음 더 다가서며 좁은 거리를 더욱더 좁혔다. 겨우 한 뼘 정도의 거리에서 아리아를 내려다보던 그가 손을 뻗어 그녀의 창백한 뺨을 쓸어내렸다.

움찔거리면서도 피하지 않는 반응에 아스의 따뜻한 손바닥이 오랫동안 아리아의 뺨에 머물렀다. 아리아의 녹안을 마주하는 새파란 눈동자가 짙푸른 색으로 바뀌었을 때쯤, 길고 긴 정적을 깨고 아스가 입을 열었다.

"그건 저와 조금 더 가까워지면 알려 드리도록 하죠."

개인적으로는 꼭 알려 드리고 싶군요. 푸른 눈동자에 홀린 것처럼 아무런 대답도 하지 못한 채 아스의 눈에 시선을 고정하자, 그가 곧은 상체를 숙여 아리아의 이마에 입을 맞췄다.

마치 쏟아지는 별빛이 입을 맞춘 듯한 느낌에 아리아의 눈꺼풀이 부드럽게 내려앉았다. 꿈을 꾸고 있는 것 같은 착각을 일으키는 그 잔상에 아리아는 쉬이 눈을 뜰 수가 없었다.

"……그럼, 조만간 다시 뵐 날을 기대하고 있겠습니다."

그렇게 이마에 맞닿은 입술이 떨어지고, 작별을 예고하는 목소리에 눈을 뜨자 아스는 온데간데없이 사라져 있었다. 분명 방금 전에 그의 목소리를 들었는데도 불구하고. 더욱이 방금 전까지만 해도 아스의 눈동자 이외에는 아무것도 보이지 않았던 어두운 공터는 사라지고 사람들로 붐비는 거리로 변해 있었다.

'도대체 이게 무슨 일이지……?'

그의 입술이 닿았던 이마에 따뜻한 온기가 남은 것 같아 손을 들어 그것을 매만졌다. 아주 미세하지만 촉촉한 물기가 닿았는데, 그게 아스의 입맞춤의 흔적인지 긴장한 탓에 흘린 제 땀인지 분간하기 힘들었다.

"아가씨!"

멀리서 들려오는 목소리에 고개를 돌리자 다급하게 달려오는 두 인영이 보였다.

"……제시."

"갑자기 사라지셔서 얼마나 놀랐는지 몰라요!"

"……나도 그래."

놀란 것은 제시뿐만이 아니었다. 아리아 역시 두근대는 심장을 진정시킬 수가 없었다.

"위험한 것 같으니 빨리 저택으로 돌아가는 편이 좋겠어요. 이미 충분히 축제도 즐겼으니까요."

한참을 찾아다녔다며 부산을 떠는 제시를 앞에 두고 아리아는 방금 전에 있었던 일이 자꾸 머릿속을 어지럽혀 한동안 정신을 차릴 수가 없었다.

* * *

광장에서 일어난 폭죽 사건의 원인은 밝혀지지 않았다. 그저 무대에서 사용할 폭죽이 광장 곳곳에 흩뿌려져 있었고, 누군가 동시다발적으로 불을 붙여 폭발을 일으켰다는 설명이 전부였다.

다행히 소리만 요란할 뿐 대단한 폭죽은 아니었기에 다친 사람은 거의 없었다. 폭죽이 아닌 사람에 치여 넘어져 다친 사람은 몇 있었는데, 어떻게 된 일인지 황실에서 모두 치료해 주었다고 했다.

"눈 깜짝할 사이에 사라지셔서 정말 놀랐어요."

아스의 손을 잡고 달려간 탓이다. 꽤 오래 달리긴 했지만 난생처음 보는 곳에 도착했고, 순식간에 다시 광장 근처로 돌아갈 수 있었다.

'……도대체 무슨 일이 일어났던 걸까.'

며칠이 지난 지금까지 도무지 이해할 수 없었다. 마치 아스가 마법이라도 부린 것처럼 모든 상황이 이해되지 않았다.

'더는 생각하지 말자.'

답이 없는 문제를 해결하려 해도 머리만 아플 뿐이었다. 아리아가 고개를 저었다. 그 바람에 그녀의 머리카락을 빗던 애니의 빗이 떨어졌다.

"앗, 아가씨. 죄송해요!"

차를 따르던 제시가 거들었다.

"괜찮으세요, 아가씨?"

"……."

예전에는 조잘조잘 잘만 떠들었던 것 같은데, 왜 둘밖에 없는 시녀가 이리도 귀찮을까. 아리아가 아무런 대답도 하지 않은 채 조금 큰 소리가 나게 책을 덮어 버리자 두 시녀가 다시 종달새처럼 소란을 피웠다.

"차를 바꿀까요?"

"머리카락에 바른 향유가 마음에 들지 않으신가요?"

"다과를 새로 내올까요?"

"역시 머리카락을 땋는 편이 좋을까요?"

"둘 다……!"

이를 악물고 나가라고 소리치려 했는데, 어린양처럼 눈을 빛내며 자신을 응시하는 두 시녀를 마주하자 아무런 말도 꺼낼 수 없었다.

"……휴."

결국 표정을 풀고 모난 말을 삼켰다. 몇 번 잘해 주지도 않았는데 이렇게 따르는 꼴을 보니 타박할 기운이 나지 않았다. 이래서야 악녀의 칭호가 아깝지 않은가.

"……번갈아 가면서 휴가라도 다녀와. 급료는 챙겨 줄 테니까."

"달리 가고 싶은 곳이 없는걸요. 일을 하지 않으면 무료하고요."

"저도 그래요. 아가씨와 있는 편이 즐거워요."

아리아는 그녀들과 하루를 보내는 것이 그다지 즐겁지 않았다. 물론, 두려워하며 벌벌 떨던 과거보다는 훨씬 나았지만 영양가 없는 그녀들의 수다에 장단을 맞추는 게 귀찮았다.

'그럼에도 쉬이 내칠 수 없는 건……. 아무래도 처음 갖게 된 내 편이라서 그런가.'

제시는 그렇다고 쳐도 애니는 마음으로 사로잡은 것이 아님에도 곁에서 재롱을 떠는 것이 퍽 마음에 들었다.

"그러고 보니, 아가씨 들으셨어요?"

"뭘?"

"미엘르 아가씨 말이에요."

예전에는 미엘르의 끄나풀이었던 그녀가 이렇게 제 주인을 배신하고 꼬리를 흔드는 꼴이 재미있었기 때문이다. 아리아가 조금 흥미를 보이자 애니가 교활한 웃음을 띠며 들은 것을 풀어 놓았다.

"프레데리크 공녀님께 편지를 보내셨다지 뭐예요?"

프레데리크 공녀라. 그리고 편지. 의도가 짐작됐다. 아마도 미엘르는 공녀에게 약혼을 종용할 것을 부탁이라도 한 모양이었다.

황태자와 약혼 이야기가 오가는 프레데리크 공녀는 공작가의 실세이자 귀족 영애들의 수장이었다. 후에 정말로 황태자와 혼인을 하고 제 아비를 비롯한 귀족파를 앞세워 제국을 좌지우지했던 기억이 떠올랐다.

로스첸트 백작가는 그녀의 충실한 개로서 미엘르와 오스카의 약혼으로 그 사이가 퍽 돈독했었다. 그랬기에 권력을 등에 업은 카인과 미엘르가 별다른 재판 없이 아리아의 목을 손쉽게 벨 수 있었던 것이다.

그 둘이 친분을 쌓는 것은 아리아에게 꽤 좋지 않은 일이었다. 그렇다고 해도 막을 방도가 떠오르지 않아 가만히 손 놓고 있을 뿐이었다.

"그래?"

아리아가 무심하게 대답했다. 그러자 아리아에게서 다시 관심을 얻고자 한 애니가 다음 내용을 술술 풀었다.

"그 내용이 글쎄, 오스카 님에 관한 이야기였다고 해요!"

"그랬니?"

"네! 좀 더 자세한 내용은 듣지 못했지만…… 어쨌든 약혼 이야기가 분명해요!"

눈치가 꽤 빠르지 않은가. 제 주인에게 필요한 정보를 쏙쏙 골라 털어놓는 것 또한 마음에 들었다.

"왜 그렇게 생각하니?"

"그거야……."

지금까지 잘만 재잘대던 그녀가 갑자기 입을 닫았다.

왜? 부정한 일이라도 저지른 것일까. 이제 때가 되었다 싶어 그제야 아리아가 관심을 표했다. 그녀가 어디서 미엘르의 정보를 훔쳤는지 궁금했기에.

"사실은…… 제가 얼마 전에 미엘르 아가씨께서 프레데리크 공녀님께 보내는 편지를 읽은 적이 있거든요……."

역시 그녀는 뼛속까지 요망함이 가득했다. 제 주인의 재물을 질투하고 부러워하여 살살 유혹했더니 단박에 넘어와 배신을 하지 않는가. 아리아의 눈매가 가늘어지자 애니가 황급히 변명했다.

"무, 물론 아리아 아가씨의 편지는 단 한 번도 본 적이 없어요! 애초에 단단히 봉하기도 하셨고요."

"단단히 봉하지 않았다면 봤을 거라는 말이니?"

"그럴 리가요! 절대 아니에요!"

애니가 손까지 내저으며 부인했다.

아니, 그녀라면 허술한 편지는 뜯어 보았을 게 분명했다. 그녀의 행실이 그렇다고 해서 혼을 내거나 내칠 생각은 없었다. 어차피 애니는 자신을 배신할 수 없을 테니까.

혼자 고고한 척하는 미엘르의 비밀이 궁금했겠지. 더욱이 그것은 자신에게 도움이 될 정보였다. 그깟 편지 좀 읽은 게 무어 그리 대수라고. 아리아가 부드럽게 웃으며 애니를 달랬다.

"그럼, 당연하지. 나는 애니 너를 믿는단다."

"……저, 정말요?"

"어쩌다 우연히 본 게 아니겠니? 편지가 테이블 위에 펼쳐져 있어 청소할 때 얼핏 보았다든가, 바닥에 떨어져 있어 버리는 것인

줄 알고 확인했다가 보았다든가."

아리아는 애니에게 자연스러운 거짓말을 할 수 있는 기회를 주었다. 두 가지 선택지 중 그 어느 것을 골라도 아주 잘했다고 칭찬하며 넘어갈 미소도 띠었다.

"맞아요……! 청소를 하다가 우연히 발견했어요!"

"그럴 줄 알았단다."

"아가씨……! 믿어 주셔서 정말 감사해요."

그래서, 그 내용이 뭐니? 아리아의 눈짓에 애니가 냉큼 자신이 본 것을 말했다.

"제가 어디까지 얘기했죠? 아! 공녀님께 보내려던 편지에는 오스카 님이 바쁘셔서 그런지 만나 뵐 기회가 없어 아쉽다고 한 내용과, 빨리 성인이 되어 오스카 님과 함께하고 싶다는 내용이 적혀 있었어요."

공작가의 실세를 알아보고 직접 편지까지 보내는 것이 꽤 영특하지 않은가. 아직 끝이 아니었던 모양인지 애니가 계속해서 말을 이었다.

"마지막에 공녀님의 도움이 필요하다고 직접 쓰셨던 거 있죠? 길고 긴 편지의 내용 중에 대부분이 오스카 님에 관한 이야기였어요. 정작 편지를 받아 보실 공녀님에게는 겨우 안부 인사 한 줄만 있더라고요."

평민도 그렇게 쓰진 않는다며 애니가 미엘르의 흉을 보았다. 대체 그간 어떻게 참았을까.

"그러니? 부디 미엘르의 편지를 받은 공녀님께서 실망하지 않으셨으면 좋겠는데……. 아, 제시. 차 좀 새로 내주겠어? 머리를 맑게 해 줄 녹차가 마시고 싶네."

"예, 아가씨. 잠시만 기다리세요."

제시가 방을 나가자마자 아리아가 애니에게 고개를 숙이라며 손짓했다. 그러자 말 잘 듣는 강아지답게 냉큼 무릎을 굽히고 자세를 낮추자 나름 보드라운 그녀의 머리카락을 쓸어내렸다. 아주 잘했다는 칭찬을 담아서.

"오늘따라 머리카락이 허전해 보이네. 보라색이 좋을까, 녹색이 좋을까?"

"……보, 보라색이요."

"그래, 그렇게 하렴."

말을 잘 듣는 강아지에게는 상을 줘야지. 고작해야 머리카락을 쓰다듬는 상이 아닌 그녀가 다음 상을 받기 위해 그 어떤 정보라도 훔칠 대단한 것으로.

그녀는 아리아가 제시를 일부러 내보낸 의미를 눈치채곤 서둘러 보석함에서 보라색 머리핀을 꺼냈다.

바이올렛 크리스털이었다. 희소성은 있으나 귀족들은 별로 애용하지 않는 탓에 가격은 진짜 보석들에 비해 비교적 저렴했다. 때문에 서민들 사이에선 꽤 고급 유행처럼 번진 모양이었다. 진짜 보석을 달고 다녀 봤자 알아주는 이가 없어서 그런 모양이었다.

처음 그녀에게 색이 들어간 크리스털을 상으로 주었을 때, 황금 브로치를 받았을 때만큼 기뻐했었기에 몇 개 더 챙겨 두었다. 싼값에 고품질의 정보를 얻을 수 있어 아주 유용한 도구였다.

머리핀을 제 머리카락에 대어 보고 잘 어울린다 생각한 모양인지 한껏 상기된 얼굴로 거울을 들여다보던 애니가 문득 생각이 났다는 듯 입을 열었다.

"그런데 말이죠, 아가씨."

갑자기 진지해진 표정과 말투에 아리아가 그녀에게 시선을 주었다. 또 무슨 할 말이라도 있는 것인가.

"그…… 오스카 님께서는 미엘르 아가씨가 아닌 아리아 아가씨에게 관심이 있으신 게 아닌가요?"

꽤 조심스럽게 묻는 탓에 아리아의 입꼬리가 슬쩍 올라갔다. 네 눈에는 그렇게 보이는 모양이구나.

"왜 그렇게 생각하는데?"

"그게…… 미엘르 아가씨와는 편지조차 하지 않으시는데, 아리아 아가씨께는 한 달에 몇 번이고 편지를 주고받으시고, 또……."

"또?"

"사실은 이미 시녀들 사이에선 소문이 파다해요. 오스카 님께서 아가씨 생일에 방문하신 데다, 미엘르 아가씨의 생일에도…… 아가씨와 오스카 님께서 단둘이 정원에서 이야기를 나누시는 걸 본 사람이 있다고 했거든요."

그녀는 마치 정말이냐는 듯 묻는 얼굴로 아리아를 힐끗댔다.

그래, 대놓고 활보하며 다녔으니 소문이 나지 않을 리가 없지. 아주 바람직한 일임에 아리아가 애써 기쁜 내색을 감췄다.

미엘르의 귀에도 들어갔을까? 그녀의 시녀들은 애니만큼 재잘대기 좋아할 테니 분명 들었을 테지. 그래서 편지를 보낸 것이겠고. 과연 어떤 표정을 지었을지 궁금해 입술이 제멋대로 삐죽였다.

"그리고 결정적으로 그 드레스요."

"……아아."

"어떻게 비슷한 드레스를 선물하실 수가 있죠?"

그녀가 지금 이 상황을 이해할 수 없다는 듯 말했다.

비단 애니뿐만이 아닐 것이다. 그 누구도 지금 일어나는 일들을 이해하지 못할 것이다. 사건의 당사자이자 이 일을 꾸민 아리아조차 오스카가 그리도 쉽게 넘어와 꿈인가 싶을 지경이었으니까.

"아무튼, 저뿐만 아니라 저택의 시녀들이 모두 그렇게 생각하고 있어요. 오스카 님께서 정말 마음에 들어 하시는 분은 아리아 아가씨가 틀림없다고요."

그녀는 진정으로 확신에 차 있었다.

아리아가 웃음을 삼키며 태연한 척 대꾸했다.

"그 소문이 진짜라면, 나는 희대의 악녀가 맞겠구나. 동생이 사모하는 이의 마음을 훔쳤으니 말이야."

"그럴 리가요! 아직 정식으로 약혼을 한 것도 아니니, 좋아하는 사람이야 언제든 바뀔 수 있죠."

"그래?"

"그럼요!"

내가 일부러 접근한 건데도 과연 그럴까? 어쩌면 애니는 다시 큰 목소리로 그렇다고 대답할지도 모른다. 그녀는 제 주인을 질투하고 배신했으며, 누군가의 첩이라도 되어 신분 상승을 하고 싶다고 생각하는 아이니까.

"오늘 대화, 아주 유익했단다. 다음 대화도 기대할게, 애니."

애니는 본능적으로 이렇게 아리아가 즐거워하는 대화가 계속된다면 머지않아 보석보다 더 값진 상을 받게 되리라 느꼈다.

* * *

미엘르는 아침부터 외출 준비에 여념이 없었다.

머리카락에 향유를 발라 곱게 빗고, 입술에 생기를 더하기 위해 색을 입혔다. 오랜만에 오스카를 만날 수 있었기 때문이다. 봄에 어울릴 화사한 외출복을 고르며 프레데리크 공녀에게서 받은 답장을 떠올렸다.

『친애하는 미엘르 영애. 주말에 꼭 저택에 놀러 오기를 바라요. 오스카도 잠시 얼굴을 비출 예정이랍니다.』

'세상에⋯⋯ 진정 공녀님은 천사가 아닐까.'

근래에 오스카와의 관계가 소원해 조금 섭섭하다는 내용의 편지를 보내자, 그녀는 곧장 그와 만날 수 있는 자리를 만들어 주었다.

"아가씨, 슬슬 출발하셔야 합니다."

"응, 엠마."

아름답게, 하지만 과하지 않게. 오스카의 취향에 맞춰 제 모습을 꾸민 미엘르는 시녀의 도움을 받아 외투를 걸치곤 엠마과 함께 저택을 나섰다.

"어때? 이상하지 않아?"

"이상하긴요. 아주 아름다우시답니다."

"고마워, 엠마. 네가 그렇다면 그런 거겠지."

엠마의 앞에선 온전한 아이가 되는 미엘르가 수줍게 웃었다.

이를 본 엠마가 온화한 미소로 화답했다. 아리아와 그 어미보다 훨씬 더 모녀 같은 모습이었다.

엠마는 미엘르에게 어미와도 같은 존재였다. 태어났을 때부터 미엘르의 곁을 지켜 온 엠마는 그녀의 앞길을 막는 것이라면 가차 없이 없애 왔다.

엠마는 본래 하급 귀족이었다. 그러나 아주 불행히도 그녀의 남편은 막대한 빚을 남기고 죽었는데, 작위를 처분해도 빚을 모두 갚을 수 없었다. 때문에 충격으로 유산까지 한 그녀는 모든 걸 잃은 슬픔에 제 목숨까지 끊으려 했었다.

그리고 그런 그녀를 우연히 구해 준 것이 전 백작 부인이었다. 그녀는 엠마를 백작가로 데려와 자신의 전속 시녀로서 새로운 삶을 살게 해 주었다.

하지만 운명의 장난인 것인지, 하늘은 엠마에게서 전 백작 부인을 다시 빼앗아 갔다. 미엘르를 낳다 목숨을 잃은 것이다. 때문에 백작 부인을 대신해 그녀를 돌보기 시작한 것은 필연이었을지 모른다.

그녀에게 남은 것은 미엘르밖에 없었다. 무슨 일이 있어도 미엘르만은 지키겠다고 수만 번을 다짐했다. 그리고 그것은, 백작가에 기어들어 온 더러운 모녀만 아니었다면 쉬이 성사됐으리라. 아리아 모녀가 백작가로 들어온 날부터 엠마는 하루도 거르지 않고 모녀를 저주했다. 오직 소중한 미엘르의 행복을 위해서.

곧 오스카를 만날 수 있다는 생각에 작게 콧노래를 부르며 차창 밖을 응시하던 미엘르가 갑자기 떠올랐다는 듯 엠마를 돌아보았다.

"……그러고 보니, 마부는 어떻게 됐지? 쫓겨난 마부. 이름이 뭐였더라?"

"일렉트 말씀이세요?"

일전에 아리아의 일로 해고된 마부였다.

"아, 그런 이름이었던 것 같네. 쫓겨난 지 한참인데 걱정이 되네. 잘 지내지?"

"그럼요. 뒷말이 없도록 잘 챙겨 놨답니다."

"다른 마부는?"

"야기는 다른 일자리를 알아봐 줬어요. 아무래도 마구간 청소는 꽤 고역일 테니까요."

"역시 엠마는 다정한 사람이야."

미엘르가 부드럽게 웃었다. 그녀의 이름처럼 달콤하고 향기로운 미소였다. 한낱 마부에게조차 그 다정함을 베푸는 사랑스러운 사람이라며 미엘르가 덧붙였다.

"요즘 아리아가 조금 무서워."

"무섭다니요?"

"작년 여름부터인가…… 사람이 바뀐 듯 굴더니 자꾸 내 마음을 아프게 하네."

"……아가씨."

먹구름이 낀 미엘르의 얼굴에 가슴이 아팠다.

꽃처럼 싱그러운 미소만 지어야 하는 아이거늘. 아리아가 갑자기 오스카의 관심을 끄는 탓에 마부들을 시켜 겁을 주려 한 것이었는데, 요망하고 천박한 년이 매춘부를 꼬드겨 일을 다 망쳐 놓았다.

별로 대수롭지도 않은 일을 가지고 재판 시늉까지 내며 저택의 고용인들에게 경고까지 하다니. 다시 생각해도 울분이 터져 주먹을 꽉 쥐었다. 고귀하고 명망 높은 로스첸트 백작가가 더러운 매춘부 모녀에 의해 엉망이 되어 가고 있었다.

“곧 신경 쓰지 않으시게 될 거예요.”

“그래?”

“예. 애니를 붙여 놓기도 했고요.”

“그래, 애니 말이지…….”

아리아의 옆에 붙여 놓은 애니는 미엘르를 동경하고 존경하며 부러워하는 아이였다. 백작가에 갓 들어온 아주 어릴 때부터 미엘르의 존재가 얼마나 고귀한지 세뇌시킨 덕분에 늘 미엘르의 곁에서 찬양하기 바빴다.

더불어 허영심과 물욕이 있어 비교적 다루기 쉬운 아이기도 했다. 훗날 시녀장의 자리를 약속하자 눈을 빛내며 아리아에게서 정보를 캐내 오겠다고 선언하기까지 했다.

“정말 그 아이가 잘 해낼 수 있을까? 요즘 보니 아리아와 꽤 친해 보이던데.”

“걱정하지 않으셔도 돼요. 친분을 유지해 살살 구슬리는 중이라고 하더군요.”

“……그래?”

그런 것치곤……. 미엘르가 말꼬리를 흐렸다. 사실 엠마가 보기에도 애니는 아리아에게 과하게 친한 척을 하는 듯 보여 조금 걱정이 되던 참이었다. 아무래도 그녀에게 약속할 수 있는 미래를 다시 한 번 상기시킬 필요가 있다고 생각하며 미엘르의 걱정을 덜어 내려 노력했다.

“그럼요. 매춘부의 딸이 참가하는 모임의 영애들이 얼마나 형편없는지 알려 주기도 했는걸요. 매일 방에 틀어박혀 제 얼굴을 꾸미기 바쁘다는 것도 일러 주었답니다. 어미를 닮아 그런 거겠지요."

"그렇다면 좋겠는데……."

"걱정하지 마세요. 애니가 조금 더 자리를 잡고 나면 다른 시녀를 한 명 더 붙이겠습니다. 애니보다 훨씬 총명하여 그 못된 계집을 구렁텅이로 몰아넣을 아이로요."

"응, 좋은 생각이야. 역시 엠마는 나와 마음이 통한다니까."

"그것참 더할 나위 없네요."

도란도란 이야기를 나누는 사이, 마차가 속도를 줄여 부드럽게 멈췄다.

매무새를 가다듬고 잠시 마차에서 대기하자, 밖에서 똑똑 마차를 두드리는 소리가 났다. 그에 마차에서 내리자, 프레데리크 공녀가 환하게 웃으며 미엘르를 반겼다.

"미엘르!"

"이시스 님!"

오스카와 빼닮았지만 그보다는 조금 선이 부드러운 이시스는 늘 미엘르의 마음을 설레게 했다. 그녀는 소년기의 오스카를 떠올리게 했기 때문이다.

검은색 머리카락을 땋아 틀어 올린 그녀는 흡사 신화 속에 나오는 여신처럼 아름다웠다. 그 아름다움에 감탄하며 미엘르가 무릎을 굽혀 정중하게 인사했다. 이에 이시스 역시 마주 인사하며 그녀를 환영했다.

"이게 얼마 만인가요? 지난 생일에는 바빠서 파티에 참석하지 못했어요. 정말 미안해요."

"아니에요! 선물을 보내 주신 것만으로도 너무 기뻤는걸요. 책이 너무 흥미롭고 재밌어서 밤을 새면서 읽었답니다."

"그렇다면 정말 다행이네요! 미엘르 영애라면 분명 좋아할 줄 알았어요."

이시스가 미엘르의 손을 잡았다.

"어서 들어가요! 새로운 요리사가 대단한 음식들을 준비했답니다. 입이 짧은 저를 먹보로 만들 만큼요."

"어머나, 얼마나 맛이 있기에 그럴까요? 정말 기대되는데요?"

말은 그렇게 했지만 손을 맞잡은 두 사람은 나긋하고 우아한 걸음걸이로 천천히 식당으로 향했다.

이시스의 말은 거짓이 아니었던 모양인지 준비된 음식들은 모두 미엘르의 입맛에 맞았고, 늘 느긋하고 여유롭게 식사를 하던 그녀의 손을 아주 조금이지만 빨라지게 만들었다.

그럼에도 배부르게 먹을 순 없는 일이었기에 적당히 음식을 남긴 미엘르가 제 입가를 정돈하며 주변을 살폈다. 눈치 빠른 이시스는 그 행동의 이유를 알아챘고, 이내 미엘르가 원하는 답을 들려주었다.

"미엘르 영애와 둘만의 시간을 보내고 싶어서 오스카에게는 시간을 조금 늦게 알려 주었어요."

"그럼 지금 오시는 길이겠네요."

"그렇겠죠. 차를 마시며 대화를 나누다 보면 어느새 도착할 것이 분명해요."

"이시스 님과 나누는 대화는 늘 즐거우니 눈 깜빡할 새겠네요."

빈말이 아니라 이시스와 나누는 대화는 정말 즐거웠다. 대부분이 오스카에 관련된 이야기였는데, 그녀와 이야기를 한 뒤엔 조금이나마 오스카의 태도가 달라졌기 때문이다.

물론, 과하게 친절을 베푼다거나 챙겨 주는 것은 아니었지만 소소하게 작은 선물이 보내져 오곤 했다. 바빠서 연락을 잘 못해 미안하다며 편지까지 동봉했다.

그리고 오늘은…… 지금까지와는 달리 조금 더 큰 것을 바라고 있었다. 예를 들면 그간 짧게 언급하고 말았던 오스카와 자신의 약혼 같은 큰 것을 말이다.

"오스카 님은 졸업 시험 때문에 바쁘시겠죠?"

"아마도 그럴 거예요."

대답한 이시스가 오스카의 얼굴을 떠올리기라도 한 건지 다정한 누이의 얼굴을 하고 부드럽게 웃었다.

"그 애는 이미 완벽한데도 불구하고 끝을 보려 괜한 애를 써서 고생하는 타입이니까요. 때문에 보세요, 영애께서 이리도 쓸쓸해 보이잖아요."

"그래도…… 늘 멋지세요."

막대한 권력을 등에 업을 날이 머지않았기에 압박감이 대단할 것이다. 작은 것 하나라도 놓치고 싶지 않겠지. 그래서 밤낮을 가리지 않고 노력하는 것일 터였다. 때문에 비록 자신에게는 소홀했지만 미엘르는 그런 그가 싫지 않았다.

"그렇다면 다행이군요. 미엘르 영애께 잘 보였다면 된 거겠죠. 영애 이외의 여인에게 잘 보일 필요는 없으니까요."

다행이라고 말하는 이시스의 표정은 전혀 안심한 얼굴이 아니었다. 오히려 할 말이 있으면 해도 된다는 표정이었다. 그녀가 너그러운 태도를 고수하지 않아도 뒷말을 이을 생각이었기에 미엘르는 시간을 지체하지 않고 대답했다.

"그럼에도 가끔은 외로워질 때가 있어요."

"……이런, 이렇게 사랑스러운 미엘르 영애를 외롭게 만들다니, 혼 좀 나야겠네요."

"아니에요! 그냥 혼자 그렇게 느낄 뿐이에요. 오히려 그렇게 열심히 노력하시는 오스카 님께 아무런 도움도 되지 못해서 그런 거예요."

정말 혼이라도 낼 것 같은 모습에 미엘르가 서둘러 오스카를 위한 변명을 했다. 물론, 이시스가 절대 그렇게 할 리가 없다는 것을 알면서도 그녀가 미엘르에게 바라는 행동과 말투는 이러한 것이었기에 일부러 얼굴까지 붉히며 고개를 저었다.

똑똑하지만 나대지 않으며 이따금 불만을 토하지만 알아서 삭이는 순종적인 모습. 더불어 공작가의 실세인 이시스에게는 한없이 낮은 자세를 유지해야 했다.

오스카와의 약혼을 위해선 못할 짓이 없었기 때문에 미엘르는 그것을 아주 손쉽게 해냈다. 이시스만이 오스카와 자신을 이어 줄 수 있었기에.

이시스가 만족한 듯 웃었다.

"걱정하지 마요, 미엘르 영애. 오스카는 반드시 영애와 혼약하게 될 거니까요."

"……정말 그렇게 될까요?"

"그럼요. 제가 그렇게 생각하니 당연히 그렇게 되겠죠."

오스카가 공작가의 후계자라고 해도 실제 권력을 가진 이시스의 말을 듣는 인형에 불과했다. 황가를 제외하곤 가장 큰 권력을 가진 가문의 장녀인 데다가 특유의 영민함과 교활함으로 귀족파의 열렬한 지지까지 얻었다. 때문에 황태자와의 혼담이 오가는 그녀의 말을 그 누구도 거역할 수 없었다. 하물며 동생인 오스카는 더더욱 그럴 것이다.

"소문은 소문일 뿐이니까요."

설마 그녀 또한 아리아의 소문을 들은 것일까. 하지만 그래 봤자 아무런 도움도 되지 않는 쓸모없는 소문이었을 것이다. 어차피 이시스의 말 한마디에 오스카는 미엘르에게 갈 테니까.

"마침 오스카가 왔네요. 뒷이야기는 그가 착석하면 할까요?"

"……네!"

이시스를 향하는 미엘르의 눈에는 그녀를 향한 무한한 신뢰가 담겨 있었다. 이시스를 발견한 오스카가 큰 걸음으로 그녀의 곁에 다가왔다.

"점심은 들었나요, 오스카?"

"……미엘르 영애도 함께 계셨군요."

"말씀을 안 드렸나요?"

"……."

일언반구도 하지 않았으면서 능청을 떠는 이시스에게 오스카는 아무런 대답도 하지 못했다.

"일단 앉아요, 오스카. 차라도 마시며 좀 쉬는 게 좋겠어요."

그가 두말 않고 미엘르의 옆에 앉았다. 감히 제 누이의 옆에 앉을 수 없었기 때문이다. 미엘르가 얼굴을 붉히며 오스카를 힐끗댔다. 제대로 된 인사조차 받지 못했건만, 아무래도 좋다는 얼굴이었다.

"오랜만에 뵈어요, 오스카 님."
"잘 지내셨습니까."
"네……. 얼굴이 많이 상하셨어요."
"막바지라 그런 모양입니다."
"제가 곁에서 챙겨 드릴 수 있다면 좋겠지만……. 그렇게 할 수 없어서 안타까워요."
"……괜찮습니다. 굳이 그럴 필요까지는 없습니다."
여전히 여자의 마음도 모른 채 무뚝뚝하게 대꾸하는 오스카에 이시스가 혀를 찼다.
"오스카, 오랜만에 만난 약혼자에게 너무 매정한 것 아니니?"
약혼자라는 말에 오스카와 미엘르의 반응이 크게 엇갈렸다.
"누님, 아직…… 약혼을 하진 않았습니다."
"미엘르 영애가 성인이 되면 곧 할 텐데, 뭘. 시간문제 아니겠니?"
미엘르가 제 볼을 손바닥으로 감쌌다. 한껏 열이 오른 볼이 태양처럼 뜨거워 보였다. 그리고 오스카는 이번에도 별다른 대답을 할 수 없었다. 약속된 미래는 아니었지만, 어느 정도 기정사실화되어 가고 있는 것은 사실이었기 때문이다.
"미엘르 영애, 오스카가 무뚝뚝하지만 이해해 줘요. 원래 성격이 그런걸요. 그건 누이인 저도 어쩔 도리가 없답니다."
"아뇨! 괜찮아요. 괘념치 마세요."
미엘르는 오스카와 나란히 앉아 있는 것만으로도 행복했다. 심지어 지금 이곳은 프레데리크 공작가가 아닌가. 마치 시간이 흘러 그와 결혼해 공작가에서 티타임을 즐기는 것처럼 느껴졌다.
정말, 그렇게 되었으면 좋으련만. 아마도 이시스 공녀의 도움으로 그렇게 될 가능성이 컸지만 아리아라는 일말의 불안감 때문에 간절하고 또 간절했다.

"영애께선 하얀색이 잘 어울리시니 분명 드레스도 아름다우시겠죠."

"어머나…… 그럴까요?

"그럼요. 금을 칠한 장미 화관도 준비해야겠어요."

아직 몇 년이나 남았건만, 이시스가 무뚝뚝한 제 동생을 대신했다. 덕분에 오스카가 달리 대화에 참여하지 않았음에도 정원에 핀 장미들보다 더 화사한 분위기를 유지할 수 있었다.

이후, 시종일관 웃음을 머금으며 티타임을 보낸 미엘르는 무척이나 만족한 얼굴로 돌아갔고, 그녀를 배웅한 뒤 다시 정원으로 돌아온 이시스는 부드럽게 웃고 있던 얼굴을 내던지며 오스카를 타박했다.

"오스카, 몇 번을 말해야 알아듣겠니."

"……누님."

"로스첸트가는 여러모로 도움이 되니 친분을 유지하라고 그렇게 일러두었을 텐데."

신경질이 난 듯 머리카락을 매만지는 손이 퍽 거칠었다.

"다시 말하지만, 미엘르 영애와의 관계를 소홀히 하지 마렴. 제국에서 로스첸트 백작가보다 재력을 갖춘 가문은 없으니까. 지금 우리 가문에 가장 필요한 건 로스첸트 백작가의 재력인 걸 너도 잘 알 거라고 생각하는데."

오스카는 누이인 이시스의 말에 그러겠다고 쉬이 대답하지 못했다. 그저 손에 쥔 찻잔을 어색하게 매만질 뿐이었다.

“왜 대답이 없는 거야?”

“그런 건 아닙니다.”

“그럼?”

“그건…….”

갈피를 잃은 그의 눈동자가 이리저리 흔들렸다. 제 동생의 형편없는 꼴을 직면한 이시스가 기가 차다는 듯 비웃었다.

“설마, 그 소문이 사실인 건 아니겠지.”

“……소문이라니요.”

“네가 매춘부의 딸에게 관심을 가졌다는 소문 말이야.”

매춘부의 딸. 이름을 밝히지는 않았지만 오스카는 그녀가 지칭하는 것이 아리아라는 것을 깨달았다. 이시스처럼 아리아를 매춘부의 딸로 취급했기 때문은 아니었다. 그저 최근 몇 달간 그녀에 대한 생각이 끊이지 않았기에 바로 알아챘을 뿐이었다.

“……무슨 말씀이신지 모르겠습니다.”

“아무리 재혼으로 로스첸트의 성을 얻었다고는 하지만 그 아이는 절대 안 돼. 어떻게 그런 더러운 아이에게 관심을 가질 수가 있지? 차라리 독신으로 살겠다는 선언이 낫겠구나.”

“…….”

“오스카, 출신은 어디 가지 않는단다. 제 어미를 닮아 천박한 말과 행동으로 남자를 유혹하고 다니면 어쩌려고 그러니? 분명 널 배신할 거야.”

“…….”

“그리고 난 매춘부의 피가 우리 가문에 섞이는 걸 바라지 않고.”

틀린 말이 아니었다. 아무리 신분을 세탁했다고는 하나 아리아가 매춘부의 딸인 것은 사실이었고, 그 아름다운 미모로 남자를 홀리는 것도 사실이었다.

하지만 왜일까. 제 누이가 아리아에 대해 좋지 않은 소리를 쏟아낼 때마다 마음이 불편하고 가슴이 아렸다. 자리에 없는 아리아에게 꽂히는 비수가 마치 제 심장을 뚫는 것 같았다.

'왜? 도대체 왜?'

늘 머릿속으로 떠올린 아리아는 환하게 웃고 있거나 이따금 매혹적인 표정을 지으며 그를 괴롭혔다.

그때도 가슴이 아릿하거나 심장이 아팠으나 지금과는 조금 달랐다. 그때는 견딜 수 있는, 아니 이따금 주체할 수 없이 기분을 고조시키는 그런 고통이라면, 지금은 제 가슴을 후벼 파는 것처럼 아팠다.

'그런 모욕적인 말을 들을 소녀가 아닌데…….'

소문과는 달리 아리아는 무척이나 순수하고, 아름다우며, 매혹적이었다. 또한 미엘르를 괴롭히지도 않았다. 오히려 출신 때문에 선을 긋고 배척하는 것은 카인과 미엘르처럼 보였다.

'이전의 그녀가 어땠든, 지금은 로스첸트가의 영애가 아닌가.'

귀족 영애들 또한 혼인을 맺으면 남편을 따라 신분이 상승한다. 미엘르가 자신과 혼인하여 공작 부인이 되는 것과 어머니의 결혼으로 아리아가 평민에서 백작 영애가 된 것이 뭐가 다르다고.

'만약…… 만약 아리아 영애가 평민 출신이 아니었더라면……. 아니, 하다못해 평범한 평민이었다면…….'

그랬다면, 어쩌면…… 미엘르가 아닌 아리아가 제 곁에 있을 수 있는 것 아닐까. 이루어질 수 없는 가정을 하며 아리아의 얼굴을 떠올렸다. 길고 풍성한 속눈썹을 슬며시 내리깔고 자신에게 시선을 주며 매혹적인 웃음을 짓는 그녀가 단박에 떠올랐다. 그토록 아름다운 소녀인데…….

"오스카?"

이시스가 대답 없이 입술을 깨물며 고민에 빠진 오스카를 불렀다. 어째서 저런 얼굴을 하는지 모르겠다는 듯 고개를 기울였다.

그러다가 문득, 그녀는 저 얼굴을 어디에서 보았는지 떠올릴 수 있었다. 방금 전에 오스카를 보던 미엘르의 표정을…….

"오스카, 너…… 설마……!"

그녀는 차마 자신이 생각한 가설을 입 밖으로 내뱉을 수 없었다.

'그 소문이 진짜였구나……!'

처음 그 소문을 하녀를 통해 들었을 때 기가 찼지만 화는 나지 않았다. 자신, 그리고 자신의 동생은 저급한 매춘부의 딸 따위가 감히 올려다볼 수조차 없는 고귀한 혈통의 사람들이니까. 그러니 자신의 동생이 한낱 매춘부의 딸에게 관심을 가질 것이라고는 꿈에서조차 생각하지 않았다.

이시스가 손을 바들바들 떨며 제 앞에 놓인 차를 마셨다. 마셔도 마셔도 갈증이 사라지지 않을 만큼 목이 탔다. 그리고 오스카를 쏘아보았다. 제 누이가 이리도 충격을 받아 고통스러워하는데, 여전히 정신이 나간 동생이 원망스러웠다.

결국 참지 못한 이시스가 자리에서 일어나 오스카의 뺨을 내리쳤다. 무방비 상태로 뺨을 맞은 그는 놀란 얼굴을 수습하지 못하고 이시스를 올려다보았다.

"가문에 먹칠을 할 작정인 거지!"

"누님……!"

"어떻게 그 소문이 사실일 수가 있어! 네가 그러고도 프레데리크가의 후계자라고 할 거야!?"

"저는……."

"네 누이가 창피를 당하는 꼴을 기어코 봐야겠어!? 어떻게, 네가!"

울분을 토하는 제 누이에 오스카는 혼란스러웠다.

'나는…… 도대체 무슨……!'

그러곤 방금 전 자신이 아리아를 떠올리며 느낀 감정의 정체를 깨달았다. 어째서 자신은 미엘르가 아닌 아리아를 마음에 품게 된 것인가. 그리고 수많은 밤을 그녀를 생각하고 떠올리며 마음을 졸였거늘 그 마음이 어떤 마음인지 깨닫지 못했는가.

왜, 왜 조금 더 이 마음이 작을 때 알아차려 정리하지 못했는가. 이미 너무나도 커져 버려 제 일상의 한 부분으로 자리 잡은 그녀의 존재에 후회가 밀려들었다. 그것이 얼굴에 모두 드러난 탓에 이시스가 머리를 짚었다.

"……넌 똑똑한 아이이니 마음만으로 끝내리라 믿으마."

진실로 믿는다는 말투가 아니었다. 그렇게 하라는 협박에 가까웠다. 그렇게 하지 않으면 분명…… 분명 아리아를 가만두지 않으리라는 것을 깨달았다.

"그렇지, 오스카?"

이시스가 재촉했다. 빨리 대답하지 않으면 그녀는 아리아에게 해를 끼칠 것이거늘…… 어째서 쉬이 그렇게 하겠다는 말이 나오지 않는 걸까.

"오스카……!"

이제 이시스의 부름은 고함에 가까웠다. 체면조차 잊은 채 꽉 쥔 주먹을 바르르 떨기까지 했다.

"네가 계속 그렇게 나온다면, 내가 어떻게 할지는 잘 알 텐데!"

망설이는 그의 태도에 더 이상 화를 주체하기 힘들어진 이시스가 당장이라도 아리아를 해칠 것처럼 몸을 돌렸다.

그때였다.

"이시스 누님!"

오스카가 이시스의 이름을 불렀다. 그가 마음을 정리하겠다는 말을 꺼내기를 바라며 이시스가 돌아보았다. 조금 떨어진 거리에서 잔뜩 일그러진 얼굴로 제 누이를 응시하는 그는, 마치 영혼의 반쪽을 잃은 듯 처참하고 서글픈 모습이었다.

"……누님의 말대로 하겠습니다. 그러니 제발……."

제발 모두에게 천대받는 그 가여운 소녀를 해치지 말아 달라며 오스카가 제 얼굴을 감쌌다. 제 마음을 깨닫자마자 묻어 버려야 하는 가녀린 짐승이었다.

곧 바스라질 것처럼 미약하게 흐느끼는 그의 모습은 이시스의 얼굴에 다시금 생기를 넣어 주었다. 이시스가 오스카에게 천천히 다가갔다. 하얗고 보드라운 손이 그의 머리카락을 쓰다듬었다.

"그래, 악녀의 꾐에 넘어가면 이리도 괴로워지는 거란다. 앞으로는 마음을 단단히 먹도록 하렴. 이 누이는, 널 믿으니까."

오스카의 흐느낌이 커졌다. 그것을 아주 사랑스럽다는 듯 어루만진 이시스가 계속해서 말을 이었다.

"미엘르 영애에게 선물을 보낼게. 그녀가 좋아하는 꽃다발도 함께 말이야. 너는 언제나처럼 가문을 이을 준비만 하면 된단다."

머리카락을 쓰다듬는 손에 힘이 들어갔다. 이에 오스카의 고개가 미약하게나마 끄덕여졌고, 만족한 이시스는 모두가 떠난 정원에 제 동생만을 남겨 둔 채 저택으로 사라졌다.

(악녀는 모래시계를 되돌린다 2권에서 계속)